現代文學63

4是而非

曹露著

博客思出版社

4是而非——目錄

楔子

四個有故事的女人，她們都在已近中年的途中欲修改自己的故事，有的改得了有的改不了，有時改得好有時改不好。一路修改著，最終或許面目全非，最終或許滿目瘡痍，但心裡總該明白些什麼，什麼，什麼呢？

一場沒聽完的歌劇

其實，她們相識是因為一場沒聽完的歌劇。雖說是煮爛了的劇情，無任何懸念可以期待。她們還是去了。

不是因為喜愛歌劇，而是因為歌劇的名字叫《青春之歌》，因為她們都在青春的時日裡先先後後的讀過楊沫的小說《青春之歌》。

她們這代人，該讀書的時候，能讀的書不多，能讀到的好書更少。有個讓荳蔻著的小春心蕩漾一回的故事，能占據大半個青蔥歲月。她們當年未必知道楊沫是誰，更不知道林道靜的原型跟作者的關係，因為她們那時讀到的《青春之歌》是沒有封皮的，書頁是泛黃的。但她們所處的青春歲月卻是紅得發紫的，在紅色的汪洋大海裡，她們偶然發現了一本不那麼紅的書，或者說這書裡的紅色有點不一樣，在那些很紅很紅的文藝作品都將男女之情說成「革命的戰鬥友情」時，她們在這本書裡發現了愛情！她們喜歡上了盧嘉川，如果說國民黨反動派還是個抽象概念的話，在這本書裡已被具象成她們最大的敵人，因為「他」殺害了她們最愛的男人。

小說改成歌劇，對白變成唱詞，但故事還是那個故事，人物還是那些人物，這就夠了，她們還惦記著她們的盧嘉川。

尤其是尹辰，她第一次讀原著的記憶是刻骨銘心的。高三時最後一個寒假的中午，媽媽拿回一本叫《青春之歌》的書，獎勵她這學期又考了全年級第三。她拿到書就魂不附體了，媽媽再說什麼就聽不見了，就左耳朵進右耳朵出了，不對，根本沒進過耳朵，根本就是耳旁風一刮而過。

要知道，還在她讀小學時就知道這部小說了，是從鄰居一位讀高中的大哥哥手裡看到的，那是一本沒了封面、封底，書頁泛黃邊角捲曲還少頁少章的書。就這樣一本「破」書，那位大哥哥還像寶貝似地藏著掖著，他越寶貝越勾起尹辰的閱讀欲。但大哥哥說她太小了，書裡有她不能看的東西。這不等於是在火上添柴嗎？越說不能看，那不越有看的必要嗎？

再說了，有什麼不能看的，雖然那時候為了防抄家，媽媽將家裡的重要書籍都拿到外婆家藏了起來，但尹辰在外婆家都一本本地找出來偷偷看過了。母親始終沒弄明白女兒那段時間為什麼那麼愛去外婆家，重男輕女的外公是不怎麼待見他這個外孫女的。怕女兒受委屈，母親平日裡很少留尹辰在外婆家過夜，尹辰也有點怕外公而不願在此留宿。也就那段時間，尹辰總是找藉口去外婆家，而且很樂意在外婆家的客廳裡搭個臨時的小鋪，後來竟然和外公相處得非常友好，甚至讓外公喜歡上了這個聰明的外孫女。

外公說這丫頭與別的小囡不一樣，看她吃飯時的眼睛就知道了。不知外公哪來的理論，說扒拉飯時眼睛看著碗裡食物的孩子是沒出息的，他發現尹辰扒拉飯時眼睛是向上翻的，他說，這是個有志向的聰明小囡。

尹辰並不知道是自己的吃相討了外公的歡心，她只是盡量的乖巧，盡量的不讓外公生厭，慢慢的她發現外公其實是個很可愛的老頭。最最關鍵最最重要的是，有一回，她鑽進閣樓裡剛「偷」出一本書來，就聽到外公上樓的聲音，而且是上閣樓來了，她來不及掩藏被拆開的書捆，也來不及將剛拿到手的書找個合適的藏身地，更嚴重的是，她已經無路可逃！好不容易與外公建立起的友好關係，將因她的偷閱行為毀之一旦，媽媽一直疑惑她愛去外婆家的謎底也將被揭開，還有兩捆未看的書也將不再有機會拆看。

外公的腳步聲越來越近，尹辰已經渾身發抖，齊耳的童花頭竟像生了電似地綻放開來，她似乎聽到每根頭髮裡電流經過的嘶嘶聲響，洪水就要來淹沒她，大火就要來吞噬她，野獸就要來撕咬她，一切能想到的毀滅性的災難就要臨頭了，就在這千鈞一髮之際，那倒楣的控制不住顫抖的腳竟蹬翻了一隻花瓶，尹辰眼前一片黑暗……突然，外公的腳步聲沒了，再過一會，腳步聲又有了，卻是向下走的聲音，走到樓梯口，外公叫了一聲：「該下來吃飯了。」

沒有稱呼，外公的叫喚沒有指向，但尹辰明白他的指向。

「你叫誰下來，誰在上面？」外婆問。

「我以為你在上面。」外公吐字明顯含混。

「奇怪，這做飯的點兒，你什麼時候看到過我在樓上，我在樓上你們吃什麼？我哪怕是生病，也要在這裡給一大家子做飯，我就是個老媽子，你們一個個都是老爺少爺……」

外公一不小心擰開了外婆抱怨絮叨的話匣子，他想關掉卻有點束手無策，兩隻手在空中抓撓著找不到旋鈕。尹辰衝下樓來，趕緊給外婆打下手，才讓外婆住了嘴。外婆喜歡尹辰，看到她，心裡的怨氣和牢騷就跟拔了氣門芯的輪胎，噗哧一下氣就跑光了。尹辰偷偷看外公，外公也看她，眼裡的內容只有尹辰讀得懂。尹辰在心裡狂叫：「外公我愛你！」

外公喜歡愛讀書的孩子，哪怕她是個女孩子。

有外公做掩護，她讀了巴爾扎克，讀了托爾斯泰、羅曼羅蘭，讀了莫泊桑、梅里美、歐亨利，還讀了陀思妥耶夫斯基，簡．奧斯丁……等等，連媽媽藏在最深處的《紅與黑》、《安娜卡列林娜》也被她偷偷找出來讀過了。多年以後，尹辰才知道，媽媽藏在最隱蔽處的書不僅是防造反派，更主要是怕被女兒看到，其它的書看就看了，從小讀點世界名著不會有什麼壞處。

但深藏起來的那些書，她從母親的角度認為還是別讓她過早涉獵的好，她心裡沒說出來的話，似乎與那位手裡有《青春之歌》的大男孩說出的話，意思差不多。當然動機或許不一樣。那男孩一直喜歡這個鄰居小妹妹，但這小妹妹除了愛看書，似乎對什麼都不感興趣。

男孩也喜歡看書，但他看過的書，尹辰基本上都看過了，終於有一本她沒看過且能引起她興趣的書，男孩很得意，但他也是從別人手裡借來的，並且限定三天要還。又因為剛剛聽說，此書也列為禁書，他一邊緊著看，還一邊防著被別人看見。放學回來，一眼看見尹辰正在院子裡幫媽媽收曬乾的衣服，他就忍不住在她面前亮了一下他藏在懷裡的書。

尹辰小時候住的是一棟二層樓的小洋房，現在知道它被統稱為民國建築。房子不是尹辰家的，是民國時期一個銀行家的宅子。他娶了四房太太，一個太太一棟樓，尹辰家住的是四太太的房子。解放後銀行家死了，房子充了公，幾個太太都改了嫁，只有四太太還守在這裡。政府給她留了認為足夠她和三個兒子居住的面積後，其它的房間就成了公房，分租了出去。

尹辰家就是租戶之一。那個男孩子住在另一個大院裡，是原來銀行家大太太的房子，情況與尹辰家一樣，也是付房租住著原來是私房的公房。原來每棟樓都有一個獨立的院子，後來為了顯示社會主義大家庭的大融合，政府將所有的院牆都拆了，這也就增加了大男孩與小尹辰抬頭不見低頭見的機會。

尹辰說：「有什麼是我不可以看的？」

男孩支吾著：「嗯……有關男女間的事情。」

「愛情嗎？」

「嗯，是的。這你也懂？」

「這有什麼，沒有愛情你哪來的？你爸媽不是因為相愛才結婚的嗎？」

男孩被問住了，但心中卻暗喜，他幻想著可以和這位鄰居妹妹來一場愛情。尹辰卻趁著他發愣，從他手上搶了那本書。

男孩想奪回，卻不敢伸手從尹辰懷裡搶。

「人家只借我三天，我還沒看完呢！」男孩有點無奈。

「我只要一天。拿《悲慘世界》跟你換，怎麼樣？你可以看一個星期。」

「啊，你有《悲慘世界》？我一直想看這本書，我在我爸單位的一個批判材料上看到過這個書名。

我問過我爸爸，這是壞書嗎？他說不是，但他說這話不能跟外人說。」男孩突然壓低了聲音。

「那你跟我說了。」

「你不是外人，嗯，我沒拿你當外人。哎，你也沒當我是外人，要不也不會跟我說你有這書呀！」不知是說急了還是說繞了，男孩的臉有點泛紅。

尹辰心裡卻有些害怕和後悔了，雖已是文革後期，政治生態已沒那麼惡劣，但這《悲慘世界》還在批判材料上，而且說它不是壞書還不能與外人說。那……她已經說出口的話收不回來了，而且如果她不拿出《悲慘世界》就換不回《青春之歌》。她在心裡糾結了一會兒，鄭重地對男孩說：「你保證不借給別人，也絕不跟別人說，我才能給你看。也千萬別讓我爸媽知道，不然我以後什麼書都不能看了。」

「好好好，我保證，向毛主席保證！」男孩興奮地直點頭，連最初想拿書吸引尹辰的動機都拋到九霄雲外去了。

可這本肢體不全毛髮破損的《青春之歌》總是在關鍵的地方連皮毛都不留下，比如林道靜是怎麼與余永澤分手的，盧嘉川後來與林道靜再見面沒有？再後來一個叫江華的人，剛出現就沒「下文」了，尹辰也不知道後面少了多少「下文」。少掉的頁章平添了這本書的懸念感，這一懸就好些年。

現在母親拿來全本的重新出版的《青春之歌》，尹辰迫切尋求答案的心情就可想而知了。她一個下午坐著沒動窩，連上廁所都手不離書。結果直到爸媽下班回來，發現她將媽媽交代的去買包鹽的事給忘了。結果，那晚尹辰家飯桌上的炒青菜放的是醬油，媽媽氣得罰了她一個月不給看課外書。

時隔三十多年，一部歌劇《青春之歌》要在開業不久的蘇城大劇院演出，尹辰決定要和她的好朋友一起去追憶或祭奠自己的青春。占著電視臺的優勢她弄了幾張贈票，分別給她們幾個打電話，她們接到邀請都很爽快，去！

如果那天的歌劇能像當年的小說那樣勾魂，她們只會在進出場時禮節性地寒暄一下，散場後就各回各家各找各媽了。因為她們雖都是尹辰的朋友，但在此之前她們相互都不認識。但是，開演半個多小時，場內就有觀眾起身離場，儘管臺上演員賣力的運動著舌骨與舌肌，亮著或高亢或纏綿的歌喉，也沒能拽住離場的腳步。客觀的說，演員的唱功還是可圈可點的。

林道靜嗓音圓潤，音域也寬，高低行雲自如。盧嘉川渾厚又不失清亮，民族唱法卻帶點西洋發聲。那余永澤的音色最具穿透力，明顯是咽音發聲，氣息吹動聲帶，經鼻咽腔達到高泛音共振，聲音似從眉心和頭頂發出，唱得人雞皮疙瘩都起來了，尹辰喜歡這種感覺。倒不是特意要在此時調動肚裡的那點聲樂知識——因為媽媽年輕是歌唱演員，她多少受了點薰陶。

實在因為那歌詞太爛，文（言）不上白（話）不下，既沒說好故事，也沒提升題旨。說到底，歌劇還是唱出來的戲劇，首先要有好劇情，然後要有好旋律好歌詞。歌詞可以說大白話，西方很多歌劇都如此，唱出你要說的話和心裡正想的事兒，觀眾聽歌詞賞旋律，與劇中人一同經歷或起伏或跌宕的故事。歌詞也可以以虛表實，以境寫意，像莎翁戲劇那樣，在詩化的語言和意境中演繹劇情表達主題。尹辰覺得，今天這歌劇有點不倫不類，如果沒看過原著，還真難弄明白這齣戲唱的是什麼。也難怪人家坐不住，尤其是年輕的觀眾，估計他們都沒讀過原著。真不明白，這樣一個情節模糊，大而化之到一個政治符號的東西，還值不值得今天的觀眾去反芻。

有點掃興，也有點倒胃口，記憶中的《青春之歌》毀之一劇。美好的記憶還不如就放在記憶裡，刻意翻箱倒櫃地倒騰出來，沒準已被蟑螂爬過、老鼠咬過、螞蟻啃過，已經面目全非，已經不是那回事兒了。

尹辰知道，今天的演出是政府買單的，時髦的說法，叫政府購買服務，如今除了社會服務、社區服務、家政服務，富裕起來的政府也購買文化服務。中途離場的觀眾，走得那麼瀟灑、大氣和義無反顧，也因為他們揮霍的不是自己的腰包。尹辰也沒掏腰包，她還拿了最好座位的票，但她對臺上的演員有基本的禮貌與尊重，她要堅持聽下去。

歌劇廳很漂亮，是蘇城大劇院四個演藝廳中的一個，另外還有戲劇廳、音樂廳和綜藝廳，場內設計很有現代感，座椅舒適，音效也好，據說其規模和設備僅次於首都的國家大劇院。其它幾個廳尹辰都去看過演出，這歌劇廳還是第一次來。今天叫上幾個女友，也是想讓她們見識一下這座恢宏的現代化大劇院。

又有人要離場，尹辰側過雙腿，讓人通過，不經意地側臉看了一眼她邀來的三個同伴，她們竟都看向她，臉上統一的表情是：還看嗎？

其實同伴們早坐不住了，只是看尹辰不動，也不好意思動。這倒讓尹辰不好意思起來，好像這歌劇是她唱的，這麼讓人坐不住，真是過意不去。尹辰無奈說了句：走嗎？她們立刻都站起身，緊挨在尹辰旁邊的薛岩突然「哎喲！」了一聲又坐下了。

「怎麼啦？」尹辰問。

「不好，你先走，我跟著。」薛岩聲音裡有慌亂。

出了歌劇廳，薛岩小聲問：「帶衛生巾了嗎？」

尹辰說：「沒有。」又轉臉看另兩個同伴，王曉陽也搖搖頭，花五朵說：「我有。」

幾個女人趕緊陪著薛岩去了洗手間。

關於大姨媽

從洗手間出來，尹辰邀請她們去茶歇處坐坐，叫了咖啡和點心。

薛岩驚魂甫定地對花五朵說：「謝謝你，幸虧你帶了。」這一謝才看清花五朵的臉，呀，好漂亮的女人！

剛進九月，夏熱還不肯退卻，但晚間已稍稍有些涼意。花五朵穿著一條藕荷色的連衣裙，很飄逸，脖子上看似很隨意的搭著一條同質地的咖啡色長巾，手腕上還挎著一隻米黃色的小坤包。一個大色調裡的幾個小對比，把那種溫潤、和諧調配到了極致。看著這個裝扮如此舒服的女人，薛岩一時不知該如何形容和誇讚。她剛從日本考察回來，突然想到在日本吃到的生巧克力，那是她此生吃過的最好吃的巧克力，不，那是不能用好吃來形容的，那是從舌尖滑向舌床再滑入喉道的一個美妙運程。但是，她找不到準確的詞彙來描述這樣的感覺，便直直地看著這美人，將這感覺在心裡送給了花五朵。

女人對漂亮女人的敏感絕不亞於男人。同樣，王曉陽也發現了花五朵的美。剛才因為急著進劇場沒細細打量，後來急著去洗手間也沒在意，這會兒坐定了，才發現。

薛岩覺得這女人不僅漂亮，還在關鍵時刻救了她的急，光欣賞是不禮貌的，就給了句最直白最簡單的讚美：「你好漂亮！」

王曉陽在薛岩的話尾追了一句：「人和衣服都漂亮！」

尹辰介紹說：「這是我的髮小，原來是華籍美人，現在是美籍華人，叫花五朵。」

花五朵含蓄而禮節的微笑：「我叫 Rose，認識你們很高興。」

薛岩喃喃地：「Rose，玫瑰，你真是美麗如花呀！」心想，這女人說話也好聽，實在是女人中的極品。

花五朵用小勺輕輕攪拌著眼前的咖啡，腰板筆直，身後的座椅只三分之一在她的臀下，雙腿呈四十五度向左傾斜，頭微微側向右方，拉長了極有線條感的脖頸。她看了一眼尹辰說：「已經很久沒有人叫我中文名字了，我都有點不習慣了。現在也就我爸媽還這麼叫我。」

「看來我和你爸媽一個級別。」尹辰脫口道，那麼隨便，完全沒有配合她此刻秀出的造型。

「你要不怕我把你叫老了，以後我就叫你媽。」這話說的，也有點自毀長城的意思。

「喲，我這輩子還沒當過媽，白撿這麼一個漂亮大女兒，來再叫一聲媽！」尹辰完全是髮小說話的語氣和方式。

「去你的，還真占我便宜呀！」花五朵笑嗔著打了尹辰一下，然後一屁股坐滿了椅子。

薛岩和王曉陽都被逗樂了，彼此的陌生感頓時飄散。

薛岩說：「你們還真是髮小，這玩笑尺度。」

尹辰突然想起什麼，關心地問：「對了，不是說你大姨媽已經三四個月沒動靜了，今天怎麼……」

薛岩說：「是啊，我以為已經絕經了，要不也不會這麼狼狽。」

「絕經？不可能，你這個年紀。」花五朵端詳著薛岩，猜測著她的年齡。

「除了王曉陽，我們幾個差不多大。」尹辰說。

「那更不可能，我現在每月準時報到，一點都不含糊。」花五朵將跟隨女人大半輩子的贅事竟說得很有些自豪。

「我去看過醫生了，就是絕經的徵兆，時有時無的。」薛岩皺皺眉，有點不堪其擾。

「絕經了好，拍拍屁股就可走人，再也不用算日子了。」尹辰從小痛經，一直痛到現在，對月經是深惡痛絕。

「胡說！女人沒了大姨媽就是進入更年期，就是進入沒有 sexual desire 的暮年。」此處用英文倒不是賣弄，畢竟初次見面，說國語太直白了。

被花五朵搶白，尹辰也不生氣，她撇撇嘴，想到讀初二時，被自己的初潮嚇得不知所措的時候，人家花五朵已經戴了一年多的胸罩了。那時候的花五朵總愛將胸脯挺得高高的，讓曲線畢露。也是那時候，尹辰覺得花五朵沒有小時候漂亮了，太像女人了，只有像她媽媽那歲數的女人才挺著胸脯，而她們還是女孩子呢！難看死了。她不知道，花五朵就是從那時開始有了自信的，她開始覺得學習好不能代表一切，她也可以對尹辰說，你不懂。

薛岩疑惑地看著花五朵，沒明白她說的是什麼。

王曉陽翻譯道：「性慾，她說女人絕經了就沒性慾了。」

明白了花五朵的意思，薛岩無可無不可地聳了下肩。心想，她到底是從國外回來的，夠 open 的。不覺在心裡也冒了個英文單詞。

尹辰掃一眼周邊，拍了一下王曉陽：「小點聲。」

王曉陽伸伸舌頭，做了個鬼臉，笑笑說：「其實也沒什麼啦，都什麼年代了。」她扭頭看看，整個茶歇處就她們幾個客人和一男一女兩個年輕的服務員，「現在的年輕人比我們懂得多多了。」

薛岩的早絕經，醫生診斷為壓力大，太勞累。她是一家 IT 公司的 CEO。在這個男人主導的行業，在這個更新換代如在發條上的領域，一個女人坐上了領軍者的位置，那壓力是成倍的。女人付出的太多，就會失去作為女人的東西。失去女人的東西，就是失去男人需要的東西，他們就會離你而去。

花五朵不想失去這些，她很在意大姨媽。之後，幾乎每一次來例假，她都會向閨蜜們報告，其實是報喜。尤其是後來，姐妹們一個個都沒了大姨媽的時候，她的大姨媽就成了奢侈品。這是後話。

此時，花五朵又挺直了身子，將大半個屁股移出座椅。她感覺是自己引出了這個不太適合在公開場合以及在不太熟悉的人之間討論的話題。她拿起咖啡勺攪拌了一下，衝著吧臺的服務員叫了聲：「請再給我加點奶。」

服務員生硬地說：「對不起，加不了。」

花五朵聳聳肩：「美國的咖啡館牛奶和糖是隨意加的。」

尹辰說：「喂，大小姐，你回來這麼久第一次上咖啡館嗎？」

王曉陽聲音又大起來：「星巴克，星巴克是可以隨便加的！對了，星巴克就是你們美國人開的。」

花五朵說：「我在美國從來不喝星巴克，那都是黑人和墨西哥人愛去的地方。」

王曉陽立刻自嘲：「難怪我這麼黑。」然後嘎嘎嘎笑起來，笑聲給空氣裡加了牛奶和糖，把那點不適與尷尬滑過去了。

薛岩適時地換了個話題，她問花五朵：「你這裙子哪兒買的？」

「網上……」聽她回答的速度，就知道她還沒進入新話題的語境。

「網上？」薛岩很意外，「網上還能有這麼好看的東西？」

王曉陽插了一句：「有的，我也常在網上買衣服，比實體店便宜多了。」

花五朵乾咳了一下，傾身向著薛岩：「網上買衣服省時省力，還是能淘點好東西的。你要喜歡這裙子，回頭我把網址發給你。」說完看了一眼尹辰，覺得她應該視尹辰的朋友為自己的朋友。

尹辰便順勢而語：「薛岩，虧你還是搞IT的，對電子商務這麼 OUT。」

「是是，我是落伍了，教教我怎麼網上購物。」薛岩忍不住伸手摸了摸花五朵的裙子。

這麼聊著就知道了彼此的年齡。

「哇，你們都四十多啦，真看不出來，太年輕了！」王曉陽叫起來。因為在這四個人當中，她年齡最小，剛到四十歲，那三個都已四十有半了。

「你們看起來都比我還小呢！」王曉陽誇張的聲音和表情引來吧臺服務員的側目。

尹辰說：「你又誇張了，誰看不出你比我們小。」

「真的，等我到你們這個歲數還能這麼凹凸有致就好了。」王曉陽依然毫不吝嗇地支付著她對別人的誇讚。

薛岩和花五朵一下就喜歡上了這位名字與待人都有溫度的小姐妹。此刻她們並不知道，王曉陽已是小有名氣的暢銷小說作家了。

終於有了像花的女兒

胎。

花五朵真的漂亮，去掉名字中間的排行字，就是一朵花。當年為了生出這朵花，她父母一連生了五

花五朵姓花，她大姐出生時，父親就給取名花朵。可閨女長得實在與這名字不沾邊兒，接著就有了第二胎，還是個姑娘，長得還是不夠花的名份。繼續叫花朵，就不信生不出朵花來！父親回頭將大女兒的名字裡加了個「一」，就一氣排下來，花一朵、花二朵、花三朵、花四朵……花開了四朵，還是沒一朵像花。母親說不該排這序，否則不會生女兒剎不住，父親說，是你剎不住我才排的序。好在夫妻倆也不特別重男輕女，尤其是父親，從小就覺得姓花不好，生個男孩更不好取名，比如自己的名字就很不中聽，叫花大捷，好像是在什麼戰役取得勝利的時候降生的，弄得小夥伴們給他取外號都不用動腦子，直接叫他「花大姐」。他想改名，父母說他名字是爺爺起的不能改，他又企圖改跟母親姓，卻讓父親一頓臭罵。自己有老婆後，雖也想有個兒子，怎奈老婆肚子不遂願，他倒也不埋怨，或許正是這一點，才讓老婆毫無負疚感地一路生花，雖然沒一個像花。花大捷不甘心，自己挺精神的，老婆也不賴，街坊四鄰的，甚至供職的那個小學校，也找不出一個模樣超過他老婆的。

為了這花姓，花大捷當初找老婆，就一心要找個漂亮的，哪怕瘸點跛點，模樣好就行。憑他在小學校裡的會計一職，還是有條件挑一挑的。後來果然就挑了一個日後堅信一定能生出花來的女人，當然，這女人的一隻腳由於患小兒痲痺症，留下了一點兒不影響大局的跛疾。

也真是功夫不負有心人，當花夫人鍥而不舍地誕下第五個孩子的時候，果然有了個貌若鮮花兒的姑娘，而且是越長越漂亮，仿佛夫婦倆所有的精華都給了她，又仿佛夫婦倆一直在學著作畫，前面的四幅因畫技不夠，都成了試驗品，直到這第五幅才成其為作品。其實五姊妹走在一起，外人一看就是一家人，

嘴、眼、鼻哪哪都像，卻又哪哪都不像，真是奇怪，就感覺那四個姐姐的五官，不是這兒多了一筆，就是那兒少了一筆。唉，怪不得別人，要怪就怪花大捷夫婦的畫技長進得慢了一些。

花五朵長到二十來歲的時候，活脫脫美人一個，在學校是校花，在街區是街花，方圓幾公里幾乎無人不曉。

花五朵是美人，後來成了美籍華人。

起初母親是堅決反對她外嫁的，五朵是她最疼愛的女兒，她捨不得把女兒嫁那麼遠。她一直說老五最像她，常拿自己小時候的照片給別人看：「你看看，我們就是一個模子刻出來的。」別人附和她「是是是，像你……」，直到有一回，她去參加女兒的家長會，門衛大爺死活不讓她進，就因為她說她是花五朵的媽媽。

參加花五朵的家長會，一直是爸爸花大捷引以為豪且獨占的。那天碰巧是學校發工資的日子，他忙著給老師們發工資去不了，花媽媽高興自己終於有了這個機會，進門就自豪地跟門衛說她是花五朵的媽媽，因為花五朵的美貌全校聞名，連門衛大爺都喜歡多看她幾眼。

大爺說：「不可能，你們一點都不像。」後來還是花五朵出來才把媽媽帶進去。門衛大爺自下臺階地說：「這孩子真會長，只吸取你們的優點……」

這份打擊讓花媽媽再沒去參加過五朵的家長會。但從此以後，但凡有人質疑她們母女長相的時候，她就會說：「這孩子吸取我們的優點。」畢竟是有優點讓孩子吸取嘛，這足以讓她原諒了門衛大爺。

花爸爸起先也捨不得讓花五朵嫁出去，這老五是他的臉面，打小抱著她出門，都能多看些笑臉。抱著她去買糖人家會多給一塊，抱著她去買肉，人家會挑膘厚的給，那年月一個人一月才二兩油，誰家都缺油水啊！花爸爸倒不是圖這些個小便宜，看著別人誇五朵的神情，他就跟喝了二兩小酒似地陶醉。自從有了五朵後，再沒人叫他「花大姐」了，他的新名字叫「五朵爸」。這五朵要是遠嫁他國，他的新名字或許就沒了。可轉念再想，做爹的可不能那麼自私，五朵已到了嫁人的年齡，嫁個好人家，是花爸爸心裡一直琢磨的事兒。什麼是好人家？不就是家境好，能讓五朵過上好日子嗎？

但是後來，花五朵又回來了，是一個人回來的。為什麼回來，她不願說，別人也不好多問。

王曉陽突然興奮地要請大家吃飯，她在四個人的微信群裡發消息：不准缺席。大家問她有什麼主題，她說沒有，就是想大家了。

尹辰也沒想到，自那場沒聽完的歌劇後，她們卻不經意地越走越近，就走成了一個小群。群名叫「4是而非」，是尹辰起的。意思是她們的關係有點似是而非，她們原都是尹辰的朋友，花五朵是自小的同學，薛岩是大學同學，王曉陽是幾年前做節目認識的網絡作家。都說閨蜜要從小做起，但她們都是通過尹辰才認識的，屬半路的閨蜜。老話說半路的夫妻都難到頭，這半路的閨蜜呢？好在她們沒想那麼多，感覺對路就在一起，不舒服就少走動，頭上沒有婚書和法律的約束，能走多遠都隨心。不管未來怎樣，至少現在她們都當彼此為閨蜜，這就夠了。如此，四個女人，四個四十出頭的女人，就「4是而非」了。

四個女人中，尹辰與王曉陽認識的最晚，但親密度卻不低。四年前，尹辰按頻道總監的要求，做了一檔網絡小說為什麼火爆的話題節目，王曉陽是被邀請的網絡作家之一。在節目錄製時，王曉陽表現出的熱情和認真超過了所有被邀請的作家，讓不輕易動情的總監都感動了，後來竟特別為她做了一檔專訪，使她緊接著出版的一部小說大賣。這也成為王曉陽從線上落地線下的轉捩點。在專業作家不再增加編制的情況下，她破例進了省作家協會，成為省作協最後一個入編的專業作家。雖然老牌的專業作家們對此頗有微詞，但社會各界對作協開放包容的姿態給予了高度評價，作協領導也算是賺了個好口碑，對那些反對聲也就忽略不計了。王曉陽進了作協後卻自覺的不再涉足網絡，甚至有點避諱的意思。雖說英雄不論出處，出名後的王曉陽還是有意回避著來路，就像舊時的鴛鴦蝴蝶派，雖然人們都將那時寫言情故事的作家劃分在此，但他們卻沒一個願意承認自己屬此流派。

當專業作家是王曉陽的夢想，從網絡起步不過是曲線救國，再說了，作協大院裡有幾個是看得起網絡寫手的？突然別了網絡，讓很多粉絲不捨，也讓最初使她火起來的那家網站聲聲歎息。但王曉陽很決絕，已經登堂入室了，誰還留戀街邊小地攤呀！

電視節目播出後，王曉陽重重謝了頻道總監，也不忽略當時只是編導的尹辰。一來二往的，她和尹辰成了朋友。後來尹辰接替了頻道總監的位置，王曉陽的知名度也越來越高，她們的關係也越來越密切。

赴約前，花五朵給尹辰打電話：「哎，我們明天穿什麼衣服？」

尹辰沒明白她的意思：「你愛穿啥穿啥，你穿什麼都好看，不穿更好看。」

花五朵說：「去你的，我是想問我們在什麼樣的場合吃飯？」

尹辰說：「管他什麼場合，反正就我們幾個，沒外人。」

結果四個女人一碰面，花五朵就叫起來：「你們穿這麼漂亮呀？」看著她們一個個都是盛裝，她一臉的懊喪。

尹辰這才明白花五朵那點小心思，她笑了，說：「你那麼漂亮，別人穿什麼也比不了你喲！」

有日子沒見王曉陽了，尹辰調侃道：「大作家終於有空接見我們啦，今天沒有讀者見面會，沒有講座？」

王曉陽的行蹤是透明的，她總是在朋友圈或是在「4是而非」裡現場直播她的動向，所以雖不見面，她在幹什麼誰都知道。

「哈哈最近確實太忙了，不過再忙也要抽出時間來接見你們呀！」王曉陽一臉的燦爛。

尹辰嘴上繼續調侃，眼裡卻滿是欣賞：「你哪像個作家，倒像個社會活動家。」

王曉陽張開雙臂要擁抱大家：「沒辦法，我是名作家呀！」

「這不要臉的勁兒！」尹辰笑罵著推開她。

王曉陽是湖南人，她說她與中國的紅太陽是同鄉，所以叫「曉陽」。但名字是父母起的，這個所以然是她父母當初的意思還是她後來的附會，不得而知。不過她真的似一個小太陽，永遠暖暖的烤人。尹辰每與丈夫有不痛快，與她一聚就消散了。所以王曉陽毫不自謙的說，她是尹辰的鎮痛藥。

王曉陽在家排行老二，在大多數中國家庭裡，老二都是不太受待見的，尤其當老二和老大是同一個品種時。更何況王曉陽不僅上有一個同品種的姐姐，下面還有一個全家終於盼來可以傳宗接代的弟弟，她在家中的位置便可以想見。因為不被關注，她卻獲得了一個較為寬鬆的生長環境。姐姐和弟弟的作業本父母是要檢查的，她卻可以豁免。因為父母沒對她抱有希望，或者說她的未來對他們這個家庭無足輕重。也因此，無論她怎麼努力得了百分得了榮譽，都不能像姐姐和弟弟一樣，在父母那裡得到獎賞。在她慢慢習慣了這種不平等待遇之後，她努力學習的習慣卻已養成。她就一路小學中學大學研究生的讀上去，把父母驚得目瞪口呆。當然，她父母都是明白人，在有心栽花花不開之後，竟轉而疼愛起這個無意插出的柳來。開始好吃好喝的都緊著她，過年了只給她買新衣服，弟弟穿的是她的舊衣改的，姐姐則是媽媽的舊衣改的。這轉變始於王曉陽考進縣高級中學。這樣的翻轉，讓王曉陽早早地就明白，人的命運是掌握在自己手中的。

四個女人坐定後，花五朵像發現什麼似地盯著王曉陽的臉問：「你最近用的什麼化妝品，皮膚變細了。」

王曉陽說：「我一直用雅詩蘭黛呀，好多年了，沒換過。」

花五朵眼睛掃了一下尹辰和薛岩，意在找共識：「你們說呢，她的皮膚是不是變細了，漂亮了？」

薛岩說：「人家本來就是美女作家。」

尹辰說：「我是覺得她眼睛放光，又有新作誕生啦？」

王曉陽嘻嘻哈哈地：「你們神經過敏，我還覺得你們都變漂亮了呢！」她拿起菜單也不徵求大家意見，一通亂點把她們嚇了一跳：「點這麼多，你要撐死我們呀！」

「你是要讓我們都變成胖子，凸顯你一個好身材嗎？」

「小心身材太好了沒朋友！」

王曉陽大叫：「瞧你們這幫壞蛋，請你們吃都堵不住嘴！」

菜上來了，大家還沒吃上幾口，王曉陽開口了。

「你們最近怎麼樣，有什麼新鮮事嗎？」

幾個女人忙著滿桌的菜，沒太理會她的問話。再說，有事不都在群裡彙報過啦，尤其是你王曉陽，彙報得頻繁又詳盡，還能有什麼新鮮的鮮得過那盤十三香小龍蝦？

王曉陽埋怨服務員：「龍蝦不是該最後上的嗎？」

其實，她也沒想聽別人有什麼新鮮事，她是迫不及待的要開自己的新聞發佈會，她敲了敲桌子，像法官敲著法槌：「我最近認識了一個旅美畫家……」

三個女人不太情願地暫時放過那些小龍蝦。

「哇，好大的氣場，也很有才華，我很喜歡他的畫。」說完這句話，王曉陽自己拿起一隻龍蝦，剝開放進嘴裡，還故意不看她們。

「然後呢？」

話是花五朵問的，尹辰和薛岩沒開口，但眼神表達的是同樣的意思。

「他也很欣賞我。」王曉陽一邊咂摸著龍蝦的味道，一邊不清不楚地吐著字。

「等等，他也——很欣賞你，就是說你們已經相互欣賞啦？」花五朵從她帶著十三香的口腔裡，敏銳地捕捉到那個「也」字，有點興奮。

「嗯，反正我喜歡氣場大的。」王曉陽將那只龍蝦吞咽完畢，口齒清晰，但語氣含混。

「哇，有熊出沒。」花五朵像貓聞到了魚腥。

「你才是熊，他溫柔著呢，每天都問寒問暖，還時刻提醒我要注意休息，要多喝水。」王曉陽大眼睛忽閃著又瞬間關閉成一條縫，像榨甘蔗需要擠壓一樣，溢出了甜汁。

尹辰忍不住稀釋著她的糖濃度：「得了，你沒見網上說嗎？男人最不值錢的關心，就是『你要多喝水』。」

花五朵也跟著摻水：「對，不能看男人說了什麼，要看他為你做了什麼。」

「做什麼呀，我們還沒見過面呢！」大眼睛恢復到原有尺寸。

「沒見過面就知他氣場？」薛岩說。

「人的氣場是可以感覺到的。」大眼睛變圓，並增強了亮度。

「你們怎麼認識的？」薛岩又問。

「出版社的一個編輯介紹的，說他可以為我的下一部小說插畫，讓我們互加了微信，沒想到一聊就很投緣。」

「人家是有意介紹對象吧？而且進展還不錯。」花五朵突又往糖裡加蜜，「所以請我們吃飯，是得慶賀一下！」說著拿起盛滿果汁的酒杯要去碰王曉陽的杯子。

「說什麼呢，你想歪了，是合作對象。我看了他發給我的畫，覺得我們很投緣，他一定能讀懂我的作品，這樣合作起來就會愉快嘛！」嘴上這麼說，手上的酒杯還是伸出去與花五朵碰了一下。

「我也沒想歪，先讀懂你的作品，再讀懂你這個人，再合作愉快，就順理成章了嘛！」花五朵繼續起勁。

「你們還沒見過，你知道他長什麼樣？」尹辰問道。

王曉陽趕緊滑動手機：「有照片呀，我們都互發照片的。」

三個腦袋湊過去看照片，尹辰脫口而出：「是他！」

三雙眼睛一齊看向尹辰：「你認識他？」

尹辰支吾道：「呃，多年前的事了……」

「多年前……還事兒？你們有什麼故事嗎？」花五朵總是很敏感。

「沒……什麼，曉陽……你最好離他遠一點……」尹辰欲言又止。

這無疑是在燒熱的烙鐵上兀地潑上盆冷水，王曉陽的聲音瞬間變成在烙鐵上搏鬥的水珠，滋滋炸響。她上身像突然長高了一截似地向前傾著，火山噴發般的語速火燙又密集，如果不是妨礙閱讀，這裡應該是沒有標點符號的，因為標點符號根本塞不進去：「為什麼？為什麼要離他遠一點？出版社的編輯也不是隨便就給我介紹畫家的，他們知道我對自己作品插畫的要求很高，一般的人我是看不上的。你認識他是什麼時候，多年前？多年前的事情現在還說什麼呢，我是從來不計較過去的，我們誰沒有過去呢！再說，我們只是合作，只要他不殺人不放火不犯法，只要他的畫合我的眼，我就可以與之合作，這有什麼呢！」

火焰直接燎到了尹辰的喉嚨，她說不出話也後悔剛才說出的話，王曉陽的反應把她給震了。她突然想到與太陽的距離，近了是溫暖，太近了會被燒焦。她向後讓了讓想起身，薛岩似不經意地摁住了她。

花五朵不敢再胡亂敏感，像小孩子做了錯事般閉口一聲不吭。

「你的新作品還沒出來，合作還沒開始，你們天天聊天，都聊些什麼呢？」薛岩語氣平穩，有點刻意的隨意。

「什麼都聊，也……沒聊什麼……」王曉陽的語調從沸點突然下滑，又突然語塞，眼裡竟有了淚水，她抬起頭努力噙住不讓其滑落。

薛岩心裡一動，也有點濕濕的。她拍了拍王曉陽的手，想讓她平靜下來。這是怎麼了？這麼出色的女人，是因為作家才這麼感性嗎？都說文學即人學，王曉陽是搞文學的，看人應該不會這麼馬虎。可依她對尹辰的瞭解，她的話也一定不會是空穴來風。

這氣氛太尷尬了，薛岩不喜歡，她對花五朵使了個眼色：「哎，五朵，你不是說買了件新衣服要帶給我們看的嗎？快拿出來呀！」

花五朵心領神會地：「對對對，衣服我帶來了。」說著從身後的包裡拿出衣服，還沒來得及展開，王曉陽卻突然從她手裡奪過衣服，放到尹辰的面前比試：「這衣服是你的 style，你個子高，你穿會比五朵還好看，五朵你就讓給尹辰吧！」

這突變，與她剛才發飆的震級相當。

尹辰像被人蒙著眼睛轉了幾個圈，一時搞不清方向，怵在那裡。薛岩一口飲料沒嚥下去，嗆得直咳嗽。花五朵對突然被奪走的衣服心有不悅，但還沒來得及反應在臉上。

還是薛岩反應比較快，雖然咳嗽還沒停歇，但已經準確地判斷了形勢的變化。她用嗆了橙汁的嗓子附和道：「是是，是尹辰的範兒，你穿上試試！」

尹辰還僵著，卻被薛岩和王曉陽的兩雙手扒下外套，再給穿上花五朵帶來的新衣服——一件披風似的針織衫，倆人異口同聲地說好看，說就是為她設計的。花五朵則在一旁默不作聲。

尹辰鼻子一酸，淚腺立刻充滿，就如同小時候摔了一跤，媽媽跑過來扶起她，幫她揉撫傷痛，而這時候她就一定會鼻子發酸，就會流眼淚，就會哇哇大哭。人的眼淚有時是哄出來的，尤其女人和孩子。

薛岩趕緊拉著她：「我陪你去洗手間，那裡有鏡子，你自己看看，真的很好看。」

當在洗手間的鏡子裡看到自己，尹辰的眼淚總算憋了回去，一是四十多歲的女人的淚臉真不好看，二是這件衣服還真是好看，特別抬人。她用手理了理頭髮，整整衣服，正面側面地照了照，對自己很滿意。她轉過臉來看薛岩。

薛岩微微一笑：「你們幾個挺有意思的，有時像孩子，不過都挺可愛的。」

尹辰想說什麼，薛岩擺擺手：「像孩子沒什麼不好，你們都很感性，跟我身邊的同事都不一樣。」

「我是好心提醒……算了，不說了。」尹辰擺擺手，歎口氣。

薛岩說：「事情嚴重嗎？如果嚴重就要說，也別管她高不高興，不高興就不值得做朋友。」

薛岩的話倒把尹辰問住了。嚴重嗎？尹辰自己也說不清了，時過境遷，那時的嚴重，放在如今的社會環境還叫嚴重嗎？只是那個人，那個人……她真的有點說不清了。她有點後悔剛才的冒失，這一後悔心裡的委屈也消了，她拉上薛岩：「快回去吧，別讓她倆等著了。」

這邊，花五朵在寬慰著王曉陽：「你也別在意，尹辰就喜歡把什麼事情都弄得清清楚楚明明白白，有時未必是好事。但她是好心，你要理解。」

「沒事的，我才不會生她的氣呢，我跟她誰跟誰呀！她就是我姐姐。」她頓了一下，「不過那畫家也很懂我，我們微信常常聊到深夜。他還總誇我漂亮，哈哈他是不是在追我呀，我才不會輕易上鉤呢，這麼多年我一個人過得非常好，才不需要男人呢！」

看見尹辰和薛岩回來，王曉陽立刻起身：「怎麼樣，我說好看吧！這就是你的範兒。」

尹辰點點頭，轉對花五朵：「你把網址發給我吧，我可不想奪人所愛。」

花五朵有點遲疑地說：「這，這不是網上買的，是……託一個朋友從外地帶來的……」

薛岩突犯疑惑，記得她說過是在網上買的，怎麼是託朋友帶的……我記錯了？這年頭商品流通這麼發達，還託人買衣服？再看尹辰和王曉陽都毫無感覺的樣子——不是她倆粗心，就是我的記憶有問題。

尹辰將衣服還給花五朵：「朋友之意更不能奪了。」

王曉陽不依不饒：「問一下你的朋友，這衣服多少錢，我買了送給尹辰。我喜歡看她穿這衣服的樣子！」

尹辰說：「好了，你別難為五朵了。」

花五朵似被逼到牆根：「要不……你拿去吧，你穿是好看。」把衣服復又遞給尹辰。

尹辰說：「你是人漂亮，穿什麼都好看，哪像我們還要靠衣服包裝。我也是好久沒有買衣服了，忙到連捯飭自己的時間都沒有。」

花五朵看著尹辰將衣服放進她的包裡，撇了一下嘴：「再忙，女人也一定要打扮自己，在美國，女人出門不化妝就等於沒穿衣服。」

王曉陽趕緊雙手捂著臉：「哎呀，我今天就沒穿衣服！」

幾個女人都哈哈大笑起來，一片烏雲散去。

五臟廟都填飽了，王曉陽從包裡拿出幾張請柬，遞給她們一人一張：「這是他的畫展，下個月在榮寧齋舉辦，你們去看看吧，也幫我看看這個人。」又特別對尹辰，「隨便你去不去，不管你知道他什麼也不管我與他未來會發生什麼，都不會影響你我的關係，我視你為永遠的最走心的閨蜜。」

尹辰不由得伸出手臂擁抱了她。

花五朵走過來，從王曉陽的身後擁抱了她：「我好喜歡你的性格，我們都要做終生的閨蜜。」

薛岩覺得喉嚨發癢，眼前這一幕完全不在她的生活體驗裡。她公司全是理科男，即使有幾個女人，男人也沒拿她們當女人，女人們也從不把自己當女人。都說男人不喜歡不像女人的女人，可她們幾個有顏值又女人味十足的傢伙，怎麼就個個婚姻不幸呢？她心裡兀地就升騰起一種要解救三分之二受苦人的仗義與責任。

薛岩拍了拍三個抱在一起的人：「好了好了，你們別在這兒肉麻了，別人都看著呢！」

王曉陽乾脆一伸手又將薛岩抱了進來。薛岩連推帶搡地掙脫了：「我真受不了……」

臨別時，王曉陽又囑照：「你們都來參加開幕式吧，我等你們。」那口氣，仿佛是她的畫展。

薛岩說：「只要沒有特殊情況我一定去，不過不是幫你看人，你是作家還需要我們把關？再說你們只是合作出書，這我是外行，給不了意見，就去欣賞欣賞畫吧。」

花五朵說：「只要不是跳舞時間，我都可以。」

花五朵從美國回來後就迷上了國標舞，她的作息時間就是跳舞時間，跳舞的時候微信電話都不接，約她得掐準時間。

王曉陽說：「你跳舞的時間就不能調整一下嗎？」

「我是就舞伴的時間。」

「哪你就換個舞伴。」

「為你的畫家讓我換舞伴？你也太霸道了吧！你當換舞伴是換件衣服呀，告訴你，找舞伴比找老公還難呢！」

三個女人臉上同時顯出錯愕的表情。

花五朵頭一揚說：「你們不跳舞，不能理解。」

不管能不能理解，尹辰終於知道花五朵的好身材是怎麼來的了。她倆是兒時的玩伴，雖然沒花五朵漂亮，但身材一直是讓人誇讚和羨慕的，但花五朵現在卻反超了，生過孩子的身材還好過尹辰這沒生過孩子的。她開始還以為花五朵是在美國吃了什麼好東西保養的，現在才明白是她回國後跳舞跳出來的。

請閨蜜們吃了飯回到家，王曉陽心裡有點不爽，因為尹辰的話或多或少在她日漸奔騰的荷爾蒙上潑了點涼水。那感覺就是她正在品嘗一份佳餚，卻突然有人告訴她，在後廚曾有一隻蒼蠅在上面跳過舞。

她拿起手機找到秦荏的微信頭像，想問一下他認不認識尹辰，剛打了幾個字又猶豫了。萬一他和尹辰真有什麼，這一問不是讓他尷尬？

他們到底發生過什麼呢？她有點後悔沒讓尹辰把話說完，也怪自己也太沉不住氣了。

現在算下來，她與秦荏在微信上聊天已經一個多月了。雖然還沒見過面，卻已是無話不談的神交密友了。秦荏說「我們以後可以一起出書，一起看世界，一起……」這明顯是在構畫他與她的未來，如果現在沉不住氣去問他認不認識尹辰，豈不是要斷送他們的未來？絕對不可以！她把手機上剛打的幾個字刪了。哎呀，我們不就是合作嘛！面都沒見過，人家也沒拿我怎麼著，我那麼複雜幹什麼呀！不想了，洗澡！

洗完澡躺在床上禁不住又想，今天是她與尹辰交往以來第一次出現小波瀾，卻是為了一個尚未謀面的男人，她心裡也有些驚訝。尹辰是她無話不說的最瓷實的閨蜜，雖然不是一起長大的髮小，但她們性格互補，一個外強內柔，一個內強外柔。她喜歡尹辰，還常會在她面前耍耍嗲，不是因為尹辰比她大幾歲，而是尹辰有強烈的母性情懷，或許正是因為她沒做過母親，才在她這裡尋求人生的情感完整吧。尹辰對她的關心，常常讓遠離家鄉的她心生感激，自己的姐姐也大不過她對她的關心。她說尹辰：「你外表那麼冷傲，最初認識你的時候都不敢靠近你，其實你是個又軟又暖的傢伙。你的外表有欺騙性。」

尹辰則說：「你的欺騙性更大，看著柔弱的沒有四兩重，開起炮來能把人沖到地球外去。」

還有兩天，秦荏就要從美國飛來，王曉陽心裡一直盼著這一天。她突又跳下床，去到衛生間找張面膜敷上，這幾天要好好保養皮膚。她們都說我最近皮膚變細了，還問我用的什麼化妝品，我不是一直用的這些嗎？這面膜還是尹辰送我的，我和她用的是同一個牌子，怎麼就我的皮膚變細了？都說愛情是女人的美容液，我愛了嗎？我自己都沒確定，她們怎麼就看出來了？對了，他今天晚上怎麼沒給我微信？算了，這會兒也不想主動聯繫他了。睡吧，多大事都明天再說。

兩天後，王曉陽去機場接了秦荏。

她精心地打扮了自己，提前一小時到達機場。在機場等候的時候，尹辰的話又在她心裡跳了一下，心情有些複雜，有點像小時候看恐怖片，既期待又害怕。恐懼有時候也是誘導你向前的動力，要不怎麼會有那麼多人喜歡探險、喜歡看驚悚片呢！而王曉陽的血脈裡天生具有不懼風險一探究竟的氣質，他就是毒品，我也要嘗一嘗，先過個飄飄欲仙的癮再說。這麼想著，心裡坦然了許多。

當又高又闊的秦荏站在她面前的時候，還是超出了她的鎮定指數，她幾乎不能正常呼吸，這氣場比她想像的還大，她似乎是被一股氣流裹挾著離開了機場。而此後，在幫著秦荏布展的日子裡，這氣流一直環繞著她，讓她不能思考除他以外的任何事情。

畫展開幕前，四個女人沒再見面。因為王曉陽忙得不見蹤影，只看到她不斷地在朋友圈發佈著畫展的預告、宣傳和邀請。這也就不斷的提醒著尹辰，那個人要來了。

這會兒就必須要說一下秦荏這個人了。

二十多年前，尹辰那時還在報社當記者，秦荏是同城另一家報社的記者，因為都跑文化條口，一來二往的就熟了。那年年終，本市的電影發行公司舉辦文化記者聯誼會，他們都被邀請參加。為感謝各媒體記者一年來對電影宣傳報導的支持，讓老記們吃好喝好拿了禮物——一套床上用品，那時還不興給信封，尹辰家裡的床上用品堆了一人高——之後還舉行了一場聯歡舞會。

尹辰喜歡看別人跳交誼舞，特別是跳得好的，很讓她羡慕。她沒學過交誼舞，不過悟性不錯，只要舞伴能帶她，就能很快跟上節奏，找到感覺。所以舞伴跳得越好她就跳得越好。但她還是不那麼喜歡自己跳，總覺得男女貼那麼近不自在，倒不是封建，是心理上有點潔癖。形象欠佳的，她會厭惡、反胃，以致跟不上節奏；個子太矮的，她會因視線掠過舞伴的頭頂，找不到感覺而踩對方的腳；身上有劣質化妝品或香水味的，她會眩暈或全身起雞皮疙瘩。因為挑剔，在舞場上她總是很矛盾，既希望跟跳得好形象又說得過去的人跳，又怕被不願與之共舞的人邀請。所以，舞場上她總是顯得很緊張，以致秦荏走到她身邊時她嚇了一跳。

秦荏一伸手：「賞個光。」

「哦……嗯」尹辰也不知道自己嘴裡咕噥了句什麼，就跟著秦荏進了舞池。說是舞池，其實就是大家圍坐在四周，讓出中間的地方供大家蹦擦擦。

秦荏的舞技與形象都不算上佳，倒也不會引起她身體上的不適。沒想到一支曲子沒跳多久，突然斷電了，一片漆黑，尹辰感覺摟在自己腰上的手收緊了，一股熱烘烘的酒氣壓了過來，還沒反應過來，一個濕乎乎的嘴唇就貼在她的臉頰上。她又羞又惱：「你喝多啦！」一把推開秦荏，在黑暗中左衝右突地離開了舞場。

此後，尹辰就盡可能避免與秦荏見面，像是自己做了什麼見不得人的事。也奇怪，自那以後就真的沒再和秦荏見過面。後來才知道他不當記者，成美術編輯了。再後來又聽說他離開了報社。如果不是在王曉陽的手機裡看到他的照片，這個人幾乎已在尹辰的記憶裡消失了。人的記憶有時是有過濾功能的，會自動屏蔽一些不該或不想記憶的東西。

去不去看秦荏的畫展，原本是無需躊躇的，那怕問一百回，尹辰也是回答：不去。但是中間夾著一個王曉陽，就讓她左右不是。不去，曉陽不高興，去吧，自己不舒服。儘管王曉陽嘴上說隨便她去不去，但從她那天的突然失態裡，尹辰讀得懂她心裡的潛臺詞。尹辰給薛岩打了個電話，想讓薛岩給拿個主意。

「遵從自己的內心，你覺得去了不舒服就別去，覺得沒什麼就去。你和曉陽是閨蜜，那畫家才認識幾天啊，對了，還沒見過面呢，她應該更信你的判斷。你不去，她應該不會不高興的。」儘管不知道尹辰與那位畫家之間曾經發生了什麼，但薛岩心裡的公式是：尹辰與畫家都是分母，交往時間是各自的分子，得出的數值是可信度，王曉陽應取大者為意。

掛了薛岩的電話，尹辰還是主意不定。心中又泛起對秦荏的怨恨：真是個王八蛋，不是他出現，她與王曉陽之間一直是心靈通透，毫無芥蒂的。兩人都是直腸子，有二不說一，遇到任何事情，彼此都可以直接表達，無需掩飾。或許，越是透明的東西就越是藏不住一點瑕疵，在尹辰看來，此刻的秦荏就是她們透明關係中的那個雜質，她無法單方面剔除，卻在之後的一段時間裡，眼睜睜地看著這份雜質一點點暈染開，幾乎要混沌了所有。

他給她一張美國名片

秦荏的畫展開幕了，薛岩和花五朵都去參加了開幕式。方方面面的來了不少人，有頭有臉的也不少，這個主席那個秘書長的，甚至還有個把看著臉熟卻叫不出名字的影視明星也來捧場。

看得出，很多人都是王曉陽請來的，她忙前忙後地給秦荏介紹來賓，發放畫冊。薛岩和花五朵也在被介紹之列，王曉陽還特別跟秦荏強調了一下花五朵的身份：「她也是美籍華人喲！」

秦荏很熱情地與她倆握了手，還陪著她們看了一會兒畫，後來來了一位什麼領導，他就「失陪」了。

或許是因為王曉陽交待的那句話「幫我看看這個人」，更或許是因為這人與尹辰曾經有過什麼，薛岩就比較注意地觀察著秦荏。在她看來，秦荏的所謂氣場是有點舞臺效果的，是經過佈景的襯托和擴音器的放大而顯現的。開幕儀式上，他也確實像個明星一樣的目光四射，關照到每一個看他的觀眾，只要與他目光相遇，都會有被男一號眷顧的榮幸感。如果他是個當紅的小鮮肉，臺下的女粉絲一定會被電倒一大片。

薛岩不懂畫，對秦荏的作品不置可否，只是注意到他那龐大的身軀在展廳裡飄來飄去，就很驚訝於他掌控自己身體的能力。他像一件看似很溫暖的大毛衣，卻是棒棒針織出來的，拉開來看有很多透風的眼，其實分量並不重。

花五朵倒是挺欣賞秦荏的畫，而她欣賞的眼神全被秦荏捕捉到了。他給她們發名片，特別給了花五朵一張全英文的他在美國的名片，還說：「有機會去我美國的畫室看看，我最好的作品都在那兒呢。」花五朵說了句：「謝謝！」卻不敢應承，因為她不知道什麼時候回美國，也不知道還會不會回美國。

王曉陽倒是很興奮：「好啊，以後我們一起去！」

到了中午，秦荏設宴招待大家，薛岩藉口公司裡有事要先走，花五朵本來可以留下來，一看薛岩要走，也說有事就一同告辭了。秦荏特地送到門口，還用英語與花五朵交談了幾句。薛岩不知道他們說了什麼，單從花五朵的表情上也沒讀出個所以然。之後花五朵沒說，薛岩也就沒問。

薛岩回家後，與老公王一平說了她對秦荏的直覺。她說她不懂王曉陽為什麼會被吸引，也不明白尹辰與他之間到底有什麼故事。王一平樂樂呵呵地拉開衣櫥，答非所問：「看看你的衣服，從你交上這幾個女朋友後，你的衣櫃爆滿。」

薛岩說：「怎麼，嫌我衣服買多啦！」

「恰恰相反，我倒是覺得你現在越來越會打扮了，穿衣品位也上升，我很喜歡。」

「還品位呢，那天跟尹辰去逛商場，試衣服時她發現我沒穿胸罩，把我好一陣數落。我說早上忙忘穿了，再說又不是夏天，穿這麼多衣服也穿不了幫。可她說，戴胸罩是遮羞是怕穿幫嗎？是塑形！女人要挺拔要有質感，否則就會『墜墜』不安。」說著雙手在胸前做了個乳房下墜的比劃。

「哈哈哈……」王一平大笑。

「你笑什麼，是笑我乳房下墜嗎？」

「就你那體量，想下墜也不容易。」

「好啊，你是嫌我乳房小呀，今天終於說實話了。」薛岩氣得將一個枕頭砸過去。

「你乳房小是事實，但我從來沒嫌你小呀，我就喜歡小的，因為我手小，好掌握。」王一平繼續嬉笑著。

「這麼流氓，跟誰學的？」

「自學成才，無師自通。」

「真沒想到，你還是這樣的人，我怎麼早沒發現呢？」

「現在發現還來得及，趕緊去找一個不流氓的男人。可天下有嗎？」

薛岩一手抓著老公的一隻耳朵，兩眼瞪著他：「你是說天下男人都是流氓？」
「也許有個把不是，但在西天取經的路上呢！」
「唐僧？我才不要呢，用現在的話說就是個娘炮。」薛岩手一鬆丟了丈夫的耳朵，仰面躺在床上，突然想起什麼似地喃喃自語：「她們一個個風情萬種有顏值有才華的都罩著呢，我就別再添亂了，還是好好守著你吧！」
王一平附身看著她：「你們認識時間不長，交往倒是挺熱乎。」
「我也奇怪，她們與我過去交往的朋友不一樣，但我挺喜歡她們，也許我骨子裡有與她們相通的東西。」
「你跟學中文的尹辰一直交好，當然有相通的東西了。」
「是的，雖然我們不是同專業，但一直是最要好的。一個宿舍就是緣分。」
「你的工作圈裡都是線性思維發達的技術範兒，她們這幾個呢，都是文藝範兒，你喜歡她們呀，說明我老婆骨子裡還是文藝範兒！」
「別拿我開心。對了，你跟我談戀愛的時候還給我寫過酸溜溜的詩呢？」
「嗨別提了，你那時那麼不屑，把一個偉大的詩人扼殺在搖籃裡了。」
「哈哈好大的搖籃……」薛岩突然止住笑，若有所思地：「其實我骨子裡還是有那麼點詩情畫意的，這些年不知怎麼就丟了。」
「上帝就是派她們來給你找補的。我看她們幾個都挺不錯，某種意義上說都挺純粹。」
薛岩凝視著丈夫，由衷地：「你知道你身上最可貴的東西是什麼嗎？」
王一平期待地看著她。
「你總是能發現別人身上的好。」

王一平被她誇得有點不好意思，也有點興奮，就將身子壓將下去，卻被薛岩一把推開了。

「我們好久沒有……」

「我怕疼，不知怎麼現在總是乾乾的……」

「我輕一點。」

「不行，恐怕我就是不行了……」

「瞎說，你還沒到五十呢！」

「也許真像花五朵說的，女人一絕經就真的不行了。」

「明天我去買點潤滑的東西來……」

「你真的一定要嗎？」薛岩兩眼盯著丈夫。

「當然，不過……如果你不願意，我也不會勉強。」

開幕式上沒見到尹辰，王曉陽心裡倒有些慶幸，她不想秦荏難堪，這幾天的交往，她與秦荏都有相見恨晚的感覺。她放下手裡所有的事情，一心撲在畫展上，甚至主動成了秦荏賓館和展館之間的專車司機，還幫他聯繫媒體記者採訪、報導。本來還想請尹辰來採訪的……她很抱歉地對秦荏說：「不好意思，我朋友最近出差了，本來想請電視臺來報導的……」

「哦，是有點遺憾。不過沒關係，你已經安排得很好了，非常非常感謝，來了這麼多你的朋友。對了，只要是你的朋友，看中哪幅畫我九五折給他。」

「那要是我看中的呢？」

「我倆嘛，先不談錢吧。漂亮女人的容貌是無價的，我怎麼能跟你談價錢呢？」說著，伸手摟了摟王曉陽的肩膀。王曉陽則順勢將頭在他臂膀上靠了一下。

說這話時，他倆正站在一幅很有漫畫意味的人物像前，而這一切都被悄悄來到畫展的尹辰看在眼裡。尹辰原想別讓王曉陽心裡不舒服，畫展還是來一下，但她有意避開上午的開幕式，到下午才抽空去了展覽館。她不想見秦荏，也沒打算碰見王曉陽，回頭給她發個微信，讓她知道自己來過就行了。這會兒看見王曉陽和秦荏在一起，就轉身想離開，卻被此時也轉身的王曉陽發現了，她大叫：「親愛的，你什麼時候來的？」尹辰無奈站住。

尹辰今天的打扮讓王曉陽好生奇怪。寬邊太陽鏡加棒球帽，頭髮用髮卡束起藏在帽子後面，感覺是去參加戶外活動。也太不講究場合了！但王曉陽是聰明人，她一下就明白了尹辰的用意：她不想讓秦荏認出來。好吧，那就將計就計，王曉陽在把尹辰介紹給秦荏的時候，故意不說名字，只說這是她的好朋友。

果然沒有出現尷尬的場面。尹辰問：「薛岩和五朵她們來了嗎？」

王曉陽說：「她們來過了，已經走了。」心裡非常感謝尹辰今天能來，又不使秦荏難堪。

尹辰說：「你們別管我，我喜歡一個人欣賞。」說著眼睛故意看向遠處的一幅畫。

其實尹辰也不懂畫，不管是國畫還是西畫，但她喜歡看畫，就像她不懂音樂也喜歡聽一樣。她說不出道道，卻有自己的感受，感受是不分高下的。她在報社時曾採訪過一位著名畫家，報導刊登出來後，那位畫家卻說，她是這世上最懂他畫的人。尹辰自己都詫異，她文中沒有一句專業的畫評，全是她個人讀畫的感受和認知，一個觀者的視角而已。成稿後，她自己是很不自信的，生怕錯會了畫家的圖旨。沒想到還歪打正著。她還愛聽交響樂，也是不知其然，卻也能陶醉其中，自得其享。她沉溺於那個氛圍，有點像水療SPA，每個毛孔都貪婪地吸食著那些運動中的音符，有同呼吸共振波的感覺。但她沒寫過樂評，也沒採訪過音樂人，如果有機會她一定會問，為什麼中國的民歌裡少有「4」和「7」這兩個音符，而她特別喜歡西洋音樂，因為裡面有「4」和「7」。

在展室裡轉悠了一會兒，也不知是因為厭惡畫者，還是真的看不上這些畫，反正這展廳的氛圍讓她不舒服。估摸著已走出王曉陽和秦荏的視線，她準備抽身離開，突然身後就有一個聲音響起：「有戴著有色眼鏡看畫展的嗎？」

尹辰嚇了一跳，一回頭，是秦荏。

秦荏說：「來都來了，幹嘛還要掩人耳目？」

「什麼，什麼掩人耳目……我又不是為你來……來的。」話一出口，就後悔了，怎麼這麼沒水準。實在是對這突如其來的狀況來不及反應。

「不是為我來，那是為王曉陽來？來告訴她，你我從前的事？我們從前有什麼，你告訴她呀！」

「我，我沒說……」尹辰完全亂了陣腳，被動地招架，彷佛自己做了壞事被抓了個正著。

「你以為你是誰呀，聖女嗎？不就是當年還有點姿色嘛，現在估計你自己都不敢照鏡子了吧！你來幹什麼，別有用心吧，要不要把王曉陽叫過來，我們一起敘敘舊？」

「你，王八蛋！」她氣得嘴唇發抖，卻不知怎麼反擊，她跺了一下腳，狼狽地逃出了展廳。真是自取其辱！尹辰快要氣瘋了。她逃也似地衝到停車場，卻正好撞見博文——她已分居的丈夫。他酷愛書畫，有展必看。雖然是分居著，但畢竟還沒離婚，一看見他，尹辰的眼淚就止不住地往下掉。博文趕緊把她拉到車裡，著急知道原委。與秦荏的過往她沒告訴過博文，這會兒也不知該怎麼說了。博文給她擦了擦眼淚：「說呀，不說我怎麼幫你？」

一句「幫你」，讓尹辰心一暖，就一五一十的都說了。

博文聽完說：「這畫展我不看了！文如其人，畫亦如其人，這種人畫不出什麼好東西。」

尹辰看著他，心裡就生出家人般的親近感，畢竟同床共枕了幾年。

「我看啊，這個王曉陽也不值得交往，以後別來往了。」

「曉陽是無辜的。」

「什麼無辜呀，能跟這種人合作，她也有問題。」

話不投機，心裡的氣又鼓起來了。尹辰說：「好了，臺裡還有事，我先走了。」

尹辰與丈夫博文分居五年了，當初是他叫著「離婚！」負氣而出走的，但出走後卻再不提離婚二字。還時不時地電話或微信關心一下，比如今天降溫了，會提醒尹辰多穿衣服，下雪了，會提醒尹辰開車小心。尹辰心就軟了，又想著他的諸多好來。可是每次見面，又都是這麼不鹹不淡的毫無再見的意願。分了吧，尹辰又覺得再找不到合適的。就這麼拖下來了。

王曉陽說她：「這分明就該秒殺的婚姻，你也能磨磨唧唧的拖五年，真是服了。」

尹辰說：「反正也不急著再嫁，擱著吧，有個名義上的丈夫，也免得受干擾。」

尹辰不是慢性子，尤其工作的時候，乾脆、利索。今天的活兒絕不拖到明天，明天的活兒恨不得今天也能搶著幹掉，跟著她幹活兒的人都覺得她太性急。因為她把所有的活兒都當作頭頂上的烏雲，當作壓力，她不喜歡頂著烏雲過日子。人是有兩面性的，尹辰的同事們不會相信，生活中的她是個優柔寡斷，拿不定主意的主。只有熟知她的王曉陽最知道她的軟肋在哪兒，有一回，她又急又恨地說：「真想撕下你的畫皮！」

初識博文

十年前，尹辰要做個研讀歷史的節目，打電話到歷史檔案館，想請個專家做主講嘉賓，檔案館推薦了博文。說他學識深厚，能說會道，還形象俊逸。尹辰就心裡一樂，到底是歷史檔案館，還「形象俊逸」，現在人就一個字「帥」！拿到博文辦公室的電話，她迫不及待地打了過去。

接到電話的博文完全是懵的，檔案館的領導還沒來得及跟他說這事，誰能想到電視臺的速度會這麼快。記者？這詞兒跟我有什麼關係？記者是抓新鮮事的，我這裡都是落了灰、發了黴，長了青苔、結了繭子，甚至積壓成石油的舊事，要採訪可找錯了地方。他將聽筒從耳邊拿到眼前，端詳了一下，似乎在判斷剛才的聲音是不是從這裡發出的。

尹辰在電話裡說：「是檔案館的領導向我們推薦了您。」

確認了聲音的來源，博文再將聽筒放回耳邊，不緊不慢地說了句：「那就來吧。」

這句「那就來吧」，不表達情願，也不表達不情願，就像乘公交身邊空出個座位，又沒有老弱病殘需要讓座，那就自己坐下吧，順乎情理、順其自然、順理成章，沒有思想沒有動機。或許是在長長的歷史裡待久了，博文的思維和舉止都是邁著方步舞著長袖的，說他從容是褒義，說他反應遲鈍也恰如其分，或許研究歷史的人，身上都帶著點兒陳腐的味道。

坐落在明代深宅大院裡的檔案館，就像一個裝著歷史的大匣子，博文每天一走進去，就成了歷史人物。突然從現代社會裡打來個電話，他需要穿越千百年的時間隧道才能將自己拽回來。所以，當尹辰出現在他面前時，他完全沒將眼前這位女子與之前的那個電話聯繫起來。

博文的辦公室有點西曬，下午三四點鐘的陽光透過窗子斜射進來，落在辦公室門前的地板上，形成一個斜著的門框造型。博文對門而坐，尹辰進門時是從暗處走向明處，走到地上的「門框」裡，有點像演員走進追光燈。雖然她敲了下開著的門，博文還是嚇了一跳，不僅是黑暗裡突然出現個人，還是突然出現個女人，一個漂亮的女人。若不是她穿著那麼明顯的現代服裝，他幾乎以為自己出現了幻覺，這是哪個後宮裡跳出來的妃女？

這個女人很漂亮，但博文對漂亮的女人有偏見。漂亮的臉蛋產不了大米，因為漂亮的女人往往不需要自己產米，沒有米沒有柴自有那男人送上前。醜女人不同，不學會自己產米會餓死，而且還要生產出好米，讓那些以貌取人的世俗男人和世俗社會對其刮目相看。

他原來工作的縣中，一、二個有點姿色的女老師，教學不咋滴，靠張臉就可以嫁個好男人，就可以看不上同為教師的男同事。他曾經在心裡埋怨父母為什麼不把他生成個女孩兒，因為像他這樣沒有家庭背景做依靠的，至少還可以靠一靠臉蛋。在他眼裡，女人要麼是中看不中用，要麼是中用不中看。這個從光暈裡走來的女人是中看的，做歷史節目恐怕就差了點兒，看那輕飄飄的身材就知肚裡的文墨重不了。

尹辰也沒法將「形象俊逸」和眼前的他對應起來。一件洗得發白的中山裝，還套著一副在尹辰看來完全沒有必要的袖套，豈非那中山裝也是文物？如果那中山裝換成更似文物的長衫，眼前分明就是舊時的帳房先生。她嚴重質疑檔案館領導的審美眼光！

檔案研究常常要兼顧紙文物修復和整理，黏合劑、脫酸液、毛刷、畫筆的不離左右，說是坐辦公室的研究員，其實就像在作坊裡幹活的工匠。所以尹辰一步跨進去的時候有點錯愕，以為跑錯了地方。

尹辰安慰自己，形象不重要，關鍵要他肚裡的貨。她向他說明來意，邀請他做《重讀歷史》電視節目的主講嘉賓，並禮貌的讚賞了他的學術成就——來之前她是做了功課的，這也是多年養成的職業習慣。

博文只是看著她，對她的誇讚既不表客氣也不顯得意，讓尹辰起初覺得這人有點像木乃尹。還說他能說會道？她心裡的擔心又多了一層，我的收視率喲！

她硬著頭皮繼續說：「我們想請您主講隋唐部分……」話還沒說完，被博文打斷了，這讓她有些意外。

「隋唐是盛世，還是讓別人去講吧，以我看倒不如說說中國歷史上最黑暗的朝代，比如說東晉，比如說清末，研究黑暗才能避免黑暗，這比歌功頌德更有意義也更有嚼頭。您說呢？」

博文本想有意為難一下這個漂亮女人，沒想到卻暗合了尹辰策劃這個節目的初衷。她毫不掩飾地衝著他直點頭：「好好好，就按您說的講。」心想檔案館的推薦還是有道理的。不過，說他不到五十，怎麼看著像六十多？還有那老夫子似的外形，現在的觀眾能接受嗎？

臨走時，尹辰忍不住又多看了一眼他的裝扮，心想得給他備套可上鏡的西裝。

博文結婚很晚，那時他還是一個縣級高中的歷史老師，在痛批師道尊嚴的年代，中小學男老師是社會上最大的剩男群體。三十多歲才有了老婆。老婆崇拜他，卻不懂他。到後來他調進歷史檔案館，她對他從事的工作就更不知所以然了。兩人除了孩子，再沒什麼可交流的。在見到尹辰之前，博文也沒覺得這樣的夫妻生活有什麼不妥。一個掙錢養家，一個花錢持家，目的一致目標一致，連性生活都是按部就班，沒有激情只有本能。

博文對自己從事的職業很專注也很滿足，因為這份專注，他從縣中調到了省級歷史檔案館，老婆孩子都跟著有了城市戶口，檔案館也給分了房，雖然不大，也是有電梯的高層公寓。剛進城時女兒不無炫耀地向同學告別：「我在城裡的家可是要坐電梯的！」

要說還有什麼不滿足，那就是家裡缺少一個書房。就兩間臥室，夫妻一間，女兒一間，吃飯都是一家三口擠在兼著客廳和餐廳的過道裡，剩下的所有空間，不對，應該說空隙，都塞滿了博文的書。書在博文家被老婆當成了漆匠的膩子，哪空往哪填，所有的縫隙都填滿了，外表看起來還挺平整。因此，地方雖小，老婆還是將其打理得有條不紊。只是找起書來就有點困難，古話說書到用時方恨少，博文家是書到用時方恨找。博文用書，老婆收書，無論你這書是什麼內容、什麼類別，她一律按書的大小厚薄與可能塞進的縫隙相匹配。

這能怪她嗎？誰讓家就這麼點兒大。她也不怨他不停地買書，要不是這些書，博文的論文不會在有影響的學術刊物上發表，也不會被調進城裡工作。對她來說，調進城裡比調進什麼檔案館更有價值。自己倒沒什麼，關鍵是女兒的人生從此可以改寫。在這一點上，她與丈夫罕見地一致。

博文後來給老婆下令，凡是他剛拿回來的書，一個月之內不得當「膩子」，只能放在靠床的兼著電視櫃和床頭櫃的書桌上，因為他隨時要用，特殊情況另行通知。有時拿回來的書頻率太高又不能在一個月內「轉崗」，老婆就要不停地向他請示，博文就不斷的做出新指示，夫妻倆在這個屋簷下就多了一項關於書去向的交流。

在認識尹辰之前，博文心平氣靜地沉浸在歷史的沃土裡，並無心環顧其他。當尹辰走出他辦公室後，他才突然意識到，他答應了一件多麼出格的事情。要走出這空氣中帶點書香、帶點黴腐、帶點陰氣的歷史匣子，去到燈光下、鏡頭裡、眾人前亮相……他從最初的無意識到被驚嚇到被嚇醒。這是他的人生設想中唯一沒有涉獵的項目，他連當市長、當省長，甚至當國家主席都有過那麼一閃念的妄想。不是他有多麼大的野心，而是在遇到某個具體問題和困難時，覺得如果自己在某個位置就能順利解決的自我慰籍。而上電視不在他需要解決問題的範疇內，想像力也就受到了限制。

尹辰的電視節目為他打開了天窗，好像是被深埋積攢了多年的石油，被尹辰鑽了個孔，就一發不可收地噴湧出來——重讀歷史，這個節目太適合他了，也好像他一生就在等待這樣一個節目。更大的變化是，通過這個節目，他內心深處爆發了一場地震，讓他看到了一個全新的世界，或者說他曾經在這裡卻不知什麼時候遠離了的世界。從那以後他連生活習慣都在刻意地改變，他提醒老婆少在菜裡放蔥、蒜或是氣味較重的配料，特別是他喜歡吃的涼拌黃瓜裡別放大蒜。老婆說，涼拌黃瓜不放大蒜還叫涼拌黃瓜嗎？再說你是去上班又不和人親嘴，哪個單位有吃大蒜不讓進門的規定？

從秦荏的畫展回來後，尹辰心裡像堵了塊棉紗，吐不出又嚥不下。下午選題會上，竟衝著助理小李發無名火，會後又趕緊給人道歉。

「姐遇什麼事了吧？需要幫忙言語一聲。」小李跟著她多年，瞭解她的脾性。雖然小尹辰十多歲，緊要時刻常常表現得比她沉穩。以他的話說：「女人嘛，再強也是弱者。」尹辰雖然嘴上不認同，心裡卻或多或少對這個小助理有點依賴。

小李或許是這個世界上最包容她的人，幾乎有點寵著她。對這點，小李也有話說：「咱尹姐是個寵不壞的女人，所以你必須寵她。」他後來得知尹辰和博文的婚姻出問題後，非常認真地說：「我得給博老頭上上課，別看他那麼有學問，但他沒讀懂尹姐。尹姐就是在萬千寵愛的土壤中發芽開花成長的，你越寵她，她越可愛。離開了這個土壤，她就會凋謝枯萎。而我則是在罵聲中成長的，越罵越皮實、越罵越亢奮。因為尹姐很少罵人，所以我成長不快，到現在還是個助理。這人啊，不能離開他賴以生存的土壤，且什麼土施什麼肥，亂了，就會長出歪瓜裂棗。」他這套理論把同事們說得哈哈大笑，但笑後一想，還有那麼點道理。

小李感覺尹辰今天的表現很不正常，所以他一點沒見怪，倒是擔心她遇什麼難事了，他真把尹辰當姐姐。

小李的大度更讓尹辰無地自容：「對不起，姐請你吃飯，飯店你挑。」

「不了，算你欠我的，記著賬吧。我今晚有約了。」又壓低聲音說，「今天是第一次見面，合適了趕明兒帶給姐政審。」

「又換啦！上回那姑娘不是挺好的嘛。」

「現在又有更好的啦！也不知怎麼了，現在的剩女越來越多，條件也越來越好，幸虧我沒早結婚，不然非出軌不可。」

「什麼亂七八糟的，你又歪理一套！」

「姐，我真替你擔憂，哦我瞎說……」他突然打住沒敢往下說。他嚥下去的話是：現在一茬一茬的高品質剩女都出來了，你再拖著死亡的婚姻，就沒啥機會了。他說當今社會，剩女就是有能力選擇男人的人，雖然是社會進步的表現，但剩女太多了還是淪為被男人選擇。現在的剩女都是A女，剩男都是C男、D男，他覺得他趕上了好時代。

他改變話題，問尹辰：「對了，姐今兒是怎麼啦，有不痛快的事嗎？如果需要我幫忙，我約會可以改期。姐的事為大。」

「好了，你嘴抹蜜啦！我沒事，你走吧。」

尹辰回到家裡，飯也不想吃。今天的遭遇像過電影一樣總在眼前復播，事實再一次證明秦荏就是個王八蛋，過去是，現在是，將來一定還是。她要跟王曉陽揭露這個王八蛋的嘴臉，此刻她最想做的事情就是到他的畫展上，告訴大家他是個什麼東西，像博文說的，畫如其人，讓他的畫一張也賣不出去，叫他從此在畫壇臭名遠揚。

心裡這麼發洩了一下似乎好過了些，她起身去下麵條，等弄好放上餐桌時，又不痛快了。畢竟只是阿Q似地自我宣洩，不能解決根本問題。王曉陽還不知道真相，還在被他的假象矇騙，或許還可能被傷害。她感情付出的越多受傷害的可能性就越大。

她要給王曉陽打電話，拿起手機眼前就浮現王曉陽將頭靠在秦荏肩上的畫面。這畫面一方面提醒尹辰，王曉陽已是迷情難返，一方面又讓尹辰覺得此時更有責任拉她一把。但是，王曉陽能接受她的勸告嗎？不會又像那天那樣激動地對她放槍吧？可如果曉陽真的受傷害，自己一定會對今天的猶豫後悔。

尹辰撥電話，鈴聲響了很久，王曉陽沒接。又打了一遍，還是沒接。第三次打過去，有人接了，卻是秦荏的聲音：「喂，你有點格調好不好，至於這麼窮追不捨嗎？你的朋友在洗澡，不方便接你電話。」

尹辰驚呆了，她慌亂地丟了手機，後悔沒更早一點揭露秦荏的醜惡，那天不管王曉陽愛不愛聽高不高興，都應該堅持說出真相，現在……什麼都晚了。

沒一點食欲了，她乾脆洗了澡，靠在床上胡亂地調換著電視頻道，什麼都看不進去。待電話突然響起時，她已迷迷糊糊快入夢鄉。

「尹辰，你找我？」是王曉陽的聲音。

「哦，你，你在他那兒……」

「誰那兒？」

「你、你趕緊離開他吧，他真不是啥好東西，我怕你受傷害。我們見個面好嗎，我告訴你一切。」

「你說誰呀？」

「你不是在他那兒洗澡嗎？秦荏……」

「你說什麼呢，我在他那兒洗澡？你也太有想像力了，我有這麼不堪嗎？」

「剛才……」

「好了姐姐，你真是操心過度了，我也是成年人哎，我的事能讓我自己做主嗎？他是什麼人讓我自己看好吧，你這麼對他不依不饒的什麼意思呀，萬一我真的和他在一起，你以後怎麼面對我們呀！」

尹辰徹底崩潰了。這真是好心當成驢肝肺的極端典型案例。心裡憋屈得不行，要找個人訴說一下，否則會生病的。她拿起電話撥給了薛岩，從頭說起，一股腦倒個乾淨。

薛岩安慰她：「你做的沒錯，如果王曉陽不能理解，那她就不配做朋友。這樣吧，哪天我跟她聊聊。還有，她目前在熱乎勁上，聽不進別人的話也正常，戀愛中女人的智商，你就別在意了，回頭激情一過就會發現問題啦。」
「可是，他們已經……」
「已經什麼呀，都是過來人，誰占便宜誰吃虧呀！虧你也算影視圈中人，這麼保守，還不如我呢！」
「這……那……好吧……」
「早點休息吧。你又不是她媽，別操那麼多心。況且就是她媽也是兒大不由娘啊！」
尹辰關了電視，熄了燈，躺下了。
也許是薛岩的話給了她點安慰，也許是肚裡的委屈倒出去輕鬆了些，她心裡不那麼糾結了，就感到肚子餓了，她又起身去找吃的。
那邊王曉陽心裡也極不痛快。尹辰居然想像出她在秦荏那兒洗澡，我有那麼隨便嗎？這也太傷人了。還說我會被秦荏傷害，這就先被你尹辰傷著了。
王曉陽確實委屈，她與秦荏在一個茶社裡聊天。中間去了趟洗手間，手機丟在了桌上。

那條雪白的薩摩耶

從畫展回來後的第三天，花五朵突然收到了秦荏的畫，是她在畫展上看中的那幅。可她並沒有訂啊？送畫的人說，是秦荏讓送的，不要錢。花五朵這才想起那天秦荏送他們出來後，對她用英語說的話。

秦荏說，花五朵能來看他的畫展，他覺得很榮幸。並向她要了聯繫方式和住址，說如果喜歡他的畫，以後會從美國給她寄畫冊來。花五朵不好拒絕，因為拒絕就是不喜歡人家的畫，再說自己還是挺喜歡他畫的。

沒想到這麼快就送畫來了，這可不是畫冊呀！花五朵看畫展時，注意到每幅畫下面都有標價。但具體到眼前的這幅畫，卻記不起價格。她打電話給王曉陽，王曉陽問：「你說的是哪一幅？」

花五朵說：「就是那幅很裝飾的，一個少婦看夕陽的。」

王曉陽說：「哦，你想買？我去看看標價。」顯然，她就在展館。不一會，王曉陽回話說那幅畫被人買走了，言語裡有很大的遺憾：「要不你挑一張別的吧，我的朋友他都給九五折的。」

「哦，不了。」花五朵有點心虛。

王曉陽還不死心：「要不我就跟他說是我買的，他給八折呢，我已經買了兩幅。你再不下手，喜歡的就沒有了。」

花五朵想把秦荏送畫的事告訴她，話到嘴邊又嚥了回去。想到那天她與尹辰的那幕，她怕引起更多的誤會。再者，目睹了王曉陽對秦荏的用心程度，花五朵不敢再造次。她將秦荏的畫暫放儲藏室，沒敢掛上牆。

後來秦荏又給她來電話和微信，她都不知所措，不接也不敢回。之後乾脆在手機設置裡「阻止此人來電」。

來電是阻止了，人沒阻止住。就在花五朵覺得可以鬆一口氣的時候，門鈴就響了。她一開門，嚇了一跳：「是你？！」

或許是她的語氣和表情過於驚訝，幾乎就在同時，一股白色旋風就從她身後猛刮過來，直撲來人，並發出一聲狂吠。秦荏嚇得差點小便失禁，手裡的一束黃玫瑰也散落在地。

花五朵喝住了她那隻雪白的薩摩耶。

花五朵與這隻薩摩耶的感情超過她與所有人的感情，只有它可以每天爬上她的床。尹辰曾經問她，為什麼不養一隻可愛的小萌犬，而弄這麼個龐然大物。她說大狗給她安全感，有它在比身邊有個男人還管用。她有時候摟著狗睡覺，有時枕著狗睡覺，比男人還溫暖。

這狗也真是懂主人，它幾乎看得懂她與他人的關係，能從主人對他人說話的語氣中，判斷關係親疏。如果主人語氣熱情、親密，它就溫順而安靜，甚至發嗲賣萌。如果主人態度強硬有火藥味，它會立刻兩眼圓瞪，雙耳豎立，四肢呈發射狀，隨時等待主人的發令槍響。剛才主人對來客的語氣顯出驚訝與生疏，它就本能地以保鏢及勇士的姿態出現。

過了一會兒，發現主人與來客平和交談，它也安靜下來。再過一會兒，發現主人不時露出溫柔的笑容，它就友好地靠近客人。

秦荏心有餘悸地看著薩摩耶一點一點靠近他，不敢得罪它，也以友好報之。小心翼翼地伸手摸摸它，它的毛色潔白如雪，一看就知是得主人萬分寵愛的。此刻，它那溫順討好的模樣與他剛進門時已判若兩人，不，判若兩犬。

薩摩耶開始得寸進尺，它把兩隻前腿搭上了秦荏坐著的雙腿，秦荏本能地叉開腿，薩摩耶就低下頭去，用嘴巴拱秦荏的襠部，或許是它覺得好奇，這個地方為什麼是鼓鼓的，與它的主人不一樣，而且此刻越來越鼓。秦荏一下跳起來：「這，這是幹什麼？」驚恐他的命根子會成這狗東西的火腿腸。

花五朵趕緊拉開薩摩耶，臉上也有點發窘：「這，這傢伙被我寵壞了……」

秦荏用充滿懷疑的眼神看了看她，突然說：「我走了。」逃也似地奪門而出。

花五朵將薩摩耶狠狠揍了一頓，嘴裡還罵著：「你這瘋狗，你雌雄不分，同性也舔呀！」

罵完狗，心裡竟有些得意。秦荏最早認識的是尹辰，後來認識的是王曉陽，最後認識的才是自己，還只是一面之交，但他卻單獨送畫給我……小時候與尹辰玩在一起，雖然她學習好，可男同學還是喜歡我……她走到鏡子前，仔細地端詳自己。她脫去外衣，脫去襯衫，脫去胸罩，脫去內褲，再細細地觀察自己，她托了托乳房，有一點鬆弛，但還很有彈性。她撫摸了一下小腹，有微微的隆起，又屏住氣收緊。她找出一條緊腹內褲穿上，小腹平坦了。又拿出一個聚攏式胸罩戴上，立刻乳溝深深深幾許，「事業線」凸顯。她很滿意自己。

她走進儲藏室取出秦荏的那幅畫，放在客廳裡，腦子裡想像著若是她們三個看到這幅畫會是怎樣的反應，會是怎樣的反應呢？

結伴出遊

畫展之後，四個女人好像都各揣心事，誰都不提什麼時候再聚，這是「4是而非」建立以來少有的。之前，她們最少半個月是要聚一次的，最頻繁的時候一周聚兩次。這都一個多月了，大家不見面，連群裡聲音也稀少，只偶爾誰轉個帖，卻也沒有回饋的下文。這不正常的氣息有點像情人間失歡的前兆，讓四個女人的心裡都有點惴惴的，還有點說不清道不明。

花五朵似乎是畫展的唯一受益者，但這受益卻像是偷來的，是不能言說的。秦茌那天從她家逃走後，她又有點愧疚，白拿人家的畫還讓人那麼尷尬地走了。要是他再來的話，一定對他好一點，他還會再來嗎？

薛岩本來要去找王曉陽的，卻突然有個急差要出。又覺得要說的事情不便在電話裡說，就想等回來再約她。這麼一忙就半個月過去了，又覺得不知從何說起了。因為不知道王曉陽與秦茌現在怎麼樣了，倒不便貿然開口，這一拖就拖下來了。

尹辰則完全不在狀態，滿臉寫著失戀的表情。不知道的，還真以為她又出什麼狀況呢！她自己也沒想到，與王曉陽的友情會這麼深，竟有一種親情的依戀。有的親人可以一年半載的不見面也不念想，但她們幾天不見就覺得少了什麼。可是，也或許是沒有血緣的根脈，閨蜜的情感又是那麼的脆弱，那麼的不經風雨。

眼看就是中秋了，今年的中秋節恰好與國慶日首尾相接，假期總長度超過以往任何一個節日。這漫長的日子怎麼過呢？單身女人怕過節，尤其怕那種內含闔家團聚的節。與博文分居後，尹辰的節日都是與王曉陽一起過的，今年怕是要獨影空對月了。

王曉陽就是王曉陽，她總是在你難受、難堪、難過的時候救你於水火，雖然這水火有時就是她引起的。在節日放假的前一天，她突然在「4是而非」裡興高采烈地約大家出遊，說要散散心。另三個人立刻回應，反應之快出乎王曉陽的意料。如果微信群有門的話，她們三個一定就守在門口，而且守了很久了，就等著她這一聲招呼，就飛了過去。

但是去哪裡呢？四個人八個主意，嘰嘰喳喳了半天，最後薛岩說去皖南吧，深秋的大別山就是天然的油畫。三個女人都說，好！薛岩在這個小團體裡說話不多，但定乾坤的那句話基本都是她說的，這就是老總。說來也奇怪，尹辰在電視臺也是被稱「總」的人，頻道總監嘛，也是獨當一面，拿大主意的，但一離開工作環境，她就優柔的不行。王曉陽呢，無論是伏案寫作還是社交周旋，思維敏捷有模有樣，但到這群裡也成了麵團任由形狀。倒是花五朵有點個性，常有自己的主張，但擋不住尹辰和王曉陽的左撇右捺，最後還得薛岩畫句號。大家還就心甘情願地服從，人與人的交往有時就是這樣，沒什麼道理可講。

避開假期首日的高峰，她們選擇了第二天出發，果然一路暢行。路不堵，但話很擠，三個多小時的車程，三個多小時的「閒言碎語」，真的都是閒言和碎語，都是可說可不說的話，說了沒什麼意義，不說也不缺少什麼。但她們一直說個不停，看到什麼說什麼，比如樹上一個快要掉下來的鳥窩，比如池塘裡突然跳起的一條小魚，比如路邊農舍牆壁上一條有歧義的計劃生育標語……她們的閒話塞滿了她們的座駕，不再有任何空隙可以插入之前因畫展引發的不快、失落、失重及恐惶。中年女人之間建立友誼不易，一旦建立又十分珍惜，她們除了不敢輕易揮霍自己的年齡，也不敢輕易揮霍朋友間的友誼。

等到再沒什麼閒話可說，眼看就要冷場就要尷尬，就要將她們之前的刻意揭穿的時候，又是王曉陽救場，她突然說：「今天特別要感謝薛岩。」

薛岩一愣：「謝我什麼？」

「我們仨都是睡素覺的，你卻能丟下老公來陪我們。」

薛岩一臉懵圈：「素覺？什麼玩意兒？」

花五朵曖昧地笑起來：「你睡的是葷覺。」

尹辰解釋道：「素覺是相對於葷覺而言，是指沒有性生活的單身女人的獨守空床。」

薛岩咂摸了一下，然後哈哈大笑：「你們這些女人，素覺，獨守空床，都可以編單身女人詞典了。」

花五朵說：「不只單身女人，只要是單身，都是獨守空床，都會人逢佳節倍思葷。」

王曉陽對花五朵說：「我就是怕你思葷，才約你出來玩的。」

花五朵回擊道：「你不思葷會來約我們？」

尹辰叫道：「好了好了，兩個女流氓！」

倆人一起回敬：「你也別假裝正經啦！」

「哈哈哈……」

車輛被笑聲充滿了，是放鬆的無須編輯的笑，這笑後她們就不再無話找話了。

三個女人輪流開車，再長的路也是一腳油門，就不經意的從耳邊滑過去了。花五朵雖然駕齡最長，但她回國後一直沒買車，一是因為在國內她不敢開，二是她自己也不確定在國內會待多久。

她們落腳的鄉村是未曾雕飾的，因為皖南有太多值得雕飾的勝景，因為人們總愛「景」上添花，倒讓這些被忽略的地界保留了些野趣。這裡的山不高也不險，水不浩渺也不潺潺，沒有特別的可以做電腦屏保的畫面，也勾不起詩人的激情與衝動。從那些民宿，也就是農民開的旅店小二樓上遠眺，卻有不荒不蠻、疏密有致的從容，因為沒有想要成為什麼的追求，就顯得很放鬆，倒是符合她們此行的目的，放鬆。

她們住的是一個二層樓的民宿，原本兩層小樓是搆不上「遠眺」的，但它建在山坡上，實際「地位」就很高，更何況周邊沒有比它再高的建築，它就鶴立雞群般的「遠眺」了。放眼望去，可以看到街市上的另一番景象：一家挨著一家的店鋪，小吃店起著帶洋味兒或嘻哈的名字，旅店的門臉是努力向城裡人靠攏的類別墅的模樣。因為站得高，就可以看到那一溜店鋪的背後，像極了上世紀六七十年代人們穿戴的假領子，不能看後面也不能看下面。當然，一般遊客也不會去看店鋪的後面，大家都不看的地方就可以忽略不計，人們要的就是個面子。

她們特意挑了山坡上這個不那麼像「別墅」的小旅店住下，店主人感覺受寵若驚，沒想到這幾位看著又漂亮又有錢的女人會選擇他們家。因為他們家做這生意的時間比別人晚，位置又在山坡上客人來得少，往日裡都是別人家住滿了，才輪到他家拾遺補缺。因為還沒有賺到二次翻修房屋的錢，所以他家的房子看著還那麼農民，還那麼土。這就歪打正著地合了她們的意。

從城市水泥森林和霧霾裡逃出來的四個女人，放下行李迫不及待地走出房間。一出農家旅店，左側就有一條小路，蜿蜒著不知伸向何方，她們便不問方向地快樂前行，還是見什麼都好奇、都激動。走著走著就出汗了，臉上的妝容也花了，尹辰臉頰上露出幾顆痘印，王曉陽鼻子上顯出幾點雀斑，薛岩的下眼袋凸顯了出來，花五朵的魚尾紋也看得見了。乾脆接點山泉水洗去所有粉飾與鉛華，難怪說化妝品是女人的衣服，脫了衣服就看見了赤裸的彼此，就沒有什麼可以隱藏的了，就像那野花和蠻草一樣露出了真性情。彷彿是遠離了需要鬥智鬥勇的紅塵，她們的心理年齡和智商瞬間滑落，她們回到了無知無欲無憂無慮的少女時代，說著幼稚的故事，開著幼稚的玩笑。走了大約一個小時，她們突然安靜了，她們聽到林中的鳥鳴，聽到山澗的水聲……空氣越來越濕潤，悠悠的秋風撫弄著，心中越來越柔軟，便有一種情愫氾濫著、四溢著，意韻綿綿……

到了晚間，四個人聚坐在城市裡已成稀罕物的閃爍星光下，喝著帶點酒精度的飲料，微醺著就丟掉了所有的偽裝。

王曉陽突然一拍桌子：「他媽的，秦荏就是個王八蛋！」

三個女人隨著小桌上的飲料瓶一起蹦了一下，秦荏是她們一路上都避諱的名字，但心裡都有個問號一直懸在那裡，晃晃悠悠的總想掉下來，但都不想從自己的嘴裡掉出來。這下好了，王曉陽自己包不住謎底，要跑出來了。與其說她們是被王曉陽的那一掌拍案而「驚奇」，不如說是被突然要獲得的答案而驚喜。

但王曉陽並沒有接著往下說，因為她自己也沒想好，如何向閨蜜們托出她們想要知道的答案。

想想自己沒做錯什麼，都是那個王八蛋秦荏。為他忙前忙後的近一個月，開始還甜言蜜語，後來不知他哪根筋出了毛病，突然就不鹹不淡態度怪異。再後來連她的電話都愛接不接，微信是鐵定不回。開始心裡還一直替他找藉口，一定是太忙了，忙著賣畫。雖然也幫著他賣了一些畫，但離他的預期還是相去甚遠，這或許也是他情緒不好的原因吧。

後來，王曉陽試著想與他探討一下她的新作品插畫的風格樣式，他們還沒見面時，討論過這個話題，而且出版社的編輯介紹他們認識，不就是為了她的新書插畫嗎？但見面之後就再沒說過這件事情。原先想著他在忙畫展，等這事完了再說吧，可為他忙完了，他還是黑白不提。不能再含糊了，王曉陽直截了當地跟他提起新書插畫的事，他卻環顧左右不接話茬。再後來就聯繫不上了，直到出版社的編輯告訴她，他已跟出版社退了這單業務，理由是他的畫風與王曉陽的文風不貼。

王曉陽氣得鼻子不來風。想到他曾經說：「太喜歡你的文風了。」王曉陽心裡像吃了隻蒼蠅，直犯噁心。

王曉陽的最大優點就是，拎得起放得下。一場戰鬥結束了，迅速打掃戰場，絕不戀戰。擦乾血跡，撣去塵土，一覺醒來，她又煥然一新了。

但因為他而疏離了「4是而非」，還與尹辰不歡，真他媽不值。但她不後悔，她說她的字典裡沒有後悔二字，不經歷風雨怎能見彩虹，他是不是彩虹也要淋了雨才知道嘛！對作家來說，經歷就是財富。秦荏這樣的人，以後一定要在作品裡好好揭露一下。王曉陽的不後悔來自於她的自信，她自我療傷的能力極強，迄今為止還沒有什麼事可以打垮她。她的不後悔還來自她對尹辰的瞭解，她知道尹辰不會生她的氣，或者說尹辰不會跟她計較，她以小賣小地耍個嗲就過去了，尹辰吃她這套。

果然，王曉陽將她的小凳子向尹辰的身邊靠了靠，將一隻胳膊搭在她的肩上，尹辰立刻伸出手環住她的腰。就像一件心儀之物失而復得，尹辰除了高興還是高興，亦不變愛之初心。心裡想著，你終於和我一樣把秦荏認作王八蛋啦！

薛岩小心地問：「他的畫展結束了？」

王曉陽嘟囔了一句：「誰知道，管他結沒結束呢！」看大家似乎都在等她的下文，她頓了一下，吸口氣又從鼻子裡擤出聲來：「哼，我都告訴你們，省得你們費勁猜。」

三個女人對視了一下，整齊地轉向王曉陽。
「這個人性格上有很大的毛病，太霸道太自我。」
花五朵插了一句：「你說他氣場大。」
尹辰補了一句：「你喜歡氣場大的。」
王曉陽兩眼一瞪：「你們到底想不想聽！」
「好了，你倆別打岔，讓她說呀。」薛岩衝尹辰和花五朵擺了擺手。
「其實也沒什麼說的，反正這人不可交，只想占便宜，一點虧不吃。」
花五朵又忍不住：「他占你什麼便宜啦？」臉上是色迷迷的調侃。
「去你的，你一說話就往下半身想。再說了，我是誰呀，誰占誰的便宜還兩說呢！對了，尹辰，我現在真想知道當年你跟他到底發生了什麼，能說嗎？」
尹辰說：「現在說已沒有意義了，你已經看清他了。」
「對不起，尹姐姐，你大人不記小人過。」王曉陽雙手合十低眉順眼地給尹辰作揖。
「說嘛說嘛，我們就當故事聽嘛！」花五朵縱容著，一副八卦的神情。
尹辰簡要地說了過往，也說了在畫展的那一幕。
王曉陽聽完大叫：「你怎麼不早說！」又立刻一拍自己的腦袋，「怪我，是我沒想聽你說。我以為我可以用自己的眼睛去看人，我不想受別人的影響……」

「其實你也很自我。」薛岩不失時機地插了一句。

王曉陽怔了一下，看著薛岩一時無語。

花五朵突然問：「你買了他幾幅畫？」

王曉陽有點氣短地：「兩幅，花了老娘三萬塊錢。不過他的畫我還是蠻喜歡的。」

「他送了我一幅畫。」花五朵突然聲音低低的說，但每個人都聽清楚了，也震住了。尤其是王曉陽，眼裡倏地竄起一簇火苗，如果此刻花五朵戴著3D眼鏡，一定會感覺火舌要燎到她。

花五朵有點心虛，她突然站起身大聲說：「這什麼人呀，你幫了他那麼多忙，還要花錢買他的畫，我根本不想要，他還硬送來……」

「好了，你別說了。」薛岩拉花五朵坐下，「你這是滅火還是戳火呀！」

「我、我是說這人重色輕……他太、太渣了……」花五朵有點語無倫次。

王曉陽此刻最想做的事，就是飛回家去，把掛上牆的那兩幅秦荏的畫撕個稀巴爛。

王曉陽就是王曉陽，她理了理心中的滯氣，笑著對花五朵說：「蘿蔔青菜各有所愛，你不用罵他，他送你畫說明他喜歡你，你們都是美國人，沒準就合拍呢！有句話怎麼說來著，不是你的菜就別掀鍋蓋，我呀，是掀錯鍋蓋了！看來，你是他的菜。」說完竟哈哈大笑起來。

尹辰和薛岩也給逗笑了。

「去你的，他才是菜，爛菜，我還不願掀他的鍋蓋呢！」花五朵一甩瀏海兒，一副不吃人剩菜的樣子。

婚姻的點與線

第二天，她們去遊覽周邊的景色，發現好些無人涉足的地方，卻美得非常真實。她們拍了好些照片，照片裡她們只把自己當作景色的配角，站在畫面的三分之一處。她們不像年輕時那樣喜歡拍大頭照了，她們清楚自己的臉在鏡頭裡的年齡。其實她們是可以用美顏相機拍的，手機上都有，現在很流行。但她們覺得太假了，連自己都騙不過去，幹嘛要去糊弄他人？

晚上，吃了飯洗了澡，她們又開始海聊。

四個女人只薛岩有穩定的婚姻，穩定到她們所稱的骨灰級。王曉陽突然好奇地問：「薛岩，都說女強人的婚姻是最不穩定的，你是女人中的戰鬥機，你是怎麼駕馭的？好經驗分享一下唄！」

薛岩還沒說話尹辰搶答道：「婚姻的穩定不在婚後，而在婚前。」

「這話怎講？」王曉陽看著尹辰。

「我們四個為什麼只薛岩的婚姻穩定？因為我們仨都是自由戀愛，在中國最不靠譜的婚姻就是自由戀愛！」

「這話又怎講？」王曉陽歪著頭饒有興趣地盯著尹辰。

「你和王一平是怎麼認識的？」花五朵問薛岩。

薛岩沒想到今晚的話題一開頭就引到自己身上，她沒防備地怔了一下，本能地向後躲閃著。三人都看著她，等著她的答案。她看了看她們，乾脆拿起水杯，慢條斯理喝起水來。

王曉陽急了：「快說呀，你這是片頭插播廣告嗎？都是跟尹辰學的。」

「嗨嗨，沒廣告我們電視臺吃什麼。」尹辰抗議。

「你還提醒我了。」薛岩舉起水杯，「我們不生產水，只是大自然的搬運工……」

「好了姐姐，都是我的錯……」王曉陽奪下薛岩手裡的水杯，「今晚我是搬運工，專門替你運水。」

大家一起笑起來。待笑聲收斂，薛岩才一板一眼地說：「我和我老公是通過婚姻介紹所認識的。」

「哦？」尹辰張大了嘴巴，她只知道薛岩與老公是經介紹認識的，還真不知道是通過婚介所。王曉陽和花五朵更顯出好奇。

「我當時是為了務實有效。到了該結婚的年齡，一直沒有遇見合適的，又沒更多的時間去大海撈針，就進了婚介所。婚介所就是複雜的問題簡單化，用現在的話說叫大數據。先填表，把你的身高、年齡、職業、收入填上，再把你想找的人的身高、年齡、職業、收入等等填上，然後婚介所就幫你蘿蔔搭青菜、饅頭搭年糕，以她們的眼光其實也是世人的眼光，去幫你搭建婚姻的橋樑。這沒什麼不好，適合現代人的生活節奏，省去很多瞭解對方基本條件的時間，比如收入、房子、車子，婚介所都幫你問清了，要不你還不好意思問呢！」

「就像買了精裝修的房子，直接拎包入住就OK了。」王曉陽插嘴。

薛岩愣了一下，咂摸著王曉陽的話，笑了：「瞧你這比喻，這麼說……也可以，外在條件都在明面上了，就看這個人合不合脾氣了。我那時候就是覺得時間不夠用，社交面又窄，現在看來也不過時呀，電視臺的相親節目不是火得很嘛！應該說，我還是挺超前的。」

尹辰說：「我們曾經做過一次抽樣調查，發現高離婚率之下埋藏著自由戀愛的高數據，也就是說，在中國自由戀愛的離婚率高於相親也就是介紹婚姻。開始我也不信或者說不理解，後來看看身邊朋友的婚姻包括我們自己，還真是這樣。」

三個女人都在大腦中迅速搜索朋友、熟人、認識的朋友的婚姻狀況，然後就有點將信將疑。

尹辰繼續說：「那次調查的結論大意是：在現代社會中，或者說從二次工業革命後，隨著女性的崛起和經濟獨立，婚姻已從傳統的從屬關係變成了現在的契約關係或者說合作關係。而合作就要講求基礎條件對等，互惠互利，跟合股開公司一樣。我們介紹對象時，首先端出的就是各自的基本條件，所謂的身高、長相、職業、收入、家庭背景，現在還有房和車，雙方的基本條件對上眼才會見面，才會交往。而在此基礎上產生的感情才能根基扎實。相反，自由戀愛是從感性開始的，是外表的吸引，其他東西都是隱性的藏在後面的，或者說是被戀愛中的智商所忽略的。走入婚姻後，那些隱性的東西才漸漸浮出水面，在柴米油鹽的浸蝕裡，因基礎條件不匹配而產生的間隙就會被放大，直至壓得婚姻的小船無法承載而沉沒。所以，為什麼在中國，介紹的婚姻相對穩固？這是由我們的婚姻價值觀所決定的。」

王曉陽說：「沒那麼絕對吧？」

「不絕對，是說概率。」尹辰拿起水杯大喝了一口，繼續她的長篇發言，「從關係學的角度看，人與人之間的關係就存在於一個點，點的背後還有許多維繫關係的線。如果點是心臟，給心臟供血的就是線，點線結合才是一種穩定健康的關係。情侶之間的點是愛，維繫婚姻的卻不是這個點，而是雙方背後密集的線。這個線是家庭背景、學歷、價值觀、經濟基礎等等。線與線接通的概率高，關係的穩定性就高，反之就會堵塞而致心梗。自由戀愛因愛而起，不管當時愛得多麼死去活來，後面的線卻未必相通，等激情一過發現多條線路無法接通時，你的婚姻就亮紅燈了。而介紹婚姻不同，紅娘們首先是抓著一把線給你，你覺得自己的線和對方線在一個頻率上，接通的概率大，你才會去見面也就是相親，這個相相的是點，點線都相投才會去相處，處出感情才走進婚姻，這樣的婚姻才能穩定而長久。」

「哇塞，你這一套一套的，快成婚姻專家了！」花五朵叫起來。

「磚頭的磚，說和做不是一回事。就像我們臺的一個廣告客戶，自己是個大胖子，卻來做減肥廣告。我就笑話他，如果觀眾知道投廣告的是個大胖子，誰會買你的減肥藥？」說完自己先笑起來，越笑越開，笑著笑著眼裡就有了眼淚，眼淚掉進了她的水杯裡。砸進水杯的眼淚其實是對自己的批判：想的挺明白，為什麼就活不明白？

王曉陽感歎道：「中國人的愛情不那麼純粹，婚姻所背負的東西太多。」

花五朵說：「我在美國生活多年，老外的愛情要單純一些，有的單純到我們無法理解，只要對上眼，什麼學歷呀、背景呀、收入呀統統都不考慮。說到底還是個錢的問題，在各自都有經濟保障的前提下，愛情才會純粹。」

王曉陽說：「也不儘然，現在中國有錢的人多啦，還不是要個門當戶對。這是中國文化好吧。」

「門當戶對也不是中國獨有，灰姑娘的故事，《流浪者》里拉滋與麗達的故事，哪一個不是門當戶對惹得禍。」花五朵反詰。

「門當戶對沒有錯啊，這裡面包含的不僅是物質的門當，還有社會層級、價值觀的戶對，當年上山下鄉的知青，那些在農村娶了嫁了的，因為無奈的不匹配婚姻，留下了一個時代的傷痛。」王曉陽說。

尹辰似乎沒聽見她們的議論，她沉浸在自己的思考裡，與其說是講給大家聽，不如說是分析自己的婚姻：「其實我跟博文的根本問題在於，雙方都在用傳統的從屬性質的理念去對待現在合作性質的婚姻關係。是傳統理念與現實產生的強烈碰撞。他希望我言聽計從成為他的附屬品，而在經濟上又推崇女性獨立；我希望他是家庭的頂樑柱，依賴他解決和承擔婚姻中的任何問題，精神上卻又有自己的主張。這就是悲劇，也是我這一類人的婚姻悲劇。」

花五朵插話道：「我一直想問你，你和博文到底怎麼回事？」

就像尹辰不知道花五朵在美國的生活一樣，花五朵對在國內的尹辰的經歷也不甚瞭解。

尹辰說：「你想知道？那我就說給你聽聽。」

博文走進演播室

或許多年以後，尹辰已記不清與博文的第二次見面是在怎樣的一個狀態下，但他那天的穿戴卻是刻在她的腦子裡了，不管到什麼時候，尹辰都能準確地還原出他衣裝的色彩與款式。因為反差太大，所以記憶深刻。

按約定的錄製時間，博文來到電視臺。他進了演播廳，尹辰完全沒意識到，還不時的催促小李去門口看看。待他上前主動與尹辰打招呼時，她才豁然發現。他一襲藏青色的長風衣，一條煙灰色的長圍巾隨意地掛在脖子上，既有合乎時尚的雅緻，又有學者的風韻氣質，比尹辰在檔案館看到的他年輕了十多歲。她愣了幾秒鐘才醒過來，幾乎要失禮。

請他進了化妝間，他脫去風衣，又是一個風采！一件改良過的中式立領，既有中山裝的基因，又融入現代審美，與身處當下說歷史的節目甚為貼切。服裝師拿著專為博文準備的西裝走來，尹辰快步上前擋住：「不用了。」

攝像機機位確定，主光輔光測光調試到位。

尹辰倒數著：「三、二、一、開始！」

博文看著鏡頭卻張不了口。

現場導演急了，在對講機裡直呼尹辰：「大導，這是您找的人嗎？行不行啊？」

尹辰說：「讓他別緊張，就當我們和鏡頭都不存在。」

哪能說不存在就不存在，對著空氣說話嗎？博文還是找不到開口的開關。

尹辰走出導播室，來到博文跟前：「博老師，您就當跟您的學生講課，您不是當了很多年老師嗎？」

這似乎點準了博文的穴位，他閉上眼睛，努力在腦海中調整影像，片刻後，他就蒙太奇般地將眼前的場景切換成當年的課堂，他睜開眼睛：「能不能在我面前放一張桌子？」

「桌子？哦，講臺。行！」尹辰一揮手，幾個場務立刻去搬講臺。

博文的雙手一觸碰到面前的講臺，就像被充足了氣的輪胎，著地就有了彈性，運行就變得自如，沉澱的歷史和人物就滾滾而出，他的見解和闡釋也都順勢而表，既有新意又無演義，既尊重歷史又無陳腐牙慧。在場的錄製人員一個個都聽入了神，把自己當成觀眾而先睹為快了。

節目錄製相當順利，原計劃要錄兩個半天，結果只用了一半的時間，大家都覺得輕鬆且興奮。尹辰一直在導播室裡看著博文，也聽得入神，中間雖然斷了幾次，但這是她做節目以來「NG」最少的一次了，心裡再一次感謝檔案館的推薦。還是那個木乃尹嗎？聽他講座時她感覺自己就快要變成一個癡癡的木乃尹了。

提前收工，大家起鬨讓尹辰請吃夜宵。尹辰邀請博文一塊兒參加，他欣然接受。

電視臺附近的「上海灘」是同事們常去的地方，尹辰也喜歡這個地方，主要是喜歡這裡的口味，與小時候奶奶燒的菜一個味兒。而且店堂裡裝飾的穿旗袍的民國女人照片，也像奶奶。過去家裡還留有幾套奶奶的旗袍，後來在紅衛兵抄家之前被媽媽燒了。為此尹辰還哭了一場，媽媽安慰她，以後等你長大了，媽媽給你做旗袍，一定比奶奶的還好看。結果，媽媽的承諾一直沒有兌現，尹辰也就從來沒有穿過旗袍。她知道這不是媽媽的錯，她只是錯過了穿旗袍的時代。現在的旗袍是走秀或禮儀小姐的專利，你要平白無故地穿上，總顯得那麼突兀。

落坐後，大家七嘴八舌的點菜，沒一個客氣的。尹辰問坐在身邊的博文：「博老師，您也點一個吧。他們點的不一定合您味口。」

博文擺擺手：「哦，沒什麼，我都行的。」

「博老師點一個吧，不點白不點，您這節目要是火了，尹導的獎金是大大的。」

「就是，光這一頓還不行，她得單獨請您。」

大夥起著鬨，博文的眼睛也閃著光。他被身邊一群較自己年輕的男女感染著，一座沉睡多年的火山，在蠢蠢欲動。

他突然說：「我可以要點酒嗎？」

「當然可以，要紅的白的？」

「白的，可以嗎？」

尹辰拍了一下身邊的一個男同事：「去臺裡拿酒！」

男同事起身去拿酒，尹辰衝著他背影：「多拿兩瓶給博文老師帶走。」

看著博文狐疑的表情，尹辰笑笑說：「廣告酒。電視臺嘛，就這點好處。沒想到博老師也能喝酒啊！」

「為什麼是沒想到？」

「您這麼儒雅有學問，我以為……」

小李插話：「我們尹導一直偏見地認為，喝酒是那些沒文化的扛粗活的人的嗜好，連李白都不例外。」

「去你的，話一到你嘴裡就變味兒。」尹辰打斷他。

博文看向尹辰：「哦，是嗎？」

尹辰臉一紅：「我只是不喜歡中國人鬧酒的那個勁兒。」說完又覺這話不合時宜，一時氣氛有點尷尬。

好在菜很快上來了，酒也斟上了，大家的情緒立馬就上了度數。尹辰不喝酒，倒也融進了大夥的歡樂。

酒盡人散的時候已近十二點，尹辰開車送博文回家。一路上，博文不停地重複著幾句話：「今天真高興，今天的酒真好，認識你們真好……」

博文讀高中的女兒下樓來接喝高了的父親，尹辰還不忘遞上給博文帶的兩瓶酒。

博文的女兒禮貌地謝過尹辰，扶著父親上樓去了。

進了家門，女兒說，剛才的阿姨好漂亮。

博文很滿足的樣子：「是嗎？」

妻子飛快地跑到窗口，想看一看送他丈夫回來的女人，但是尹辰的車已遠去。

女兒說：「人家是電視臺的導演，是請老爸去做節目的。」

妻子問：「節目，什麼節目？」

「電視節目呀，叫《重讀歷史》，老爸是去做主講嘉賓的。老爸，你有拍照片回來嗎？我要發朋友圈。節目什麼時候播出呀，我要通知同學們看呢！」

妻子看著一進門就躺在沙發上的丈夫：「你怎麼什麼都不跟我說呀！」

女兒有點得意地：「老爸知道你不感興趣，所以他都跟我說了。」

妻子憤懣地走進臥室，拿出一床毛毯扔在博文身上：「你今晚就睡這兒吧，一身酒氣！」說著「砰」地關上了臥室的門。

女兒附在父親耳邊：「老爸，你這麼帥，當年怎麼會看上我老媽的？」

博文嗔怪道：「別瞎說，你媽媽該不高興了。」但女兒的話就像這會兒胃裡的酒和菜，興風作浪。

他一夜無眠。

第一次單獨相處

尹辰送完博文，到家時才發現，車上落了件風衣。她眼前立刻出現博文身著風衣瀟灑飄逸的姿態。第二天，她給博文打電話，要給他送風衣。博文說不好意思讓她送，抽空他自己來取。

一進入工作狀態，尹辰就把風衣的事忘了。

尹辰在編輯室編片，總監進來，看了一會兒正在編輯的片子，說：「不錯，這第一期的品質可以保證了。我看，可以請博文當我們這個欄目的顧問，也讓他幫我們出出點子。他還算是少壯派的學者，年輕觀眾會接受他的。」

尹辰心裡的石頭總算落地了。自己覺得好還不作數，領導點讚才是最後拍板，哪怕將來收視率不夠高，自己的責任也可忽略不計。當然，這得取決於你上面是否是一個肯擔當的領導，否則成功永遠是領導的，失敗卻總是你兜著。尹辰還算幸運，總監不太為難她，因為她從不生事，還能時不時做點能讓他長臉的節目，他也很樂於自己的伯樂之態。

尹辰進電視臺純屬意外，她在原來供職的報社做了一組有關城市建設中的敗筆的連續報導，引起有關領導的重視，並下令電視臺跟進。電視臺就病急亂求醫地把尹辰找來共同做節目，節目播出後竟在全國引起反響，還引發了一場城市建築盲目引進西方大師，搞怪建築頻現的大討論。天時地利的，尹辰就如火線入黨般留在了電視臺。

博文去電視臺拿風衣，尹辰請他去編輯室看了一下編好的片子。博文說超出他想像的好，特別是片頭的導語，不僅闡明了宗旨，還提升了該片的品質。他讚歎地問：「這片頭的文字出自哪位高手啊？」

小李得意地：「咱們尹導啊！」

博文驚著了，他為自己心中的偏見而覺不適，但他很快調整過來：「不愧是編導呀！有力道有文采。」

「我們尹導是有才有貌，就是後背沒靠。」

「什麼意思？」

「別聽他胡咧咧。」尹辰打斷小李。「博文老師，我們還想邀請您擔任我們這個欄目的歷史顧問，以後呢，會不定期的請您來參加我們的選題策劃會，您看……」

「可以可以，承蒙你們看得上。」博文雙手合十，謙遜有禮。

「謝謝博老師，我們會在第一期播出後的第二天開選題會，到時候我去接您。」

「好的好的，我一定來。真高興認識你們，你們的活力感染了我。今天你們沒什麼事了吧，我請你們吃飯，一定要給我這個面子。」

尹辰與小李對看了一眼，小李說：「去吧，反正我倆回家都是一個人。」

尹辰瞪了小李一眼：「管住你的嘴。」回頭看了一眼博文充滿期待的眼睛，似乎不忍拒絕。

「你們等我一下，我回辦公室拿一下包。」

看著尹辰離開，博文問小李：「你剛才說尹導什麼沒靠，是指上升沒背景嗎？」

小李說：「是，也不全是。哎對了，您是大學者，認識有學問的人一定不少，若有合適的單身男士給咱尹辰姐介紹一個。她單了十多年了，多好的一個女人，我要是年輕十歲，一定追她。」

博文一下怔住了，沒想到他的一句話，問出這麼多的信息量：單身十年，好女人。這些資訊就像在博文心裡瞬間打開了一個調頻，調頻的旋鈕快速轉換著，滋滋啦啦的發著聲響，小李還在說什麼他卻聽不見了，只知道他的嘴巴在動。

等到尹辰回來，博文看她的眼神就有了變化。

三人向車庫走去。

小李的手機響了，他接完電話，抱歉地說：「姐，你跟博文老師去吧，我老婆找我，改天，改天我請你們。」說著轉身就要走。

博文說：「叫她一起來吧。」

「謝謝博文老師，以後吧，還沒到見觀眾的時候呢！」

博文不明白他的意思，轉臉看尹辰。

尹辰笑笑解釋道：「就是說關係還沒確定，人家還不願意見我們。」

「不，是我還不想讓她見你們。」見博文還是一臉的疑惑，小李揮揮手說，「讓我姐跟您說吧，我得趕緊走了。」說罷一溜煙地跑了。

博文還是一臉問號。

「現在的年輕人是把戀愛對象當老公老婆叫的，實際上也跟夫妻沒什麼兩樣，吃住一起，就差個本兒了。你看過我們臺的相親節目嗎？那些女嘉賓沒一個回避與前男友婚前同居的。」

「那還嫁得掉？」

尹辰帶著博文走到自己的車前，看了他一眼，像在給小學生普及文化：「如今是沒有戀愛經歷的沒人要。上一期有個男孩堅持要找個處女，結果不僅遭群體笑罵，連主持人和嘉賓都說他冥頑不化不可救藥。」

博文不再發疑問，他在想自己的冥頑不化。

看他在沉思，尹辰說：「博老師，要不今天算了，我送你回家吧。」

「不不不，說好的怎麼能算呢？」

「就我倆……？」

「就我倆。」

「那，去哪兒呢？」

「去你最想去的地方。」

尹辰啟動了車子。

很久沒有在晚間觀賞這繁華的都市了，博文感覺有點目眩，從尹辰的車上下來後竟有點站不穩。這還是他生活其間的城市嗎？說是他請客，卻只能跟在尹辰後面，任憑她帶著去什麼地方，他享受著被尹辰帶進的新世界。

坐著自動扶梯，他與尹辰一層層地往上走。而沿途的風景讓他目不暇給。尹辰說，這會兒是飯點，直達電梯難等，所以麻煩老師跟著繞圈了。

博文說：「挺好，我這是劉姥姥進大觀園了。」

「您不老呀，比我第一次見到……年輕多了。」

「是嗎？」路過一面鏡子，博文注視了一下自己，感覺確實不錯。我才五十歲呀，真的不算老，這世界如此光彩絢麗，或許我的人生精彩還沒開始呢。

自動扶梯將他們一層一層地轉上了頂樓。

尹辰選擇了一家蔬食餐廳，叫大蔬坊，室內裝飾與經營的蔬食一樣，素雅精緻。餐廳的一面是開放式的，一溜的欄杆，順著欄杆看下去，是一個室內溜冰場。服務員熱情周到地將他們引到一個靠欄杆的兩人座，尹辰覺得特別好，因為她與博文還算不上很熟，萬一出現交流的冷場，看一看溜冰場上滑動著的人，是可解一時尷尬的。

「不好意思，這是一家蔬食餐館，不知合不合老師的口味。」

「很好很好，說好由您選地方的，這地方很好，我還真是開眼界呢。」

點好菜，博文從包裡拿出一本書遞給尹辰。

「這是我的拙作，請斧正。」

尹辰接過書，封面寫著《水韻》，是一本詩集，是舊體詩。

「您的大作，一定好好拜讀。」

尹辰打開書，扉頁上寫著：尹辰女史雅正。

「哎呀，不敢當，我哪敢稱女史呀！」

「您當之無愧呢！就那片頭的話，我還真寫不出來。」

「那是我們的電視語言，面對的是普通觀眾，與您的學術研究沒法比。而且我的古文底子不好，就您這詩，我得費勁讀呢。」

「哈哈，我們就別互相吹捧也別謙虛啦！」

這是他們第一次單獨在一起，上次送博文回家不算，因為那回博文喝高了，一路上幾乎沒有交談。第一次去檔案館也不能算，那完全是工作性質的拜訪。今天雖也是工作派生出來的交往，但話題的範圍就隨心和廣泛了，可以蔓延出工作以外的任何領域。

交流中一直沒有出現尹辰擔心的冷場，話題隨意，滑到哪兒是哪兒，比下面溜冰的人還順溜。倒是那溜冰場就是那麼幾個人，還沒一個溜得好的，不知是這寸土寸金的市中心價格太貴，一般人消費不起，還是真正的高手不屑於在這樣一個螺絲殼裡耍酷秀技。冰場裡始終就幾個半大不小的孩子在歪歪扭扭地滑著，不時有摔倒後發出的慘叫聲和嬉笑聲傳上來，引起樓上食客們的探頭觀望。尹辰他們剛坐下時，有那麼七八個滑動的身影，到後來只剩二三個，再後來就沒人了，冷冷的成了真正的冰場。尹辰與博文的交談卻一點沒受影響，或許場外沒什麼可看的，倒促成了他們更投入地交談。

《重讀歷史》火了

《重讀歷史》第一期播出後收視率不俗，臺裡立刻給尹辰增加了人手和經費，就像注射抗生素之前的皮試，通過檢驗了，你就可以獲得更大的劑量。為節目的持續性品質保證，尹辰又在大學裡邀請了兩位歷史系教授加入到顧問隊伍裡來。選題策劃會上，尹辰首先代表整個製作團隊向博文表示祝賀與感謝，大家熱烈鼓掌。她說：「博文老師的表述語言，是這個節目獲得好評的關鍵。」

大家又鼓掌，博文欠起身，謙虛地擺擺手：「言重了，言重了。眾人的努力，獨木難支，獨木難支呀！」

尹辰說：「博文老師您請坐，我是想說，博文老師的表述方式給了我很多啟發，我們應該好好研究一下，什麼是當下觀眾願意接受的表述方式。說歷史的電視節目過去不是沒有，不僅我們臺，其他各地的電視臺都有過或者還在做著，為什麼我們能收穫不俗的收視率？我以為，是博文老師解讀歷史的語言或者說表達方式吸引了觀眾。這一點，我想請教博文老師，您是一直就這麼說歷史，還是特意為我們的節目選擇了這樣一種表達方式？」

博文被這一問，倒怔了一下，他思忖著說：「說刻意吧又不是，因為我當中學老師的時候就是這麼給學生們講歷史的。說不刻意吧，我卻是有點自己想法的。你們大概都去過很多國家，我卻只去過日本，我發現啊，很多在國內從不進或不太進博物館的人，到了國外都興趣盎然地去看人家的博物館，回來還津津樂道。這是崇洋媚外嗎？不是。是人家布展的方式喜聞樂見。都說日本文化受中國影響最大，他們也展示出土文物，很多出土的東西跟我們差不多，但人家展示一個陶罐啊器皿什麼的，一定要說出這物件背後的故事，而不是簡單地標一下文物的名稱、用途、出土時間和地點。當然，現在國內的一些博物館也在做這方面的改進，但遠遠不夠。我們總說我們的中華文化多麼悠久輝煌，可年輕人還是去追逐西洋文化——聲明一下，我本人並不反對求新求異。」

說這話時，他看了尹辰一眼，因為那天在蔬食館吃飯時，在這一點上，他們有一點分歧。尹辰說，她也喜歡異國文化，因為求新求異是人之本能也是社會進步之源泉。所以，博文在這裡要特別聲明一下，他不想違拗尹辰，準確的說，還有點討好的意思。

「我們都說港臺片營養不高，特別是改革開放初期進來的那些港臺片，但擋不住孩子們愛看，因為它與我們以往吃的東西的口味都不一樣，孩子們覺得好吃。我們的東西倒是有營養，可你烹調的技藝不高，人家不愛吃，再好的營養也白搭。過去我們曾經靠紅頭文件和公款強迫大家進電影院，讓觀眾看我們想讓他們看的所謂主旋律、正能量的東西，觀眾就覺得是在吃藥。有誰愛吃藥？也許我這比喻不恰當，但我想電視臺策劃這個欄目，一定不是，也不可能用紅頭文件強迫觀眾收看。重讀歷史重（zhong）在『重』（chong）字，這就有意思了。『重』，一個字兩個讀音，兩個意思，我們既要表達『chong』，又要表達『zhong』。『chong』不是炒冷飯，它是認識、觀點及表達的升級，但其中又包含了重要重點的選擇；而『zhong』又不是簡單的劃重點，而是重新審讀歷史的重要發現和深刻探討，是兩個讀音兩個意思的互為你我，互為補充。我非常喜歡這個節目，因為她暗合了我多年來的研究與思考。我感謝尹辰導演和她帶領的團隊，給了我一個表達課題主旨的機會。」博文話落，大家不約而同地鼓起掌來。

尹辰站起身，既表達自己的想法，又似在給博文的話做總結：「博文老師的話其實也在幫我們釐清節目的宗旨，接下來，我們還要注重講好歷史故事，以歷史人物的命運為抓手，有剖析有延展，力爭把我們的節目做得又好吃又有營養。」

光榮而艱巨的任務

因為《重讀歷史》大獲好評，收視率也持續攀升，臺領導給了個新任務，讓尹辰為省委宣傳部做一部外宣片，介紹本省的水鄉古鎮。領導說這是個光榮而艱巨的任務，希望她不要辜負領導的信任。

尹辰心裡明白，這任務艱巨是一定的，光榮不光榮就難說了。誰都知道領導不好伺候，更何況是省委宣傳部的領導們。就是這個「們」字難對付，都是領導，都可以對你的片子評頭論足，而但凡能參與審片，就一定會有一兩條意見，否則就顯不出領導水準了。對尹辰來說，不怕意見多，誰的意見能忽視呢？你一個個遵照執行就是了，哪怕最後生出來的孩子已經是眼睛姓趙、鼻子姓錢、嘴巴姓孫……這都不是事兒，尹辰已習慣不把命題作文當作是自己的作文。最怕的是領導們的意見不統一，這個說要雙眼皮大眼睛，那個說現在流行單眼皮小眼睛；這個說要黑頭發白皮膚，那個說小麥色更健康更時尚。這才是最抓狂最頭皮發麻的，而往往這時，在省領導面前誇下海口的臺領導就「忙得脫不開身」了，就皇恩浩蕩地給了你一次獨自面呈大領導的機會。其實換作別人，這未必不是「恩澤」。如果你能利用這難得的機會，把自己混個臉熟，事做好了，給領導留下個深刻印象，你就給你的未來墊了一層臺階。做不好，領導只會怪臺長用人不力，不會記得你這個小人物。像尹辰這樣完全沒有背景靠本事吃飯的主，更應把握好這樣的機會。

尹辰進電視臺的時候，是電視臺最炙手可熱的時候，有背景有關係的都想盡辦法往裡鑽。傳說臺裡的員工幾乎個個有來頭，連臺領導都弄不清誰背後通著哪位大神。那會兒臺長手上積著一摞省市大小領導安排關係人的條子，他一個不敢得罪。大王小王自不待言，老K、Q也不敢怠慢，誰知道老K的老婆是不是大王的小姨子，Q的哥哥會不會是小王的領導？那小二小三的背後也許都魚魚蝦蝦地有條神秘的天路。那時的新聞記者是很牛的，尹辰真是享受過無冕之王的自豪與榮耀，還順帶享受過人們對這個神聖職業的仰慕與寵溺。而後起之秀的電視新聞記者就更牛了，同樣的趕場子，信封裡的出場費都要比報社的記者多兩張。

省委宣傳部的片子要得急，她不敢怠慢，一時就有點抓瞎。本來就有失眠的毛病，這就更睡不著了。首先得找一個好的撰稿人，寫腳本和解說詞。找誰呢？她翻來覆去的在腦子裡搜索認識或知道的紀錄片寫手，哪一個可以擔當此任呢？誰又能與她腦中的影像合拍呢？因為從接任務尹始，她就在腦子裡勾勒著此片未來應該呈現的品貌，這是她的工作習慣。

睡不著，她乾脆坐起來，擰開檯燈，隨手拿起放在床頭櫃上的博文的《水韻》。說實話，詩集拿回來就一直沒讀，一是太忙沒顧上，二是自知古文底子薄，讀起來費勁，就沒輕易打開。現在出書的人特別多，身邊很多同事和朋友都出書了，尤其是臺裡的主持人，名氣越大賣得越好。沒名氣的就自費出，自己掏錢買書號，買印刷、買紙張、買編輯費，書印成了，再一本本送人。尹辰挺為這些人不值的，沒有稿費不說，還勞心勞肺，人家拿到手最多也就當你面翻一下，回家能束之高閣而不隨手扔了也就高抬你了。尹辰家裡這樣的書很多，她就很少拿來閱讀，這會兒拿起《水韻》，完全是因為書名上有個「水」字。讀了序，知道詩稿是在博文的書房水雲齋裡完成的，當然，她不知道博文的書房是虛擬的，是建在電視櫃、床鋪、自己脫下的襪子和老婆隨手丟下的胸罩和內褲上的。不知道是好事，否則她也不能在那些詩稿裡讀出詩韻之美來。

詩稿裡有好幾首寫水鄉的！她眼睛一亮，拿起手機就給博文發了個短信：明天有空嗎？有事相商。

短信發出才發現已是子夜時分，尹辰拍了下腦袋：哎呀，這麼晚了，真不禮貌。

沒想到，博文來電話了。尹辰看不到，他是穿著褲衩跑出臥室打來的。尹辰就將拍外宣片想請他撰稿的事說了，還說要去外地採訪采景，不知他是否有時間。博文說：沒問題，只要是她的事情，他招之即來。

尹辰安心地躺下，關了燈，那晚她睡了個好覺。

外出採訪的前一天晚上，尹辰整理好行李，喝了杯牛奶上了床，希望有個好睡眠。剛躺下，手機閃了一下，拿起一看，是博文發來的短信：將與君朝暮，欣然。

似一股電流穿過手機，鑽進了她的被窩，她縮緊了身子，想要捉住那電流。

尹辰之前有過一段婚姻，很短暫。丈夫是大學同班同學。因為他太默默無聞，在大學期間她幾乎沒有注意過他，加上他性格內斂，又不太合群，同學們也都不太注意他。以致後來有同學聽說尹辰和他結婚了，都要努力回想一下，他，長什麼樣來著？

尹辰算不上漂亮，但出眾的氣質彌補了五官上的不足。也是這氣質讓她顯得有那麼點孤傲，有那麼點不好接近。工作以後，男同事們與異性開點帶葷的玩笑，卻從來不敢拿她當玩笑對象。不是因為她會翻臉或曾經翻過臉，她就沒有這樣的曾經。他們都很尊重她，這尊重有時就是一種距離。

大學畢業後的第六年，一個偶然場合的偶然相遇，他開始追她，追得並不熱烈，因為他就不是個熱烈的人。但他是愛尹辰的，從大學時就愛。只是沒有勇氣，甚至連與她說句話的勇氣都沒有。班上那麼多能與尹辰說上話的男生都不敢展開攻勢，哪裡就輪得到他？這次意外相逢知道她還單著，就覺得是上天給了他一次機會，他就鼓足勇氣小心試探著向她示好，沒想到，得來竟全不費功夫。尹辰決定嫁給他，是周邊女孩中已經沒有她這個年齡還沒嫁的了，在她們面前她已經覺得自己矮了一截，二十九歲了，再不嫁就嫁不出去了，那就嫁吧。但是愛情呢？新婚第一夜，尹辰把自己關在新房裡大哭了一場，像黛玉葬花一樣埋葬了自己對愛情的夢想。

所以，她一直說自己沒有戀愛過，雖然她的初吻初夜什麼的都給了第一任丈夫，卻唯一沒給她的愛，只是為結婚而結婚的完成人生的一個履歷。

尹辰想要的愛是什麼樣的呢？沒有人問過她，但她問過自己，是那種能夠通電的，是插頭和插座匹配的可以產生電流的愛。沒有電流的作用荷爾蒙就不產生消費，怎麼能算愛呢？她甚至想像被叛徒告密，被敵人抓捕，上刑坐電椅的那種通電，那一定是穿透全身經絡的，是痛得死去活來的愛。通電就需要對等的電壓，電壓不同，產生的就不是故事而是事故。比如你拿二二〇伏的電飯煲去插一一〇伏的插座，煮出的一定是夾生飯；而你拿一一〇伏的電吹風去插二二〇伏的插座，一啟動就燒壞了。在前夫的插座上，尹辰覺得他們的婚姻就是一鍋難以下嚥的夾生飯。後來與博文的婚姻出現危機時，她覺得自己是那只燒壞的電吹風。

已經形單影隻多年，插頭也好插座也罷，所有通電裝備都已落滿塵埃，尹辰不敢去擦拭，因為心的揮布上還有那麼點不甘的水分，她怕觸電。

她將短信又看了一遍，確信是博文發來的，再想，也許是老夫子的客套，是自己想多了。復又睡下，迷朦中，好像他們已經到了某個水鄉，就只有她和他，好像也不是為拍片而來的，是他倆在旅遊，他倆就是一對結婚多年的老夫妻，那麼自在和諧……

早上醒來，那個夢已經沒有了開端和結局，也模糊了情節和細節，只恍惚記得博文飄進入過她的夢鄉。她看了下手機，有博文發來的短信：片名初擬《水韻古鎮》。今報溫降，望加衣禦寒。

她推開窗戶，一股涼風鑽進來，她打了個寒噤，又趕緊關上窗子。想著博文的短信，她心裡一熱，臉上起了暈色。

一起出外景

尹辰、博文、助理小李和攝像一行四人，跑了蘇南的幾個城市。在採訪的間隙，博文不時拿出他新買的相機，給尹辰拍照。說到新買的相機，還需要交代一下這新相機的由來。

那是個讓博文老婆的人生發生逆轉的一個清晨。

她發現丈夫早晨起來不是先去樓下拿報紙，而是在翻箱倒櫃，找出了一個久違的物件。

博文在鏡前打著領帶，妻子從他身邊擠過：「今天是什麼日子，又要去電視臺做節目？還打領帶？」

「不做節目就不能打領帶嗎？」

「你以前也不這麼打扮呀！」妻子明顯話裡有話。

「以前錯了，現在要改。」

「我倒覺得你現在有問題。」老婆嘟囔了一句，聲音很小。博文沒聽清楚，他對妻子說，「家裡有錢嗎？要不你把存摺給我。」

「你要多少錢，買什麼？」

「買個相機。」

「相機？好好的買什麼相機？家裡不是有一個嘛！」

「那是哪年的破玩意兒啦，現在都用數碼的了。」

「什麼數碼？」

「跟你說你又不懂，還怪我什麼都不跟你說。就是不用膠卷的相機。」

「要多少錢？」

「三五千吧，我要去店裡看了才知道。」

妻子瞪大了眼睛：「這麼多？你瘋啦！」

博文不再理會妻子的驚訝，他拉開抽屜，自己找出存摺，放進西裝口袋，去買了一臺數碼相機。

小李大學裡學的就是攝影，帶的是高配製的專業相機，採訪間隙會給尹辰拍幾張照片，尹辰比較了一下，總覺得沒博文拍得好。她打擊小李：「還專業學攝影的，不及人家業餘的。」

小李不服氣：「誰說的？你瞧我這構圖、這光影，你看博文老師的……不過，博老師總能找到我尹姐的最佳角度。」

「服氣了吧，你這樣拍會把女朋友拍跑的。」尹辰笑著打趣道。

「這麼說來，我得跟博老師學學，看來博老師是情場高手啊！」

博文面紅耳赤：「不是不是的，你們尹導怎麼拍都好看。」

她玩笑著反擊小李：「小女子本無姿色，是博老師慧眼發現。你呀，就是缺少一雙羅丹的眼睛。」

從外景地回來後不久，博文約尹辰在一個茶社裡談他對片子的構想。雖然在外地採訪的時候，他們已經不斷的交流、碰撞，對博文的基本思路已有所瞭解，但聽完他的激情陳述，尹辰還是忍不住讚歎：「太好了！」心想，又一次請對了他。對博文的欣賞裡，竟生出一份崇敬，她突然癡癡地想，像這樣的男人，她的妻子應該是什麼樣呢？

正想著，博文從包裡拿出一個信封，遞到她面前：「你看看，我的攝影水準有限，希望別太讓你失望。」

信封裡全是出外景時，博文給尹辰拍的照片。

尹辰說：「哎呀，您都洗出來了，電腦上發給我就行了呀！」

「那樣，我就不能和你一同欣賞了嘛。」

尹辰有點耳熱，她沒接話，開始一張張地看照片。看著看著，她的心跳就加快了。她感覺這一張張照片不是拍出來，而是讀出來的，是博文在讀她，而且讀得是那麼準確。尹辰內心裡不曾表達或無法表達的東西，都從張張照片裡流露出來。她既驚喜又有被看穿的慌亂，她不敢抬眼看博文。

博文問：「你喜歡哪幾張？」

「都好，都喜歡。」嘴上這麼說，手上還是挑出了三張她最滿意的。

博文就像變魔術似地從包裡又拿出一個大信封，裡面裝著三張照片，正是尹辰挑出的那三張，都已放大了。

博文說：「我也覺得這三張最能代表你的氣韻。」

如果說，博文「將與君朝暮」的短信，只是一股小小的電流，這會兒尹辰則感覺是被電擊了，她有點眩暈，四肢癱軟，手中的照片也落了地。

「你怎麼啦，不舒服？」

「哦，沒事。」她趕緊拾起照片，站起身來。「謝謝你，謝謝這些照片。我臺裡還有點事，再聯繫吧。」

博文也趕緊站起身：「我明天請幾個朋友吃飯，你也一起來吧，或許對你的工作有幫助。」他的邀請似乎不容拒絕。

「明天？好吧。」說完，逃也似地離開了茶社。

回到臺裡，小李神秘兮兮地跑過來：「尹姐，你知道我昨晚看見誰啦？」

尹辰還沒從與博文見面的情緒裡走出來，沒理會小李在說什麼。

小李說：「我看見博文的老婆了！你猜猜她是什麼樣？」

尹辰心裡一驚，彷彿博文老婆突然就站到自己面前，要洞穿她心裡的一切：「她，一定是……氣質優雅，美麗端莊。」莫名的心虛，將自信瞬間打壓到深淵。

「你跟我一樣缺乏想像力。」他突然拍了一下自己的嘴巴，「哎呀你總說我嘴巴超速，還真是該罰，博老師剛說這是我的……我就叫了一聲伯母好。」

「什麼，伯母……」尹辰不解地看著他。

「還沒明白嗎？我把他老婆當成他媽啦！」

「有，有那麼誇張嘛？」尹辰嗔怪道。但心裡卻像坐飛機遭遇氣流，跌宕著失重了一把。幾小時前還在猜想，他夫人是什麼樣，小李這就帶來了答案。她懷疑加責備地看著他，「你不僅有一張超速的嘴巴，還有一雙負能量的眼睛。」

「好吧，其實細瞅瞅也沒那麼老。面相還挺和善的，一看就是個會持家的主，所以把博老師調養的那麼年輕。」

尹辰心裡說，年輕嗎？你可沒在檔案館裡見著他。嘴上卻說：「女人都是為男人操心才變老的，你以後要少讓你老婆操心。」

「現在都是女人讓男人操心好吧，你不覺得我這幾年見老嗎？」小李嘻皮笑臉。

「又耍貧，沒事忙你的去。」尹辰此刻想一個人靜一靜。

小李卻意猶未盡：「要不要聽我八卦一下當時的情景？」

「除非你情景再現！」尹辰有意為難他。

「不帶這麼難為人的吧導演，我就一個人，只能客觀陳述，畫面還是你自己想像吧。」不管尹辰聽不聽，他只管自顧自地往下說。

「我是在一個便利店碰見他們的，當時他老婆好像是為了一顆破了殼的雞蛋，在與收銀員交涉。一個說是在付款前就破了，一個說是付款以後弄破的，這顆雞蛋破的時間關係到誰對這顆壞蛋負責。恰在這時我出現了，博文跟他老婆介紹說我是電視臺的，她老婆立馬對收銀員說，電視臺的記者都來了，不行給你們曝光。博老師趕緊把她拉了出來。他剛要給我介紹，我卻熱情過度地叫了聲伯母。」

尹辰笑起來：「你這哪是熱情，是老眼昏花好不好？」

「你看，承認我老了吧。」

「後來呢？」

「後來，我和博文都很尷尬。他老婆挺不高興，怪博文不該把她拉出來，還說好不容易有個記者朋友在，多好的維權機會也不利用。我跟她解釋說，我不是新聞記者，這事還真幫不了她。不過她好像也沒聽明白，只是非常生氣地瞪了博老師一眼，雞蛋也不要，就先走了。」

「你也是，幫不了人家，還叫人家伯母。」

「我倒不怕她生氣，反正以後也見不著。我是覺得挺對不住博文的，我幹嘛那個點兒去那家便利店呀，對了姐，你就裝著不知道這事，可千萬別說漏了。」小李雙手作揖。

尹辰說：「誰像你那麼八卦。」但心裡此刻八卦的不行，這一天的信息量太大了，她有點承受不住。

老婆強行與他做了最後一次愛

第二天晚上博文的邀請，尹辰找了個理由推辭了。因為經過一夜與睡眠的較勁，她明白自己心裡已經有了他，所以更不敢靠近他。特別是他後來又在電話裡補充說，他的妻子和女兒晚上也在座，她就更堅定的拒絕了。她不能對自己的心撒謊，就不能坦然面對他的妻兒。

後來，她問過他，為什麼要讓她與他即將背叛的妻子見面。他說，他就想讓她知道他是和怎樣的一個女人生活在一起，或許就能理解他的所謂背叛，也能鼓起她愛他的勇氣。這想法多少有點奇葩，但尹辰還是理解了。

還有奇葩的事，之後有一天，博文的老婆突然來找尹辰，說就想看看尹辰長什麼樣。她沒來電視臺，而是約在一家茶社，她不能給尹辰造成不良影響，那樣博文不會饒恕她。她愛她的丈夫，即使他背叛她。她看了尹辰後，什麼也沒說就走了。再之後，博文就告訴尹辰說，他離婚了。這一切都是那麼突然，完全沒有傳說中的一哭二鬧三上吊。

尹辰後來才知道，是博文向老婆坦白自己愛上了電視臺的導演尹辰，往後應該怎麼辦，由老婆說了算。不離婚，他們就將是同床異夢，他在家裡也就是行屍走肉。離婚，他就淨身出戶。老婆想了幾天，選擇了後者。其實他老婆早就有離婚的心理準備，她知道丈夫離她越來越遠，她搆不著，也不想夠。這麼多年，丈夫只當她是一個做飯婆，平日裡多一句話都難得跟她說。最近這些年，連性生活也沒有了，在約定辦離婚手續的前一天晚上，老婆強行與他做了最後一次愛。當然，她還有一個最後要求，就是要看一看，那個叫尹辰的女人到底長什麼樣，她要知道打敗自己的女人是誰。

尹辰後來知道這些，還挺佩服這個女人。但是，博文的女兒卻沒有母親想得開，她無論如何也不能原諒這個搶走她爸爸的女人。尹辰沒法向她解釋，博文也不願向她解釋。這也是後來，尹辰不能釋懷的地方：你愛女兒，不願挫傷你在女兒心中的形象，那你也不能錯將這一切背負在我的身上呀。每每談及此事，博文總是說，等她大了，自己戀愛了就會理解了。尹辰自己沒有孩子，原是想一心一意地對待博文的孩子，但他卻無心做融合她倆關係的努力。

他愛他的女兒，又不願因離婚而使女兒減少對他的愛。他知道自己原本在女兒心中絕對是控股的地位，儘管哺育她照料她生活的是她的母親，但精神領袖不是靠餵飯、把尿樹立的。以孩子的母親看來，他是投機取巧、不勞而獲地占據了女兒的芳心，她卻是起早貪黑、勞心勞肺地收穫了女兒許多的埋怨和不屑。最戳她心窩的話是：你不懂，我爸知道。但這話對博文卻很暖心，如果沒有女兒的這份愛，這家早就沒什麼可留戀的了。

與博文結婚時，尹辰覺得自己之前的幾十年等待，就是為了今天博文的出現。幸虧沒有草草再嫁，沒有放棄愛的夢想。她對這遲來的愛情既珍惜又癡迷。

智者說，結婚前要睜大眼睛，結婚後要睜隻眼閉隻眼。但世上有幾個女人能掌握這門學問？通常情況下，當愛情衝昏頭腦的時候，基本都是反著來的。談戀愛的時候什麼也看不見，結婚後什麼都逃不過眼。尤其似尹辰這類愛情至上的所謂自由戀愛者。

熱戀結束進入婚姻，博文似不經意地提出，他們婚後經濟上要實行ＡＡ制，理由是他女兒還在讀書並且很快要出國留學，他要承擔女兒的一切費用。這話看似沒毛病，但尹辰心裡還是感覺有什麼地方透進一絲涼氣。他在告訴你，他的女兒他承擔，他和你之間是有楚河漢界的。這與尹辰心中沒有嫌隙的愛情背道而馳，與你中有我我中有你不分彼此的夫妻生活相去甚遠。但她沒有反駁，人家是不想占你便宜不想增加你的負擔，你有什麼反對的理由？她只說了一句，你的孩子就是我的孩子，有什麼需要我們一起來。「不不不，不需要。」他毫不遲疑地拒絕了。

如此，這對中國夫妻就引進了西方的ＡＡ制。

剛開始尹辰還沒領略到ＡＡ制的精髓，幾個月下來她就痛徹心肺了。

尹辰的一個朋友要結婚，邀請尹辰夫婦參加婚禮。尹辰與他商量，給多大的紅包合適呢？

「你的朋友，你定。」

「那就給二千吧。」尹辰打開錢包，裡面只有一千三百多元。她問，「你有現金嗎？我手上不夠。」

博文拿了七百元給尹辰。

尹辰正在找紅紙袋，博文頭埋在報紙裡，甕聲甕氣地說：「回頭，那七百元你從微信上轉給我吧。」

尹辰停下手裡的動作，她看著博文。

沒聽見尹辰的回答，博文從報紙上抬起頭來，看尹辰在愣神，他將目光回到報紙上，還是甕聲甕氣：「那是你的朋友。」

尹辰明白了，那是她的朋友。

他們婚後的第二個月，趕上電視臺臺慶二十周年，每個頻道都要準備節目，尹辰的節目是詩朗誦，她特意選了一首博文寫的詩。

博文說：「去買件新衣服吧，你的衣服都太素淨，不適合上舞臺。」

兩人一同去商場，左挑右選的終於選中了一件連衣裙，她和他都很滿意。營業員說，今天商場有活動，買兩件打八折，並推薦了一款男式Ｔ恤給博文。博文試了一下也很滿意，尹辰高興地一起刷了卡。還沒出商場，博文就將那件Ｔ恤的折後價，從微信上轉給了尹辰。

這都是分得清你我的時候，也有分不清的時候。

兩人去海南旅遊，臨回來時，尹辰說去買點當地的土特產，博文說，你去吧，我在外面等你。尹辰在土特產商店裡逛了一個多小時，博文就在外面等了一個多小時。尹辰拎著大包小包的出來，博文說：「買那麼多東西，你吃得了嘛！」

尹辰說：「我們一起吃呀，再給你女兒帶點去。」

博文看了看她買的東西，想了一下說：「算了，你自己留著吃吧。我要吃也不會在這兒買，旅遊景點的東西多貴呀！」

尹辰聰明的腦袋轉了好一會，才悟出個中含義。

這就是ＡＡ制，太傷感情了！尤其是夫妻間，哪怕買根針，也得確定是誰掏錢不是？再好的感情也會被這根「針」不斷地戳破、流血、發炎、流膿、潰爛直至病變。這ＡＡ制就是婚姻的天敵！尹辰不反對朋友間的ＡＡ制，那是臨時組合的相聚模式，經濟上的兩不欠，可使彼此的友誼更純粹。婚姻中的ＡＡ制，卻是時刻提醒，你的是你的，我的是我的，咱倆兩不欠，這還叫夫妻嗎？有情人就該是：我上輩子欠你的。

尹辰最後總結說：「我在意的不是錢，我要的是一種感覺，一種被呵護被疼愛的感覺。」

花五朵說：「就是，自己掙錢自己花，那還要找丈夫幹嘛？」

王曉陽說：「我們找丈夫的目的是什麼？特別是我們這些財務自由，不需要男人供養的女人。」

薛岩說：「這是個悖論。既然不需要男人的錢，為什麼還有被男人花錢的心理需求？」

尹辰說：「看看那些大明星，自己已是千萬身家，卻還是要找更有錢的。看來，還真不是錢的問題。」

薛岩看了一下手機：「好了，不管是什麼問題，今夜都解答不了啦，睡覺吧。」

回到房裡，大家都沒了睡意，還在糾纏那個問題。

冬天裡的扇子

第三天晚上，王曉陽說：「咱們別說失敗的婚姻了，說初戀吧，人生第一次，怎麼著也是值得回味的。」

花五朵就問薛岩：「哎，你和老公那麼恩愛，你們是初戀嗎？」

薛岩神秘地一笑：「你猜。」

王曉陽眯起眼睛，揣測著薛岩的笑意：「看這模樣，一定另有隱情。」

「什麼隱情呀，不就初戀嘛，我老公知道，不需要隱瞞。」

花五朵又問薛岩：「你老公什麼樣？我還沒見過呢！」

薛岩說：「尹辰見過的，一般般，你們都看不上的。」

花五朵說：「有照片嗎？讓我們膜拜一下。」

薛岩調出手機裡的照片給花五朵看，王曉陽也湊過去。

薛岩說：「是不是，不入你們的眼吧？」

花五朵說：「男人是拿來用的，女人是拿來看的。你覺得好，說明他好用唄。」花五朵打趣道。

王曉陽說：「難怪我找不到好男人，是讓你挑回家了！」

「王一平可不敢要你，別害人家了。」尹辰笑道。

「你老公姓王？哎呀是我們王家人呀，我們王家男人就是好，我以後就叫你嫂子啦！」王曉陽歡快地撲到薛岩懷裡，把薛岩嚇了一跳。

花五朵叫道：「跑題了，說初戀！」

王曉陽對花五朵說：「就你跑的題。」然後一把抓住薛岩的胳膊搖晃著，「快說你的初戀。」

「你把我搖散了。」說著要掙脫王曉陽的手。

但這一搖就像是搖櫓，把薛岩的初戀從深井裡提溜出來了，還真是個「含情量」很高的往事。

薛岩說：「尹辰，你還記得大二暑假時大家相約去青島玩，我沒去嗎？」

尹辰還在努力回想，薛岩已經走進自己的往事。

那個夏天很熱，是多年未遇的酷暑。薛岩拿著行李，去蘇北的舅舅家避暑，說是避暑，其實是因為寒假時在舅舅家過年，遇見了一個人。

沒有空調的綠皮車廂裡，薛岩左手不停地擦著汗，右手揮著一把跟她的臉差不多大小的精緻檀香扇，要不是熱得透不過氣來，她真是捨不得拿出來用。這樣的扇子其實是形式大於內容的，是那個年代姑娘們拿在手裡把玩聞香，更多是炫耀的東西。檀香扇品種很多，材質和工藝上的差異也很大，價格也就差了幾倍幾十倍。薛岩手中的這把扇子只有一掌多長，扇骨上的雕刻遠看還算精緻，細一看是機器壓模的，扇尾拴著一個粉紅色的小穗兒，扇動起來跟跳舞似的撒著歡兒。從去年寒假裡得了這把扇子，她就一直放在自己的枕邊，大冬天的用不上，天熱了也不捨得用。只是每天上床後，放下蚊帳，靜靜地把玩一會兒，聞著檀香進入夢鄉。她很奇怪，為什麼從未在夢裡見到過送她扇子的那個人，不是說日有所思夜有所夢嗎？

車廂裡夾雜著汗臭、腳臭、煙臭，薛岩感覺這混合的濁氣是凝固的，儘管她使勁地扇動那把可憐的小扇子，卻像大水漫進船艙，而你卻用一隻小勺子往外舀水，那種徒勞帶著一種絕望。雖然車窗都是大開著的，但薛岩背對著火車行進的方向，幾乎享受不到窗外吹進來的並不涼快的風。若不是要去的地方有一個不確定的誘惑，要不是想著將那誘惑弄確定些，薛岩真想在下一站下車，返回！特別是想到尹辰他們這會兒正在青島享受著海風，心裡竟有一絲後悔。萬一此去只是自己的一個臆想，萬一……終究，遠方的那個誘惑大過車廂裡難耐的熱臭，薛岩努力將身子貼近窗口，做著深呼氣。

越往北走，樹木和土地越來越沒有生氣和色彩，農舍也越來越矮小、灰暗，但蘇北的空和曠，此刻在薛岩的心裡卻是滿滿的盛著希望。

去年冬天，蘇北沒怎麼下雪，但是陰雨綿綿，濕冷難耐。好不容易天放晴了，薛岩迫不及待地騎著車去郵局，她要去買本《讀者》，窩在家裡有點煩悶，與表弟表妹也沒什麼話說。說是蘇北的年俗要比蘇南來得濃烈，但生疏的環境總讓她提不起精神。

從郵局回來的路上，自行車鏈條突然斷了，她正發怵，不知去哪找修車的，他——像從天而降：「怎麼啦，需要幫忙嗎？」

這麼紳士的聲音出現在這麼對的地方和這麼對的時間，薛岩一陣慌亂。她知道這個人就住在舅舅家的斜對面，與表妹散步時見過，第一次碰見，表妹對他炫耀：「這是我省城來的表姐，也是大學生。」後來再碰面，他就禮貌地點點頭，很紳士。之後，薛岩每次散步都隱隱地有再遇見他的期待。

薛岩四周張望著，不敢看他的眼睛：「不知哪裡有車行？」

「跟我來吧。」說著他把自己的車交給薛岩推著，然後將她的車扛在肩上，引著她往前走。

找到車行修好車，兩人就推著車並排往家走，誰都不主動跨步上車，如果這會兒有愛管閒事愛多嘴的路人看見他們，一定會說，你們幹嘛牽著毛驢不騎呀？他們不是心疼毛驢，也不會把毛驢扛在肩上，他們是怕毛驢走得太快了，他們不想那麼快的回家。

他們從《讀者》聊起，聊到共同喜歡的文章，聊到各自擁有和收藏了多少期《讀者》，便有了物以類聚的感覺。兩人都是學理科的，卻是那麼感性的交流。這或許就是人與動物的區別，無論多麼理性的人，在情感交流時，都是感性大於理性，所謂「情感」，而非「理感」。

車廂喇叭裡傳來列車播音員特有的音質和音訊：「各位旅客請注意，各位旅客請注意，大豐站到了，大豐站到了，請大家帶好自己的行李物品，按順序下車。」

薛岩一驚拉回思緒，但腦子並沒閑著，與他重逢的各種可能在腦迴路裡快速切換：偶遇，她一下車，就發現他也在這趟車上。他說，哎呀，早知去你的車廂找你！然後兩人一同坐公交或走著回家。不，她剛到舅舅家，他就來了，聽說你來過暑假了，真高興！或許還像冬天那樣，他總宅在家裡，她佯裝去公廁路過他家，路過他的窗口。他突然發現，喲你來了，我一直在等你。

他，暑假回來嗎？萬一沒回來……

這一想，薛岩就心裡一冷，肌膚竟感覺到一絲涼意，但很快又灼熱難耐。擠著下車的人貼著她，黏滋滋的汗液碰撞在一起，混合的酸臭味愈加令人窒息，她想屏住呼氣，但鼻腔口腔都已塞滿這污濁的味道，她逃無可逃。好不容易擠出車廂，雖然外面還是熱，高溫三十六度，但這熱是敞亮的，不是窩在心裡拔不出來的稠呼呼的熱。她快速地做著吐氣吸氣，要把在車廂裡吸進的污濁之氣抽出來透析一下。

薛岩下車的地方人並不多，她一眼就能看清車站沒有她期待的身影。她仔細地把檀香扇收進盒子裡，拎起行李去迎接下一個期待。

舅舅家在大豐縣城裡，薛岩坐著公交就可以到達。

一到舅舅家，就知道他也回來了，火車上所受的煎熬就成了黎明前的黑暗，成了邁向光明的必經之路。可是，到舅舅家兩天了，卻沒見到他。小表妹分明已去通風報信，但他就是沒出現。薛岩去公廁，必經他家，準確的說是經過他的窗戶。那窗戶的窗簾始終是閉著的，薛岩頻繁的去上廁所，弄得舅媽以為她是來例假了，趕緊泡了杯紅糖水給她暖身子。這大夏天的，薛岩喝不下又不好說。

順便說一下，薛岩舅舅家所住的這片建築群是有些年頭的，屋裡都沒有衛生設施，大小幾十戶人家都靠一個公共廁所排污。沿街的房屋，除開店鋪的不分朝向，其它的一律坐北朝南。向陽而居，這是千百年來的定律，就算是後來有了自動調節溫度的所謂高科技住宅，可以忽略朝向，但人們心裡的朝向感卻很難改變。

薛岩還是頻率很高的去上廁所，經過他窗下的時候，能聽到他說話的聲音，有一次還聽到他開門的聲音，以為他就要走出來，但他就是沒出來。她想走到他家的正門，或許能「偶然」撞見他，但她立刻掐斷了這顯然帶有主動的念頭。

這樣的煎熬大過了火車上的悶熱，讓她吃不下，難入眠。她不相信那把檀香扇是沒有意向的隨便贈予，他送給她的時候，眼睛裡分明是有內容的。那是在寒假快結束的時候，在他們即將分別的時候。他要提前返校，他的學校在杭州。臨走前，特意來薛岩舅舅家與她告別，趁她小表妹跑出去的當口，趕緊從懷裡拿出了一個漂亮的小盒子，裡面裝著那把帶著粉紅穗兒的檀香扇，他說這扇子是杭州的特產，他將帶著他體溫的特產遞給她。雖然這不是冬天裡該送的禮物，薛岩卻一點也沒覺得突兀。只是她心裡慌亂的不行，她不知所措，不知該如何表達心裡的感覺，她伸出的手很遲疑，接過扇子也不敢抬頭看他的眼睛。接受不到她臉上的訊息，他就有點慌，不知道下一步該做什麼，這時候小表妹就突然蹦進來了，他來不及反應，下意識地撤退。走到門口，背著身語速極快地：「我的地址是杭州大學物理系八七二信箱。」說完躲閃著小表妹探詢的目光，迅速離去。

接下來的這個學期，「物理系八七二信箱」一直在薛岩心頭盤旋，她卻從來沒給他寫過信，驕傲和矜持讓她不願邁出主動的第一步。我是女生，怎麼能主動給男生寫信？她知道他沒有她的通信地址，卻也不肯屈尊女兒頭。她想，或許這就是上天要給他的一個考驗，從寒假到暑假，不就半年的工夫嘛，「明年花開蝴蝶飛，阿哥有心再來會」，電影《五朵金花》裡就是這麼唱的。如果半年都等不了，那就不值得等。

旅途的勞頓加之一直茶飯不思，到舅舅家第五天的晚上，薛岩出門散步淋了點雨，當夜就起了高燒。舅舅、舅媽急壞了，去請鄰里幫忙送醫院。迷迷糊糊的，薛岩不知道自己是怎麼到的醫院，但卻感覺有個熟悉的聲音一直伴隨著。等她在醫院醒過來時，她看清了那個聲音，就是他——鐘昊。

薛岩又氣又痛，她不想理他，怎奈身邊還有舅舅、舅媽，她不想他們看出什麼。直到有了單獨相處的機會，鐘昊則是滿臉的愧疚和關心，她說不出話來，只有眼淚在眼眶裡打轉。

鐘昊說：「你安心養病，等你好了，我會告訴你一切。」

告訴我一切？那一切是指什麼？薛岩剛剛暖過來的心又有了些迷惑，她想問「你變心了，你有新歡了？」但她不能問，人家沒把心交給你，哪來變心之說。更沒說過喜歡你，又何來新歡之說？就是一把檀香扇而已。薛岩的自尊和要強倏地升騰而起，心想你的一切跟我有什麼關係？嘴上就客氣而冷淡地：「謝謝你送我到醫院，你回去吧，這兒有我舅舅和舅媽呢！」

鐘昊欲言又止，有些頹喪地出了病房。

當鐘昊消失在病房門口的一剎那，薛岩就後悔了。不就是為他而來的嗎？就這樣不歡而散無疾而終嗎？薛岩為一學期的心神不寧而不甘。

薛岩病癒回到舅舅家，再次陷入莫名的期待，因為鐘昊還是沒露面。她愈加後悔自己在醫院時對鐘昊的態度，如果不是她的冷淡，他一定會來「告訴你一切的」。後來小表妹探來消息說，他去了離這兒幾十里地相鄰的一個縣，說是一個同學病了，他趕去探望。薛岩心裡稍安，卻又揣測，他去看什麼樣的一個同學呢？男同學還是女同學？

已是家家點燈的時光，薛岩無滋無味地吃了晚飯，縮在屋裡，翻弄著表妹的書櫃。說是書櫃，其實上面沒幾本書，幾個高高低低的化妝品瓶罐，一小堆色彩形狀各異的頭飾和幾串玻璃或塑膠製成的項鍊、耳墜占領著書櫃的最主要地盤。有五六本世界名著格格不入地擠在一邊，這都是薛岩帶來或寄來的，除了上面有些灰塵以外，都很挺括，似乎沒有被主人臨幸過。在書櫃的底層，薛岩竟然發現了那本讓她巧遇鐘昊的《讀者》。表妹雖然不愛讀書，但有文字的東西倒是不捨得丟。薛岩拿起《讀者》，翻了幾頁，更是煩躁不安。

突然，一個人影就進來了，直接走到她眼前：「出去走走吧。」

薛岩兀地站起來，來不及思考，懵懵地跟著他就走了出去。正在堂屋裡做針線的舅媽看著他倆出門有點愕然，又轉而像明白什麼似地嘴角露出一絲笑意。

他表白了

改革開放有幾個年頭了，蘇北的縣城也與大城市一樣，有了舞廳和卡拉OK廳，不同的是夜晚的霓虹更加刺激感官、更加豔麗。薛岩的舅舅家在縣城的邊際線上，是一腳在縣城一腳在鄉村的站姿，一不留神就能進農田。早年劃分城鄉的時候，差一點就把他們住的這條街劃進了農村。如果說縣政府所在地是縣城的心臟，這裡就是縣城四肢的指尖，屬神經末梢，若心臟動力不夠，這裡就供血不足四肢發涼。所以，即使豔俗的舞廳燈光和跑調的卡拉OK也還蔓延不到這裡，這條街上除了路邊的幾個桌球攤，幾乎沒有什麼晚間可以消遣的地方。

薛岩跟著鐘昊走出來，一路無語。但心裡卻像開辯論會一樣熱鬧，正方說，鐘昊今天一定會有非常重要的話對她說，不然不會大晚上的約她出來。反方說，別自作多情，人家不過是個禮節性的探望，她不是剛生了場病嘛！正方說，都給她送過禮物了，那扇子是煽情的。反方說，冬天裡送扇子，分明就是想撲滅她心裡的小火苗。正方說，今天就是為告訴她「一切」來的，對她沒有特殊的想法有必要告訴嗎？反方說，那「一切」或許就是告訴她，一切都是她的少女懷春遊園春夢！

一前一後的走著，直到這條街的盡頭，面前已是一片分隔城鄉的小樹林。鐘昊突然站住並轉過身，緊隨其後的薛岩煞不住，差點撞進他的懷裡。鐘昊就勢雙手扶住她的肩，薛岩本能而羞澀地向後退。鐘昊愈加緊緊地抓住她，似乎一鬆手她就會從他手中消失。其實他是怕一鬆手，下定決心要說的話從心裡溜走，他喘著氣，嘴裡的熱氣噴到薛岩的臉上。

長這麼大第一次與一個異性相距這麼近，也第一次感覺到自己的心臟竟也會翻騰出這麼大的動靜，並且就要控制不住地從喉管裡蹦躂出來。薛岩再次企圖掙脫他的雙臂，雖然心裡和身體的願望是那麼的不一致。

「小岩，我們是同路人，從第一次見到你我就有這樣的感覺……」

薛岩既激動又失望，她以為從這張激情澎湃的嘴裡會說出「我愛你」或者至少是「喜歡你」這樣符合此情此景的話，結果卻是「同路人」，這是什麼意思？這話需要在這月黑的夜晚，在這小樹林裡，在這麼激動得熱血賁張的情景裡說嗎？

薛岩有些氣惱地使勁掙脫了他的雙手。

鐘昊趕緊補充道：「我是說，如果你我做夫妻，一定可以同心協力做出一番大事來。你看，我們都那麼聰明……」

「你找我是為了做大事？」

「對，我要與我喜歡的人一起做大事。你明白我的意思嗎？」

其實這並不是鐘昊今晚要說的那所謂的「一切」。因為那「一切」從薛岩舅舅家出來開始，就不斷的被打折，他說出的勇氣與邁出的腳步成反比，每走一步，勇氣就衰減一個百分比，待到他向她轉身的那一刻，「一切」裡的關鍵內容已全部屏蔽。他不是不想說，而是考慮說出真相的成本：他與她之間的那層窗戶紙還沒捅破，現在說出實情，那層紙很可能就變成一堵牆，再也無法逾越；而如果只是表白，他則有把握獲得她的芳心，她願意跟他出來就是信兆。一旦關係確定就可迅速推進，感情越深，女人對男人過往的寬容度就越高，更何況將來只要一心對她，她一定會既往不咎的。

第一次被攪動情愫的女人，常常會自動的「抓大放小」，薛岩也不例外。他已經明確說喜歡你，其它的還重要嗎？你還需要知道什麼呢？這不就是你日思夜想所要知道的一切嗎？

接下來，在剩餘的暑期裡，倆人幾乎天天膩在一起，薛岩不屬小鳥依人類，卻幸福得像隻小鳥，走路都帶著翅膀，呼哧呼哧的。鐘昊也是志得意滿，男性魅力肆意。但他從不邀請薛岩去他家，還似乎有意無意地避開他的家人。薛岩竟然沒有注意到這不尋常的細節，總是心裡甜甜地等著他走進舅舅家，或是一塊出去。暑期結束，倆人一同去縣城的火車站，在此分別，去到各自的目的地。分別時，薛岩拿出一條毛線褲給鐘昊，這是他向她表白之後，薛岩頂著炎炎夏日，為鐘昊趕織的。她說杭州屬長江以南，冬天沒有暖氣，學生宿舍又不讓用電暖器，毛褲是必不可少的。況且這針針線線裡織進了多少薛岩的情思啊！這也是那個年代的女孩子對戀人能夠表達的最深情意了。

多少年以後，薛岩在感歎這段沒有修成正果的戀情時自嘲：一個冬日裡送扇子，一個夏日裡送毛褲，這麼奇葩的錯位，其實早就註定了他們的結局。

「你真是個好老婆！」鐘昊興奮地把毛褲塞進行李箱，剛想伸手去擁抱薛岩，腰間的 BB 機響了。他一看顯示，心虛地看了薛岩一眼，趕緊去找公用電話，等他打完電話回到薛岩身邊，薛岩感覺已經不認識他了，他臉色陰鬱欲言又止。

「怎麼啦，出什麼事了？誰呼你？」

鐘昊不語，是不知道從何而語，但心裡知道已不得不語，他突然下決心似地伸手將薛岩拉到一個相對人少的地方。

「岩子，我本來不想告訴你，不，我是想把事情解決了以後再告訴你，但是……現在我不能不告訴你了，否則我要不停的說謊再圓謊，太累了，對你也不公平。」

「什麼事，這麼嚴重？」薛岩心裡發慌，腦子裡瞬間迸發出他嘴裡要吐出的各種可能，但都沒能對上他說出的真相。

「從寒假分別後，我以為你會給我寫信，可是一直沒有，我以為我只是單相思……我想去找你，可想到那天在你舅舅家，你看都不看我，我想是怪我竟然在冬天裡送你扇子吧。但那是杭州的特產，我又在那讀書，我一時想不出有什麼更好的東西送你……我以為你不會再來舅舅家，我不再會見到你，所以……兩個月前，我有了一個女朋友，是遠房親戚。你在醫院的時候，我突然離開家，就是去她那兒了，她說她病了……可是從知道你又來了，我又悔又恨，我恨我自己為什麼不再等一等，我知道我心裡一直放不下你，上天為什麼這麼作弄我，又讓我見到你……」鐘昊語速很快，也很悲滄，他用拳頭去擊打身邊的一個廊柱，手上頓時見血。

而此時，薛岩則感覺自己的胸腔內裂開一個口子，她聽到了流血的聲音，同時更確切地知道自己心臟在體內不差分毫的位置。我們都有這樣的體會，身體的某個部位或臟器，只有在不舒服或疼痛的時候，才能感知她的存在。此時，薛岩流血的胸腔裡升騰起十二級風浪，浪的每一次起伏都重重地打在痛點上。

「為什麼不早告訴我，為什麼現在告訴我？」薛岩幾乎是帶著血腥味喊出來的。

「對不起薛岩，我不想失去你。我還沒結婚，我還有選擇的權力，不是嗎？」

還沒結婚，還有選擇的權力。這句話喚起了人類心裡的情感自私，薛岩心裡的風浪還在翻騰，但級別明顯降低。

「我知道這麼做有點對不起她，所以你剛來的時候，我不敢見你，直到你生病……我不能再欺騙自己的感情，我不想放棄你，你是我見過的最聰明的女孩。本來想與她斷了再告訴你實情，但是，剛才她又呼我，說她又病了，她可能已經感覺到我對她態度的變化，所以近來老是用生病誆我去她那兒，我又不敢不去，怕她真的病了。因為畢竟，我們……我們已經那個了……」

薛岩的臉刷地泛紅發熱，既為聽到表示男女私情的「那個」而難為情，又為知道這樣的實情而憤懣惱怒不已。她轉身拿起自己的行李憤然而去。

本來以為故事就到此結束了，不料一個月後，鐘昊突然出現在薛岩面前，他說他已經與那個遠房表妹分手，他將自己的畢業實習地特別選擇在薛岩所在的城市。

不出鐘昊所料，薛岩重新接受了他。

可是，薛岩怎麼也沒想到，這跌宕了一回的初戀竟然在不久之後又一次地震。鐘昊再次接到遠房表妹的呼叫：她懷孕了！

「後面的故事不用說了，我不可能再受其辱。」薛岩像是完成任務又像是要排出體內的廢氣，直起身很用勁地吐了口氣，為自己的講述畫了個句號。

「你的記性真好，細節都說得那麼生動。」王曉陽說。

「那是刻骨銘心唄！」花五朵說，眼睛裡竟有羨慕。

尹辰說：「你們別打岔，我還沒從故事裡出來呢！」她拿起桌上的水杯遞給薛岩，有點意猶未盡。

「好了，一個失敗的初戀而已。」薛岩舒展了一下胳膊，「現在說這個故事，不是對故事中的人有什麼懷念，而是對那段青澀歲月，對自己的懷念。」

「這故事很有年代感，我要是作家就一定把你的故事寫出來。」尹辰說著看向王曉陽。

王曉陽說：「還不夠完整，還應該有下文。比如說，多少年後你們又見面了，你們舊情復燃……哎，他長得是不是很帥？」

尹辰打斷她：「俗俗俗，又瞎編。還惦著你的網絡吧！」

王曉陽說：「別瞧不起網絡小說，現在熱播的電視劇大多來自網絡小說。」

「哪你幹嘛進作協？」尹辰一句不讓。

「我嘛，我是條大魚，網絡已經網不住了。」說完自己先笑，既有自嘲又有自豪。

薛岩說：「其實不用編，寫寫你身邊的女人，哪個不是故事一堆？瞧瞧你們一個個風情萬種的樣子，還能沒我的故事精彩？我說完了，下面該誰了？」她拍拍手，彷彿剛才的故事都在她手裡，說完了，沒留下一點屑末。

王曉陽一躍站起身：「這幾天過得太豐滿了，白天看山水晚上聽故事，明天白天繼續瘋玩，晚上聽我的精彩故事吧！」

第四天晚上，四個人剛坐定，王曉陽就迫不及待地兌現承諾：「今天該我了。」

「你是作家，不，美女作家，一定故事多的不得了。」花五朵說。

「你的故事在你筆下都演繹過N多次了，還是說點新鮮的吧。」王曉陽的小說尹辰基本上都讀過，所以並無多少期待。

王曉陽說：「哈哈我的故事是說不完的，只是不知道先說哪個。」

尹辰揶揄道：「還沒想好就搶話筒。」

薛岩說：「也說初戀呀！」

「可是，哪個初戀呢？」王曉陽兩眼忽閃著賣關子。

「你還能有幾個初戀哇？」大家一起叫起來。

王曉陽說：「你們得先定義什麼叫初戀，我三歲時喜歡過一個四歲的男孩算不算？小學時喜歡過班長算不算？還有，是握過手算初戀，還是接過吻算初戀，還是上過床算初戀？」

尹辰對薛岩說：「瞧瞧，這就是年齡差，她比我們小個五六歲，就差著一個時代啊！」

花五朵說：「把你接過吻的初戀和上過床的初戀都如實招來吧！」

王曉陽說：「其實尹辰應該知道的，我那本《青蘋果》寫的就是我的初戀。」

尹辰說：「那是你的自傳？發布會的時候，你可是極力否認的。」

王曉陽說：「那是對公眾，今天是對你們呀！」

花五朵急切地：「好啦好啦，快說吧，我沒看過，薛岩你看過嗎？」得到薛岩也沒看過此書的肯定後，又對王曉陽，「書是成貨，我們要現炒的。」

王曉陽說：「你當我賣瓜子的呀！」

花五朵說：「對呀，我們吃瓜你賣瓜子。要不吃瓜群眾怎麼來的？」

薛岩笑著說：「好了，快讓我們吃瓜吧。」

王曉陽頷首一笑，表情曖昧：「那是我讀大學的時候……」

花五朵打斷她：「哎哎，幼稚園和小學的都忽略啦？」

尹辰說：「哎呀，你真以為她幼稚園和小學就能跟人接吻上床？她就喜歡故弄玄虛。」

王曉陽哈哈大笑：「還是尹辰瞭解我。」

花五朵很洋派地聳聳肩：「明白了，人家是作家。」

王曉陽也是在杭州讀的大學，因為身材嬌小，眉眼也清秀，只要不暴露對辣椒的嗜好，與江南女子是可以混為一談的。

她剛進校門的第一天，就看上了班上的一個男同學，是杭州本地人。王曉陽在她的小說中稱他為A。A高高大大的，皮膚白淨，話不多，但說出的每一句話都綿綿入耳。就像她第一次在杭州喝到的蓴菜湯感覺一樣，爽滑如絲綢，但若想進一步捕捉它的質感，卻總是一不小心就滑進喉嚨。蓴菜湯精緻如水墨畫，與她吃慣的色重口重像年畫般的湘菜不同，是要換一種姿態和氣質來品嘗的，這讓她很好奇也很興奮。習以為常的東西總帶著惰性與麻木，而她的體內有一架發動機，只有不尋常的東西才能啟動她，只有不尋常的東西才能讓她有激情，只有不尋常的東西才能讓她有活力和創造力，主觀上她更是盡一切可能不讓自己的發動機熄火。她常說自己就是一棵小草，所以有想成為大樹的願望，如果天生就是一大棵樹，生來藐視一切，那就永遠只能是一棵樹。她甚至感謝父母沒有將她生在大城市，讓她從小就失去向上生長的動力。當小草成為大樹，就還會有成為雲彩的祈望，就還會有遨遊天空的理想！她說她研究過，凡後來成為大作家的，多半是生活在小城市或鄉村，他們有對生存和階層差異的切膚感受和體驗，才有研究社會與改變自我的動能。

她觀察了那個男同學半個來月，那個生活在人間天堂的大樹似乎不會主動追求她這棵小草，「那我就創造條件，讓他來追我吧！」王曉陽對自己說。

她找了個藉口，想看看杭州的美景，但人生地不熟想邀他做嚮導。那時候就顯露出當作家的潛質，虛構一個藉口只是小試牛刀。她發出邀請時，A與另一位男同學在一起，王曉陽在小說裡將他稱作B。邀請必須是向著兩位同學的，不然就太明顯了，再火爆的辣椒外面也有層薄薄的蟬衣。

「都說杭州是人間天堂，好想去看看，但我是個路癡，就怕出了門找不回來了。」聲音弱弱的，好像已經成了一個迷路的小姑娘，配上悽楚無助的目光在A、B兩人臉上掃描，他倆立馬敗下陣來，幾乎是異口同聲地：「我陪你去！」

這一趟遊玩的結果是，兩個人都向她發起了進攻。原本事情也不複雜，拒絕一個接受一個，也就順理成章了。可她偏偏一個也不願拒絕。

雖然她最先喜歡的是A，但交往下來，發現B也很吸引她。B不像A那麼溫文爾雅，有時還有點小霸道，比如：「別過來，這裡危險，我背你過去。」比如，將自己的外衣脫下來，強行披在她身上：「聽話，小心受涼。」那口氣，好像她已然是他的什麼人了。

怎麼說呢，就像張愛玲的紅玫瑰與白玫瑰，他倆各滿足了她對男人某一方面的需求，不能融合又都不完美，她難以取捨。或許她只想取，沒想捨。她後來說，那時她非常享受同時被兩個人熱烈追求的感覺。

王曉陽在給大家講故事的時候，手機螢幕不時閃爍，她就有點心不在焉，一邊回著微信，一邊講她的往事，斷斷續續。到後來，她乾脆站起來：「今天就到這兒吧，你們還是看我的書吧，基本寫實。」

花五朵叫了起來：「不帶這樣的！關鍵時刻叫停。」

王曉陽雙手合十作揖道：「各位姐姐，實在抱歉，我有點急事要辦，要不讓尹辰繼續講吧，我的故事她全知道。」說著跑回她的房間去了。

「切，什麼人呀！」

花五朵與薛岩都看向尹辰。

尹辰頭一歪笑道：「後來……用她自己的話說，腳踩在兩艘船上，結果兩艘船都划走了……具體細節嘛，以後讓她慢慢說給你們聽。」

花五朵：「那她一直未婚？」

尹辰說：「哪能呢，她可是湘女呀！她後來嫁給一個列車長，再後來列車長出軌，就離婚了。」

「還好不是列車出軌。」薛岩笑著說。

尹辰說：「要不我就說說她與列車長的故事吧。」

從湖南湘潭到浙江杭州，王曉陽每學期的往返都要先火車後大巴，或者先大巴後火車的一番折騰，人辛苦倒算不了什麼，主要是買長途車票和火車票的錢，對她家來說還是個不小的支出。為此她的姐姐和弟弟，要去多打一份零活兒，母親要多攢點雞蛋和湘蓮，拿去集市上買。王曉陽就覺得自己是個剝削者，她在剝削姐姐、弟弟及全家人。她就後悔當初為什麼要報那麼遠的大學，給家人增添了這麼重的負擔。所以每次去學校後，都想著下學期就不回家了，不僅可以省了路費，還能找個地方打打工，為家裡省點錢。可每到放假前夕，父母就來信或來電囑咐她一定要回家，讓她別為錢操心，全家人掙錢養一個大學生沒有養不了的道理。但道理和現實就不是一個娘胎裡出來的，道理上說得通，不代表現實裡行得通，因而現實情況是全家供一個大學生還真是不輕鬆，即使那時還不用交學費。直到王曉陽讀研後每月有了幾百元的生活費，全家人才喘了口大氣。

大四那年冬天，放寒假時已臨近春節，火車票成了最緊俏的商品，誰手裡有張火車票，比現在你有輛奔馳寶馬還讓人羨慕。火車站裡的黃牛就靠春運這一季，就能賺足全年的溫飽。家裡來電話問王曉陽車票買到沒有是哪一天的，她卻忙著考研，錯過了鐵路系統進校園的特別售票服務。王曉陽抓瞎了，這可比考不上研究生還讓她揪心。宿舍樓裡已經空蕩蕩的了，連宿管員都來問她什麼時候走，她們要封門了，人家也要趕著回家過年呢。

沒辦法，王曉陽整理了一個小背包，準備去火車站碰運氣。既然是碰運氣，就對運氣的好壞沒有把握，所以多餘的東西不敢帶，還不知道今晚的床在哪兒呢。她早上七點到達火車站，轉悠了一天，也沒弄到回家的票。倒是惹得幾個黃牛黏在屁股後面，一個勁兒地向她兜票。那翻了幾個跟頭的票價，要姐姐和弟弟打多少工才能換來呀。王曉陽看都不看，這根本不在考慮的範圍。就像去商店買衣服，你說這件衣服二十元，她本來只想買十五元的，但真是喜歡了，就一咬牙一跺腳買了，大不了接下來的一個星期不沾葷。但你一下就出了張大王，我卻是一手破牌，還有什麼可考慮的，只有說：不要。

車站廣場的路燈亮了，再弄不到票王曉陽就得在這廣場上露宿了，那會凍死人的。學校是回不去了，宿管已經貼了封條。與其這麼坐以待斃，不如有點積極的作為。她背著包走出車站廣場，沿著一溜邊的車站建築物一直往前走，一直走到見著鐵軌。她就繼續沿著鐵軌向著家的方向前行，走了三個多小時，來到一個小站。她在車站轉悠著，注意觀察每列車的去向。又一列車進站，看準了是開往湘潭的，她小心避開車站戴袖標的糾察，終於溜到列車跟前，她順著車廂走，不時跳起來觀察車窗裡的人。來到一個窗下，看見裡面坐著一位面目和善的老太太，身邊的人下車了，剛好空了一個位置。王曉陽將身上的背包取下，並將穿著的小棉襖脫下塞進包裡，然後將包遞進窗口。

「奶奶好，您能幫我佔一個位置嗎？上車的人太多，我擠不過他們。」

老太太伸頭看了一下車門口擁擠的上下旅客，再看看身材嬌小的王曉陽和她眼裡求助的目光。老太以她的人生經驗輕易地就判斷出，這姑娘一定擠不過門口的那些扛著大包小包粗胳膊壯腿的人。而且那些人可能抽煙、可能口臭、可能上車脫下汗腳的鞋，還不如讓這乾乾淨淨的小姑娘坐在身邊。她就伸手接過了王曉陽的背包。

待該下車的該上車的都停當了，列車也要啟動了，門口的列車員發現只穿著一件毛衣的王曉陽在月臺上伸胳膊蹬腿地活動身體，她大叫一聲：「你還不上車，不怕火車把你落下呀？」

王曉陽縱身一躍上了火車。

列車員將她當作從車上下來活動筋骨的長途乘客，所以連車票都沒查驗。

因為之前的三個多小時徒步，上車後，王曉陽很快就睡著了。她是被查票的列車員叫醒的，眼睛是睜開了，但腦子還沒醒過來。待完全醒過來時，已被帶到了列車長車廂。她來不及思考，就老老實實地說她怎麼因準備考研而沒買到票，怎麼走了三個多小時到車站，怎麼被列車員誤會叫上了車……她越說聲音越小，眼淚也不自主地流了下來。列車長遞了張紙巾給她，眼睛在王曉陽拿給他的校徽和學生證上看了好一會兒，然後站起身，讓王曉陽坐下。他說：「你就在這兒待著吧，到站時我叫你。」說著拉上車廂門，走了出去。

王曉陽懵了，她不知道到站後列車長會把她帶到哪裡去，是鐵路公安嗎？她想，我的學生證和校徽都給他看了，我不僅丟了自己的臉，還讓學校也跟著丟了臉，還有父母、姐姐和弟弟，我把他們的臉都丟盡了。她越想越傷心越懊惱，我幹嘛那麼實誠，什麼都跟人家說呀，幹嘛告訴他我是學生呀，我如果是個流竄的小流氓，最多給他罵一頓趕下車，走過這一站我不又是一條好漢嗎？誰認識我呀！

不能就這麼坐以待斃，她起身去拉車廂門，拉不動。鎖上了？完了，真的是被羈押被囚禁了。她不顧一切地使勁拉門，門開了，就有人要倒在她身上。原來是車廂內擠滿了人，她一開門，靠在門上的人就要掉進來。她又趕緊拉上門。

門外已幾乎沒有下腳的地方，她是出不去的。即使好不容易擠到車門口，不到站也是下不了車的。

到站了，門口又有列車員，她還是走不了。她走到窗前，使勁提起窗子，將頭伸出去感受著車速，所有看過的電影裡英雄人物跳車的鏡頭一一閃現，但是……她做不了英雄。關鍵是，即使跳了也不是英雄，還給小報增加一條新聞：某大學女生因逃票跳車身亡。身亡倒好了，弄個殘廢就更慘了，什麼大樹啊夢想啊，都只能是一棵枯草了。她嚶嚶地哭起來，幹嘛要耍小聰明，演那麼一齣讓列車員誤會的戲？聰明反被聰明誤啊！

後悔、自責、沮喪、絕望……對，也許就是因為那點絕望，她哭著哭著就什麼也不想，又睡著了。

到站時，列車長果然來叫她了。王曉陽立馬起身，一副束手就擒的姿態。列車長笑了，這一笑讓王曉陽看清了他的長相。之前因為害怕，就一直沒敢看他的臉。列車長看著只三十來歲，五官都很開闊，不算好看，但有一種男人的威武，王曉陽想，如果換作是他，就一定敢從車窗跳下去。

列車長說：「你跟著我。」

王曉陽還是摸不清列車長的意圖，只好乖乖地跟著他走。跟著他下車，跟著他走過月臺，跟著他走過列車員通道，一直走到車站外。列車長停下腳步，王曉陽也停下來，低著頭，等著下一步的發落。

列車長說：「好了，你可以回家了。」

王曉陽驀地抬起頭，她不敢相信自己的耳朵，更不敢相信自己的眼睛，因為此刻站在她面前的列車長是那麼的高大，那眉眼、那鼻樑、那嘴唇都像極了鐵道遊擊隊的隊長劉洪。她崇拜地嘴唇直打哆嗦，眼淚就又下來了。

列車長說：「你別哭呀，不知道的還以為我欺負你呢！」

「你，你，你怎麼不罰我呀，我可以把車票錢補上……」

「好了，我相信你不是有意逃票，一個大學生，對，還是要讀研究生的人，不會品德那麼低下，要不這書不是白讀了。以後注意就是了。」

陽。

「以後，以後我絕不會了。謝謝您列車長！」說著就給列車長鞠躬。列車長阻止了她的第三次彎腰：「哎別，我比你大不了多少，不一定走在你前面呢。」王曉陽被逗笑了。她真誠地對他說：「我一輩子都忘不了您。」

列車長心裡有根弦被撥弄了一下。他從口袋裡掏出紙筆，寫了他的名字和電話號碼，然後遞給王曉陽。

「以後買不到票就給我打電話。」

王曉陽也立刻將自己的姓名和學校宿舍的電話寫給他。

一來二往的，他們就成了戀人，成了夫妻。但後來……有句話說，常在河邊走哪有不濕鞋。王曉陽就玩笑成，常在鐵路上走，哪有不出軌。一語成讖，列車長真的出軌了。

聽完尹辰的補充，薛岩和花五朵都笑得不行，說這故事太逗了，太傳奇了，難怪她會成為作家，光寫自己就夠她賺稿費的了。

她們原來圍坐在農家小院搭的涼棚裡，在尹辰說王曉陽傳奇的時候，還不停的有人從身邊進進出出，此時天色已晚，鄉村又沒有路燈，出去散步或逛土特產的遊客都陸陸續續回來了。客房裡不時傳出說笑聲和打牌的喧鬧聲。

幾個女人還意猶未盡。

尹辰抬頭看了看天空：「哇，你們快出來！」說著自己先一腳踏出涼棚，跑到場院裡。

薛岩與花五朵跟著跑出涼棚，仰著頭，也驚呼起來：

「哇，好久沒見過了！太漂亮啦！」

「現在城市裡再也看不到了！」

天空星斗密佈，因為沒有高層建築的遮擋，星空就像布簾一樣垂掛下來，如果這時能站上一個制高點，你就有被星簾擁抱入懷的感覺。大大小小的星球層次分明地靜靜地站在自己的位置上，完全不理會地球上此刻幾個女人的歡呼。因為它們一直站在那裡，它們並不知道地球上有很多人已經很久沒有看見它們了。

「哇，那就是著名的北斗星！」

說她著名，是因為兒時的語文書上，她的名份還不止是蒼穹的一個恆星，她常常和偉大的領袖連在一起，讓人由心而外的崇敬和仰慕。

「天上星亮晶晶，我在家鄉望北京……」

「天上一顆星，地上一個丁，叮叮噹噹掛油瓶，油瓶漏炒蝦豆……」

尹辰說：「哎呀，這景致太適合回憶往事啦！我們坐到外面來吧。」

薛岩說：「對呀，讓星星看著我們，不能說假話。我的故事絕對是原汁原味，如假包換。」

三個人一塊動手，將小桌椅搬到了院子裡。

星空下的氣場似有一種神聖感，三個人仰望天空，都靜默著。

薛岩回頭看向花五朵：「該你了，說說你的故事，你的故事是帶洋味的。」

花五朵看看尹辰，尹辰眼裡也是期待。

沒有荷爾蒙的初吻

花五朵的初戀男孩叫畢旭，讀同一所中學，比花五朵和尹辰大一屆，父母都是軍人。畢旭身上總是穿著洗得發白的舊軍裝，這是那個年代最時髦也最標明身份、出身的服裝。英俊高大的畢旭穿著最時髦的舊軍裝，身邊總是圍著一群跟班，就更顯出他的出類拔萃。畢旭還說著一口標準的普通話，這標配對那個年代女孩子的吸引力幾乎是無敵的。用現在的眼光看，在他們所讀的那所中學，畢旭和花五朵就是金童配玉女，絕配。但無論那年代在政治上有多麼瘋狂，早戀依然是違背公序良俗的——雖然那時已沒有什麼公序。所以，戀愛是在地下的，尤其對老師和家長這些大人們。那些個跟班倒是人人心知肚明，他們為了討好老大，還時時處處創造條件，讓畢旭與花五朵有單獨相處的機會。

尹辰發現花五朵戀愛，是從她總找理由不與自己一塊上下學開始的。準確的說不是她發現，而是花五朵感覺瞞不住，直接告訴她的。因為每天都要編個理由不與尹辰同行，實在是很費腦細胞的事。再說尹辰是她最要好的朋友，她是不會出賣自己的。而且她向尹辰保證，他與畢旭的愛情絕對是純潔的。

尹辰說：「是柏拉圖式的嗎？」

「柏拉圖是誰？」

尹辰就向她普及了一下柏拉圖的精神戀愛。

花五朵頭直點：「是是是，保證是柏拉圖式的精神戀愛。」

這也是尹辰能夠容忍好朋友的大膽妄為，而幫其保守秘密的重要原因。

花五朵沒有騙尹辰，她與畢旭真的就是放學一起聊聊天，或者聽畢旭單方面的說說故事，他肚裡有很多故事，與尹辰從書上看的故事完全不一樣，更有畫面感，更有感官愉悅性。畢旭也經常帶她去她從沒去過的地方玩，比如軍人俱樂部的旱冰場溜旱冰，比如軍區大院的核桃樹下砸核桃。溜旱冰的時候，畢旭就像個保護神，不是拉著她的手，就是扶住她的腰，生怕她摔倒。砸核桃的時候，畢旭與他的跟班用長竹竿敲打樹枝，或者直接爬到樹上去摘、去搖晃。怕傷著花五朵，他找了個軍人的鋼盔頂在她頭上，這樣核桃就砸不到她的頭了。但是身體還是難於倖免，畢旭就命他的跟班回家拿了個臉盆來，讓花五朵舉著，還讓她躲著點。可花五朵偏不躲，這太好玩了，長這麼大還沒有過這種玩法。她在樹下跑著，一隻手扶著臉盆，一隻手去撿掉下來的核桃，就不時有核桃在她頭頂發出叮叮噹噹的響聲，每響一下，她就大叫一聲然後大笑不止。

看到花五朵開心，畢旭的心都像拴在撥浪鼓上，歡喜地停不下來。

他們還真就沒有越過雷池。她從尹辰那裡聽來的愛情故事都是那麼神聖，她心裡也是崇敬那份神聖的。這或許也是那個年代的早戀與現如今早戀的最大不同。情竇初開，又有了成熟的性徵，花五朵心裡的小兔子不是沒有期待和衝動過，但她都克制了。除了對尹辰的承諾，更多的是膽怯。她不知道一旦點了火發動了車子，還能否停得下來。不是對畢旭沒信心，而是對自己沒信心。她感覺得到，畢旭遠沒有她成熟，他追花五朵除了喜歡她的漂亮，更多的是一種男子漢的炫耀。他只是變著法的讓她高興，別的似乎還很懵懂。

是她主動將自己的初吻給了畢旭，嚴格意義上講，那也不能叫初吻。在畢旭，那是個沒有任何生理慾望和悸動的吻，他只簡單地知道男女朋友是有接吻這項運動的，並不知道這是情愛之路上順理成章且發自內心的需要，他像小孩子過家家一樣的完成了接吻的任務，所以沒有任何愉悅，也沒有再做這個任務的渴望。兩個嘴唇輕輕碰了一下，OK，我們是真正的男女朋友了，已經蓋過章了。在花五朵，接吻是有點好奇的探險，她不知道男女的嘴唇碰在一起會起怎樣的化學反應。結果，竟然是這樣的無趣。

倆人都工作以後，覺得這關係無需瞞著家長了，才正式公開。按說，畢旭的家庭出身沒得挑，但花大捷就是看不上。他心裡有個結，那就是自己沒能成為讀書人，就一定要女兒嫁給讀書人，他也順道成為讀書人的老丈人。在他看來，軍人的軍階再高，也是「丘八」。所以他堅決地反對並阻止女兒與畢旭繼續來往。

花五朵開始堅決不從，但漸漸地心裡也隱隱地有點不甘了。畢旭也沒考上大學，雖然靠他爸爸曾經在一家國營大廠當軍代表的關係，進廠當了工人，但是每次約會，花五朵都能聞見他身上洗不盡的機油味道。已在大飯店工作的她，聞慣了酒店客人身上飄散的不同品牌的香水味，首先從嗅覺上就有了一點不適，漸漸地就擴展到了全身的不舒服。一直沒有和他分手，一是因為這是初戀，他曾經帶給她那麼多的快樂——後來回想起來，這也是她人生中最快樂的時光。還有就是，他高大英俊，酷似電影演員王心剛。花五朵後來交往過的男人，沒一個形象上超過他。

但這初戀終究未能修成正果，在強大的西方物質生活的誘惑下，在父親意志的推動下，還有，還有一個不能言說的隱痛——花五朵選擇了離開，或者說選擇了逃避。

那個隱痛，花五朵今天沒說，以後也一直不說，甚至她的父親花大捷到死都不知道這個秘密。

尹辰有點失望，這似乎沒有超出她所知曉的。她其實更想知道花五朵出國後的生活，特別是她為什麼突然回來了，她未來準備幹些什麼？當然，這都超出了今晚說初戀的範疇，尹辰也就不好問了。

需要交代一下，在花五朵講述的當間兒，王曉陽又悄悄地回來，聽完了故事。雖然沒聽全，這會兒卻刨底：「你那初戀男友現在怎樣？你們還有來往嗎？」

尹辰瞥她一眼：「你就只會問這個，有點新鮮的嗎？」

「我是追求故事的完整性好不好。」王曉陽不肯放棄。

尹辰問花五朵：「你還回美國嗎？」

花五朵含糊其辭：「再說，看情況吧……」看著與自己一塊長大的尹辰，她不知道自己當年的選擇是對是錯。

一條街的友誼

四個女人中，花五朵與尹辰認識最早，從小學同學到中學。兩家住的也靠近，那時候都是就近入學，沒有擇校一說。非特殊情況，家與學校的距離一般不會超過一公里。花五朵家離學校的距離比尹辰家稍遠點，但在一條街上，也就是說花五朵去學校要途經尹辰家，所以她倆總是一塊上下學。

花五朵會比尹辰早些出門，經過尹辰家，彎進來在樓下叫一聲，尹辰立馬從樓上衝下來，兩人勾肩搭臂地往學校去。有的時候尹辰會提前在路口等花五朵，然後兩人或牽手或勾肩搭臂的去學校。放學了，要麼一塊兒去花五朵家做作業，要麼就在尹辰家做作業。兩家的父母都熟悉女兒的這個同學，遇上誰有個頭疼腦熱的小打岔，家長們不是去學校請假，而是去女兒同學的家裡，讓帶個假條。一來二往的，兩家人都認識了。但也僅限認識，卻並沒有除女兒之外的交往。

那時候，尹辰的父親是臭老九，母親屬於資產階級文藝路線上的人，雖未進「牛棚」，但也都被監督勞動著，精神上屬於社會底層。花五朵家也搆不上根正苗紅，開包子鋪出身，雖然花大捷後來要求進步將包子鋪充公，到小學校當了會計，但小業主的成分沒法改變。不過與尹辰家相比，花家還屬「人民內部」。兩家不在一個階級範疇，尹辰家是自覺的不連累，花五朵家是自保的不靠近。但花五朵的父親從不阻止女兒與尹辰交往，他從小愛讀書也有志向，因老爹突染傷寒病故，無奈初中沒畢業就輟學幫母親打點包子鋪。

沒能繼續讀書，對讀書人卻有一種羨慕和敬仰。聽女兒說尹辰家裡多的就是書，他就認可了女兒交的這個好朋友。倆孩子從小學一直要好到中學，到各自參加工作。後來，花五朵外嫁去了美國，尹辰父母落實政策後又搬了家，這中間有些年就沒有了往來。直到花五朵又回來，這都是後話。

當年花五朵與尹辰一塊考的大學，但花五朵落選了，不是她學習不努力，而是她偷偷戀愛了。沒辦法，長得太漂亮，總是有男孩子追。也好像是追的人多，性徵就出現的早，性意識也覺醒的早。她與尹辰同歲，但在生理和心理上要比她大了幾條街去，很多事都不屑於跟她說。

花五朵沒考上大學，就去上了一個旅遊中專學校。在花五朵入學的前一年，一位新加坡華商在市中心建造的一座涉外旅遊飯店破土動工。花五朵畢業時，趕上這家飯店招聘，花五朵以綜合考評第一名的好成績被錄用。

這是全省第一家豪華五星級飯店，除此之外，它還是當時中國的第一高樓，也是第一個擁有高層旋轉餐廳、高速電梯和高樓直升機停機坪的飯店，它更是第一家由中國人自己管理的大型現代化酒店。這座建築在後來的很多年裡都一直是這座省會城市的地標建築。她開業時，英國、加拿大和港澳地區的許多媒體都做了大量報導。日本《朝日新聞》甚至說它將是中國整個飯店行業能否現代化的試金石。

那時當地市民要想進酒店參觀一下都得買門票，在裡面消費還要用外幣兌換券。因為大部分市民沒有海外關係，沒有外匯也就沒有外幣兌換券，就不能親眼目睹那個旋轉餐廳那個高速電梯，這家飯店就被披上了一層高不可及的神秘面紗。

凡是不能企及的，就會構成一種仰慕，花五朵就在人們仰慕的地方工作。那時候盛傳，這家酒店的女服務員個個貌若天仙，因為多數人連門都進不去，更見不到天仙，這傳說就越傳越玄乎。尹辰倒是比大多數人幸運，不僅她身邊就有一個天仙，後來大學畢業進了媒體，別說大飯店，進入省市政府採訪見省長市長都不是難事，何況一個大飯店？

但她還是從心裡羨慕花五朵，大飯店的服務員不僅穿著不用自己花錢的漂亮制服，還拿著高過同齡人的薪水。並且永遠在四季恆溫的室內工作，哪像她這個所謂的無冕之王，無論數九還是三伏，都得頂著寒風或烈日去採訪。好不容易盼來春天，那法國梧桐製造的「毛毛雨」，直往你眼睛裡、鼻子裡、衣服裡鑽，輕的全身癢癢，重的渾身過敏。每逢這季節醫院裡看皮膚病的人特多，也難怪中國第一家皮膚病研究所要建在這裡。

尹辰一直覺得這與市政部門治理梧桐樹上的皮蟲有關，小時候她與同伴們總是捉皮蟲餵小雞小鴨（那時城市裡還允許養家禽），那皮蟲愛吃梧桐果的初芽，所以大部分梧桐果在沒成形時就被皮蟲吃了，到了春天，所剩的梧桐果就製造不了太大的「雨」。現在皮蟲沒了，「梧桐雨」就肆意而橫行了，就成了災難了。

除了這梧桐雨，還有一個讓人皮膚不爽的季節，那就是梅雨天。江淮一帶的梅雨季節時間最長，要持續個把月。陰雨綿綿難見天日，加上悶熱潮濕，那是種你受了氣發不出來，喉管嗆了辣椒水吐不出來，想發脾氣找不到對手，汗毛孔裡能長出蘑菇來的體感。就是這樣，你也要趕著出門去採訪。這麼一比，花五朵真是太幸福了！

更大的幸福還在後面，第一批進入大飯店的女服務員一個個都被入住的客人看上，陸陸續續地都嫁了出去。那時候的外嫁就是一步登天，封閉了幾十年的國度與西方世界的差距真是天壤之別。一人升天，家裡立刻彩電、冰箱、收錄機等等都齊全了。要知道，那會兒買臺黑白電視機都要託關係走後門的弄券，還是國產的！待嫁的姑娘們羨慕得要咬斷自己的舌頭。可是，更想咬舌頭的是花五朵。要說這批姑娘中最漂亮的就是花五朵，最能幹的也是花五朵，可是最後竟然就剩下她一個沒嫁出去，豈不怪哉？

花大捷分析原因，花五朵太出色，並且已被提拔為一名小主管，她不在一線直接服務客人，被相中的機會當然少。後來他又分析，花五朵的美不被西方人看好，在老外看來，大眼睛高鼻樑太沒有新意了，人家已經審美疲勞幾個世紀了。他仔細琢磨那些嫁出去的姑娘，雖然也個個美貌，但花五朵比她們多了些咱中國人看來的洋氣。玉脂般的皮膚，稍陷的眼窩加上挺拔的鼻樑，乍一看竟有那麼點混血。花大捷差點將自己的祖宗八代都要重新分析一下了。多年後那個叫瞿穎的女模特出名的時候，花大捷說她就像年輕時的花五朵。

阿Q似地分析替代不了花大捷全家的悶悶不平，我們五朵可是花魁呀！為什麼剩下的是她，也許是曲高和寡吧？花大捷又在肚裡搜出這麼個詞來安慰自己。

花五朵後來還是嫁了出去，一個臺灣人識得她的美，一見面就認定了她。花大捷開始不同意，臺灣人，那就是特務的代名詞。後來知道，這位臺灣人早年就隨家人移民到了美國，已跟老蔣（介石）沒多大關係，這才同意將女兒嫁給他。不僅如此，花大捷認為她女兒嫁的是最好的，比那些高鼻子藍眼睛的靠譜多了，畢竟是一脈相承的中華血統。更重要的是，花五朵也終於決絕了那個藕斷絲連的初戀。花大捷從來就不看好那想吃天鵝肉的臭小子。

分居的導火索

過完了難得的長假，上班第一天，尹辰接到博文的電話。

「節日怎麼過的？過得好麼？」

尹辰本來心情挺好，這一問倒問出不愉快來。節日怎麼過的，你現在關心有意義嗎？過得好不好，你當真在意？

「有什麼事嗎？」尹辰討厭虛情。

「沒有，就是問候一下。」

「哦，那謝謝你了，我過得很好。」

「那就好，我掛了。」

這就完啦？尹辰覺得越來越讀不懂他。當初愛上他，就是因為他表達的直接，比如第一次一起吃飯，他問「我可以要點酒嗎？」第一次約會的理由就是「我想見你。」第一次表白就是「我要娶你。」現在倒「含蓄」得無底線了。打這個電話有意義嗎？唯一的功效就是壞了尹辰一天的心情。

中午去食堂吃飯時，這壞心情還帶著，遇見一位臺領導，領導說：「文藝頻道的幾個節目是臺裡的老牌節目了，也正因為老，你要有憂患意識呀！」

「還行吧，收視率還在前三甲呢！」回答的又硬又冷，說話時眼睛還掃描著電子屏上當天的菜譜。

領導不再說話，轉身到另一個窗口排隊去了。

小李不知什麼時候也來到食堂，這會兒從後面捅了她一下：「姐，得罪誰不行呀，偏偏得罪他。」

「他是誰呀，我得罪他什麼了？」

「你不知道他是副臺長呀！而且他馬上就要成為分管我們的副臺長啦！」

「他？剛調來的？分管我們？」尹辰一連三個問號。
「什麼呀，人家一直是副臺長，援藏了兩年剛回來，我們不還參加過他的歡送會嗎？」
「難怪我不記得了。」
「你不記得人家，人家可記得你。這下好了，剛回來就被你得罪了。」
「我得罪他了嗎？」
「你想想你剛才對他說了什麼？」
尹辰想了想，心一沉，是覺得剛才說得不妥，尤其是說話的口氣。唉，都是博文那個電話給鬧的。客觀地說也不能全怪博文，她到電視臺多年了，主席臺上一溜排的領導總認不全，她說臺上十一個領導，除了一把手和分管領導，其他的一年見不了幾回，所以記不住。
當年她從報社調過來時，很不習慣。與報社不同，電視臺所有的節目是要掛領導名的，謂「監製」。而報紙是稿件掛記者名，版面掛編輯名，從來沒有掛領導名之說。後來知道，凡在節目上掛名都是可以拿稿費的，所以懂事的編導都會在自己的節目上掛上某某領導監製。尹辰開始是不能入鄉隨俗的，總是會忘記，或者不知道該掛哪個領導的名。這就讓有些領導不太高興，常常讓她的選題通不過。後來在同事的點撥下才明白，你給領導掛了監製拿了稿費，自己的稿費也拿得順理成章。何樂而不為呢！
臺裡的編導們私下裡有這樣的調侃：監製分三個等級，分別為輪監、強監、通監。輪監，就是領導在各個節目上輪流掛監製；強監，就是領導利用權力強行在你的節目上掛監製；通監，就是領導在所有的節目上掛監製，這是大領導，謂總監製。其實編導們大多是自願被「強監」的，這樣才能你好我好大家好，有福同享有難同當。時間久了，尹辰也麻木了，對什麼「監」都能接受了。
果然，下午開會就宣佈了臺領導的新分工，分管文藝頻道的就是尹辰食堂遇見的那位副臺長。
已經說出的話收不回了，尹辰就有些懊惱，就又想到了博文，就想到當初是因為什麼「得罪」了他，而讓他離家出走的。

那是婚後第五年，國家檔案局來調研，檔案館領導讓博文陪同，期間總局領導誇讚博文通過電視媒體為檔案工作做了很多有益的宣傳。檔案館的領導說博文有個好妻子，軍功章上有她的一半。總局領導很感興趣，說：「哦，那你們是天作之合呀，明天約來一起吃個飯，也算是對她表示感謝啊！」

博文很鄭重地通知了尹辰，她也爽快的答應了，誰知臨下班時，臺領導對次日就要播出的一個節目提出了新的修改意見，她只好陪著責任編導一起修改，等改好已是晚上九點以後了。反正也趕不上晚宴，尹辰索性就回家了。

雖然已電話告知博文她加班去不了了，但他回家後發現尹辰倚在沙發上看電視，心裡便有一股無名火升騰，便有一種被耍弄的感覺，他藉著酒勁開始一邊責罵一邊摔東西，並且是老賬舊賬一起算。

說到老賬是他們剛結婚時，博文與他髮小們的一次聚會，博文要尹辰參加。那時的尹辰是被披上神秘色彩的，一個讓老夫子拋妻另娶的女人是個什麼樣的女人，髮小們都想見識一下，博文也有意讓尹辰在他們面前亮個相。他自信髮小們一旦見了尹辰，就會理解他這個中年男人的重大決定。尹辰原本不想去，她不想成為展品，博文說：「你是不是覺得我的朋友不夠檔次呀！」

尹辰說：「我跟他們都不認識。」

博文說：「你是記者，還怕見生人？」

尹辰答應去了，她不願博文不高興。兩人約好下班後各自前往。按約定的時間所有人都到齊了，尹辰卻因不認路，繞了幾個圈才找到地方，遲到了。博文的髮小們嚷嚷著要罰酒，尹辰不喝酒也討厭鬧酒，臉上就有點不好看。博文替她擋了酒也喝了酒，但心裡不開心。為挽回面子，博文叫尹辰給大家斟酒，尹辰極不情願地起身挨個給大家斟酒，有人要滑捂著酒杯不給倒，有人只給加一點，尹辰就不勉強，接著去斟下一個，博文不高興了：「你認真點行不行，這倒的什麼酒呀！」

尹辰以極大的忍耐才沒給博文難堪，但她不想說話，只禮貌地應承著。散席後，尹辰開車，博文故意坐在後座，一路不與尹辰說話。上床後，兩人也是背靠背。雖然事後博文沒再提起此事，這會兒看來心裡並沒過去。

「你拿的什麼臭架子，我的朋友不是朋友，我的領導也不在你眼裡，那我在你眼裡算什麼？」博文一開口就是新仇舊恨一起報的架勢。

「我今天真的是臨時有事走不開……」

「多大的事？你是臺長嗎？電視臺離了你就不轉啦？」

「這是該我負責的事情……你又喝多了，我不想跟你說。」

「你豈止是不想跟我說呀，我的朋友你都不想說，你矜持什麼呀，不就電視臺一個破導演嘛，就看不起人了？讓你露個臉就這麼難嗎？我告訴你，你那怕是國家主席你現在也是我老婆，你就應該尊重我的朋友我的同事我的領導……」

「啪！」一個東西扔地上了，尹辰看了一眼沒理會。

「啪！」又一個東西碎了，尹辰乾脆不看了。

「嘩啦啦！」這回的動靜大了點，是梳妝檯那裡發出的聲音，尹辰站起身來，博文也好像突然酒醒了，他看著一地摔碎的瓶瓶罐罐以及裡面流出的各色乳液，突然噤聲了，他很想說一句：「我不是故意的。」沒等他說出口，尹辰走進臥室，「砰」一下關上了門。

這是尹辰的房子，博文與她結婚後就住在這裡，尹辰關上門就等於關上了她的家。博文覺得男人的自尊又一次被傷害，他拿出旅行箱，胡亂收拾點東西，摔門而出。這一走就再沒回來。

花五朵的戰場

從皖南回來後，幾個女人之間的友誼似乎又增加了黏合度。因為她們都交換了各自的秘密，而女人之間一旦相互交換了各自的秘密，就似男女之間有了肌膚之親，就你中有我我中有你了。

關係穩定心裡就踏實，就各忙各的暫時顧不上彼此。花五朵回國後一直沒工作，也不是不想工作，就是高不成低不就。她想去外資企業謀個職，還不能是低職，低了對不起她的美籍身份。可高位人家又不肯給，畢竟是在中國的土地上，外企也要入鄉隨俗，花五朵離開母國多年，連生活都難與至親融合，更別提工作了。才四十多歲不能待在家裡悶死呀，偶然間被姐姐帶進一回舞場，就瞬間迷上，就一發不可收拾。大把的時間有了揮霍的地方，她感覺充實起來，初回國時的落寞與消沉一掃而光。

舞場就是舞臺，她有了展現自己的機會，她是值得展現的，她的容貌、她的身材、她恰到好處說出的英語，都讓她光彩照人。舞場也是戰場，有舞技高下的競爭，有舞伴配合度的挑選，有舞裙、舞鞋的攀比。所以花五朵說，別把跳舞看成是打發時間的業餘活動，要想跳得好，一樣要專業的學習和專心的訓練，一樣要花心思要動腦筋。跳舞的人群是鬆散的，沒有行政主導的臺柱子或男女一號，但自發形成的男女主角更具群眾性，稍不努力或者說稍不留神就會花魁易主。

花五朵跳的是國標，一男一女是標配，這找舞伴就很重要，重要到幾乎超過跳舞本身。她說過，找舞伴比找老公還難一點也不誇張。好不容易有了一個配合默契的好舞伴，還要時刻擔心被人奪走或者是——他另擇舞伴，那你就等於是被拋棄，這舞場你就沒臉待下去了，你就得另闢戰場。那可是一個浩大的工程，或許你終其下半生也再難建起自己的地盤。所以花五朵不敢懈怠，套用市面上一句流行語——不在舞場就是在去舞場的路上。風雨無阻，冷熱不辭，哪怕大姨媽在身上也絕不含糊。

花五朵當初遠嫁美國是被幾架馬車趕著出去的。第一架是父親花大捷，他用他經營包子鋪和後來當小學校會計的腦袋，計算了女兒現在的容顏價值和未來的保值期，計算了當下國內生活現狀和追趕美國的時間成本，深謀遠慮之後，他認為嫁出去是花五朵最好的選擇。

第二架馬車是大飯店裡那些先於她嫁出去的姐妹們，不管她們後來如何，在當時，花五朵接收到的都是她們從此過上幸福生活的訊息，自己無論如何也不能和不甘排在幸福生活之外呀！

第三架馬車是畢旭的不爭氣，花大捷後來放出話來，只要他考上大學，就同意花五朵嫁給他。可他就是不肯去考，這除了證明他是個扶不上牆的梯子，還說明他對花五朵的愛還不夠深，還不能為了她赴湯蹈火。這就不能怪花五朵無情了，是他跟不上已經坐在馬車上的花五朵了。

最後一架馬車，是花五朵不能言說的，是藏在所有表象下最充分最要命的理由，這個理由是電影《青松嶺》裡那個揚起的長鞭，那個長鞭一甩，什麼馬兒都能奮蹄，花五朵就駕著這輛馬車義無反顧地飛奔到了大洋彼岸。

走的那天尹辰去車站送她，那時本地還沒有國際航班，他們還要轉到上海去坐飛機。火車啟動了，尹辰哭成淚人，多年的好友走了，自己的愛情還很渺茫。花五朵的父母勸她別哭了，他們覺得她哭得太過分了，這畢竟是他們女兒的大喜事呀，父母流淚合乎情理，養了那麼多年的女兒嫁人了，成潑出去的水了，捨得捨不得的都該流點眼淚，「哭嫁」是一種風俗。你個外人哭成這樣，會讓人覺得有點不懷好意。

舊金山，是花五朵認識美國的開始。這個建在山巒之間又三面環海的城市，對生長在中國內陸的花五朵來說，就像突然進了仙境，心浮如雲，如夢境般的不真實：downtown 火柴盒般的寫字樓矩陣，過去只在電影裡見過，置身其中就有點目眩的不真實；推窗可見的大海藍到耀眼，是渴望已久突然獲得的不真實。

她給家人和朋友的信裡，喋喋不休的說這裡的高樓有多高，這裡的海水有多藍。她拍了好多照片寄回國內，給了她父親很大的面子和滿足。在絕大部分中國人還在為擁有一輛鳳凰或永久牌自行車而努力的時候，在各單位的司機們還時不時以自己的獨門絕技刁難和糊弄一下領導的時候，花五朵已經開著她的賓利跑車到處兜風了。她每天都激動不已地醒來，激動不已地睡去，激動不已地感受這座城市，觸摸這座城市，她迫不急待要將自己融入這座城市。

初到美國的新婚生活花五朵是滿意的，滿意到她再沒去想過畢旭和心裡那個隱痛。丈夫家境殷實，不需要她掙錢養家，她的首要任務是熟悉環境適應當地的生活。為此，丈夫幫她找了一個語言學校強化英語。她在旅遊學校和大飯店裡學的那點英語，簡單交流還行，稍微離開一點酒店的服務語境，就有點捉襟見肘。特別是在電話交流時，因看不到對方的口型，就更不知所云。所以剛到美國時，她就怕接電話，家裡電話鈴一響，她會條件反射到驚悚。

除了學英語，還有一個任務就是學駕駛。在舊金山學駕駛，不那麼容易，那起起伏伏的道路，尤似過山車，別說開車，心臟不好的坐車都暈。剛開始，她對市中心的房屋都是依著山勢，斜著身子站在路兩邊，感到新奇和好玩。到她學駕駛時就痛恨地想，他們為什麼不讓愚公來把山鏟平了再建房屋呢？那九曲花街的傾斜度達到四十度，一般的車一般的司機是開不上去的。美國的十字路口又常豎著 STOP，舊金山的 STOP 又常豎在坡道口，考驗你的坡道起步。

花五朵練了好些日子，就在她終於掌握了起步的技巧時，她突然吐了，吐得眼睛發綠，吐出了黃疸，吐得小舌頭都要掉下來了。一檢查，懷孕了，這麼快就懷孕，她有點吃驚。但大她十歲的丈夫很驚喜，沒想到自己這麼厲害，首發就結果了。算算時間，這一定是在大飯店時結的果，那時雖然還沒領證，但他們關係已確定，花大捷也開明，對女兒在未婚夫房裡留宿，保持貓頭鷹的姿態。

多年後，當花五朵準備離開這座城市的時候，她突然覺得這起起落落的道路，早在她踏上這塊土地時，就為她的未來埋下了伏筆。

最愛花五朵的那個人走了

又是個晴朗的日子，清晨，窗簾還沒拉開，陽光已想破簾而入。手機響了一下，是花五朵在「4是而非」裡發了個大哭的表情，說父親昨夜突發心梗走了。幾個女人立刻要求花五朵在群裡發個共享位置，顧不上捯飭自己，就趕著去花五朵父母家了。

花家唯一的男性走了，幾個女人哭成一團，也亂成一團。最傷心的是老巴子花五朵，迄今為止父親花大捷是她生命中唯一可靠的男人，人生中的大主意都是父親替她拿的。尤其是外嫁美國，雖然遍體鱗傷，即使父親後來有點內疚，但花五朵從來沒有後悔過，因為她現在的生活都是外嫁後得來的。她的一直引以為傲的美國公民身份，她能為全家的住房出力，她能養尊處優的靠積蓄生活……要不是當年漂洋過海的一嫁，她現在很可能就像幾個姐姐一樣成了下崗工人。

現在幾個姐姐都仰仗於她，因為沒有妹妹的好容貌，又都沒有試圖通過考大學來改變命運，嫁的老公便都在自己的同一個階層裡，所以不是雙雙下崗，就是微薄的企業退休工資。若靠她們自己，這輩子都買不起商品房，因此原本多年來對父親獨寵老五的深深嫉妒，也都在妹妹的奉獻裡消弭了。

雖然居住的環境改變了，生活習慣卻無法改變，或者說還在她們自己實際的收入層次裡。一個典型的例子，姐姐為節約用水，將洗菜的水沖了馬桶，花五朵去串門，看到馬桶裡有殘留的菜葉，如廁前，「嘩」的一摁水箱將馬桶沖個乾淨。姐姐不好意思抱怨妹妹，但姐姐的孩子也想學小姨的洋味兒，卻遭一頓痛罵。也難怪花五朵一定要堅持自己獨住。這還不是東西方文化差異的問題，實在是經濟基礎決定上層建築的問題。

幾個女人趕到花五朵父母家時，家裡除了哭聲還是哭聲，花五朵的姐姐陪著老娘哭，幾個姐夫看著老婆哭，竟沒一個拿主意的，眼面前最該幹什麼，問誰誰不知道。多虧幾個能幹的女人趕到，尤其是薛岩，她指揮尹辰和王曉陽分別打電話，聯繫殯葬處，安排追悼會、火化時間，聯繫墓園看風水、買墓地。

幾個女人都利用手上的人脈關係，一會兒功夫樣樣都搞定了。需要跑腿的事，薛岩就指揮花五朵的幾個姐夫去做，比如先去派出所為老人銷戶，開具死亡證明；比如去搬幾箱礦泉水來，招待不時上門弔唁的親朋好友；比如在附近找一家飯館，安排親友吃飯；比如追悼會要用的黑紗和小白花的定制等等。

這一通忙完，把花五朵幾個姐姐驚得目瞪口呆。她們一直以為她們家的花五朵是最能幹的，卻不知山外有山。當然，因為妹妹能幹才能結交到能幹的朋友。就像她們自己沒能耐，也就只能找沒能耐的丈夫一樣。如此一想就更為妹妹委屈，這麼好的妹妹為什麼就沒找個好丈夫呢？後來得知妹妹兩個能幹的朋友也都沒有找到好丈夫時，她們又覺得上帝是公平的，誰叫你們又能幹又漂亮呢？進而對自己的生活感到從未有過的滿足。

姐姐們的感受花五朵渾然不知。父親去世後，花五朵就覺得後背發虛，雖然母親還在，但心裡卻有孤兒的感覺，父母給她的家的意義至少失去了一半。她愈加把更多的時間消磨在舞場上，後腰上有隻男人的手，心裡多少有點踏實。

父親喪事期間，花五朵有一段時間沒進舞場，原先搭檔了三年的舞伴竟「移情別戀」，花五朵有強烈的被拋棄感。雖然有過戀愛婚姻的經歷，但這樣的感覺卻是第一次。她開始瘋狂的重新尋找舞伴，每天泡在舞場的時間更多，閨蜜們聚會都要湊她的時間。

尹辰說：「喂，搞清楚，我們都是有工作的，還要就你這個賦閑之人。」

像被點了炮一樣，花五朵一下就炸了。「就你們有工作嗎？只有拿薪水才算工作嗎？真是中國思維！我不比你們清閒，時間比你們還不夠用呢！愛好就是工作，懂嗎？誰也別說三道四。」這是花五朵不能觸碰的敏感神經。

尹辰解釋道：「沒人阻止你跳舞，也沒人看低你沒工作，說實話，我還挺羨慕你的，無需工作還過得這麼瀟灑，你是典型的食利族！」

花五朵兩眼眨了眨：「什麼，勢力？」

「食物的食，利息的利。只拿錢不幹活，靠利息養活自己，過去只有資本家大老闆才有這樣的生活，你是真正的有錢人啊。我們整天苦哈哈的上班、加班，哪一個能跟你比？」

花五朵立刻心滿意足地笑了。

雖然大家對花五朵癡迷跳舞不甚理解，但她願意分享她的舞事，還有點情不自禁，特別是關於舞伴。她有了一個新舞伴，新舞伴姓魯，人高馬大，舞齡七八年。花五朵說，跟他跳舞很舒服，被他的臂彎托扶著，在舞池裡馳騁、飄蕩、旋轉，她可以完全沉浸在舞蹈的眩暈裡，沒有思考沒有意識，四肢和整個肌體都在自動模式上，哦，那種享受，你們不跳舞的人是體會不到的。

三個人看著她，知道她已從父親的離世中走出來，臉上紅暈焯焯，眼裡激情冉冉。

王曉陽說：「我怎麼覺得你像在談戀愛呀！」

花五朵毫不掩飾：「這就對了，好的舞伴之間就要有這種感覺。」

王曉陽大叫：「哇你真的戀愛啦！」

「別亂叫，我是說感覺。」她瞪了王曉陽一眼，繼續說，「我還真慶幸前面那個舞伴離開我，老魯比他強多了。真是相見恨晚呢！」

王曉陽嘴一撇：「瞧你說他跟說情人似的，不會是愛上人家了吧？」

「有感情，跳舞的時候才能默契如一人。」

「你不是說人家有老婆嗎？」尹辰趕緊問。

花五朵突然就不高興了：「有老婆怎麼啦！我又沒讓他離婚。」

尹辰像被噎住了，不再說話。

薛岩發現，王曉陽說什麼，花五朵都不太在意。但同樣的意思出自尹辰的口，她都會很敏感，或許是她倆一塊長大太熟悉了，無所顧忌，而對王曉陽則有點不好意思？後來感覺也不盡然。

花五朵的隱痛

王曉陽在構思一部描寫當代都市青年生存狀態的小說，要去薛岩的公司採訪和體驗生活。因為IT行業聚集了最典型、最具代表性的當代年輕人。

薛岩說：「歡迎大作家。」

王曉陽去體驗生活的第一天，薛岩邀請尹辰和花五朵一起去她公司參觀。中午吃飯的時候，薛岩的兒子從美國發來微信，說他生活費吃緊，讓母親趕緊打點生活費。薛岩沒好氣地用語音回答：「為什麼吃緊？說出理由。」

「你問那麼細幹什麼？不行跟我爸要去。」兒子回她。

「問你爸也不行，你當我們是提款機呀！哎，你不是談戀愛了吧，告訴你啊，不許！」

兒子不再回答，以沉默抗議。

薛岩立刻給老公掛電話，重複了她剛才的指示：「不許給啊，要錢要有正當理由。」

尹辰說：「你兒子也到談戀愛的年齡了，你就政策寬鬆點吧。」

「不能放縱，這孩子從小讀書就不自覺，不看著點不行。」

「你看得住嗎？人家在太平洋那邊呢！」

「他跑到天邊也在我如來佛的手心裡。」

尹辰突然問花五朵：「哎，你兒子跟薛岩的兒子差不多大吧，戀愛了沒？美國的孩子可成熟的早。」

花五朵正在喝湯，就被燙了一下，直伸舌頭。尹辰一邊遞涼白開，一邊輕扶她的後背，似在為她唐突的問話做善後。

待舌頭的溫度降下來後，花五朵發現大家都還在等著她的答案。躲不過去了，卻又不想多說，她低頭用湯勺攪動著湯碗，用含混不清的聲音喃喃道：「他爸爸車禍去世了，他一直跟著爺爺奶奶過……」突然就有眼淚在碗裡濺起湯花，被三個女人看見了。

「哎呀對不起，你從來沒說過……」尹辰心裡就一陣酸麻，沒想到隨口一問竟戳出一個大窟窿，沒想到少年時代最要好的同學，令所有同齡人羨慕的大美女，還有這樣的不幸遭遇。她趕緊連抽幾張紙巾遞到花五朵面前。

花五朵卻站起身說：「我去趟洗手間。」

尹辰也跟著起身：「我陪你去……」話沒說完，給花五朵摁著肩膀又坐下了。

薛岩和王曉陽便也打消了要表達關心的舉動。

花五朵走了幾步，略回過身來，語氣清談地丟了句：「跟他爺爺奶奶挺好的，他們很愛他。」然後快步走向洗手間。

三個女人對視，先是滿滿的同情，然後覺得保持緘默才是最好的同情。

閨蜜們緘默了，不代表這撕開的口子就能合上，跑進洗手間，花五朵的眼淚就開了閘，她在馬桶上坐了好一會兒都尿不出一滴尿，似乎體內的水分都通過淚腺這一個通道外流了。

前面說過，這是段隱痛，連她最親愛的爸爸都不知詳情。花大捷只知道女婿出車禍走了，女兒的公婆為了不耽誤兒媳再啟人生新征程，幫著養育著孫子。他覺得很好，他也不希望女兒從此拖著個油瓶，累著自己也苦著孩子。再說，孩子是自己的骨肉，將來什麼時候一招呼就回來了。

父親去世時，花五朵在他的遺體前深深地愧疚，因為他從沒見過外孫，現在，自己想見兒子也很難……

當年在舊金山努力克服著坡道起步倒溜的時候，花五朵心裡就曾懷疑，這肚裡的孩子到底是不是臺灣丈夫的……

還在大飯店的時候，一個副總在一次酒醉後強吻了她，她在糾結了一夜後，把這事嚥在了肚裡。一是因為當時只有他們二人，沒有第三者作證；二是因為副總是在酒後，第二天可能不認帳；三是這吻並沒有對她造成傷害，相反她卻感到一種從未有過的快感，是畢旭從來沒有給過她的，她竟有一絲絲的迷戀。

第二天，她以為副總一定斷片或者假裝斷片了，沒想到副總竟叫她去他辦公室，對昨晚發生的事向她道歉。這讓花五朵對他肅然起敬，還是個負責任的男人呢。而且副總是個儀表堂堂的成功男士，一招一式都透著一種修養，與毛咋咋的畢旭完全不是一種人類。一周以後，花五朵被升職了，成為一個部門的小頭頭，也是她那撥一起進來的姑娘中，唯一一個成為幹部的人，雖然官不大，但也足以鶴立雞群。在小姐妹們感覺詫異和突然的時候，花五朵心裡明白，這是那個吻換來的。

她在鏡子裡看自己的嘴唇，她真的很招男人嗎？她仔細認真地抹著唇膏，從那天以後，她都這麼仔細認真地抹口紅，她總想起那個吻。她希望能碰見他，在大堂、在客房或辦公室的走廊、在大飯店一切可能碰到他的地方，向他表達一下謝意。但一直沒碰到，他也不再叫她去他辦公室。雖然升了職，但還夠不到直接向副總回報工作的職級，她就只能靠機緣巧合的「碰」。

慢慢地她就覺得自己是庸人自擾小題大做了，人家也許早把這事忘了，甚至忘了她這個人。不過是男人一不小心出了個紕漏，人家已經用升職給你彌補了，這事也就翻篇了，也只有你這小女子還守著那頁不放。

不過，故事並沒有到此結束。大約一個月後的一天，她突然接到副總的電話，叫她記下一個地址，讓她下班後帶一份當地的小吃「雞鳴湯包」送過去。

她又驚又喜，又有點忐忑。讓她下班過去，那就一定與工作無關，那會與什麼有關呢？她看著記下的地址，不知道這是什麼地方。但她盼著下班，她不時的看鐘錶，覺得今天的時間走得特別慢。她把嘴唇抹得更仔細，還幾次擦掉重抹，總覺得今天的唇膏很不給力，好像那唇彩突然褪色了，沒有平日那麼鮮鮮欲滴了。

總算熬到下班，她立刻跑去雞鳴酒家買湯包，然後提著裝湯包的盒子來到那個她記下的地址。這是一個高檔社區，門衛攔著不讓進。她在門衛室給副總打電話，門衛確認了花五朵是業主請來的客人之後，熱情禮貌周詳地告知副總家的準確位置和準確樓層。

上了樓，要找的那個門是虛掩著的，副總顯然在等她。

副總拉著她進門，手很自然地摟著她的肩。副總說，他今天有點不舒服，突然想吃家鄉的小吃，就突然想到了她。

花五雖然不知道她與家鄉小吃之間有什麼關係，但終於被想起，說明她在他心裡還是存有記憶的，並不是她妄自菲薄的一個小女子獨守那一頁。

副總讓花五朵與他一起吃湯包。花五朵說湯包是為他買的，而且只買了他一人的份。副總說，那不行，必須兩人一起吃。花五朵只好與他一起吃，但她小心翼翼地生怕毀了唇膏，副總就意味深長地一笑，拿起一張抽紙幫她把唇膏全擦了。花五朵就有點傻了，副總就捧著這張傻臉吻了下去。瞬間的遲疑和被動後，花五朵的某個開關似被打開了，她張開嘴讓副總的舌頭無障礙地攪進自己的口腔，再一會兒，她也將自己的舌頭攪進他的口腔。副總得到暢通無阻的信號，他的目標就不止是嘴唇了。他的手遊遍了她的全身，然後指向了他的終極目標。花五朵真的是朵鮮花綻放了，花心顫動著達到了置頂的瘋癲。她後來想，是不是只有結過婚的男人才有讓她達到瘋癲的技巧？因為畢旭從來沒讓她有過如此的滿足。

但是，副總是有家庭的。他老婆孩子都在香港，他每月都會回香港幾次，這裡只是他工作地的臨時居所。他與花五朵的交歡也就是臨時的生理需要，雖然他表白時那麼信誓旦旦，那麼相見恨晚。花五朵心裡明白這表白裡的水分，卻又不甘心，總還有那麼點僥倖和幻想，或許日子久了他會離不開她，這世上什麼東西是一成不變的呢？自己也不是一開始就對他有感情的，也是在一日日的相處中產生依戀的。退一萬步說，他是大領導又讓我當了小領導，不僅薪水增加了，還時不時私下給點零花錢，我也沒吃虧。男女之間不就那麼點事嗎？他有老婆我有畢旭，我用不著立貞節牌坊。

但是，她又不總是這麼理直氣壯，比較起來似乎發虛的時候還多點。回家的時間超出正常的作息，要給父親一個合理的理由吧，推掉畢旭的約會，要有一個看似可信的藉口吧。畢旭還好對付，說加班，說老爸看得緊不讓出門都可以。畢旭搞不清神秘的大飯店工作是怎樣的性質，但花大捷對他一百個看不上，他卻很清楚。老爸就不同了，他不僅防著女兒與畢旭交往，還時時關心酒店又有哪個女孩嫁出去了。說是關心別人，其實是關心有沒有誰看上自己的女兒，讓她有個好的歸宿。所以他一邊阻止畢旭這個男人對女兒的追逐，一邊又希望有個好男人來追求自己的女兒。

其實最讓花五朵發虛的，是她不知道她的未來到底屬於哪個男人。她不能看見別的情侶目中無人的秀恩愛，一看見別人幸福甜蜜，她那不能示人的地下情和不被父親祝福的初戀，就會立刻變成兩隻野獸，吞噬她的細胞吞噬她的骨頭，她感覺快要被噬咬成一張輕飄飄的皮了，就要飄起來了，可是飄向哪裡呢？

一位美國來的臺灣人牽走了這隻不明方向的風箏。

一泡尿下的秘密

花五朵去美國後不到一年生下了兒子，全家人歡喜得不行。對臺灣丈夫來說已是中年得子，他以前有過一任妻子，一直沒有生育，這孩子成了全家的寶貝，花五朵也因此提升了在家裡的位置。原本公婆不太待見這個大陸來的媳婦，不是花五朵有什麼不好，就是因為她來自共產黨的大陸，因為公公是原國民黨的一員上將。雖然後來與蔣家不和才移民到了美國，但與大陸的成王敗寇之痛則是根本上的不可調和。

有了孫子之後，他囑夫人將家裡祖傳的一塊玉石送給了花五朵。花五朵不懂玉，對一塊沒有琢成手鐲或是掛墜的石頭更不感興趣。後來丈夫告訴她這是一塊價值連城的寶玉的時候，她就懷疑這是不是當年國民黨逃離大陸時掠走的寶物。不過這塊寶玉真的成就了花五朵未來的生活。這是後話。

都說紙包不住火，其實水也包不住火，就因為兒子的一泡尿就將花五朵小心翼翼包裹的秘密顯了底。

那天花五朵不在家，丈夫將她的一封大陸來信丟在茶几上，剛會走路的兒子摸著了那封信，把那信弄在了地上，他正好有泡尿要解決，就直接尿在了信上。丈夫一邊埋怨家傭為什麼不給他墊尿不濕，一邊抱起兒子讓家傭去換洗。回頭撿起那封信，信封已經給泡軟了，他趕緊拿去衛生間用清水沖，信封就綻開了，他無不得意地笑語，兒子的尿力了得。他收拾著殘局，卻看到了信的內容。

如果當時有人在場，一定可以看到他讀信的時候，頭上不多的頭髮一根一根地站了起來。接著他大叫著讓家傭趕緊給孩子穿好衣服，他火急火燎地帶著兒子出了門。

半個月後的一個晚上，丈夫約她在一個酒店見面，他將一份親子鑒定報告扔在花五朵面前。花五朵突然明白了這半個月來，丈夫對她怪異的態度。過去再忙也盡可能回家陪她和兒子吃飯，最近幾乎天天很晚到家。上床後也儘量與她保持距離，她主動邀約他也以太累而推辭，但卻突然對她來美國之前的生活感興趣，總是問這問那，以前主動和他聊他都愛聽不聽，實在不耐煩了就一句：「大陸，窮日子嘛，我想像的出來，咱們不回憶了好不好。」

親子鑑定書上的結論是，兒子與丈夫沒有血緣關係。這也解了花五朵心裡一直存在的疑問。是禍躲不過，但她不明白這風雲突變的起因是什麼，更不明白丈夫為什麼要約在一個酒店，一個公共場合談這麼一個讓人無法有風度的事。

男人的沉著和隱忍是花五朵這樣的女人無法理解的。半個月的等待非常人所能承受，信裡有秘密卻沒有謎底，要深究謎底暫時就不能說出秘密。還有一個原因，就是在謎底出來之前，他從心裡不希望那秘密是真的。他喜歡花五朵，從第一眼看見她時就喜歡。雖然後來見到她的父母、她的四個姐姐，他從心底裡無法接受花五朵出自這樣一個家庭的事實，但花五朵的美貌以及他對這美貌的迷戀戰勝了一切。

他以最快的速度將她帶到了美國，之後又以各種理由拖延和阻止她回國探親。他像拔蘿蔔一樣想把花五朵從過去的生活、過去的家庭裡拔出來。但這掩耳盜鈴式的歷史虛無策略，還是沒法洗去過去的一切，那依土而生而長的蘿蔔，總要帶點泥土的痕跡和蘿蔔的味道。

心裡裝著這麼大一個待解的秘密，他無法以丈夫的姿態來對待花五朵，他晚上儘量晚回家，以減少以夫妻之名相處的時間。實在躲不開，就想從她嘴裡探詢一點蛛絲馬跡。心裡既希望她能主動交代一些問題，又怕她真說出什麼實情來戳他的心。他不敢告訴父母，或者說暫時無法面對父母，孫子是老兩口的命根子，他怕真相會折了他們的壽。拿到親子鑑定書後，他第一反應是不能讓父母知道，但他不能容忍花五朵的欺騙。

「我沒有要欺騙你，我真的不知道兒子是誰的……」花五朵說的是實話，孩子剛出生的時候她懷疑是畢旭的，因為皮膚黑；一百天時看著像副總，因為笑起來眼睛彎彎的，像極了那天捧著她的臉幫她擦口紅的模樣；再大點就有了臺灣丈夫的舉止，喜歡在撒尿的時候唱歌，當然兒子只是咿咿呀呀地亂叫。她心裡踏實了許多，沒想到……

「真沒想到，你竟是個這麼髒的女人！竟然不知道兒子是誰的，你到底有多少男人？真是窮山惡水出刁民，大陸就沒有乾淨的女人！」

「你胡說！」花五朵突然提高了嗓門，滿臉怒氣。不知是為自己，還是被她累及的大陸女人。

花五朵的不知求饒、不知悔過、不知羞恥讓臺灣丈夫沒了絲毫的寬容餘地，他要與她立刻離婚，讓她立刻滾出家門，而且得不到一分錢贍養費……他是帶著火焰跑出酒店的，酒店的門把手若不是金屬的，一定會被他推門的手點著，一出大門，他就被一輛疾駛而來的皮卡撞上了，來不及留下一句話，帶著除花五朵外還沒人知曉的秘密去了天堂。

花五朵從丈夫丟下的文件包裡看到了那封信。信是畢旭寫來的，他聽說她有了兒子，從時間上推斷，他覺得這兒子應該是他的，他要花五朵去給孩子做親子鑑定，若是他的，懇請將兒子還給他，若不是他的，從此不再打擾。花五朵立刻將信燒了，並在心裡詛咒了畢旭的八輩祖宗。

花五朵後來離開了家，因為那是丈夫的家。看到丈夫的每一個物件都難過，看到公婆對孫子的疼愛，她更難過。她悔恨，覺得丈夫是被自己害死的，她不能再害了丈夫的父母，她把兒子留給公婆，自己搬離了舊金山。公婆感激她留下孫子，理解她還年輕還要有自己的未來，他們將兒子的遺產及車禍賠償款都給了她。

花五朵後來去舊金山看過幾次兒子，發現他越來越不像丈夫，她就有點心虛，就更覺對不起公婆。她最後一次去看兒子時，卻發現公婆把房子賣了，不知搬哪兒去了。直到她回國前，再沒見過兒子。

鐘昊拿掉帽子，已有漸顯的白髮

薛岩意外地見到了鐘昊，當年分手後他們就再沒見過。業務部經理說晚上有個宴請，薛總必須參加，因為今天簽約單位的老總是她多年的一個老朋友。她問是誰，業務經理說，對方讓保密，說見了面就知道了，還補充說他是個央企的大公司老總。

本來晚上要跟老公王一平一起與兒子視頻，商量他畢業後的去向。但這應酬似乎推不掉，當然心裡也是被懸念吊著想知道那多年的老朋友是誰。她給老公打電話，說晚上的視頻改期，一切等她回來再說。王一平說，你有應酬我就先跟兒子聊吧。

「不行，你別瞎指揮，你兒子跟你一樣沒腦子。」薛岩的口氣不容商量。

兒子大學要畢業了，想回來，王一平也是這個意思。但薛岩不同意，她說兒子和他爸一樣沒出息。好男兒志在四方，別總想著回家，本科畢業再讀研、讀博，美國是世界上最發達的國家，你不留在那兒還想去哪兒？

王一平家則是幾代單傳，對這個兒子寶貝得不行，才四十多歲就渴望著抱孫子了。薛岩說，為了保證你王家不絕後，讓兒子留在美國，可以一直生到有孫子為止，那會兒還沒有放開二胎政策，這句話打動了王一平，他同意和老婆站在一條線上，說服兒子繼續讀書，爭取留在美國。但薛岩知道丈夫不會說話，又心疼兒子，她不在場，說不定幾句話就讓兒子繞進去了，剛建立的統一戰線又將瓦解。所以她一再囑咐丈夫，別跟兒子視頻，就說今天有事不在家。

薛岩去赴宴，坐在車裡，心裡一邊好奇要見的老朋友是誰，一邊擔心著老公會忍不住跟兒子視頻。走進宴會廳，她的眼睛在人群裡搜索，卻沒發現熟悉的面孔。正奇怪，就有人叫她的小名「岩子」。定神看看，還是不敢確定，她有點疑惑地：「你……？」

「我變化這麼大嗎？」鐘昊拿掉頭上戴著的皮帽子，已有漸顯的白髮。

薛岩有好一會兒說不出話來，太意外了，她想了一路，猜了一路，就是沒想到會是他。這麼多年了，從分手後就再沒見過面，會不會是那回在安徽跟閨蜜們說到他，就把他給招來啦？

大家坐定後，有人好奇地問薛總和鐘總有什麼過往的故事，有人起哄：「鐘總竟然知道薛總的小名，關係不一般呀！」

薛岩有點發窘，鐘昊則坦然的打著哈哈：「髮小髮小，兩小無猜的髮小。」既擋住了別人的探底，又留給人想像的空間。如果說，剛見到鐘昊的那一剎那，薛岩的心跳有那麼一瞬間的加速，但一頓飯下來，她已經平靜得似乎與鐘昊只是今天剛認識了。也確實如剛認識，現在的鐘昊已沒有過去的影子了，雖然還有帥氣殘存，歲月的歷練，那帥氣裡還添了點成熟的魅力，但薛岩就是找不到原來的感覺了。就像小時候最愛吃話梅糖，多年後再吃到，卻酸得不能入口了，完全不是記憶中那個味道了。薛岩也說不清他身上是多了點什麼還是少了點什麼，反正就不是她當年喜歡的模樣了。

晚上回到家，薛岩跟王一平說了鐘昊。然後她認真地對老公說，她慶幸當年選對了他，老公動情地擁抱了她。她心裡卻在想，如果不是今天見到鐘昊，記憶的硬碟上總還有那麼點初戀的印記，否則也不會當故事說給閨蜜們聽，今天一見，算是將硬碟徹底格式化了。就在這時，她的手機亮了一下，是鐘昊的微信，她拿起一看，只一句話：我最終還是和她分手了。

王一平也看到了，他問：「誰，什麼意思？」

「是和他那個遠房表妹吧，他老婆。」

王一平：「他幹嘛告訴你這個？」

薛岩沒回答，卻突然眼睛亮了一下，酷似剛才亮了一下的手機。

別放糖，貓屎就要喝原汁原味的

第二天，薛岩一進辦公室就給鐘昊打電話：「把你公司的位置發給我，我下午過去。」口氣是不由分說。

鐘昊怔了一下，立刻說：「好好好，我就發。」

鐘昊的公司坐落在高新開發區，原來是一片農田，現在是一片體量很大形態各異的現代化建築群。在快要進入這片建築群的時候，薛岩的車子在一個高大的牌坊下停住，她從車窗裡看出去，只看到下半部幾個字「科技創業園」。她繼續依據導航，來到一幢樓下，停好車。

走進大樓，門廳裡有入駐單位的樓層索引。昊陽科技有限公司在十二樓，薛岩找到電梯，走進去。心裡在想，這分明是依著鐘昊的名字起的公司名，央企也可以這麼個性化？

昊陽公司不算大，占了一層樓的約三分之一，但鐘昊的辦公室卻很大，也很氣派。一排頂天立地的博古架上擺著書籍、工藝品、古玩和奇石，薛岩有點目不暇接。鐘昊的辦公桌也很大，可以同時躺下幾個人，讓薛岩覺得如果用抹布清理灰塵，一定不如用拖把來得利索。室內環形擺放著的一組沙發，是中南海或人民大會堂中央領導會見外賓的陣勢，雖與室內的其他擺飾不太搭調，卻很有氣場，進來的人都有莊嚴肅穆之感。

薛岩走到鐘昊的辦公桌前，剛要在他對面坐下，鐘昊卻請她到一邊的沙發上坐。

鐘昊說：「你是老朋友，怎麼能坐這兒。」

薛岩想了想，也是。坐老總對面，那是部下彙報工作和聆聽指示。薛岩心說，我才不會做他的部下，聽他指示呢！當年就沒聽命於他，現在更不會。但那沙發也不想坐，這似乎和她今天要談的話題不搭調，她怕一坐上去，就說不出話來了。她環顧了一下，發現還有一個小吧臺，就走過去坐在一個高腳凳上，心想，這辦公室的陳設還挺全乎，就是有點不土不洋不中不西的怪異。

鐘昊遲疑了一下，也跟了過來。他在吧臺的咖啡機上搗鼓了一會兒，端給薛岩一杯咖啡：「嚐嚐，這是我從印尼帶回來的貓屎咖啡。要放糖嗎？」

薛岩只聽說過這名字帶異味兒的咖啡，還真沒喝過：「苦嗎？少放點糖吧。」

鐘昊說：「我建議別放糖，這貓屎就要喝原汁原味的。」

薛岩嘴上說「好吧」，胃裡卻有點翻騰，眼前彷彿出現一顆顆從貓的排泄系統裡滾出來的咖啡豆，突然想到張藝謀的《紅高粱》，多年來對酒裡摻尿的質疑似乎有點釋然。

看鐘昊只給她倒了一杯，便問，「你不喝嗎？」

「你來之前我喝過了。」說著拿了一瓶威士忌，倒在一隻高腳杯裡，「我喝這個，一會兒你也來一杯。」

「哦不，我開車呢。」看了一眼他手裡的酒杯，話裡有話地：「你變化很大呀！」

「罵我還是誇我？」鐘昊讀懂她話裡的話。

「當然是誇你。」眼睛掃了一下辦公室，「這麼排場，到底是央企呀！」

鐘昊哈哈大笑：「我只是央企下面的一個小公司。」

薛岩後來發現，鐘昊哈哈大笑的時候，總像是在掩飾什麼。這當然是後話，否則她今天就不會找上門來了。

薛岩單刀直入：「為什麼離婚，有外遇了？你還是她？」

「你沒變，還是那麼直來直去。」薛岩的話讓他有點措手不及，「誰也沒有外遇，就是覺得熬不下去了，真的是煎熬，我們熬得時間太久了。」

「一個五十歲的成功男士要離婚我不詫異，一個四十多歲的女人要離婚，得多大勇氣，不到萬不得已……」說這話時，薛岩眼前出現她那幾位單身女友。

「我給了她大套的房子和足夠她下半輩子的生活費，需要什麼勇氣。」鐘昊斜倚著吧臺，半個屁股在高腳凳上，一條腿伸得很長，手上晃動著高腳酒杯。

還是那個鐘昊，還是那份自命不凡，那時候她就欣賞他這個勁兒，現在看著就要反問過去的自己，為什麼會好這口？是我變了嗎？孰好孰壞？想來兩性關係不能持久的原因，是人的口味發生了變化，要不是你變了，不喜歡過去的味道了，要不是他變了，不是你喜歡的味道了。

「你有什麼打算？」

「我？」鐘昊一時不明其意，不知怎麼回答。心想，難道是她還有什麼想法不成？沒有娶到薛岩是他一生的遺憾，他曾私下打聽過薛岩的丈夫是幹什麼的，不就是個公務員嘛，他感覺遠不如自己，心裡就酸酸的，很久都鹼化不了。他正胡思亂想，薛岩開始今天的正題。

「我給你介紹個對象吧，是個美女作家，比你小五歲，也是離異的。」

鐘昊還沒從自己的思路裡出來，有點發愣：「什麼，給我介紹對象？」

「是啊，你才五十歲，一個男人怎麼可能一直單身。我把她的微信給你，你們先在微信上聊聊，有感覺就見面，沒感覺就拉倒。」

「這……」

「別這個那個的啦，我給你介紹的不會錯，過了這村就沒這店啦！哦等會兒，我還沒跟人家說呢，回頭我跟她說了再給你信兒。」

「那就是說人家還不定同意呢。」

「這你放心，我做事情是有譜的。」

他遲到不是有意，卻並非無意

王曉陽和鐘昊在微信上手談了一個月，約好在一個茶社見面。

王曉陽按約定的時間準時抵達，臨下車之前，在遮光板的小鏡子裡審視了一下自己的妝容，感覺沒問題，才鎖好車。進茶社時，又透過玻璃門檢閱了一下衣著，當然是大而化之的，因為畢竟不是鏡子，裡面有很多喧賓奪主的背景透過來，虛化主角的形象。不過曼妙的身材是虛不掉的，尤其是今天特意穿的小碎花連衣裙，無需腰帶，衣料緊貼身體隨型而走，就像用畫筆沿著她身體的邊緣一路畫將下來，將那纖細的腰肢勾勒得柔軟而動人。

今天的王曉陽完全一副淑女的模樣，加上知性的作家身份，鐘昊見她第一眼就熱血賁張。但這是之後的事，因為在這第一眼之前，他們竟差點錯過。在這件事情上，王曉陽充分體會著「錯過」兩字的含義，是先有錯，才會過。

回到之前的敘述。王曉陽在玻璃門上給自己點了讚後，給鐘昊發了個微信：我到了，在幾號桌？大約過了五六分鐘，王曉陽的手機才有動靜：抱歉，我還在路上，你先找座位，等我。

挺立茶社門口的王曉陽一下鬆下勁來，什麼人哪，竟然遲到！她怏怏地走進茶社，選了一個相對封閉和安靜的位置，坐下。想點杯鐵觀音，想想還是顯得女性和萌稚一點吧，就點了份色彩繽紛的果茶。看看手機，已經超過約定時間十三分鐘。她搖搖頭，這是個不吉利的數字。又過了一會兒，再看手機，過去十六分鐘，他要溜？還是不好。多等一會兒再看，十八分鐘，十八層地獄？啊呸！十八是發好不好！這麼胡思亂想的等了近半小時，小太陽要爆發，她惱怒地站起身要走，一抬頭，鐘昊探頭探腦地走過來。

鐘昊遲到不是有意，卻也並非無意。

那天薛岩來給他介紹對象，有點不由分說，容不得他推辭。她還是那脾氣，做事果斷幹練。想來，禍還是自己惹的，幹嘛給她發那個微信？到現在為止，他也沒弄明白，當時是出於什麼目的要告訴她與前妻分手的消息。就像現在他也沒搞明白薛岩給他介紹對象是什麼目的一樣。但有一點可以確定無疑，她一定覺得比他過得好，至少在婚姻生活上。給他介紹對象，關心也好憐憫也罷，都有俯視的成分，這是鐘昊心裡最有刺撓的地方。告訴薛岩自己離婚的消息，絕對不是向她示弱或宣布自己的失敗，而是可以重新選擇，二次人生的開啟，這是多少男人求之不得的大好事，她怎麼就沒看出來呢？因為有這樣的感覺，鐘昊在與王曉陽的交往中，始終帶著阻滯，潛意識裡就沒想讓之順暢。就好像不是自己在談對象，只派出一個軀殼去面對王曉陽，靈魂的自己則居高臨下地看著，看你們能走出什麼樣的故事來。再一個原因，就是他身邊不缺女人，像他這樣的成功男人，找個年輕貌美的女人實在不是什麼難事。

與王曉陽在微信上聊了近一個月，再不見人家有點說不過去，就算是軀殼，就算是給薛岩面子，也一定要見一面。他出門不晚，只是剛上車就接到一個電話，不是什麼急事，他完全可以讓對方回頭再打來，按時去赴約。但他沒掛電話，直到跟人講完電話，才發動車子。路上又有點堵，他也不急，心裡回想著這一個月來，與王曉陽都聊了些什麼。應該說，在微信上彼此聊得還不錯，畢竟是知識女性，談吐不俗，與他平時接觸的多數女人不一樣。況且她收入豐厚，沒有覬覦他資產之虞。這其實也是矛盾的，男人，特別是有錢的男人，不希望女人只重自己的錢財，但女人一旦經濟獨立，對你就缺少依附感和崇拜感，少了這兩樣東西，她對你的要求就會是別的更高的企望，比如學識、修養、造詣、成就、名望等等，你有嗎？

鐘昊自詡自己的學識不低，比一個作家未必遜色。雖說專業不同，但就社會閱歷的豐厚、人文見識之深度，他還是可以與之較量的。所以，在與王曉陽的交談中，鐘昊總有點打壓對手的意味，一點不含糊她已是一位知名的作家。好在王曉陽並不理會這一點，倒覺得與之交談極富刺激，有一種刺痛的快感。她記著薛岩的話，四十歲的女人再婚難，尤其是她這樣的優質女性，不如你的你看不上，比你強的卻要找比你年輕的。而五十歲的男人若有點貪、色，都是金子，大小通吃，且基本被小的吃。所以薛岩一聽說鐘昊復又單身，就想著趕緊抓住他，解決一下自己身邊的單身閨蜜。從年齡上考慮，王曉陽最合適。當然，薛岩沒告訴她，鐘昊就是她曾經的初戀。

王曉陽離婚後，先後也接觸過幾個男性，但沒一個走到婚姻。正如薛岩分析的一樣，四十歲的女人再婚不易。所以，對鐘昊她是認真且珍惜的，所以她等了鐘昊半個小時。看到鐘昊的那一瞬間，王曉陽的怒氣就消了一半。他是她喜歡的那種帥氣，雖然消瘦了點，卻五官精緻，透著精明。但她已經站起身，包也挎在肩上，明顯是要離去的姿態，心裡後悔，為什麼不再多等一分鐘。

而此時後悔的還有鐘昊，當他明確這就是他要見的女人後，心裡直罵剛才那個不識時務的電話和該死的堵車。他出竅的靈魂立刻附體，真誠地給王曉陽道歉，說臨時有點急事耽誤了。

王曉陽復又坐下。但好像是為了印證鐘昊的忙，此後他的手機響個不停，他本也可以掐掉電話，專心的面對王曉陽，因為都不是什麼重要電話。但他都認真地接聽著，這會兒倒不是有意要冷談面前這個女人，而是有點不敢看她的眼睛，那雙眼睛裡有男人無法抗拒的東西。接電話可以掩飾內心的慌亂，他第一次在女人面前失了自信，但又不想讓她看出來。

王曉陽終於忍不住了：「鐘總，你忙吧，我有點事先走了。」

鐘昊趕緊起身攔住她，並將手機一扔：「對不起，我不再接電話了。」本來坐在王曉陽對面，這會兒乾脆坐到她身邊，因為是火車卡座，這樣就擋住了她要走的路。

這一擋，王曉陽沒站穩，跌坐在椅子上。鐘昊欲扶她，卻順勢摟住她的肩膀。王曉陽身體顫了一下，明顯是有點意外，她想掙脫，但鐘昊摟得更緊。她便不再掙扎。

接下來，鐘昊拿來菜單，點了一大堆東西，不管王曉陽愛不愛吃，只說：「你隨意，這樣我下次就知道你愛吃什麼了。」

哦，還有下次，王曉陽心裡漾起陣陣漣漪，像突然登上領獎臺，滿腹都是獲獎感言中的臺詞：感謝薛岩讓我認識了鐘昊，感謝尹辰讓我認識了薛岩，感謝我的等待堅持了半小時……因為兩人都開車，他們沒有點酒，但王曉陽兩腮泛紅，已在雲裡霧裡，呈現出很高的酒精度。

王曉陽是作家，從進門後到現在，一個大大的跌宕起伏，她像過了把戲癮，那滿足感從頭滲到腳。她後來將這次見面說與閨蜜們聽時，沒有一點文學加工，也把她們聽得如在戲中。

睜著眼睛往錯路上走

薛岩的家成了四蜜經常聚首的地方。因為有王一平做飯，四個女人可以心安理得的忘情聊天。也因為此，三個來蹭飯的女人對王一平的評價越來越高，王曉陽嘴最甜，乾脆一口一個「一平哥哥」地叫起來。薛岩直喊「受不了」。中國語言的魅力也現於此，如果你只是叫「一平哥」，要想顯出嗲意，必須有聲調的配合，而將「哥」字疊一下，變成「哥哥」，隨便怎麼叫，都嗲意十足。王曉陽不愧是玩文字的，如此精妙細微的一字之別，被她運用得爐火純青、活色生香。

王曉陽半坐半撐著在沙發扶手上，她已經不能安陷於柔軟的沙發，她兩眼顧盼生輝，每個毛孔都滿溢著發光體，皮膚像被重新啟動一般，細膩而含暈彩，這絕不會是雅詩蘭黛的功效，花五朵甚至懷疑她用了好幾萬元一瓶的 LAMER。

王曉陽嬉笑著：「我哪需要用那麼好的化妝品，是天生麗質好吧。」

還是那句話，愛情是女人最好的化妝品。

尹辰和花五朵心裡都有點酸酸的羨慕。薛岩看出來了，她拍了拍她倆：「我心裡一直裝著你們呢，有合適的絕不放過。」突然想起什麼，看著尹辰說，「不對，還不能替你張羅，你還是有夫之婦呢！你到底怎麼想的，你們還有可能和好嗎？不行就趕緊離了，你這是耽誤自己知道嗎？」

王曉陽對尹辰說：「看來你對他還有感情。」

尹辰不正面回答：「我是，我倆都忙，要找時間……」

「這藉口太幼稚園級別了，你是對他還有幻想。」薛岩搖搖頭，「你希望他改變什麼呢？」

尹辰沉默不語，是呀，希望他改變什麼呢？他又能改變什麼呢？她站起身，緩緩走到客廳的落地窗前，像是自語又像是說給她們聽：「我愛過他，起初他善解人意、幽默風趣、才華橫溢，讓你覺得遇到了絕世才子。可是僅僅兩三年，我卻從樂觀、開朗、大方變得敏感、卑微、神經質。現在想來，或許他更適合找一個為他洗衣做飯，用崇拜的眼光望著他的人。他是一個自我中心者，太過用力地維護自己的形象，幾乎成了銅牆鐵壁。對不相干的人，他可以寬容、大方，對身邊的人，卻無比苛刻。對你他可以說出最尖刻的字，發怒時，什麼話傷感情說什麼。他真的瞭解你、欣賞你、愛過你嗎？其實最不快樂的是他自己，內心蒼涼，沒有安全感。我承認我曾經飽受歐美愛情小說的毒害，總幻想著遇到一個君王般的男人，他有天下最浪漫的柔情，亦有天下最堅實的臂膀。臣服在他的懷裡，可以享盡內心的無限安逸，可是……起初所有的不適不愉快，我都以為是自己不夠好，我不斷地改變自己，以迎合他，卻發現，他離我心目中最初的他越來越遠。現在我覺得，再不完美的我，那也是天造地設的我，你愛與不愛我都在這裡。我累了，不想再耕耘，因為那是一片貧瘠的土地，種不出黃玫瑰。」尹辰一口氣說了這麼一大段獨白，連她自己都驚住了。

這段話是凝重的，她凝固了空氣，也凝固了三個女人的思維，她們一時跳不出來。

尹辰退回到沙發前坐下，無以復加的沮喪神情是她們沒見過的。

第一次讀到尹辰的內心，薛岩替她委屈，她坐到尹辰的身邊，問她：「那你是決定放棄了？」

「等，等他有空吧……」尹辰將頭埋進臂彎。

王曉陽叫起來：「再等你就老了，再等好男人都有主了！要不是你還沒離婚，薛岩就把鐘昊介紹給你啦！」她信口一說，貌似大度，其實是又浴愛河抑制不住的興奮。

薛岩一拍沙發扶手：「還真是，不瞞你們說，我還真是首先考慮的尹辰，可一想不對，我不能當拆遷辦主任呀！」

王曉陽心裡怔了一下，卻又立刻沒心沒肺地嚷道：「我來當拆遷辦主任，我不怕當惡人，尹辰，你說要怎麼拆？」

花五朵打住王曉陽的話：「你得先幫她找到安置房，才能拆。要騎著馬找馬懂嗎？」

薛岩說：「那怎麼行，你跟人介紹時怎麼說？一個準備離婚還沒離婚的女人？」

王曉陽說：「就是呀，哪能先訂新貨再拋舊貨呀，你這美國佬什麼三觀呀！」

花五朵說：「你們別急，就我對尹辰的瞭解，如果沒有一個新的感情召喚，她是不會主動走出舊穴的。跟她認識這麼多年，你見她主動做過什麼大事？」

薛岩和王曉陽都不再說話，一起看著尹辰，除了想從她嘴裡得到印證，也在努力回想尹辰有沒有過曾經的主動。

尹辰也不說話，她承認花五朵對她的分析是準確的，到底是髮小，看到她骨子裡去了。事實就是，第一段婚姻明知不愛，還猶猶豫豫地往裡走，第二段婚姻已名存實亡，還拖泥帶水地出不來。真是性格決定命運，她自嘲地說：「別人是糊裡糊塗走錯路，我是睜著眼睛往錯路上走。」

這真是尹辰的悲哀。

所以，她喜歡薛岩，薛岩身上有她所不具備的果敢和果斷；她喜歡王曉陽，王曉陽認準目標不計風險的執著她追不上；她也喜歡花五朵，做自己喜歡的事情全無顧及開心就好，更讓她望塵莫及。可悲的是，別人的優勢或優點不能拿來就用，就像器官移植，會有排異反應。因而尹辰還是慣性地走著自己的路，但是別人的話多少會對她起點作用，所以她也會有意識地修正一下自己，但大的格局無法改變。就像已經建好的房子，你只能在不動大結構的情況下做點小改變，否則就大廈將傾，就不是你了。

尹辰起身去找穿衣鏡，她襯衣上掉了顆鈕扣，想看看是不是走光，竟然發現薛岩家沒有穿衣鏡！

薛岩說：「衛生間裡不是有鏡子嘛！」

「那是洗漱用的，只能照見上半身。」

「那還不夠你照呀，你不就是上衣的鈕扣掉了嗎？」

尹辰詫異地說：「你平時穿衣服都不看上下搭配的嗎？」

「有什麼可看的，衣服不髒褲子不破就行了唄。」

尹辰搖搖頭，頗帶憐憫地說：「世上沒有醜女人，只有懶女人。」

「我懶？還從來沒人這麼評價我。」薛岩不服氣。

「你對自己也太不講究啦。」

「有你們幾個講究就行了，總要有個陪襯人來襯托你們的風情萬種吧。」

尹辰搖搖頭：「我風情萬種？也沒人這麼評價過我。」

在薛岩家聚會後的第二天，她主動給博文打了電話，想跟他談一談。

博文問：「談什麼？」

「……我，我倆的事……」

「我最近工作太忙，租的房子也要到期了，還得另找地方。」

「你，你總這麼租房子住，不如……你想過買房子嗎？付個首付，每月還貸就等於你現在租房子的錢。但房子是你自己的了呀，就不必這麼搬來搬去的了。」

博文似乎是思考了一下：「你的主意值得考慮。」

尹辰吃驚於他竟然沒怎麼想過，這個書呆子！

「你有什麼房子可以推薦嗎？」他顯然接受了尹辰的建議。

「我幫你注意一下吧，不過你得考慮買多大的，什麼位置的。」

「你，你知道的，我沒什麼錢。」只有在談論與錢有關的話題時，博文才會顯底氣不足。雖然跟尹辰做節目掙了點錢，但女兒出國留學用了不少，要買房子，大面積和好地點是不會考慮的。

尹辰本來是下決心要跟他談離婚的事，結果卻被自己轉移到買房的話題上了。這樣也好，他有個固定的住所，她也會安心一些。分手不是敵對，她希望他過得好，畢竟他們相愛過。而且迄今為止，她只真正愛過這一次。

接下來，尹辰還真的幫著他搜索房源。博文自己也四處打聽，這才知道市內的房價已到了他根本無法企及的高度。就像北京的一環二環三環一樣，博文依據自己手裡可以拿得出的錢，就這麼一圈一圈的畫出去，直畫到八九環，在離市區四十多公里的縣城鎖定了一套九十平米的房子。他邀請尹辰一同去幫著參謀一下，尹辰允約。

房子不錯，精裝修，省得遠距離的裝修勞頓。因為出自知名大房地產公司之手，社區環境物業都很好。除了遠，還真沒啥挑剔的。尹辰本來想通過電視臺的人脈關係，幫著跟開發商砍砍價，怎奈就是這麼遠的樓盤也早已售罄，博文看中的已是轉了好幾手的房子了，跟房主的砍價就只能憑自己的舌頭了。博文是完全沒有這方面能力的，但他知道砍價這個環節是必須的，否則人家會認為他傻，所以就在房主開出的總價六十五萬的數字上砍了一萬元，人家立刻答應。他竟興奮地給尹辰打電話，說：「砍了一萬塊，是我一個月工資呢！」

尹辰又好氣又好笑，這書呆子！想想當初自己喜歡他什麼呢？好像就有他身上那股書卷氣。從學校到檔案館，他似乎少有被污濁之氣浸染的機會，而對千年歷史的辨析能耐又沒能古為今用，所以，他與當下的社會是脫離的，也就保留了點讓尹辰欣賞的東西。比如他們相戀時，一陣熱烈的擁吻後，尹辰感覺自己的腹下被硬硬地頂著，在自己全身發出顫慄的時候，博文亦在發著共顫。尹辰輕聲說：「你要嗎？」

博文沉默了兩秒鐘說：「不，這不美好。」然後強迫自己放開了尹辰，「和我最愛的女人交融，一定是在良辰美景。我們結婚吧，我盼著這一天。」

排隊等離婚的滋味

博文的買房在進程中，尹辰問他：「錢夠嗎，有需要言語一聲。」
「不，不需要。」回答得斬釘截鐵。
尹辰想，他這還是ＡＡ制的思路。可婚姻法卻不認這個，不管誰出錢，在婚內買房都是夫妻共同財產。難道博文是想重修舊好，所以才邀請她一同看房？尹辰要驗證一下。
兩人約了一起吃飯，尹辰試探地：「那房子那麼遠，以後你就住那兒？」
「當然，買了就是為住嘛。」
「當真不需要我出錢？」
「不需要，我的房子當然我自己承擔。」
「我們還像夫妻嗎？」
「那不是我一個人的問題。」
「既然再走不到一起，不如……還是分了吧。」
「現在也沒在一起。」博文躲避她的目光。
「我是說離婚。」
「今天不討論這個話題，我最近太忙，以後再說。」
「那，簽購房合同的時候需要我嗎？」
「什麼意思？我一個人簽就好了。」
聽那語氣，尹辰就知道他誤會了。她笑了笑，心裡卻在哭。
兩天後，博文發來微信：尊重你的意見，本週五我們去辦手續吧。

博文再書呆子，也聽出了尹辰的玄外之音。向仲介一打聽，方知購買房在婚姻內外有權屬上的區別。心裡對尹辰就生出感激，她的確是個大氣的女人。

尹辰心裡一直希望與博文有個了結，無論是了結現在的分居狀態，還是了結這形式上的婚姻。但真要走出這一步，還是不忍啟幕。不僅是對博文還有那麼一點點情意，更不忍的是承認並接受自己第二次婚姻失敗的事實。

博文開車來接尹辰去婚姻登記處，一路上看著沿街的商品房，她心裡就在想，就是這該死的房子成了他們婚姻終結的助推器。如果不是她建議博文買房，如果不是她提醒這買房與婚姻的關係，今天還不會來走這最後一步，還不會立刻就面對那個一直在頭頂懸著，卻不甘讓它降落的婚姻句號。這空洞的句號，無頂無底，卻能死死地套住你，標示一個結局，一種後果，一個無法改變的蓋棺定論。

她和博文都不說話，這會兒說什麼都會覺得言不由衷。尹辰兩隻手攥在一起，左右手都在較勁，似要擰碎對方，分出輸贏，但直到目的地也沒糾結出個所以，還是左右不得。

到了婚姻登記處，人不少，有兩個隊伍在排著。從電子顯示屏上看，登記離婚的隊伍長過結婚的隊伍。尹辰是媒體人，對這點已不奇怪。她就做過一檔「現代婚姻怎麼了」的話題討論，正因為世間沒有永恆的愛情，愛情才成為永恆的話題。她知道這樣的討論是不會有結論的，也不是衝著要結論去做這個節目，只因為這是社會熱點，而熱點就會引關注，就會有收視率。社會那麼功利，做精神產品的也不能倖免。

女人對婚姻愛情的關注絕對超過男人。尹辰自以為可以跳出小女人心態，可以超脫，可以俯視人間這最糾纏不清的情感，結果卻還是縈繞其間不能自拔。說到底，女人終歸是女人，再怎麼自以為是，也逃不了她的雌性思維巢穴。

體會過各種排隊的滋味，不管隊伍多長多累心累體力，等候總歸是期待。但排隊等離婚——尹辰無論怎麼搜刮辭藻，也道不出此刻內心之形狀，只覺胸口有不明之物擁塞，越擁越緊，就有點痛的感覺。

好不容易排到他們，辦事員說博文提供的照片不合格，因為是從舊證件上揭下來的，已有舊鋼印。趕緊去附近的照相館拍照片，等拍完照片又發現少一張結婚證，博文的那份沒找到。可見這離婚有多匆忙，尹辰後來知道，仲介已經約了博文週末去簽購房合同。

以為今天這離婚是辦不了了，尹辰心裡的雍塞竟有一絲緩解。但博文卻表情急切，辦事員思忖了一下說，你們在離婚協議書上注明一下，男方的結婚證丟失。博文忙不迭地答應：「好好好……」

尹辰感覺自己掛在懸崖邊上，手裡最後的一根樹枝斷了。她拿到自己的那份離婚證，立刻從大樓裡逃出來，似乎再晚一點她就要墜進萬劫不復的深淵。博文在後面追著：「我們一起吃個飯……」

尹辰不理他，一路跑著拐進路邊一個小巷子，為的是不讓博文的車子追進來。手機響了，是博文打來的。她使勁掐了他的電話，像要掐斷從今往後與博文所有的一切。但是不爭氣的眼淚卻奔湧而下，她倚在一堵圍牆邊失聲痛哭，哭得那堵圍牆都要散架了，一個老太太走過來關心地問她怎麼了，她趕緊轉身跑出小巷。走在大街上，眼淚的閘門還是關不住，她乾脆任其肆意，不再擦拭，也顧不得路人投來異樣的眼光。心裡僅有的一點理智提醒她，下午還有選題會，就讓眼淚趁早流光吧。

下午會議快結束的時候，她在「4是而非」裡發了一句話：「我離婚了。」群裡立刻炸了。

花五朵：「真離了？這麼突然。」

王曉陽：「你在哪裡，我去找你。」

薛岩下命令：「晚上見，誰也不許請假！」

好不容易收拾好的瓶瓶罐罐又被打翻了，手機像被淹了一樣，在她眼前漂浮。她趕緊宣布散會，不想讓同事們看到她心裡的一片狼藉。

永遠不要替男人找藉口

晚上三個女人見到尹辰時都驚訝地嚷道：「尹辰，你不能這樣，為這樣的男人不值，你瞧你把自己弄的。」

尹辰嚇了一跳，趕緊拿出小鏡子。她不得不承認，雖然在人前控制了眼淚，但寫在臉上的哀傷卻掩飾不了。這一照，眼淚又溢出來了，女人們一陣安慰，又一通對博文的譴責。

最後，尹辰終於不哭了，好像是哭盡了。

王曉陽說：「忘了他吧，他是個自私自我且沒有擔當的男人。」

花五朵說：「半路夫妻都這樣，他不可能全心待你，只有與他有血緣關係的他才會在意，比如他女兒。你生病時他說忙沒時間管，他女兒青春期痛經他都會陪著去醫院。」

王曉陽說：「是的，在他心裡女兒是第一位的。」

花五朵說：「錯，他自己才是第一位的。他過生日你早早的就準備了禮物，你過生日他卻完全不記得，還說他從小就不過生日。」

王曉陽說：「你用下他的車，還要給他加滿油。你出差讓他送下機場，他都說過路費你該拿去單位報銷。要不是你找他做節目，他能買上車嗎？」

薛岩打斷她倆的數落：「好了好了，你倆幹嘛呢，開博文的批鬥會呀，人家也聽不見。」

王曉陽說：「我們這是給尹辰療傷呢，記著他的不是，心裡就不痛了。」

「對對對，尹辰心裡是不是好過點了？」花五朵扳過尹辰的肩膀，盯著她的臉看，「瞧，好多了。」

尹辰被她逗樂了：「去你的！」心裡竟被平日裡向她們倒出這麼多博文的不是嚇了一跳，唉，說到底自己也還是個不能脫俗的小女人。

薛岩說：「你們別把博文說的一無是處，真是那樣尹辰也不會愛上他。尹辰心裡是敬重他的，有愛才會有痛。既然經過了就不後悔，當作記憶保存著吧。」

尹辰不說話，好像真的在做硬碟備份，備份完了，關機。她去洗手間洗了把臉，回到座位，看了看王曉陽和花五朵，「好了，不說我了，你們兩個最近情事如何，彙報一下吧！」

王曉陽看著尹辰：「今天說不合適吧。」

尹辰說：「無妨，也許能給我的未來增添點信心呢。」

「我們談的是挺好的……就是，就是他太忙了，一直沒再見面。」王曉陽有點快快的看著薛岩。

薛岩有點意外：「你是說從第一次見面到現在就沒再見過？」

「是的。」王曉陽兩眼看著薛岩，有少女初涉情感的懵態，「他沒有跟你聯繫嗎，有沒有說對我的印象？」

薛岩說：「哎，你自信點好不好，你是名作家耶！幹嘛在意他的反應，你對他的印象好不好才是最重要的。我才不會主動問他對你的印象如何呢，那不是跌我們的份嗎？要問也應該是他來問我呀，不過這傢伙一直沒跟我聯繫。」

「這說明什麼？」花五朵擺著醫生看病的架勢，分析病情，「不跟介紹人聯繫，說明他還沒想好是不是要跟你走下去，否則不管好與不好，他都會跟薛岩說明白的。」

「可他明顯是向我示好了呀！」

「也許他過後又反悔了呢！」

「我們一直都在微信呀！」

「你微他還是他微你？」

「他是老總，很忙的呀。」

薛岩很認真的說：「記住一句話，永遠不要給男人找藉口。」

王曉陽愕然地看著薛岩：「不是你的老朋友嗎？」

「是老朋友，但人是會變的，而且合不合適還要靠你們自己相處。我只知道他事業做得挺大，硬件條件不錯，其他的都靠你自己瞭解了，你又不是小姑娘……哎，這不像你呀，我的大作家！」

王曉陽有點蔫蔫地看一眼尹辰，意思是「你怎麼不說話？」

尹辰聳了一下肩：「我兩次婚姻失敗，實在沒資格幫你辨別男人。」

薛岩反對尹辰的說法，她說：「你千萬別這麼想，我覺得失敗的是你倆前夫，一個無能守不住你，一個太自負不知道珍惜你。你這麼優秀，一定會有男人懂你愛你的。」

王曉陽和花五朵附和著：「對對對。」

「好了，你們就別安慰我了。」

王曉陽突然幽幽地：「其實我不需要男人，一個人過得挺好的。」

薛岩一扭頭：「怎麼啦，才安慰了尹辰，又要安慰你？」

「我才不要安慰呢，我真的不需要男人，要不是你介紹，我還真沒想著要找男人。」

另三個人面面相覷，明顯感覺她口不對心。

「哎呀，你們別灰心呀，我覺得有個男人相伴還是不一樣的。你們看薛岩，為什麼遇事比我們沉穩，因為她身後有靠，心裡踏實。」花五朵說。

薛岩打斷她：「錯，我可沒靠他。我只是對男人的要求沒你們那麼高。」

輪到她們三個面面相覷了：我們的要求高嗎？

薛岩繼續：「還不高嗎？看起來你們要求不多，只希望另一半與自己同志同趣，要知道這是最高要求好不好！同志，一定是同層次，同趣，一定是同取向，你們都這樣了，男人的格局一定不能比你們低，這樣優秀的男人你們身邊有幾個？就是有，又有多少是空在那裡等你們的？」
王曉陽說：「好男人早在人家家裡啦。」
花五朵說：「好男人都要找年輕的小姑娘。」
這麼一說，三個單身女人又都沮喪得不說話了。
薛岩突然感覺自己很罪過：「哎呀呀，我不是這個意思，我其實是替你們惋惜。婚姻有時真是講緣分的，好男人遇不到好女人，好女人也遇不到好男人，那是緣分沒到，緣分一到你們擋都擋不住。」
三個女人不約而同地互看了一眼然後哈哈大笑起來。
「你們笑什麼？我說錯什麼了？」
「你沒說錯，就是太骨灰了。」
「像從秦始皇兵馬俑裡跑出來的。」
「我看看你的腳是不是還裹著三寸金蓮？」王曉陽假意要去看薛岩的腳。
薛岩氣得抓起桌上一把瓜子扔向她們：「一群不識好歹的東西，再不管你們了！」
「別別，你是老大，你一天不管我們上房揭瓦。」王曉陽張開雙臂要熊抱薛岩，薛岩躲開了。
「我們要你管，我們喜歡被你管，我們就是一群小賤人。」花五朵趕緊給薛岩續了茶，端到她眼前。
薛岩又好氣又好笑地：「好了，小賤人們聽著，我已經把我們家老王都動員起來了，讓他睜大眼睛幫你們找好男人呢，你們別急，一定會有好歸宿的。」
尹辰不滿地：「難聽死了，什麼小賤人呀！」
王曉陽一指花五朵：「她是小賤人，就是她說的。對了，還沒聽你彙報呢，你的老魯怎麼樣啊？」
尹辰與薛岩對看了一眼，她倆還無法認同將老魯等同於博文和鐘昊來談論。那不就是一個舞伴嗎？

舞伴的意義

談了一晚上的尹辰和王曉陽，花五朵一直不在話題的中心，這會兒總算輪到她。

「我們很好呀！」花五朵有點迫不及待地回答王曉陽的問話。

尹辰婚姻的宣告結束，王曉陽戀情的疑似不順，都讓花五朵慶幸自己不是在談戀愛。談戀愛那是要走進婚姻的，這點她心裡很清楚。像老魯這樣的人，即使他沒有家室，她也絕對不會和他走入婚姻。一個工廠的工人，沒什麼談吐，每天從車間趕到舞場，身上總有機油和汗液混合的味道。從與花五朵結成舞伴後，為取悅她，身上又添了劣質護膚品的味道。花五朵送了一瓶男士香水給他，剛用了幾天就給他老婆搶去了。她就又買了瓶女士香水讓他跟老婆換回來，並告訴他女士香水比男用的還貴，一瓶要五百多元。

老魯張大了嘴，半天說不出話來。他不想在花五朵面前露怯，掩飾道：「我香水過敏，所以給她拿去了。」但心裡直覺心疼。他一個月的工資才三千多元，一瓶香水五百多，不能吃不能喝的，這不抽瘋嗎？他沒將女士香水給老婆，直接拿到一家小化妝品店折價三百元賣了。

花五朵就只能繼續忍受機油、汗液、劣質護膚品混合的味道。好在時間長了，竟也習慣了。老魯舞跳得好，花五朵就什麼都可以遷就了。進舞場得買舞票，跳完舞要吃晚餐，這些都是花五朵慷慨解囊。開始老魯還客氣一下，慢慢的他也就心安理得了。

說遷就也不盡然，花五朵掏錢的時候是心甘情願的。尤其是在老魯臂彎裡翩翩起舞的時候，她覺得花多少錢都值。身體貼著身體，她享受著老魯毫無保留地將自己的胯送給她。花五朵說過，看一個舞伴是不是真心和你跳舞，關鍵是看他給不給你他的胯。貼著胯兩人才能合二為一，才能旋轉自如。

男女肌體的無縫隙觸碰，體內的荷爾蒙不啟動是不可能的，空窗了那麼久，花五朵也不想抑制這天性的使然。她記不清在哪讀過這樣的文字，說沒有性生活的女人老得快。

與老魯上床不可避免。

與老魯的床第之歡，讓花五朵明白一個道理，有沒有文化和談吐，有沒有地位和財富並不重要。那些都如身上的衣服，一旦扒光了，就是人的本源，沒有高低貴賤之分。一樣是男人進入女人的身體，一樣需要愛撫的前奏，一樣需要女人的濕潤，一樣需要男人的勃起。所謂的差異也就在挺進時間的長短，就在男人是否有技巧讓女人與你一同達到高潮。而這些技巧都是無師自通都是動物之本能，跟學歷、學識、修行、修養無關。花五朵最後得出的結論是，性愛與愛情無關，更與婚姻無關。

老魯是體力勞動者，出力氣是他的強項，而做愛也是需要一些體力的，花五朵感覺非常受用的是，他們有時可以一個晚上做兩次。就這樣，老魯回家後還能再對付老婆一次，並不耽誤交公糧。

但這些事跟閨蜜們不能啟齒，她只是說老魯是她迄今為止感覺最舒服的舞伴。跳舞的時候感覺兩人是融在一起的，就像被鉚釘鉚住了一樣，所謂比翼雙飛也就這感覺了。

三個女人瞪著眼睛聽她說，努力去體會她的感覺。

王曉陽問：「你們緊貼到什麼程度？」

花五朵毫不避諱的回答：「就是對方身體的每個部位你都能感覺得到呀。」

「啊！」王曉陽嘴巴張得很大，僵在半空中。

「問那麼多幹什麼，用你們的想像填補空白吧。」說著話手機響了，花五朵起身去別處接電話。

在花五朵走開的當間，三個女人交換了一下意見，一致認為與丈夫以外的男人的如此貼體運動是不能接受的。但她們也都不想苛責和干預花五朵的行止，畢竟人家是美籍華人，就算有失體統，失的也是老美的體統，與國人無關，也與閨蜜們無關。

薛岩問尹辰：「你這髮小，你瞭解她嗎？」

尹辰說：「你剛才說人是會變的，她出去那麼多年，或許是被資本主義香風薰染了吧。」

「得了，我不是你的電視觀眾，別糊弄我。」

尹辰笑了：「我不是糊弄你，我是找不到答案在糊弄我自己。」

花大捷去世前一直希望花五朵能找個合適的男人再嫁，或許因為女兒是在婚姻上摔的跤，就想她還能在婚姻上找回來。與其說是為女兒，不如說也為自己找回點失去的東西，畢竟女兒的第一次婚姻是他拍的板。此外，在花大捷看來，女兒現在已是今非昔比，當年是被人家挑，現在是美籍華人，有錢有貌，可以盡情地挑別人。說實話，在花五朵剛回來那幾年，出國還沒那麼便利，我們與老美的物質生活條件差距還很大，有一個美國身份著實挺誘人。然而勝也蕭何敗也蕭何，就跟有錢人找對象一樣，看似有錢什麼人都能找，卻又因為有錢，怕人家就是衝著你的錢來的。所以千挑萬選的，好不容易認準一個付出了感情，結果人家還是看中她的美國國籍，想以她做跳板出去。經歷了幾次隔著肚皮的試探與揣測，終無法分辨那些個男人們是否醉翁之意，卻把花五朵的真性情消費了不少。

父親一走，花五朵覺得助她實現再婚計畫的設計者走了，前景變得渙散和渺茫，可是很快她就發現，她似乎走出了一個精神枷鎖，她不再把婚姻當作情感的唯一歸宿。跳舞、結交舞伴，同樣可以成為情感的填充物。她在舞池裡旋轉，把生命中的全部陰影和精神綁架都轉開了轉飛了，她比挪娜還要決絕地揮別了過去。

與老魯第一次上床後，她自己都奇怪竟然沒有一絲的羞恥感，倒覺得重獲了新生，更有一種勝利者的愉悅。所以，她樂意為老魯大把花錢，老魯兒子要買輛像跑車樣的自行車，老婆要去上海看看東方明珠，她都不眨眼地掏錢，她覺得自己站在一個制高點上，在恩賜她的臣民。直到有一天老魯開口問她借錢，她才捂緊了口袋，她知道，這個借，是有去無回的。而且一旦你去催債，你就是現代社會的黃世仁，你就得看楊白勞的臉色，你就是祈求的姿態。沒想到這一拒絕，老魯竟然跟她掉臉子，還當著她的面，去跟別的女人跳舞了。這簡直是恥辱！一個一身機油味兒除了跳舞就沒有一點違和感的傢伙，竟然可以如此囂張地挑戰她的權威。

這一挑戰也讓她警醒，勝利者的腳下如果只有一個俘虜還不能叫勝利。

看著花五朵邊說電話邊向這邊走來，王曉陽說：「咱們也別替古人擔憂了，都是成年人都是你情我願的，老外對這點看得很淡，性，不過是男女交往的一種方式。一人一個活法，她自己覺得好就好。」

尹辰說：「她不會成為你筆下的一個人物吧？」

王曉陽說：「沒準，我剛才還在思考這個問題呢！」

「思考什麼問題呀？」花五朵回到座位。

王曉陽說：「採訪你一下，你幸福嗎？」

花五朵立刻以手機當話筒：「報告記者，我姓福。」然後哈哈大笑。

「別笑，我是認真問你的。」

「什麼幸不幸福，人就是活一個心態，自己覺得好就好，想做什麼就做什麼，這就是幸福。去美國那麼多年，經歷了那麼多事，我收穫的最大人生體驗就是，為自己活著，愛自己，如果連自己都愛不好，還怎麼去愛別人？」

尹辰說：「你怎麼跟博文的觀點一樣？他也說過幾乎與你一樣的話。」

「是嗎？那我們是知音。」

「知音？我看你們是不一樣的。」薛岩搖搖頭。

「當然不一樣，那酸文假醋的，不是我的菜。」

「他，你……」尹辰有點吃驚她對博文的評價。

「哦對不起我瞎說的，我……我是想讓你忘掉他。」花五朵自覺失言，一隻手在尹辰的手背上拍了一下，以示歉意。

尹辰心裡卻突然想起博文曾經對花五朵的評價，在第一次見到她之後，他對尹辰說：「她沒你說的那麼漂亮，而且相處久了會覺得她醜。」

尹辰問為什麼，他說：「因為她漂亮在臉上。」

漂亮可不就在臉上，別的地方漂亮你看得到嗎？尹辰認為他說話有毛病，他卻說，你那麼聰明，慢慢悟吧。

此刻想起博文的話，尹辰只覺得這兩個相互看不上的人，竟然會有相同的人生理念。她看著花五朵，還是覺得這張臉很漂亮。

聚會結束時，尹辰、薛岩、王曉陽三個人搶著付帳，花五朵叫起來：「你們又搶，說好ＡＡ制的呢？」

三個人不理會她，但王曉陽搶著將錢付了。花五朵立刻將錢款一除四份，將自己的那份用微信發給了王曉陽。三個人對看了一下，尹辰和薛岩也趕緊將自己的那份轉給王曉陽。這又讓尹辰想起了博文。

心理上戒掉婚姻

離婚半年了，尹辰終於從心理上戒掉了那其實早已不存在的婚姻，就像吸毒者戒毒，是先身體後心理，而心理上的戒毒要遠難於身體。從身體而言，早在他們分居時就被迫戒了，而心理之戒卻要走出法律婚姻若干時日之後，才能摁下確認鍵。

與博文剛分居時，是沮喪加強烈的挫敗感，身體上對性是排斥和厭惡。當這些感覺平和之後，性的欲望又會在月亮高升的時候爬上她的床，胡亂的換頻道和翻書都是為了驅除那爬上床的怪獸。似睡非睡中編構一個自己想要的故事，是她排遣欲望的獨門良藥。那些看過的記憶深刻的歐美愛情故事，都是她夢中劇本的素材。她永遠是女一號，她的身份可以根據當天的心情而定，可以是公主，可以是貴婦，可以是醫生，可以是教師，有時還是地位低下的女僕，但總有一個完美的男一號愛著她。

坦率地說，與博文在婚姻裡的性生活是和諧的，雖然不是第一次婚姻，但直到與博文在一起，才真正享受到性生活的快意。

雖然生長在一個開明的知識份子家庭，但她對性的瞭解卻極其膚淺，加上她的被動性格，從來沒將性生活當作婚姻生活的組成部分，而且她也確實沒感覺到男女交媾有什麼樂趣。雖然歐美小說讀得早，涉及愛情的描述也早於同齡人，但身體發育的不同步，讓她癡想的只是情愛而非性愛。身體發育後，愛情卻遲遲不到，以至進入沒有愛情的婚姻後，情愛與性愛的錯位，讓她找不到男女性、情交融的快感。

第一任丈夫又是在她面前不敢逆聲的主，看她這麼冷談，也不敢進她的被窩。實在憋不住時，就用手或腿試探著伸進來，她就用力掐或踢出去，丈夫就更不敢輕舉妄動了。偶爾，尹辰覺得有點對不住他，就給他個機會。他興奮地在上面忙著，尹辰卻舉本書繼續她的閱讀，毫無感覺地任他自娛自樂。久而久之，丈夫竟不太能舉得起來了。尹辰很內疚，就想彌補，但這不是吃補藥，欠下的很難補回來。每次勃起後，看著挺精神，一碰到她的身體就瞬間癱瘓。帶他去求醫，那醫生聽了他們的陳述後竟說，也許換個女人就行了。什麼混蛋醫生！

不過，這還真成了他們離婚的因素之一。尹辰覺得不能再耽誤他了，自己做不了女人，也不能耽誤人家做男人呀！可氣的是，成了前夫的他，後來換了個女人還真的就行了。這下，尹辰就覺得是自己不行了，所以離婚十多年就沒敢有再婚的念頭。一次朋友聚會，在座有個女人神叨叨地給大家算命，大家都驚呼她算得準。輪到給尹辰算時，前面說的都讓她信服，最後那女人突然咬著尹辰的耳朵說：「你很有女人味，你的性器官特別棒，特別能讓男人滿足。」說得尹辰面紅耳赤，覺得她完全是胡說八道，連前面說的話都讓尹辰懷疑了。

從與博文的第一次擁抱，尹辰就感覺到體內有什麼東西給點燃了，就有了想靠近這個身體的欲望和衝動。和他在一起後，她才有了真正的性意識，才有了女人也可以享受性快樂的認知，她說博文是她的性啟蒙老師。博文說他的小夥子在她體內找到了真正的歸宿，她草叢下的美麗是絕世的，那是他最愜意的「雀巢」。她詫異地問，你見過多少女人的草叢？他說，除了他前妻，就是三級片裡看過，沒有一個像尹辰這麼平仄對仗、詩韻和美。尹辰罵他：「沒想到你這個老夫子也這麼色。」

博文說：「我是實話實說。」

尹辰突然想到那個算命女人說過的話，又想到那個醫生讓前夫換個女人的話，她得出的結論是，婚姻的匹配還包括性——這個重要的環節。

她和博文是合睡一個被窩的，這是博文的強烈要求。只要不鬧彆扭，他總是要摟著她睡覺，博文的手不是放在她的腹下，就是放在她的乳房上，腿還要纏著她的腿。尹辰很享受這種肌膚相親的感覺，因此當博文離家外出租房子時，她最強烈的感覺不是這個婚姻的告危，而是她要與博文那個溫暖懷抱的告別。

博文還有一個習慣，做愛時喜歡說粗話，特別是臨近高潮時，似乎只有說粗話才能將高潮推上頂峰。他不僅自己說，還要求尹辰也跟著說，尹辰說不出來，她嘴裡最髒的粗話就是「他媽的」或「混蛋」了，直接說出生殖器官，太難為她了。但博文急促地逼著她說，她就是不說。雖然一樣不耽誤高潮的來臨，但博文總覺有點不盡興。尹辰就覺得一樁婚姻的匹配度太難完美了，就連原始動物都會做的事情，竟也有千差萬別。

法國老頭

王曉陽最近很糾結，就跟連日來不明不白的天氣一樣，說有太陽吧，卻時常埋在雲裡，說沒太陽吧，又時不時的露個臉。但那臉是不清爽的，是蒙著層紗的，就像鐘昊的臉。到底怎麼個意思呢？忽冷忽熱忽遠忽近的，你給他發微信，他時回時不回，你幾天不理他，他又突然冒出來。

薛岩一聽就火了：「別理他了，這人怎麼變成這樣！」

王曉陽又有點不捨：「要不你問問他，行和不行得明確一點。」

「不問。要問也該是他來問我，怎麼著也應給我紅娘一個回音嘛！最起碼的禮數都不懂呢，真是不瞭解他了。」薛岩還是那態度。

「他，他好像真的是很忙，總是在出差。」

薛岩認真地看著王曉陽：「你是真的喜歡他？」

「我是很認真的，再說又是你介紹的。」

「這跟誰介紹的沒關係，關鍵在你們自己。」

「就見過幾次，我也不知道我是不是喜歡他。」

薛岩思忖著說：「他沒跟我聯繫，要麼就是他真的在忙，要麼就是他還沒想好，就像你說的你們才見過幾面，還無法確定是否喜歡對方。那就再等等吧，不過我勸你也別太上心，該幹嘛幹嘛。」

尹辰買了張電動按摩椅請閨蜜們來享受一下，花五朵閉著眼睛躺在上面，這會兒突然睜開眼：「我給你介紹一個老外吧，你的英文還行，日常交流沒有問題，也省得你心掛那不確定的什麼鐘昊。」

「這，這不好吧。」王曉陽看向薛岩。

薛岩說：「我看可以，你正好比較、選擇一下。」

「也許人家鐘昊也是在你和別的什麼人之間搖擺不定的選擇呢！」花五朵立刻應和。

王曉陽又看向尹辰：「你說呢？」

「如果是我就放棄鐘昊，我絕不會愛上一個對我不主動的男人。」尹辰端著洗好的水果走過來。

「英雄所見略同。」花五朵舉起雙手。

「那，說說你那個老外吧……」王曉陽有點猶疑。

「跟我住一棟樓，一個可愛的法國老頭，說老頭也就五十多歲。目前是一家外資企業的高管，單身多年，託我給他找個中國老婆。」

薛岩對花五朵：「怎麼早沒聽你說，你瞭解他嗎？」

「我們經常一塊散步聊天，還挺有趣的。」

尹辰說：「那你怎麼不近水樓臺？」

「他不合適我，他對我倒是有點意思。」花五朵欣賞著自己剛做的美甲。

「那，那就算了……」王曉陽更猶豫了。

「別呀，你比我年輕，也許見到你就 fall in love at first sight。」（一見鍾情）

尹辰鼓勵道：「你是作家，高學歷高文化，從來都那麼自信，今天怎麼啦，不就是見個面嗎，也沒讓你去跟他結婚，就當是交個老外朋友嘛！」

花五朵說：「不過……老外找老婆並不看學歷。」她對這一點很不以為然。

「不管他看不看，這是咱們的基本素質。女人到這個年紀，只有內在素養可以保值。」尹辰說。

薛岩說：「有道理，王曉陽可以試試。」

花五朵不再說話。

兩天後的一個晚上，花五朵在「4是而非」裡發了張照片，照片裡是王曉陽正跟一個老外在聊天。

尹辰剛回了個「？」突然明白過來，她說：「這麼快？都見面啦！」
花五朵說：「他們聊得正歡呢！哪像那個鐘昊，磨嘰大半年了，也沒個說法。」
尹辰說：「那你還不撤，留著當電燈泡？」
花五朵說：「小陽不讓走，還需要我這個翻譯。」
尹辰說：「她不是會英語嘛！」
花五朵說：「老頭是法國人，英語和小陽一樣都是湊合級的，還要我不時做點橋接。」後面還跟著一個笑臉。
薛岩進來了，先發了個大笑的表情，接著來了句：「你是路由器呀！」
尹辰點了三個大拇指後加了句：「比喻精準！」
法國老頭的中文名字叫「大馬」，因為個頭矮小，一生都希望自己能像中國話裡說的「人高馬大」，所以取了這個名字。
大馬一見王曉陽果然就 fall in love at first sight，次日就往王曉陽的辦公室送花，那陣正趕上王曉陽值班，一連幾日把安靜的作協弄得花粉飛飛。
王曉陽跟花五朵說：「你趕緊讓他別送花了，弄得我都不敢去上班了。」順便說一下，王曉陽雖然進了省作協，名義上是專業作家，但還擔著一些事務性的工作，這也是她能在作協不擴編的情況下進入的先決條件。
花五朵有點吃驚：「是嗎，他這麼用心？看來他真的喜歡你喲！不過，法國人就這浪漫的毛病，你也別太當回事。」
能不當回事嗎？王曉陽一個中國女人，一個快五十歲的中國女人，長這麼大只在影視作品裡見過這陣勢，連自己的筆下都沒敢寫過。幾個月來，鐘昊帶給她的陰霾一掃而空，她沉浸在帶有異國情調的浪漫熾熱裡。大馬每天都盼著跟她見面，用帶有法國腔調的英語不停地跟她說 I lever you。

王曉陽就每天在「4是而非」裡彙報她的戀愛進展，尹辰和薛岩都為她高興。正說得開心，花五朵說她在電梯裡碰到大馬了，他很開心的樣子。

她@王曉陽說：「他感謝我給他介紹了你，不過他還說，還是覺得我是最好的。這老頭，吃著碗裡的還想著鍋裡的。」

這話讓王曉陽心裡很不是滋味，尹辰和薛岩卻不知如何開口。群裡一下沉默了。花五朵好像意識到什麼，趕緊把剛才的話刪了。

薛岩私信尹辰：「花五朵是什麼心態呀？」

尹辰回了個撇嘴的表情，跟一句：「或許是有點酸？」

尹辰私信王曉陽：「別在意啊，關鍵看大馬對你怎樣。」

「放心，我是誰呀？只要我覺得好，愛誰誰。」

尹辰發了個OK的手勢。

小情人文森

不知從什麼時候開始，中國人也開始過耶誕節了。尤其年輕人，幾乎把耶誕節當作另一個情人節來過，其熱情甚至超過我們自己的傳統節日。

薛岩從來不過洋節，壓根兒沒感覺到有個什麼節日來臨，大街上商店裡熱鬧的聖誕氛圍愣是圍不住她，她該幹嘛幹嘛。這也是她的本事，無論什麼事，她都能進出自如。想進，她就一腳踏進去，毫不猶豫，想到做到。好比她要給王曉陽介紹對象，說去就去，根本就沒想過鐘昊會不會介意他們之前的過往，也沒想過王曉陽要是知道她與鐘昊的曾經，會作何感想。而她不想介入、不想知道、不感興趣的事，她一概充耳不聞、視而不見。兒子沒出國的時候，也過耶誕節，深更半夜才回來，說過平安夜去了。她只指責他的晚歸，至於什麼平安夜的並不能抵消他的過錯。

尹辰在趕一個盤點全省一年來各項成就的宣傳片，改了幾稿了，省委宣傳部還有不滿意的地方，一會兒省長的鏡頭比書記的長了五秒，要改；一會兒省會城市的成績不夠突出，要改。她心裡埋怨，那省長講話比書記有水準，句式完整無法掐頭去尾，差個五秒又有什麼關係？位高權重的省委書記還計較這個？那宣傳部長也真夠可以的，還拿碼錶掐算，不知道的還以為是體育裁判呢！

省會城市成績不夠突出，那是做得不夠突出，沒有其他城市好，靠我這片子來突出，那不是又要遭人罵，又要替人受過嘛。難怪老百姓現在越來越不信任媒體，他們哪知媒體的無奈和委屈。領導批評她不懂政治，太幼稚。她立刻啞了，仿佛被射準了靶心，她不再抗拒和抱怨，遵照領導的意見改吧。

不懂政治和太幼稚似乎是伴隨她一生的缺點，剛工作時有這缺點，二十多年了，她以為自己已經成長了，能懂些人和事了，沒想到這缺點還是甩不掉，都成打在她身上的階級烙印了，她很沮喪。她一直慶幸自己沒去當個什麼公務員，否則一輩子就只能是最底層的一個辦事員。好在電視臺的多數崗位還是靠本事吃飯的，比如記者，你再有關係，採不了稿就沒有工分就沒有收入；比如編導，你再有靠山，編不了片一樣沒有工分沒有收入；再比如主持人，就算領導看重你，觀眾不喜歡也不行，那會影響收視率。

感謝她的前任總監是個愛才之人，讓她這千里馬有用武之地，能坐上這頻道總監的位置。這個位置她還是挺珍惜的，有位置才能做成事情，才能實現自己的職業理想。在中國，位置代表權力和待遇，尹辰不刻意追求，但也不排斥這兩樣東西。

離元旦還有幾天了，她不能心有旁騖，用心做好這個片子，讓省裡領導滿意，是頭等大事。雖然她很喜歡聖誕的氛圍，喜歡像年輕人一樣，出雙入對的品嘗火雞、葡萄酒和巧克力，還喜歡去教堂感受平安夜的耶穌基督和聖母瑪利亞。但是眼下，她恨不得睡在臺裡，連回家的路途時間都省了，如果可以不睡覺，她就二十四小時剪片、編片。

花五朵是要過耶誕節的，她還要約上王曉陽，因為她現在有個洋男友，大馬是一定要過耶誕節的。

王曉陽答應花五朵的邀約，更多的是好奇，雖然也湊熱鬧似地過了好些年的耶誕節，但都還是中國人東施效顰式的洋涇浜，對原汁原味的耶誕節懷著些許憧憬。因為花五朵說要帶她去一個純種老外開的酒吧感受一下異國情調。平安夜的前一天，花五朵對她特別交代，在別人面前，第一不要說她的真實年齡，第二不要說她的中國名字。王曉陽一一允諾，心裡卻覺得怪怪的，也有點好笑，有這個必要嗎？

她們相約在一個西餐廳共進晚餐，然後再去酒吧嗨皮。王曉陽開車接上大馬，到西餐廳時，花五朵已先到了，身邊還坐著一個大約三十歲左右的年輕男子。身著花襯衫，外套一件帶著亮片的短款皮夾克。他坐在那裡，王曉陽看不見他下身，只是覺得他上身很長，後來覺得可能是他髮式的誤導。他的鬢角都剃光了，鬢角以上開始向上梳理，在頭頂形成一個尖角，好像馬的鬃毛，這就足足拔高了二三公分，看著要比花五朵高出一個頭。王曉陽以為他是餐廳的駐唱，心想西餐廳也要這麼鬧哄哄的嗎？也許是耶誕節的例外吧，但花五朵接下來的介紹，讓她大跌眼鏡。

「來，我給你們介紹一下。這是我的閨蜜，著名作家王曉陽。這是她的法國男友 Mr. 大馬。這位是我的男朋友文森。」說著親昵地在文森的臉上摸了一下。

王曉陽立刻就明白了她與文森的關係，心裡吃驚不小，但沒露聲色。

西餐頭道湯上來了，大馬特別紳士地用湯匙由裡向外一勺一勺地舀著喝。王曉陽雖然沒有認真學過西餐禮儀，但她照著大馬的樣子，亦步亦趨，也不失規範。

花五朵則忙不迭地糾正文森的動作，一會兒是湯匙舀湯的方向錯了，一會兒是刀叉拿反了，一會兒是牛排不該切成一塊一塊的用刀戳著往嘴裡送。大馬眉頭緊蹙，王曉陽暗自好笑，花五朵卻一臉尷尬。文森不耐煩了，他將刀叉一扔，衝花五朵吼起來：「煩不煩呀，怎麼吃不都是把肉送嘴裡嗎，哪來那麼多規矩！」

花五朵陪著小心：「這是吃西餐呀，要有西餐的禮儀。」

「什麼鳥禮儀，這是在中國好吧，再說老子不吃了！」說著站起來就要走。

花五朵趕緊陪著笑臉將他摁住：「好了，我不說了，你愛怎麼吃就怎麼吃吧。」

整個餐廳裡的目光都被這裡的喧嘩給牽了過來，花五朵臉上的表情讓王曉陽頓覺自己描摹手段的貧乏，她找不到準確的語言來描述。

解個圍吧，王曉陽舉起酒杯衝文森：「我倆都是中國人，不拘他們的禮，再說規矩不也是人定的嘛，在中國的土地上，洋規矩破一下也沒什麼大不了。」

文森立刻舉起酒杯與王曉陽碰了一下：「知音！」然後挑釁地看了一眼花五朵。

王曉陽心裡叫苦：「你是哪個廟裡出來的，我可不敢與你知音。」

用餐畢，大馬掏錢將他和王曉陽的帳結了，花五朵掏錢將她和文森的帳結了。王曉陽與文森對看了一眼，不管你願不願意，此時他倆卻在同一條戰線上了，對老外的做派同樣無法接受。

從西餐廳出來，他們坐著王曉陽的車直奔酒吧。

酒吧裡大多是在中國留學或工作的外國人，都是因為平安夜聚集到這裡。這個酒吧王曉陽以前來過，平時人不多，挺安靜的，她喜歡在這裡約見採訪對象或是出版社編輯。但今天的氣氛完全不同，像換了張臉，被濃妝豔抹得快不認識了，聖誕的飾品、彩燈充斥在目光所及的每一個地方。

今晚人很多，已經沒有地方可以坐了，大家都站著聊天。花五朵和大馬都遇見了熟人，打招呼寒暄聊天，王曉陽和文森明顯有些格格不入。但王曉陽好歹還能聽懂一點英文，她保持著微笑，好奇地觀察著這難得一見的場面。文森則完全不知道每個人嘴巴裡冒出的是什麼洋屁，自己一下變成了老外，他渾身的不自在。他咬著花五朵的耳朵說：「走吧，這兒太沒勁了。」

花五朵正跟一個老外說笑，不理會文森。

文森突然大叫著：「走吧！」拽著花五朵的胳膊就往外拖。

花五朵也大叫著摔開他的手：「你幹什麼呀？」滿臉臊得變色，就像被人當眾脫了衣服。

文森瞪了她一眼，一轉身自己走了。花五朵這才慌了神，立刻追出去，王曉陽見狀也趕緊跟出去。

酒吧外，文森已經跑遠了。花五朵一臉沮喪。

王曉陽攔著還要去追的花五朵，她要好好審審她。

「怎麼個情況，那男的幹什麼的？才三十來歲吧，怎麼認識的，你們到什麼地步了……」

「哎呀，我回頭再跟你說好嗎？我要先追上他，他真的生氣了……」

花五朵的控訴

花五朵擔心文森這一跑就再也不回來了。從與他相識以來，雖然他也時常突然跑掉，尤其是在晚上上床以後，都是在接到一個電話之後，爬起來就立刻走了。無論你問什麼，他就是不說。問多了，他就幾天不出現。但他過後又會回來，這次就嚴重了，他是被氣走的，還會回來嗎？

她後悔帶他參加什麼聖誕晚會，明知道他沒有可塑性，還硬要擰著來。不就是玩兒嗎，幹嘛又認真？老毛病又犯了。切記切記，他就是我的一個消費品，別想著改變用途和他既有的品質。你跑吧，你跑了老娘再找一個。

花五朵好容易將自己平撫下來，還要面對王曉陽的審問。

王曉陽說：「你口味挺重啊，這樣的也吃？」

「你先別道德定性好吧，那我什麼都不說了。」

王曉陽擺擺手：「好好，我不定性，你說。」

「但你千萬別跟薛岩和尹辰說，特別是尹辰，她跟我家人都認識，我不想她們知道。」

「好，我答應你。」

「開始是他找我教跳舞，熟悉了就悄悄向我推銷一種內衣，他給我看了圖片，我一看就喜歡，就訂了一套。拿回去以後才知道是挑逗男人的性感內衣，但不太會穿，因為有點小機關，是做愛時穿的那種。我就打電話給他，要說明書。他說派人送給我，結果是他自己來了。他打開衣服在我身上比劃，比劃比劃著，我們就……在一起了……」像是犯人交代罪行，花五朵聲音呢喃，眼睛也不敢看王曉陽。

王曉陽聽得雞皮疙瘩都起來了：「後來呢？」

「後來，就一直在一起了呀。」

「他做什麼的，有家庭嗎？」

「不知道。」

「不知道？」王曉陽聲音大了起來。

「我也不想知道，反正也不求結果，我只享受過程。」

「你享受嗎？是你愛他還是他愛你？」

「幹嘛要愛，我享受他在床上帶給我的快樂不行嗎？」

王曉陽像不認識她似地看著她，說不出話來。

「你別這樣看著我，我看你是作家才不對你隱瞞。我當然知道愛，我也渴望過愛追求過愛，可結果呢，一個快五十的女人，永遠只能被動地被男人挑選，哪怕你再漂亮，再有錢，也只能是男人案板上的肉，連滿身機油味幹體力活的工人都可以宰割你，為什麼？就因為你是女人，還是個想追求真愛的女人！」也許是說急了，她有些喘不過氣來，一陣咳嗽後她繼續說，「此路不通，為什麼不換條路走？婦女解放呼籲了那麼多年，解放了嗎？我是想明白了，不管別人，我先解放自己，女人也可以站上制高點挑選男人，只要你心裡不要有愛，不要動真感情，不要……」她突然淚流滿面，說不下去了。

王曉陽趕緊拍拍她：「你怎麼啦，別哭呀！」

「可我，還是……動了感情，我捨不得他離開……」

王曉陽抱住她，所有要譴責她的話都嚥進了肚裡，她有點痛惜地看著懷裡這個年近中年卻還是很漂亮的女人。

待花五朵平靜下來，王曉陽說：「我不想跟你說大道理，但你也要保護好自己才行，就為享受魚水之歡，你也要找個靠譜的，像他這樣來無蹤去無影的，他不會是……你就不怕他染病給你？」

花五朵這會兒思緒不在自己身上，她在還在想著文森會不會回來。王曉陽拍拍她，她卻突然醒過來似地，思緒一個大跳躍，她問：「說說你，你和大馬怎麼樣了？上床了嗎？」

王曉陽就突然有一種噁心，晚上吃的牛排都翻上來了。大馬是有過想與她上床的暗示，她並不反感，只是覺得還沒到時候。這會兒讓花五朵一說，就覺得很不舒服，竟有大馬和花五朵在床上翻雲駕霧的幻影出現。

花五朵見她不說話，以為她不好意思說，便說：「哎，我可什麼都告訴你了，不夠意思啊！」

王曉陽剛想張口，手機亮了一下，是鐘昊發來的：「平安夜快樂！明天可以一起吃個飯嗎？」

王曉陽立刻回覆：「可以。」然後對花五朵說，「我和大馬還只是普通朋友，我想我們也只能是普通朋友。你也可以轉告他，第一不要再給我送花，第二我最近很忙，估計也沒時間和他見面了。」

花五朵張大嘴巴：「你這是要和他分手嗎？」

「還沒牽手，也談不上分手。就是普通朋友，懂嗎？」

「哦，好吧。」花五朵蔫蔫地看著王曉陽，想著還有人陪著自己一起失戀，心裡倒不那麼難受了。

失聯快兩個月的鐘昊突然有了消息，這消息來得真是時候，王曉陽本來要把他刪出自己的期待，並且已用與大馬的交往填空了對他的失望。他卻在她決定止步於大馬時又回來了，這也太巧了，幾乎是無縫對接。

王曉陽淪陷

若按閨蜜們的意思，她就不能再給鐘昊機會，這種神龍見首不見尾的交往方式，簡直就是對女人的侮辱。但王曉陽雙手一攤，瞪著大眼睛說：「我寬容啊！」

「真的，我對人一向比較寬容，不計較，所以我才有那麼多朋友啊！」

這是寬容的事嗎？閨蜜們覺得跟她說不明白，就閉口不說了。說多了，小太陽還會黑子大爆發，讓大家臉上都不好看。因為有一次誰說了句：「女人不能上趕著，否則男人不會拿你吃勁。」她突然發飆：「你們為什麼總是打擊我，是你們讓我找男人、介紹男朋友的，卻又總是給我潑冷水，我需要的是你們的鼓勵好吧！」

人和人真是不同，有的人喜歡聽別人意見，容易被暗示，比如尹辰，聽的意見多了，做事就搖擺不定。有的人雖然也喜歡聽別人意見，但你說你的我做我的，比如王曉陽。她喜歡大事小事的拿來與人商討，讓你給個意見，可當你認真思考給出意見時，她要麼思緒早飛到別的事情上去了，對你的意見充耳不聞，要麼對你的意見逐字逐句地批駁，直批得你暈頭轉向，搞不清你起初是因為什麼攪進這陣仗的。最重要的是，不管你費了多少腦細胞，耗了多少唾沫星子，她最終還是按照自己的意思來。而最讓人哭笑不得的是，末了她還很理直氣壯地說：「我拿定主意的事，誰也阻擋不了。」得，一不小心你還成了阻擋她前進的螳螂。尹辰在上了幾次當後，再不吃她這套，每當她發問，尹辰就直指要害：「你個我行我素的傢伙，別再讓我們費心費力好嗎？」

王曉陽就哈哈大笑：「我就是隨口一問，別當真。」

其實王曉陽壓根也沒想聽什麼人的意見，不過是向大家通報一下，她又跟鐘昊交往了。其他的，你們就不用管了。也罷，三閨蜜就像商量好了似的，再不問她的戀愛進展。

真沒人問，她又倍感寂寞，時不時地要在群裡發點她和鐘昊正在哪裡幹什麼的照片，當然都是背著鐘昊偷偷發的，所以鐘昊的臉總是背著或側著，除了薛岩，尹辰和花五朵很長一段時間都不知道鐘昊長什麼樣。能曬動態，就說明正幸福著呢，好比過去的打更人，舉著燈籠叫著：平安無事嘍！

王曉陽與鐘昊進展的速度很快，鐘昊復現後，他們見了一次面，再下一次就相約在一個泡溫泉的湯屋。

那是個仿日式的湯屋。一個獨立的小木屋，分裡外兩間，裡間有張木質的雙人大床。外間有一個淋浴房，裡外間之間有一個過道，順著過道往裡走，就是一個能看見天空的半封閉式溫泉池。

王曉陽一走進小木屋，就知道今天要發生什麼，她有點激動卻一點也不慌張。說實話，與大馬交往的時間絕對值遠遠大過鐘昊，但對大馬欲親密的暗示，她總能很理智地保持距離。這鐘昊呢，從第一次約會的遲到，到後來的突然失聯，都讓你氣憤得不行，但他的一個解釋，就瓦解了一切。他說他在忙公司謀求上市的諸多事宜，所以沒聯繫她。王曉陽想，難道你忙到分分鐘給我發個微信的時間都沒有嗎？你不吃飯不睡覺嗎？但她只在心裡想，沒有問，她不想破壞這來之不易的溫馨氣氛。只能一邊罵自己是蠟燭胚，一邊又毫無抵抗力的被鐘昊牽著鼻子走。

倆人換了泳衣，走進溫泉池。開始面對面，過了一會兒，王曉陽說她靠近進水口太燙，就游到鐘昊一邊，鐘昊就順勢把她摟進懷裡，兩張熾熱的嘴唇就封在了一起。鐘昊的手在她的後背從上到下撫摸著，摸到她泳衣的下身，發現是分體的，就一下拉下了她的泳褲。

倆人又從水裡翻到了床上，因為與鐘昊是第一次，加上單身幾年沒有性生活，王曉陽還是有點緊張，所以當鐘昊已天崩地裂之後，她才有一點點感覺，她希望他能繼續撫摸她，以完成她久違的高潮，他卻倒頭就睡，還將後背丟給她。她將身子靠過去，想用他的體溫來安撫自己。沒想到，他卻受驚似地推開她：「別碰我。」

王曉陽心裡騰地升起一團火，在太陽黑子就要爆發的瞬間卻突然熄滅了。她在心裡罵了一句粗話後，竟淚流滿面。

第二天早上起來，鐘昊第一件事就是看手機上有什麼資訊，然後回過頭來問：「睡得好嗎？」王曉陽還沒想好怎麼回答他，他已快速地起身，對王曉陽說：「我今天早上有個會議，先走一步。」王曉陽躺在床上，看著他進出衛生間，打領帶、穿西裝、拿公事包，她一句話也不想說。臨出門時，他說：「你再睡會兒，我們再聯繫。」就消失在門外。

她拿起手機，給薛岩發了條微信：「鐘昊就是個王八蛋！」然後關了手機，把自己重新裹進被窩，一覺睡到中午，才起身離去。

薛岩被烏龍

接到王曉陽微信時薛岩正在吃早飯，她一驚，嘴唇給稀飯燙了一下，又趕緊找冷水降溫。

王一平問：「你怎麼啦，誰的微信？」

薛岩舔著被燙的嘴唇說不出話來，將手機遞給老公。

「鐘昊？他們認識？」

「我，我介紹的……」薛岩齜牙咧嘴地一將事情的原委一五一十地倒給王一平。

「你又見著鐘昊了，怎麼沒聽你說？」

「這不在跟你說嘛，沒想瞞你。本來想等好事做成了再告訴你，可後來他們又不聯繫了。我就覺得說也沒意義了，誰知他們又死灰復燃，可才……這又怎麼啦？」

「給王曉陽打電話問問不就明白了？」

「對對。」薛岩撥王曉陽電話，顯示手機關機。她更緊張了，趕緊打鐘昊電話。電話響到斷，鐘昊也沒接。

「我看這人就是不靠譜，跟當年一樣。」王一平說。

薛岩愣愣地看著老公，沒說話。

「你跟他多年沒聯繫了，你瞭解他多少，就忙著當紅娘，瞎起勁。」

薛岩突然像醒過來似地：「哎哎，你這不是吃醋吧，這是吃醋的時候嗎？我在擔心王曉陽呢！」

「誰吃他的破醋。趕緊給王曉陽家或單位打電話，或者問問尹辰，她或許知道她會去哪裡。」

薛岩慌裡慌張地給尹辰打電話，尹辰接到電話雖然也有些吃驚，但她立刻就沉靜下來，對薛岩說：

「別緊張，她不會有事的，我瞭解她。」

「真的嗎？可，可這……畢竟是我給她介紹的鐘昊，萬一要是有什麼……哎呀，我還是不放心。」

「真的別擔心，她或許是手機沒電了，或許是有意關機了，事情可能是有一點兒，但不會大，我被她嚇過N多回了，心裡有數。這樣吧，一會兒我去她家或單位一趟，保證中午之前給你報平安。」

放下尹辰的電話，薛岩心裡的緊張稍有舒緩。她對王一平說：「我要去找鐘昊，你陪我去吧。」

「我上午要陪廳長去江北視察，你自己去吧。放心，我不會有啥想法的，這點自信我還是有的。」

「得了吧，你不是自信，是對我放心，曉得你老婆是什麼樣的人，除了你也招不了別人了。」

「除了我，還就不能招別人。」

「去你的，快滾吧。」

老公走了，薛岩收拾了一下也要出門，一會兒忘了拿手機，一會兒忘了拿車鑰匙。她定了定神：「我今天是怎麼啦？」

薛岩在開車途中還不停的給鐘昊撥電話，還是不接。

大約十來分鐘後，鐘昊回電了。說他剛才在主持會議，沒法接電話。

「我正在去你公司的路上。」薛岩口氣嚴肅。

「有什麼事嗎？我一會兒要去機場，能電話裡說嗎？」

「你跟王曉陽怎麼啦？」

「挺好的呀，哦，對了我還沒謝謝你呢。」

薛岩一時語塞，不知道該怎麼說，頓了一下說：「王曉陽，她好像有點不高興啊……」

「不會吧，她跟你說什麼了？」

「沒，沒說什麼，就是，就是……哎呀，回頭再說，你忙吧。」

掛了電話，薛岩覺得自己很無趣，她也罵了一句：「王八蛋！」卻不知是罵誰。

果然，快到中午時，還沒等到尹辰的電話，王曉陽卻來了電話。口氣平穩，好像什麼事也沒發生過，要不是手機裡有她發來的微信記錄，薛岩真要懷疑今天早上出現幻覺了。真是豈有此理！

「你給我打了好幾個電話，有事嗎？」

「哎，我的大作家，你玩我呀，你一大早給我發的微信是什麼意思？嚇我好玩是不是呀！」薛岩氣不打一處來。

「哎呀姐姐別生氣，我早上一時糊塗亂發的，我給你賠罪，晚上請你吃飯。」

「吃什麼呀，我都給你氣飽了！」

王曉陽又一連串地道歉，直到薛岩被逗樂。

這裡需要交代一下，王曉陽的氣是怎麼消的。她睡到快中午，起床後打開手機，看到了鐘昊的微信：

「對不起，沒能陪你一起吃早餐，等我忙過這陣一定好好陪你。」

王曉陽一躍，從床上跳下，她又是小太陽了。

尹辰的生日

一大早，尹辰就被手機裡大大小小的慶生短信和微信鬧醒了。大多是她曾經留下個人資訊的銀行、汽車4S店、QQ、淘寶、京東、基金公司等等平臺發來的。她無心閱讀，把手機一摔，去洗漱。剛剛忙完一期節目錄製，按慣例可以休整幾日，但她不想待在家裡，尤其是今天。不用那些短信提醒，她不會忘記今天是自己的生日，並且從來就沒有忘記過。但是今天，她有生以來，第一次不想過生日。

雖然從小到大的每一個生日都是認真過的，因為這是尹家的傳統。每個人的每個生日都從不馬虎，都要事先謀劃，精心準備禮物，認真挑選過生日的地點。不一定邀請親朋好友，但家人們是一定要共慶的。出嫁以後，過生日就小家庭獨立過了。

今年小家庭沒了，更不想勞煩大家庭。她就跟父母說，剛巧她出差，今年就免了吧。閨蜜們也記得她的生日，說要與她慶生，她乾脆一個謊撒到底，出差了。

實在是沒心情。慶祝什麼呢？年紀一年老似一年，眼角平添了魚尾紋，日子也沒過好，不值得慶祝。因愛而生的第二次婚姻又散了，更不值得慶祝，倒是應該給自己一個懲罰，懲罰自己為什麼會過得如此失敗。這麼一想，她就換上運動裝，帶了瓶礦泉水，開車去了郊外。

她將車開到一個山腳下，開始爬山。爬山是她最不喜歡的運動，不喜歡才是懲罰。

這座山不算高，大格局視之，只算個丘陵，但在其所坐落的城市卻是獨一無二的制高點，所有的爬山活動，都非它莫屬。所以，從學生時代到走上工作崗位，她就無數次地參加過攀登此山的活動。臺裡現在還每年舉行一次登山比賽，尹辰偶爾也會參加，主要是起個帶頭作用，鼓勵屬下的年輕人參加。但尹辰經歷過的N多次登此山活動，卻無一次登上山頂。半途而廢已成習慣，她就從心裡認定自己是爬不上這座山的。前面說過，尹辰是個容易接受心理暗示的人，這不僅是指別人對她的暗示，她還自己暗示自己。

孔子曰，智者樂水仁者樂山。她就一直暗忖，我不是仁者？好像真的不如王曉陽那樣有活力和動感。水倒是樂見的，去海邊城市時，她可以哪也不去，就一直呆在海邊，靜靜的，就是看不夠。這就是所謂智者的寧靜和涵養嗎？

她也不是不喜歡山，登山後的風景似比大海還豐富，她同樣會激動不已。但她還是更喜歡大海，大海不只是讓你有瞬間的激動，還有永不消散的滌蕩身心的感動。面對大海你就不想藏私，就想和盤托出內心的一切，就像面對神靈一樣，你會懺悔，你會祈禱，你會吐露心事。這世上再也沒有比大海更寬容的傾聽者了，她承接你的每一次呼喚，聆聽你的每一次傾訴，她從不沉默，她起伏不停的胸懷始終在告訴你，她在與你同呼吸，她包容你的一切，她愛你，她與你同在。

尹辰今天不去看海，因為她不想尋求慰籍，她要給自己找不痛快。痛，才能以毒攻毒。山尖谷峭的險峻和勞其筋骨的攀岩可以排毒，在全身每個毛孔都滲出汗液、滲出海水般的鹹澀時，可以揪出病根，可以刮骨療傷。

像每一次攀登此山時一樣，她總是在同樣的地方感覺體力不支，總是在這個地方要半途而廢。今天亦是如此，她雙腿發軟，呼氣不暢，但她今天有積極主動的思想準備，她沒有像以前那樣趕緊找個地方坐下來，而是找棵樹靠著，喝了口水，慢慢地讓自己呼吸勻緩平穩。她打定了主意，今天絕不寬容自己，四十八歲，人生已經行進了大半，此時不鼓點氣登上山頂，剩下的日子就只能是下山路了。登上去，不管是何風景，也不枉此生。

她終於登上了山頂。第一次換個角度看自己所在的城市，沒有想像的那麼好，也沒有感知的那麼不好。客觀真實，或許就是最大的美好。她像觀大海一樣的看著自己的城市，竟也有同呼吸共命運的感覺，既然如此，還苛求什麼呢？她的好你只管欣賞，換個角度，她的不好你也可以忽略。

就這麼看著想著，她在山頂待了很久，直到手中那瓶礦泉水喝完。這時她感覺肚子在叫，想起早飯都沒吃就出來了，她看了下手機，已是下午兩點多了。手機上有條短信是博文發來的：「生日快樂！晚上共進晚餐，為你慶生。」還有幾個未接電話，都是博文打來的。為讓自己心無旁騖，上山前，她將手機調成了靜音。她給他回短信：「謝謝你，心領了。我在登山。」自己也不知道為什麼沒跟他謊稱自己出差。

不一會兒博文來電話了：「你怎麼會在爬山，你不是最怕爬山嗎？我打電話去臺裡，說你今年沒去上班，你什麼時候下山，我去接你。」

「不用了，我今天不想過生日。」她不想多解釋，就直接掛了電話。

她開始下山，快到山底時又渴又餓幾近虛脫，就在這時博文像陣風樣的衝了上來，及時地扶住了她。博文知道她是個路癡，一定會從上山的地方原路下山，所以就開車到這裡，果然發現了尹辰的車也在這裡。他停好車，就順著上山路，迎著尹辰。

「有水有吃的嗎？」尹辰已顧不上拒絕了。

博文立刻將自己的水給她，她一飲而盡。

「吃的呢，有嗎？」

「車上有，我背你。」博文不由分說地將尹辰背起來往停車場跑。

車上有博文為尹辰準備的生日蛋糕，等不到晚上插蠟燭許願了，他手忙腳亂地打開生日蛋糕，切了一大塊給她。她只遲疑了兩秒鐘，就立刻狼吞虎嚥起來。博文在一旁直叫：「慢點慢點……」又拿了一瓶水打開，讓她喝口水，怕她噎著。

看著尹辰的吃相，博文沒覺得她失了平日的優雅，倒像個孩子似的讓人頓生憐愛。

晚上，兩人共進晚餐。沒有點蠟燭沒有許願，因為蛋糕已經殘缺。博文覺得有點不盡興，尹辰卻很釋然。蛋糕已經填進饑餓的肚裡，比什麼許願都更實在。博文能在他們離婚後，還主動想著給她過生日，也比什麼蠟燭都更能照亮她與他未來關係的紋理。

薛岩兒子回來了

不以薛岩的意志為轉移，兒子王者還是回來了。薛岩認為這一定是王氏父子暗中勾結的結果。既然強求不得，那就坦然接受吧。但她不能接受的是，兒子竟然還帶回一個女朋友。這就表明，兒子未來的路依然要違背她的意志。

她問兒子：「你們怎麼認識的？」

「我們是同學呀！」

「同學？我讓你去讀書，你卻忙著談戀愛！」

「我也沒耽誤學習呀！」

「她家裡是幹什麼的？」

「她爸爸好像是一個員警，她媽媽……我，我沒問過。」

「打住，『好像是』『沒問過』，你就敢跟她處對象？」

「我是和她談戀愛又不是和她爸媽。老媽，你還是IT新興行業的老總，你不會僵化到談戀愛還要看人家家庭吧？」

「你簡直幼稚可笑，在中國，婚姻永遠都是兩個家庭的結合，這不是僵化是學問你懂嗎？別以為你灌了幾年洋墨水就能學洋人那套，只要你倆對上眼就什麼OK了，在中國這就行不通。」

「為什麼？爸，你看我媽，你不是說要支持我的嗎，怎麼不說話啦？」王者向老爸求救，卻也出賣了老爸。

薛岩瞪著王一平，心想果然是父子勾結。

王一平感覺有點裡外不是，他嗔了兒子一眼，對薛岩說：「畢竟時代不同了，也許，也許……」他的話被薛岩打斷。

「也許什麼？他現在結婚，靠自己是能買房還是買車？要學老外也可以，這些都自己解決呀！」

父子倆都啞了。

「我不是封建老頑固，也不反對自由戀愛，我和你爸也是自由戀愛，但我們首先是瞭解了彼此家庭背景之後的自由戀愛。」

「老媽你不會是要我去相親吧？」

「相親怎麼了，在中國還就是相親靠譜。」

「老媽，你太武斷了吧！」

「你媽是受她那幾個閨蜜的影響。」王一平小聲插了一句。

「媽，你那幾個閨蜜阿姨的婚姻不能說明什麼。」

薛岩白了王一平一眼，接著衝兒子：「她們的婚姻就是中國式婚姻悲劇的縮影。你別身在福中不知福，你的幸福生活是我和你爸的穩定婚姻給予的。」

「我感謝老爸老媽給了我幸福的生活，但你也不能以偏概全說非介紹的婚姻就不幸福呀！」

「大概率，我是說大概率，我們公司就用大數據對本市的婚姻狀況做過調查，其結果與我判斷的一樣。這還不能說明問題嗎？」

王一平又忍不住插了一句：「你們公司做過這樣的調查？沒聽你說過呀。」

薛岩很不滿地衝著丈夫：「我們公司做什麼要向你彙報呀！」

「只要，只要不是絕對，小概率的成功就不能否認。」王者還在力爭，但音量明顯減弱。

「不要有賭徒心態，我們就你一個孩子，輸不起。你老爸幾代單傳，你問你爸和你爺爺，他們同不同意你賭。」說著用下巴指指王一平。

「你媽說的有道理，你還是慎重一點好。」王一平立刻站到妻子一邊。

「爸……」王者沒想到老爸這麼快就叛變了。

「別叫你爸，你也是男子漢了，還這麼不懂事。讓你讀研讀研你就是不聽，找對象倒挺著急。這世界不知怎麼了，男孩子越來越不思進取，女孩子卻越來越優秀。難怪人家說剩女都是A女，剩男都是C男D男。你要好好升造，讀研讀博，把自己讀成A男，你才可以找A女B女，你現在能找什麼？一個警察的女兒……」薛岩口氣裡有明顯的不屑。

「警察怎麼啦，警察也是國家公務員好不好，叔叔不也是公務員嗎？為什麼這麼瞧不起人？」王者的女朋友突然出現在門口，滿臉怒氣。

「哎……你不是去同學家了嗎？這麼就早回來了……」王一平趕緊起身打圓場，「你阿姨沒有看不起警察。」

「瞧阿姨那口氣，一個警察的女兒，你們生活中少得了警察嗎？王者，你不是說你爸媽都是知識份子嗎？就這素養，我也算領教了。」

薛岩不說話，冷冷地看著這嘴巴不饒人的姑娘。心想，真是太好了，讓你充分表演，不然我兒子還看不清你。

王者本來還在想著替女友找補，一看這陣勢，乾脆也不管了。心想，完了，至少在老媽這兒是找補不回來了。

那姑娘又嘎叭嘎叭地說了一通，發現沒人回應，覺得無趣就停了下來。然後衝進屋裡，拖著她的行李箱就出了門。

王一平想去阻攔被薛岩制止了，她對兒子說：「去，好好送送人家。」又趕緊掏出一張銀行卡給兒子，「該買高鐵買高鐵，該買機票買機票，再買點我們這兒的土特產給帶上，也別讓人家白來咱們這兒一趟。」

看著兒子追出去的背影，薛岩突然有點傷感：「我是不是狠了點兒，兒子不會怪我吧。」

王一平沒說話，也不看薛岩，只一屁股坐下，把自己陷進沙發裡。

文森是生意上的名字

文森自平安夜跑了以後就再沒回來過，花五朵打他電話也不接，她竟如少女失戀般茶飯不香。四處打聽後，從其他舞友那兒得到他的住址，她去商場精心挑選了他喜歡的東西，一根很誇張的像鎖鏈似的項鍊，一枚同樣誇張的戒指和一個只需一個耳朵佩戴的耳墜。她想像著他戴上這些物件的模樣，實在不覺得好看，但他一定喜歡，這才是最重要的。

花五朵回國有些年頭了，因為一直沒買車，活動半徑不大，就在她所居住的城市中心一帶。用手機導航一搜，發現文森的家不近，地鐵、公交都用上還得三個小時左右的路程。難怪他說過想在城裡租個房子，花五朵也曾替他盤算過，只是覺得還無法確定自己對他有多少感情，所以沒急著出手。老魯的教訓還在，不能輕易掏腰包，更何況租房子不是一次性消費，需要持續不斷的掏腰包，這可不是小錢。但他那天的一跑讓花五朵心裡惴惴的，竟秤出他在她心裡的分量。如果他肯回來，如果他再提出租房，就一定答應他。

幾經轉車勞頓，花五朵發現她生長的城市竟然擴大了那麼多，走出城牆很遠很遠以為到了外地，竟還在自己的城市。終於找到了地址上所寫的那個街道的名字，是在城鄉結合部的一個小街巷裡。從走進小巷的第一步開始，花五朵就有點緊張，這是傳說中的貧民窟嗎？她去過美國的貧民窟，空氣中飄浮的氣味雖與這裡有所不同，但讓你噁心、窒息的感覺是一樣的。頭頂上到處是私拉的電線，縱橫交錯，誰家要是電路出了問題，光理清這些線路的走向就頭皮發麻。小巷不長，有幾處即使在晴天裡也會積著水的低窪地，水質呈墨綠色，上面漂浮著一些說不清的東西，估計空氣中的氣味由它貢獻不少。貧民窟哪個國家都有，花五朵並不詫異。只是沒想到穿著那麼前衛的文森會出自這個地方。

美國的貧民窟出現在十九世紀的工業革命，城市需要大量的勞力，帶來了移民潮。中國的改革開放，也使大量的農業人口向城市進發。經濟條件的限制，讓他們選擇在城市的邊緣地集聚。而跟著打工的父母進城的孩子們長大了，遠離土地多年或者從來就沒有親近過土地，已經回不去那片生養祖輩幾代人的故鄉，卻也融不進城市的光怪陸離，他們成了城鄉混合的雜交人。他們對故鄉是模糊的懷念，對城市是仇視的嚮往。

文森生在農村，五歲隨父母進城，在城鄉結合部長大。沒上過好學校，就讀的民工子弟學校是時有時無的，因為總是會為某項指標不達標而被迫停課整改。他原本也不是讀書的料，卻也順順當當的，撒著歡的長大了，還娶了媳婦，有了孩子。他愛老婆疼兒子，但卻缺少一技之長來養活妻兒。一個偶然的機會讓他發現，他可以使用發乎父母的身體資源掙錢養家。開始他是瞞著老婆的，後來被老婆發現，乾脆曉明大義與老婆攤牌，老婆不願失去他和他提供的足夠溫飽的生活，一番思想掙扎後就默認了。

花五朵，一個在城市長大，在美利堅生活多年的近五十歲的女人，如何能理解和懂得文森這樣一個三十多歲的雜交男人的心路歷程？當她走近文森家時，一個三四歲大的小男孩跑出來，接著他的媽媽跟出來，看到花五朵，她問：「找誰？」

「請問文森是住這兒嗎？」

「文森？這兒沒這個人。」

屋裡傳來聲音：「誰找我？」文森從屋裡出來，一看到花五朵驚住了，「Rose，你怎麼找到這兒來了？」

文森的老婆叫起來：「你叫文森？哦，我明白了，這是你生意上的名字。咋了？咱們不是說好了，你不把生意帶回家的嗎？怎麼還讓人上門來啦？還讓不讓我們活人啦啊，你讓我和兒子的臉往哪兒擱呀，我們還能在這地兒待嗎……」她一聲高過一聲，一連串的哭喊起來，並將頭往文森身上撞。

她的喊叫聲像一串掛炮在花五朵頭頂炸響，既突然又刺耳，雖然帶點家鄉口音，但花五朵還是聽明白了個大概。周圍的鄰居聽著叫罵聲就圍攏了過來，一個個興奮的兩眼放光，不住地問：「怎麼啦？出什麼事了？」

花五朵又氣又羞，就感覺體內有個什麼東西要爆炸，她要找個可以發洩的武器，便隨手將買給文森買的東西狠狠地砸向他，然後跌跌撞撞地跑出了小巷。

身後還有人叫著：「喲這妞仙女似的，是來找董永的嗎？」「別走啊大姐！」「有事跟大哥說，我幫你出氣。」

迎面還有剛跑進來的，喘著氣問：「怎麼著，我來晚了嗎？」

一口氣跑出快一公里，直跑到上氣不接下氣，花五朵才緩下腳步。這是什麼鬼地方，花五朵想，她這輩子也不會再到這污穢的地方來了。這鬼地方的人種都應該滅絕！

因為氣急攻心，回程的路又坐錯了車，越氣越急，越急越氣，真像是在傷口上撒了鹽，漬得她恨不得把五臟六腑掏出來洗一洗。此後，若是一不小心邁進了某個類似的城鄉結合部，她都會神經過敏，逃也似地要離開。

回到家裡，她將文森留在這裡的東西裝進幾個大垃圾袋，接著將自己身上穿的衣服裡裡外外全部脫下，也都裝進垃圾袋，一股腦地扔了出去。然後再仔仔細細地洗了個澡，幾乎要洗脫了皮。待她筋疲力盡地爬上床，已心灰意冷到極致。剛躺下一會兒，卻突然感覺身下一熱，不好月經來了。怎麼提前這麼多天？她趕緊起身去衛生間，換了內褲。又發現衛生巾只剩一片了，唉，越是不想出門還必須出門。

出了門才發現，整個城市已經是晚間模式，大街上燈火通明，眼前又出現那電線拉成蜘蛛網的小巷，她甩了甩腦袋，似乎要甩去所有的不堪。突然想起自己兩頓飯沒吃了，體內所有的能量都已耗盡，肚子裡的餓蟲也在嘰嘰咕咕地造反。但她卻沒有食欲，沿街飲食店裡飄出的菜肴香味也打動不了她，連平日裡最愛的那家重慶火鍋的麻辣香味也刺激不了味蕾。鼻子此刻好像關閉了嗅覺功能，只一個勁兒地跟造反的肚子打仗。鼻子不工作，嘴巴就沒食欲，肚子就吃不著，就是叫破大天去也沒用，鼻子此刻代表的是主人的旨意。

花五朵一進超市就主題單一地直奔衛生巾貨架，拿了幾包夜用的和日用的，轉身就要去收銀處，卻意外碰到薛岩一家三口。越不想見人的時候，偏又遇上不可隨意敷衍的閨蜜，今天這一天過得都是擰巴的。

薛岩熱情地招呼著，給剛從美國回來的兒子介紹這位美籍阿姨。

「兒子，這就是花五朵阿姨，哦不對，應該叫 Rose 阿姨。你們可以用英語交流喲。」

「阿姨好。」王者禮貌地向花五朵微傾身體。

「Hello, handsome!」（你好，小帥哥！）花五朵勉強應對。

「謝謝阿姨，您也很漂亮。」王者沒有說英語。不知是因為在父母面前不願說，還是在美籍華人面前羞於說。

「Which city are you studying at? Do you like there?」（你在美國哪個城市，喜歡那裡嗎？）

「紐約，很喜歡。」王者堅持說中文。

「What made you to decide leaving the U.S?」（為什麼不考慮留在美國？）

「我更願意和爸媽在一起。」

「Wow, you’re treating so nice to your parents.」（你是個孝順的孩子。）

「謝謝阿姨誇獎。」

「你誇他什麼？」薛岩問花五朵。

花五朵回答：「我說他願意回來陪同爸媽，是個孝順的孩子。」

「他這是沒出息。」薛岩不屑地頭一偏。

「媽——」王者不高興了。

「別擔心，有你們這樣的父母，兒子差不了。」花五朵打圓場。

與王者一中一西的對了幾句話，花五朵也只好改說中文了。薛岩在兒子肩膀上打了一下，嗔怪道：

「這孩子，什麼意思呀？」

「媽，這是在中國，兩個中國人在中國的土地上說英文，你不覺得奇怪嗎？」
王一平插話：「你媽是想燒包一下，不，是檢驗一下你的英語水準。」
花五朵笑了：「不用檢驗，年輕人學語言快得很。」
薛岩瞥了一眼王一平：「就你會說話。」
「我是努力領會領導的意圖。」王一平繼續耍貧。
「哈哈……」花五朵完全給逗樂了，對薛岩，「你說你老公沒幽默感，我看挺幽默的嘛！」這一樂竟掃了一天的晦氣和陰霾。
「他這是貧嘴，哪是幽默呀！」薛岩說著嗔了老公一眼。
「哎老媽，那邊有北京烤鴨耶！」王者突然發現了他愛吃的東西，很興奮地拽了薛岩一下。
「想吃就去拿，再看看有沒有鹽水鴨，你爸愛吃。」
「給你媽捎點麻辣鳳爪。」王一平在兒子身後補充道。
薛岩看花五朵的購物籃裡只裝了衛生巾，她低聲對她說：「好事又來啦，真羨慕你，革命人永遠是年輕呀！」
「得了，我還羨慕你呢，瞧你一家子多溫馨呀！」她是隨口說的，但是話一出口就突然一陣傷感，她不想被薛岩看出來，就將臉轉向別處，假意要尋找點什麼。
「好了，你繼續挑選吧，我們也去別處看看。」薛岩說著，拉著王一平離開了。
薛岩夫妻倆一邊說著話，一邊去找兒子。看著那對親密的背影，花五朵癡癡地站在那兒發了好一會兒呆。

薛岩被衛生巾刺激了

與花五朵分手後，王一平發現薛岩有點心不在焉。不管問她什麼，她都是：「行，你看著辦。」沒有了往日事事愛做主的勁兒。兒子王者便乘機拿了好多平時媽媽不讓他吃的垃圾食品。

「你怎麼啦，不舒服？有心事？」王一平凝視著她，有點不放心。

「沒有，我好好的。」

王者給老爸使了個眼色，意思是別喚醒老媽，他低聲說：「我們快去結帳吧。」

回家的路上薛岩仍然靜默不語。王一平開著車，不時側臉看一眼坐在副駕駛上的她，心裡滿是疑惑。王者在後座，滿意地翻檢著一大包自己愛吃的東西。

一進家門，薛岩突然說：「我們去旅遊吧，自駕遊，趁著王者還沒正式工作，我們一家三口一路走一路玩，想去哪就去哪，痛痛快快地去看世界看風景。」

父子倆被她突如其來的動意嚇住了。

「你受什麼刺激啦？」王一平伸手去摸她的頭。

「老媽魔怔了。」王者一邊來不及地拆開一袋食物，一邊很不在意地說。他不相信老媽會放下她的工作，帶他們去旅遊。因為從他記事起，一家三口別說旅遊，連一同出去吃個飯的機會都很少。老媽永遠忙，倒是在政府機關工作的老爸常陪他出去打打牙祭。他曾經問老媽，你為什麼比老爸這國家幹部還忙？薛岩說：「我是生產社會財富的納稅人，而你爸是靠納稅人養活的寄生蟲。」

「你怎麼這麼說話，別誤導孩子。」王一平不滿地說。

「那我長大就當爸爸這樣的寄生蟲。」

「你可不能學你爸，寄生蟲我們家有一個就夠了，再多一個就要依靠別人養了，我們還是不要給社會增加負擔吧。」

「你這叫什麼話？沒有我們公務員，這社會公共秩序誰來維護？」

「得了，沒你們維護社會會更穩定。」

「你是這麼看我的？」

「不，我是這麼看你們那個群體的，但你是我們家的穩定劑，我和兒子都少不了你。」

「喲，難得薛總誇獎。」

「誰誇你呀，我是實話實說。企業做得再大也會有逆風逆水甚至倒閉的時候，何況我們又是民企，何況我只是個高級打工仔，說不定哪天就一拍兩散了。但我身後有個不怕風吹雨打、不怕地震海嘯的公務員，我就餓不死凍不死了，我還敢生兒子，還敢讓他去留學。」

過去有句老話，叫「一工一農賽似富農。」意思是說家裡如果有一個工人和一個農民，那日子就過得超過富農了。工人有穩定的工資保全家收入大局，農民有自給自足的自留地保全家不用憑票去買雞鴨魚肉，還有新鮮的蘿蔔青菜吃，在計劃經濟時代，就是花錢也難買到這些尋常之物。現在家裡有個公務員再加一個下海或是幹企業的，也如同當年的一工一農，叫進可攻退可守，是完美的家庭從業結構模式。但這樣的結構模式不是薛岩和王一平刻意造就的，他們也如芸芸眾生，是跟隨時代變遷及社會發展，不經意走成現在的模樣。

說完全無意識也不盡然，所謂性格決定命運，隨社會車輪公轉的同時，個人的意識或多或少起了點自轉的努力，才確定了自己的方向和落點。比如薛岩，她原本在一所中學當物理老師，在下海經商成為潮頭的時候，她果斷地放棄要成為蘇霍姆林斯基（前蘇聯）那樣的教育家的理想，勇敢地搏浪逐潮，成為中國改革開放獲益較早人群中的一個。

幾年後，等她回過頭來看著收入被甩出幾條街的同事時，她慶幸自己的選擇。她說不是她多有遠見，她只是不滿足於教師順理成章的運行軌跡，想挑戰一下，看自己還能不能重新謀篇佈局出一篇新文章。

而王一平是大學畢業就分配到政府機關，從科員幹起一路走到處長的位置，一切按部就班到點吃糖。因為沒有後來千軍萬馬考公務員的廝殺經歷，也就沒有對這份職業的高山仰止，既不唯高也不唯賤，與其說是隨遇而安，不如說是懶得挪窩。薛岩嘴上說他是寄生蟲，其實是因為有他作為後方的安穩保障，才敢奮力跳海。

薛岩後來想想，當寄生蟲有什麼不好。下輩子還真想當當寄生蟲。自己這一輩子活得太用勁，事業家庭均是如此。當然她對自己的事業很滿意，對自己的家庭也很滿意。但是，如果換種方式，是不是也能保有這兩樣人生目標？還有一個問題就是，我幸福嗎？丈夫感覺幸福嗎？兒子感覺幸福嗎？花五朵比我大一歲，還在買那一包包的衛生巾，而我早早就跟它拜拜了。對床上那些事兒也越來越沒興趣，可王一平呢，他是也沒興趣了還是在顧及我的感受？兒子呢，他對我橫刀斬斷情絲有怨言嗎？我是不是對他控制太多了？

薛岩的突然噤聲其實是在反思，反思的結果是丟開一切，要帶著一家人去好好放鬆一下。而且決定從現在開始，要換種活法。

「你走得開嗎？每年的公休假你都是放棄的。」王一平有點擔心。

「放棄的又不是我一個人，我們是企業，哪能像你們機關那樣嚴格的執行年休假，我們是要考慮效益的。不過從現在開始，我要讓員工都休年休假。我們拼命工作掙錢是為了什麼呢，不能只是趕路卻忘了行走的終極目標——快樂地享受生活。」

王一平奇怪又欣慰地看著她：「不過我還是不明白，你怎麼突然就想通了呢？」

「這叫頓悟，你懂嗎？」

「好好好，頓悟。兒子，咱們響應你媽媽的頓悟，好好想想去哪旅遊！」

接下來的幾日，一家人忙著買衝鋒衣、防滑鞋、防水羽絨服等一切戶外裝備。一切配備齊了，卻突然發現車子不匹配了，就立刻去4S店，毫不猶豫地開了輛越野車回來。

沒想到工作狂人來了個說走就的旅行，而且是帶著全家出動，幾個閨蜜吃驚不小，因為從她們建立友情的第一次出遊之後，就再沒機會來第二次。大家都忙，但最忙的是薛岩，這也是她的寄託所在，如果沒事做她就會手足無措，找不到存在的意義。連這樣的人都能說放下就放下了，閨蜜們感佩她的果決。這就是薛岩，不管什麼事，只要想好了就不猶豫，說到做到。

一個幸福的家庭去瀟灑了，剩下的三個女人也少了聚的興致。就各自忙各自的去了，待薛岩二十多天回來後，竟都有了自己的故事新篇。

三個女人的折子戲之王曉陽被「小三」

先說第一折，王曉陽。為什麼先說她？因為這折戲最先上演。

從泡溫泉之後，王曉陽與鐘昊又見面了，是在王曉陽的家裡。那是個陰冷的傍晚，天早早的就暗了，王曉陽打開燈，準備結束一個章節的寫作就去做飯。鐘昊突然來電話，說他就在她家社區附近，想來討杯水喝。這麼明顯的藉口，傻子都明白。王曉陽又好氣又好笑，你就說一句想我了會死呀！她便將傻就傻：「你是找不到賣水的，還是你身上沒錢買水？」

鐘昊愣了片刻，不知道怎麼接這傻女人的話。心想，還是別跟一個作家繞了，她會比你還繞。「方便見一面嗎？不方便就算了。」語氣不卑不亢。

「我去社區門口接你。」王曉陽來不及換去居家便服，披了件外套就衝下樓去。心裡罵著，這貨真不識逗。

王曉陽跑到社區大門口，看見鐘昊站在門崗外的一盞路下，就感覺他突然矮了一截，因為暖色燈光的照耀，他臉上的線條也不再那麼硬硬的扎人，眼睛裡少了霸氣，甚至還稍稍帶些落寞。上樓的時候，王曉陽發現他喘得厲害，一共四層樓，他歇了兩次，嘴裡還抱怨：「你住這麼高？」

王曉陽原來的住房比這好，是近似別墅的低密度住宅，和列車長分手時才買了這處沒有電梯的公寓房。原本是丈夫出軌，她完全有理由讓他淨身出戶的，但她覺得那屋已被別的女人染指，已有了不乾淨的氣息，因此她拿出家裡所有的積蓄買了這處房子。雖然這房子不如原來的，但總價卻高出原來那套房上百萬。這世上還有什麼比房價漲得更快的？

進了王曉陽家，鐘昊一屁股坐在沙發上，半天說不出話來。王曉陽看他還在調整呼吸，就有點好笑，心想：就這身體你傲氣什麼呀？再看他，鬢角似多了些白髮，眉宇間竟有怨婦臉上才會顯現的神色，好像她當年遭遇老公出軌一樣。就他這身板，比她那列車長差遠了，恐怕也只能是被出軌吧，自己能沿著軌道走穩就不錯了。

王曉陽端了杯水給他，他喝著水，還是不說話。問他怎麼了，他好像也無力回答，或者是不想回答，王曉陽也就不再問。該吃晚飯了，王曉陽說出去吃，他說就在家下點麵條吧。她就下了麵條，他說好吃，卻沒吃多少就放下了。她伸手去摸他的額頭，他條件反射似地立刻躲開，就像那天在床上躲開她一樣。王曉陽心裡的不快又給勾出來，媽的，當我是瘟疫呀！

鐘昊卻突然拉著她的手說：「我有點累，想靠一會兒。」眼睛裡有一絲乞憐卻瞬間消失。沒等王曉陽搭話，他已起身回到客廳沙發那兒，斜靠著閉上了眼睛。

王曉陽收拾了碗筷，聽見他已有微微的鼾聲，就拿了條薄毯給他蓋上，然後靜靜地坐在一旁看著他。這是個什麼樣的男人呢？自負還是自戀？她筆下沒有這樣的人設，寫不出他的人物小傳，更無法預設這個人物的命運走向。看他眼角和嘴角都呈向下的走勢，倒有點像網絡上流行的那個「囧」字，這是父母的遺傳還是曾經歷過不為人知的磨難和滄桑？

琢磨了他半個多小時，感覺他沒有醒來的意思。王曉陽起身走進書房，重新伏案。這是她寫作生涯中寫得最艱澀的一部小說，或許是題材的敏感，現實且兼具批判性，讓她下筆心悸重重。或許是近來分心的情事，將心緒和時間都弄得支離破碎，寫了十幾萬字了，卻是虛實難斷、進退兩難。

網上有評價說她的作品可讀卻無深度，甚至有作家指桑罵槐地說她的作品諂媚低俗嘩眾取寵。她氣得在博客上回敬，尹辰勸她別理睬，說這或許是賣不出碼洋的作家的吃醋之態。有時間跟他們費唾沫，不如進入下一部作品，用作品說話。王曉陽聽進去了，開始構思下一部作品，竟憋著勁地要走進深度。

小說寫一個在城市裡打拼十多年的小夥子，未婚妻等了他五年了，就是買不起婚房。他靈機一動，買了輛房車，帶著新娘蜜月旅行去了，提前過起有「房」有車的生活，好不瀟灑。同事、朋友們還挺羨慕，他自己也樂在其中。但旅行回來後的停車問題，卻不比買房容易。開始單位還念他工作努力，讓他停在公司的小院裡，後來公司門前的道路拓寬，院子沒了，誰的車也停不了了，他就開始四處流浪，馬路邊、社區門口都是他的駐車地。孩子出生後，報戶口成了問題。拖到孩子該上幼稚園了，沒一家幼稚園肯收他。與此同時，他的停車也越來越困難，有時轉悠一夜都找不到駐車的地方。有一天，他開了一夜的車，燒了一夜的汽油，直開到遠郊的一個剛剛被徵收的農田方停下車來。第二天上班，車程遠加上進城後的堵車，夫妻雙雙都遲到了。終於有一天，公司不能忍受他的長期遲到，將他辭退了。他帶著妻兒決定賣了車，去城郊租個小房子，卻發現他晚上停車的地方正在開發建成一個房車營地，他看著規劃圖抱著他的房車哭了，他知道這裡將來停的房車是車，而他的房車只是房，這是兩個世界呀！

寫到卡殼處，王曉陽抬起頭看看鐘，已近十二點，趕緊走出書房，發現鐘昊已橫躺在沙發上，實實在在的睡下了。她拍了拍他，他一驚，醒了。

「去床上睡吧。」

「哦，不了。就這很好，你快去睡吧。」

王曉陽有點猶疑地站在那兒，鐘昊伸手拉她坐下，擁抱著她說：「我最近太累了，給我點時間好嗎？」

王曉陽沒明白他的意思。他又說了一遍，「給我點時間。」就鬆開手，又閉上了眼睛。王曉陽悻悻地起身離開。

第二天早上，王曉陽走出臥室時，發現鐘昊已經走了。他留了張字條在飯桌上，桌上還有做好的早餐。她一邊吃早餐一邊反覆讀他留下的字條：我最近事情很多，可能沒時間約你。你安心寫作，等忙過這陣我們好好相聚。

「好吧，既然這樣，我就心無旁騖地寫我的東西吧。」王曉陽決定這段時間裡不再主動聯繫鐘昊。

兩天以後，王曉陽去作協開會，聽中宣部關於「走轉改」文件的傳達。這是對新聞戰線提出的要求，尹辰他們電視臺上周就傳達了，可這跟作協有什麼關係嗎？新來的作協黨組書記說有關係，因為作家一樣要走基層、轉作風、改文風，要好好改改眼下文學作品中閉門造車胡編亂造的現象。書記是從省委宣傳部副部長的位置上過來的，聽說原來就分管新聞出版。他的敏感既是職務使然，也不是無來由，電視劇裡手撕鬼子的荒唐，小說裡就沒有？

王曉陽認真地聽著書記讀文件，手機亮了一下，是鐘昊發來的：「在幹嘛？突然很想你。」王曉陽心裡一熱，這是他們相識以來，第一次領受到他這麼明確的愛意表達。她點了三個字：「在開會。」

鐘昊回了一個擁抱和一個紅唇的表情。王曉陽臉熱了，她下意識地看了一下左右，怕被人發現。過了一會兒，鐘昊又發來：「還是想你，沒法工作。」

她回了一句：「我也想你。你早點忙完工作吧，盼聚。」

鐘昊回：「再見你，一定不放過你。」

王曉陽已經聽不見書記在說什麼了，她心裡咕嘟咕嘟地在燒著開水。原來他表面冰冷，掩蓋的都是假象呀！不搭理微信，做愛後不讓碰，來家裡不上床都是表面現象，實際是——王曉陽一一腦補：不回微信，就是工作太忙；做愛後不讓碰，是很久沒近女人不知所措；賴沙發不上我的床，是忌憚我上次的不滿。現在終於暴露心跡了，等著吧，我一定會用我的小太陽捂化你的冷，哪怕是外表的冷。

鐘昊還在發微信，語言越來越熱乎，也越來越讓王曉陽面紅耳赤。她將手機放在兩腿之間，就有一股溫濕蕩漾開來，她夾緊了雙腿，趕緊將手機放進口袋不敢再看。好在手機也突然安靜了，直到散會也沒再響過。

書記傳達完文件又自由發揮了一個多小時，散會時已近十二點，王曉陽感覺饑腸轆轆，剛走出會議室，卻被告知有人找她。什麼人呀，這時候來，不會是鐘昊耐不住直接找來了吧。她懷著期待走進接待室，是個穿著很卡哇尹的萌妹子在等她。一定是個粉絲，她立刻擺出明星範兒，面帶微笑地走近她，並迅速打量揣測來人的身份、階層。

那姑娘上身著一件印著卡通人物的橘黃色長袖體恤，下身是一條裂著口子的牛仔短褲，頭戴一頂白色的毛線帽，帽沿兩邊各垂下一個茸茸的毛球，腳下還有一雙高至膝蓋的長筒靴。王曉陽暗忖：這樣的人也喜歡我的小說？看來我的作品是該有深度了。

「你是王曉陽？」

直呼其名，很不客氣嘛。王曉陽不由得收斂笑容：「找我有事？」

「你認識鐘昊嗎？」

「認識。」

「你在和他談戀愛？」

「這跟你有關係嗎？」感覺到來者的不善，王曉陽冷卻了臉上的笑容。

「我是他老婆。」女孩的口氣既肯定又蠻不在乎。

「你，他老婆？」如果王曉陽戴眼鏡，這會兒一定是碎在地上了，「你才多大呀？」

「我也奇怪，他怎麼會喜歡你這……」她想說老女人，但卻立刻改口，「你很有錢嗎？」

王曉陽不想和她討論這個問題，她關心的是這個女孩到底是什麼人。

「我憑什麼相信你是鐘昊的老婆？」

「啪」，女孩將一張結婚證拍在王曉陽面前。

王曉陽拿起結婚證，如果這張結婚證是真的，這個女孩是三十二歲，倒真是看不出來。但比鐘昊要小近二十歲，他還真是老羊吃嫩草呀！她從口袋裡拿手機，女孩說：「你要給他打電話？我勸你現在別打。」女孩的沉穩超過她的面相和穿著，也遠超她的年齡，讓大她近一輩的王曉陽相形見絀。

「我今天來不是找你興師問罪的，我只是告訴你，我正在和他辦離婚，請你耐心等待一下，我很快就把他讓給你。」

「讓給我？」

「是的，我知道你們很相愛。」

「我們相愛……？」

王曉陽完全被動地接著她的話，像被動地接著一塊塊拋過來的磚頭，想不接，又怕砸了自己的腳。

「如果你真愛他，就別在這時候節外生枝，等我們離了婚再說，我會成全你們。如果你不愛他，就另當別論。」

「這是什麼話，你們離不離婚跟我有什麼關係？」

「沒關係我怎麼會來找你？沒關係我怎麼知道你叫王曉陽？沒關係我怎麼知道你還是個作家？對了，如果你有新書發佈的話，這倒是個很好的賣點。」女孩像在念排比句，而且聲音一句比一句高。

王曉陽趕緊關閉接待室的門。她又羞又惱，只覺牙根癢癢，如果此時鐘昊在眼前，她一定會咬碎他的骨頭。

「我知道你此時恨不得殺了鐘昊，我倒不恨他。男人嘛，總是吃著碗裡的想著鍋裡的。他當年看上我，是覺得他老婆太土氣，現在看上你，是覺得我沒你有文化。沒關係，不合適了就散，我才不會像他前任老婆那樣一哭二鬧三上吊，那是你們這代人的做派，我看不上。今天來見你就想知道你是不是愛他，愛，我就成全，不愛，我就拖著，反正我現在還沒找到下家，這張飯票就先用著。」

在筆下洞悉別人人生的王曉陽，有再多的想像力也沒創設過這樣的場景這樣的對話，更沒想過自己竟是這場戲的主角之一。此刻她的大腦是失控的，毫無設計的語言從她嘴裡溜了出來，她一敗塗地。

「我，我不知道他有妻子，是朋友介紹……」

女孩打斷她：「我說了沒有要怪你的意思，看你也不具備當小三的素質。我只想知道你們是不是在談戀愛。」她目光老道地上下打量著王曉陽，像在農貿市場上打量著一隻待宰的家禽。

「我們是以戀愛的方式在相處，但才見過幾次面，我並不瞭解他。」王曉陽心虛得幾乎要站不住，她雙手撐著面前的桌子。

「好了，我不想知道更多，但我不反對你向他興師問罪。我知道你們都好這一口，那就不是我的事了。拜拜。」女孩站起來就走，背對著王曉陽還舉起胳膊揮了揮，腳步輕鬆而有彈性。

王曉陽卻跌坐在椅子上，半天回不過神來。

三個女人的折子戲之王曉陽「庭」審鐘昊

王曉陽要去質問鐘昊，不管那女孩是多麼鄙視這樣的做派，她還是要向他問罪。莫名其妙的成了小三，不對，還是老三，跟個小丫頭片子搶老公，也真夠出息的。她拿出手機給鐘昊發了條短信：「你在哪裡，我要見你！現在！必須！」一連三個驚嘆號像憤怒的三箭齊發，如果手機表情包裡有原子彈，她也一定會發過去，就像當年憤怒的美國人轟炸日本廣島一樣。

突然想到應該給薛岩打個電話，她才是始作俑者。電話通了，裡面傳來王者的聲音：「喂，曉陽阿姨好，我媽媽和爸爸在打沙灘球呢，您有事找她？」

「哦，沒事。別叫她了，好好玩吧。」有點不忍心破壞人家的溫馨度假，她掛了電話。但鐘昊還沒有回音，她又給他發了消息：「今天一定要見到你，除非你不在地球上！」

鐘昊終於回話了：「這是作家的修辭嗎？不在地球，難道在天上？」後面還綴了一個頑皮的表情，好似大人面對一個無故發脾氣的孩子。

「如果今天你不出現在我面前，我就當你去天國了！」仍然是驚嘆號。外表江南實為湖南的王曉陽，這會兒在湘菜館菜單上辣度的級別標號是頂級——三個辣椒！過了好一會兒，鐘昊回話：「好吧，你定地方，我下班後趕來。」

王曉陽回了兩個字：「我家。」這種事情不適合在公共場所糾纏。

晚上見面時，鐘昊一臉的倦容，還帶著難忤使命無奈前來的神情。看他那模樣，王曉陽一時找不到靶點，憋了好一會兒說不出話來。

「說呀，你有什麼十萬火急的事，非得我今天來……唉，既然來了，你說吧。」

「你是在跟我談戀愛嗎？」

「難道不是嗎？」
「請正面回答我。」
「是，法官。」鐘昊帶著倦意地拿著腔調。
王曉陽無心開玩笑：「那你是想犯重婚罪，還是故意讓我當小三？」
鐘昊一驚，臉上的倦容瞬間飄散：「你說什麼？」
「我想聽你說。」王曉陽兩眼直視著他，不讓他有絲毫的躲閃。
「你聽到什麼啦？」
「我聽到什麼不重要，我只想聽你說。你剛才不是叫我法官嗎？現在是你陳述的時候。」
「她——去找過你？」
王曉陽以沉默回答他的問話。
鐘昊似塌陷了一般，兀地縮進身後的沙發裡。王曉陽等待著，過了好一會兒，鐘昊這樣開口：「唉，我總是在錯的時間遇見對的人，在對的時間遇見錯的人。」
王曉陽以眼神表示疑問，鐘昊繼續說，聲音喃喃，語速很慢，符合他對自己慢慢人生路的回望。
「初戀時錯過了我最愛的人，不得已娶了遠房表舅的女兒。將就了二十年，在事業頂峰期忘乎所以地失足於一個小秘書。本來以為可以不負責任的玩一把，卻是玩火燒身，不得已終結了第一次婚姻。你見到的是我第二任妻子，原來秘書室的一個內勤，她主動投懷送抱，我沒把持住自己，就一次，卻讓她刻意留了證據，我只好娶了她。她父母覺得她比我小十幾歲，太虧了，就跟我要房要車，我都一一給了。沒辦法，我理虧在先。可是後來他們一大家子把我當成了提款機，連她哥哥家蓋房子都要我出錢，我忍無可忍提出離婚，她卻要一千萬的青春損失費，討價還價的減到六百萬，卻要我一次性給付。在我焦頭爛額的時候，卻認識了你。對不起，我沒告訴薛岩我現在的婚姻狀況，所以她才會給我介紹了你。」

「你跟薛岩說你離婚了，是指你第一次婚姻？」

「是的，因為她知道我那個遠房表妹，也知道我一直不愛她。也就是因為這個表妹，我才錯過了薛岩。」

「什麼，你說什麼，薛岩？」

「薛岩沒跟你說嗎，她和我的初戀？」

「她和你？你就是那個冬天送她扇子，後來卻和懷了你孩子的表妹結婚的人？」

「你知道呀。」

「我知道這個故事，但不知道這故事的主人公就是你。薛岩為什麼沒告訴我？」

「她，她一定是不想讓你心裡有什麼想法吧，怕影響我們的交往。」

「你為什麼要欺騙薛岩？」

「我沒想欺騙她，那天也不知怎麼了，就突然想告訴她我和表妹離婚的事。只是，沒想到她會給我介紹對象……但我是真的喜歡你。」

王曉陽沉默了，她在錄影機上倒帶，她在重播薛岩的初戀故事，努力將眼前的這個人貼進那個畫面。她還在梳捋自己和這個人的交往章節，他的忽冷忽熱，他的若即若離。

但無論如何他對自己的欺騙已經成立，且罪無可赦。她起身對他宣判道：「你走吧，請從我的眼前消失，永遠。」

鐘昊起身，很沮喪地看著她：「不再給我們彼此一個機會？」

「希望你不要逼我說出難聽的話。對了，請你把手機裡發給我的那些肉麻的東西都刪掉。」

已走到門口的鐘昊站住，疑惑地：「什麼肉麻的東西？」

「就是你今天早上發給我的。」

「我今天早上將手機忘家裡了，後來才回去拿的。」

王曉陽愣住了。她打開自己的手機，鐘昊伸過頭來，她立刻閃開不讓他看，她明白是怎麼回事了，她不能讓這些東西再羞辱自己一次。

鐘昊一邊翻看自己的手機，一邊說：「是她發的？一定是她。應該已經被她刪掉了。對了，你都跟她說了什麼，說了咱倆的關係嗎？」

想到上午自己的一敗塗地，她沮喪地：「該說的都說了。」

鐘昊歎了口氣：「唉，真是個傻姑娘。」然後拉開門，走了出去。

她突然回過神來，我還真是傻耶，他怎麼就這麼自如的走了，還丟下一句埋怨。媽的，我還沒找他算帳呢！我也要青春損失費，你管我還有沒有青春！

三個女人的折子戲之花五朵網上找對象

從城鄉結合部回來後，花五朵連著幾天都沒出門。有心理上的原因，也有身體上的原因。文森帶給她的羞辱就像病毒性感冒，雖不至致命，但要痊癒卻不是一時半刻，必須經歷一個流涕、咳嗽甚至發燒的過程，而且用不用藥都一樣。好在花五朵的自癒能力很強，什麼樣的「感冒」都能自我康復。無論是慘痛的婚姻，還是之後無數次情感的投入和坍塌，她都能自我療傷無藥自癒。經歷的「歷」和歷練的「歷」是同一個字，卻有從量變到質變的飛躍。

閉門不出的另一個原因是這回的例假來得邪乎，像剛生完孩子後的惡露，量大、血塊多，她不敢出門，只好臥床休息。她懷疑是被文森氣的，心想也好，把體內的不良毒素排出來，也就把文森留在她體內的污濁排出去了。可這樣流了幾天的血不見收斂，人也有些發虛，就有點緊張，打了個車去醫院。

醫生問了她的年齡，再看看她的臉，不太敢相信，因為她的容貌大大小於她的年齡。但醫生不會以貌取人，她最終只認年齡不認臉，在排除子宮肌瘤的懷疑後，非常肯定地告訴她，你已進入更年期，快絕經了。這個結論的威力不亞於原子彈，她想投給文森的那枚在自己身上爆炸了。我？更年期？絕經？一連三個問號在腦中迅速拉直成三個驚嘆號：更年期！絕經！絕慾！絕了性慾的女人還有什麼價值，活著還有什麼意義？

一出醫院她立刻在手機上百度，關於更年期、關於絕經、關於性慾。結果網絡上的說法竟是莫衷一是，竟是沒有眾口一詞判她的死刑，她翻了幾頁還終於找到一個比較滿意的說法，說女人絕經後就沒有懷孕之虞，因而可能會放鬆心情致性慾更旺。

她大鬆了口氣，但原子彈的輻射還在，因為無論如何，進入更年期和絕經都是女人進入老年的開始。四閨蜜中只有她的大姨媽還在，這是她年輕於別人的標誌，這個標誌不能丟，她要讓大姨媽走的慢些再慢些。她還不能被動的坐以待斃，放任大姨媽自行走掉，她要去看中醫，她想中醫一定能幫她這個忙。她對自己說，我還是個單身女人，還沒找到自己的歸宿，不能這麼早就宣判自己的死刑。

她抱了一大堆中草藥回家調理，之後她家的廚房裡就不時飄出煎中藥的味道，不僅鄰居聞著不舒服，連那只薩摩耶也不知所措地在屋裡亂竄，到了晚上也不願上主人的床了，它不喜歡那種味道。

其實喝中藥的滋味更難受，花五朵每次端著藥碗，都要鼓足勇氣屏著氣一口氣喝下去。才服完一個療程就想放棄了，但想到將要失去的容顏和年輕的標誌，只得咬牙堅持著。與此同時，她開始重新思考自己的人生走向，她要讓這堅持更有意義，更具目標性。

從文森家回來的當天在超市碰到薛岩一家三口，看似偶然卻又透著某種必然，至少花五朵是這麼認為的。這是命運之手在向她暗示，家庭是女人歸宿的唯一。她應該在還沒跨入老年行列的時候，找到自己的唯一。突然想到曾有一個舞友告訴她，她的老公就是在婚戀網上找到的，當時也就一聽，沒當回事，也有點不以為然，這會兒心裡一動，不妨趁這幾天待在家裡上網探探情況。

她立刻打開電腦，在網上搜索了幾個婚戀網站，篩選了兩家名氣大的，註冊了一下，放了幾張漂亮的照片在她的資料裡，結果不到半天功夫就收到七八封來信。但她一點來信就顯示必須繳費才可以閱讀，她不想繳費，心裡對這類網站還不太信任。但是來信不斷，有些來信人的頭像還挺養眼，她忍不住付了費。果然一付費，那些信就都可以打開了。幾天下來就接到了二十多封信。她一封封的讀信，有選擇的回信，生活一下變得充實起來。真後悔沒早點上這兒來，早來這裡就不會有老魯、文森那些王八蛋什麼事了。

來信越來越多，她有點應接不暇更有點喜不自禁，一下找到了少女時代居高臨下挑選男人的自信。在登陸婚戀網站的第三天，一封英文來信突然闖入，文字優美、態度誠懇，花五朵想，一定是自己的美國身份吸引了他。兩人開始用英文交流，他告訴她，他是澳中混血，今年四三歲，在加拿大長大，因為身體裡有一半中國人的血，所以一直對中國很嚮往。他在一家國際金融公司任職，很快要派到中國來工作。他說他妻子去世了，有一個十二歲的兒子，在寄宿學校讀書。

花五朵說自己年齡比他大，他說你看起來那麼年輕，再說他很想給孩子在中國找一個媽媽，所以喜歡成熟的女人。他把他和兒子的照片發給她，很帥的父親和可愛的兒子。他讓她轉到QQ上聊天，他還讓她加了他兒子的QQ，他兒子後來也跟她聊天。兒子很懂事，也誇她漂亮，還說他父親是個很值得信賴的男人，希望她能做他的媽媽。

中澳混血每天都噓寒問暖，每天都熱情洋溢，每天都發來他的照片，幾乎是即時彙報他的工作和行蹤。一會兒是在辦公室辦公，一會兒是在會議室開會，一會是在健身房裡健身。他說他無時無刻不在想念她，他希望儘快來中國和她相聚，並讓她選擇將來是在加拿大還是中國定居。雖然遠隔重洋，花五朵還是覺得被愛電著了，而且是久違了的愛。

有一天混血很興奮地告訴她，他來中國的時間和地點定了，還有三個月他就會去上海工作，他問上海離花五朵居住的城市有多遠。花五朵說不遠，高鐵一個多小時就到了。他聽了非常高興，說他來了以後就想天天見到她，就算天天坐高鐵他也要與她在一起。他說在剩下的三個月裡他已無法正常工作，他只能倒計時的熬日子，他恨不得這三個月能一眨眼的飛過去。他現在心裡只裝得下一件事，就是愛她想她。花五朵不可抑制地愛了，她沒想到自己還會愛。她也開始倒計時，還特意從媽媽家裡拿了一個用了大半年的掛曆掛在牆上，用紅筆在上面叉掉每一個過去的日子，與此同時她還拿掉了秦茬的那幅畫。

她盼著薛岩快點回來，她要與閨蜜們分享她幸福的戀情，她還要力薦尹辰和王曉陽也儘快走上這條婚戀之路。

三個女人的折子戲之尹辰的保守治療

為什麼最後一個說尹辰，是因為她這折戲最沒有新意。

尹辰在工作上是個不乏創新意識的人，出個選題、定個思路常常讓人叫絕，就連穿衣服或家裡的陳設上，都能時不時弄點小改變小設計，但對改變自己的生活狀態卻總是那麼缺少思路和動能。創新思變與原地打轉，就是這麼奇怪地進駐在同一個軀體裡。

從博文給她過生日之後，他們又一次見面了，是為參加博文一個髮小兒子的婚禮。這次尹辰一點都沒猶豫的就答應了，讓準備了好多說詞的博文很是意外。怕尹辰再因不認路遲到，博文堅持開車去接她。

婚禮場面不小，雖然這髮小已是夫妻雙雙下崗，兒子也只是開了個賣電子配件的小賣部，但婚禮竟然辦了三十來桌。來的人還方方面面的層次各異，身份懸殊，讓尹辰這種有物以類聚人以群分固定思維的人很是詫異。糙話說，根本就尿不到一個壺裡的人，竟然同桌吃飯喝酒，這世界越來越讓人看不懂了。

尹辰和博文入座的那桌倒都是熟面孔，還是那次聚會的髮小，看到尹辰出席他們都很熱情，從他們對尹辰的稱呼上就知道，博文並沒將他與尹辰已經離婚的資訊透露給他們。比博文大的還叫尹辰「弟妹」，比博文小的還叫尹辰「嫂子」，尹辰也不揭穿，一一微笑應承。尹辰還是不喝酒，但她不再「矜持」地當局外人，而是主動為大家斟酒。不僅博文，髮小們也喜出望外，鬧酒的興致倍增。博文簡直有點感動地不時為尹辰夾菜，甚至新菜一上來他就先挑最好的夾到尹辰碗裡，弄得尹辰很不好意思。

髮小們看他們如此恩愛，就更不放過博文的酒杯，結果是尹辰忙著給髮小們斟酒，髮小們就急著給博文滿酒，博文那天又喝高了。尹辰沒像以前那樣攔著不讓他喝高，因為他喝高了總會說些讓尹辰不悅，讓他自己酒醒後後悔的話。比如「你有什麼了不起？」「你不就是個破導演嗎？」之類的，都是喝高了以後不經大腦潤色直通通滾出來的，所謂酒後吐真言。真言有時候就帶著刀刃，就會拉出傷口就會流血。

尹辰今天不攔他，是因為他們的關係已經改變，她沒有義務也沒有資格去關心他喝多了傷身體，況且他喝高了愛說啥說啥，與她何干？今天是一種鬆了綁後的舒坦，她給大家斟酒大家就興奮，她順著大家的興奮表現出自己也很興奮，她發現演自己比做自己容易、輕鬆多了，而且得到的回饋也好，她覺得她不欠博文什麼了。

從那以後，他們也能輕鬆的吃個飯呀，看個電影、話劇什麼的，甚至一塊去郊遊。兩人都自如放鬆，慢慢的又無話不談了，甚至只有夫妻間才有的隱秘話題。但他倆都明白他們已不再是夫妻，也正因為此，他們之間沒了計較，沒了針鋒相對，沒了因生活方式、習慣不同而致的矛盾。更重要的是彼此沒了對另一半的目標要求，就像你不會計較朋友愛吃臭豆腐、豬大腸的嗜好，你不會計較朋友喜歡高聲說笑的習慣，你也不會在意朋友一喝酒就滔滔不絕的絮叨。即使有什麼不舒服的地方，你也會想，反正我們不生活在一個屋簷下，一會兒就散了就各奔東西了。所謂距離產生美其實是謬誤，不過是距離忽略或掩蓋了醜而已。

遠香近臭，指的也是距離的效應，同一個物件不是放遠了就香，擱近了就臭，而是遠看大格局，近瞅細毛孔。再好看的美女，那毛細孔裡也難免藏著污垢，不可細品。就像欣賞油畫，遠看是幅畫，近看就是塗鴉。朋友間的友誼能否長久，有時也取決於距離的把控與調節。親密到無間，到可以穿一條褲子則未必是好事，零距離或許就是矛盾的放大鏡。

如此和諧的相處著，閨蜜們就希望他們能破鏡重圓，再續前緣。被她們一鼓搗，尹辰心裡竟有些搖擺。助理小李問了她一句話，這傢伙總能在關鍵的時候點醒這個姐姐。

「姐，我只問你一句話，造成你們離婚的原因是什麼，解決了嗎？」這個不斷換著女朋友的小李，對尹辰的婚姻似乎看得很清楚。

她明白小李後面沒說出的話，如果原因沒解決，結果不還是一樣嗎？還是止步於朋友之誼吧，至少目前應該是這樣。這就是尹辰，誰的話她都聽，聽多了就沒了主意，情況不明就地宿營。如果她當外科醫生，一定會餓死，因為她總是建議病人保守治療。

博文還時常來電視臺做節目，他們一直在合作，也就這麼亦友亦同事的交往著。

今天是週二，照例是下午的選題會，她先給薛岩打了電話，知道他們一家快回來後，起身去會議室。走廊上有個中年男人在探頭探腦，側影有點眼熟，但急著開會她沒多想，轉身向會議室走去。

薛岩受傷了

尹辰主持會議，精神狀態頗佳。善於察言觀色的的小李從她臉上讀出好多資訊，今年的全國廣電評獎結果要出來了，看來她又有新斬獲了；那博老頭最近一定表現不錯，她臉上有被男人呵護的神色，光澤滋潤的皮膚和顧盼傳神的眼睛暴露了一切，難道她真的要和博文第二次握手？

會議進行到一半，尹辰的手機響了，她接完電話臉色就不對了。雖然會議還在進行，但她明顯心不在焉，又過了一會兒，她將會議交給了專案負責人，提前離開了。小李追出來，擔心地問：「姐，出什麼事了？你臉色很不好看。」

「哦，家裡有人出了點狀況，我得趕過去。」

「博文嗎？」

尹辰眼睛一瞪：「說什麼呢？」

「哦不，我是問嚴重嗎？需要幫忙言語一聲。」

「我自己去就行了，你幫我去填個公休假申請單，我來不及了，得趕緊走。」說完轉身就跑，突然又停住腳步回頭問，「去九華山，開車快還是坐火車快？」

「坐火車吧，你這麼著急慌忙的，開車不安全。要不我開車送你去。」

「別，你手上的事也不少，抓緊點。回頭別忘把今天的會議紀要微信給我。」說完就要跑，卻被一個人攔住了。

「你是尹辰嗎？」

「我是，你是……」尹辰發現他就是開會前在走廊上探頭探腦的那個人。

「看來我變化太大了，你倒是一點沒變，我一眼就認出來了。」

儘管剛才從側面看有點眼熟，但正面卻認不出是誰。尹辰急著要走，也來不及細打量，她急急地拱拱手：「對不起，我有點急事要出去，有事你回頭再來找我好嗎？」邊說邊往外走。

「我是畢旭呀！你和花五朵的同學……」畢旭追著尹辰。

尹辰已跑向車庫，畢旭的話她聽見了，卻沒反應過來。她這會兒腦子裡就是剛才那個電話。

尹辰接到的是王一平的電話，說薛岩在九華山下山時一腳踏空，摔斷了兩根肋骨。一家三口一路跑了二千多公里，穿越幾個省，沒想到在最後一個景點失足了。她跟小李說是家人出事，本是隨口一說，卻又並非隨意，潛意識裡還真有拿閨蜜當家人的感覺。除了父母，最走心的就是閨蜜了。雖然和博文最近又有梅開二度的跡象，但這關係與閨蜜不同，是超越尹辰把控能力的，就像行駛在沒有路標的高速上，不知道下一個出口或服務區在哪裡，更不知道終點是什麼。而與閨蜜的交往似乎更純粹，沒有功利和最終的目標要求，把控的技術含量也略遜。

尹辰跑進車庫時，想著該在「4是而非」裡發個消息，忙打開手機發了個微信：SOS，薛岩在九華山摔傷，我現在就開車過去。

車還沒出地庫，王曉陽來電話：「怎麼回事，傷的嚴重嗎？」

「先別問這麼多了，過去再說吧。」

「你在單位嗎？我去接你一塊兒走。」

「我剛要出車庫，你在哪兒，我去接你吧。」

「快退回去，我就在你電視臺附近，五分鐘就到。」

尹辰就將自己的車又退回了車庫，在等待王曉陽的五分鐘裡，她想到了剛才碰見的畢旭。呀，畢旭，花五朵的初戀。他怎麼突然出現了？

王曉陽的車來了，尹辰不想了，開門上了車。

兩個人一上路就給王一平打電話詢問薛岩的傷情。王一平說薛岩罵他了，怪他不該告訴她們。不一會兒，薛岩自己開始在群裡說：「你們不要來，我過兩天就可以回來了，醫生說了，在家裡靜養就好了。」

尹辰說：「你就別管了，我們已經在路上了。你出去那麼多天，我們也想你了，就算提前幾天和你團聚了。」

「你們那麼忙真的不該來，趕緊掉頭回去吧。都怪王一平多嘴。」

王曉陽在開車，她對尹辰說：「放免提，我說幾句。」

尹辰將手機微信調至語音放到王曉陽嘴邊。

「姐姐你也太狠心了吧，拋開我們二十多天，你就不想我們嗎？要說忙你是最忙的，管著上百號人呢，都能丟開一切來個說走就走的旅行，我們又有什麼不可以丟開去看你的呢？哎呀我想死你啦！」

尹辰在一旁咂嘴：「嘖嘖，你這糖尿病的嘴。」

王曉陽哈哈大笑：「不過我還真是想你們幾個鬼了，從薛岩出去後我們就沒聚過呢。」

尹辰這才突然想到了花五朵：「哎呀，忘記給五朵打個電話，她又沒車，回頭該怪我們了。」

「我們在群裡說半天了，她應該知道呀！我就是看了你發的 SOS 才知道的呀！也許她忙，沒看見。或許在跳舞吧，手機沒在身邊。哎呀你也別多想了，如果她真有事也去不了呀！」

「我是畢旭呀！你和花五朵的同學……」尹辰又想到剛在追在她身後的話。

多少年了？真是當面不認識了。尹辰努力回想著他當年的模樣，難怪在走廊看著眼熟，但正面卻沒認出來，人到中年發福了一些，凹陷的兩腮填平了些，看著比過去還帥。雖然皮膚還是那麼黑，卻是飽含著滋潤的帶光澤的黑，比少年時的亞光黑更顯男人的魅力。他怎麼會找到我的呢？不是應該直接去找花五朵嗎？

「她真應該買個車。」王曉陽打斷了她的思路。

「你說誰？」

「花五朵呀，我還真是不能理解，如果是我，在美國開慣了車，回來突然沒車了還真受不了。一直沒車也罷了，用習慣的東西突然沒有了，不行。」王曉陽說著頭直搖。

「好好開你的車。」

「真的，這日子不能倒著過，從無到有可以，從有到無就難過了。她又不是買不起。」

「不是錢的事吧，國內這路況她敢開嗎？再說，她可是全家人的寶貝，一大家子人擔心著她的安全呢！」

「對，不像我姥姥不親舅舅不愛，野草一棵。」

「我愛你呀！」尹辰說著自己先笑起來。

「哎呀你這糖度也爆表呀！」

「我這是近糖者甜呀！」

「我要收版權費喲！」

「哎對了，你這幾天沒碼字兒嗎？怎麼有空開車閒逛？」

「那裡呀，這幾天跑出版社印刷廠忙壞了。我又不能像你可以指揮部下跑腿，我是從頭到腳都得自己忙。」

「不是吧，你新書都寫完了？太神速了吧！你這哪是寫書呀，分明是在畫人民幣呀！」

「不是的，是舊作再版。我做了一些修改，所以多了些麻煩。」

「跑印刷廠不該是出版社編輯的事嘛，怎麼你還深入一線？」

「快年終了編輯在忙社裡的大選題，政治任務不得怠慢。我是想趕在春節前出來，所以只好越俎代庖。你呢，怎麼可以說走就走？今天是週二，你可是雷打不動的選題會呀！」

「一般情況是這樣，可這不是緊急又特殊的情況嘛！你不也放下書稿往薛岩那兒趕，不也是覺得這事比較緊急嘛！」

「要說緊急，我的書還真的很急，不然我也不會親自跑印刷廠，但我那事晚點不會關乎人的性命，相比之下還是薛岩這事重要，更重要的是還關乎友情。」

「其實閨蜜處久了也似親情，我剛才在臺裡就脫口而出說家人出事了。」

「還真是呢，閨蜜之間難免也會有磕碰，不過不傷筋骨的一會兒也就過去了。」

尹辰看著王曉陽，王曉陽直視前方，但知道尹辰在看她，突然她大笑起來，尹辰遲疑了兩秒鐘，也爆發似地大笑起來。

三個小時後，她倆已坐到薛岩的病床前。但花五朵一直沒有消息。

混血要進島

花五朵在幹什麼呢？

尹辰在「4是而非」裡發 SOS 時，她正靠在床上與混血 QQ 熱聊，她聽到微信裡有消息進入的聲音，但沒看。這會兒有什麼事會比與混血聊天更重要？

微信與電話不同，重不重要得看讀信人的選擇，想看就重要，不想看就不重要，就是看了也可以說不重要，就是再重要我也可以說沒看。花五朵開始不是假裝沒看見，是根本無暇看，後來看見了卻在猶豫要不要表示看見，因為混血正在說，他來中國的機票都訂好了。他說：

「I hope to see you soon and get retirement in China, then live a quiet and satisfied life with you.」（我希望很快見到你，希望以後就在中國退休，然後和你一起過平靜滿足的生活。）

他說他現在就要和她商量退休後在哪兒定居，如果決定到中國，他這次來就把他所有的錢都帶過來，他們可以在上海或是她居住的城市買套房子。當然，這還要取決於她是不是下決心嫁給他。這事實在太重要了，關係到花五朵下半輩子的幸福；這事也很緊急，混血過兩天就要去參與一個很大的投資案，在接下來大約一周的時間裡他不能與外界聯繫，當然也不能與她聯繫。他會被封閉在一個小島上為投資人操盤，這是公司的規定，也是為投資人的資訊安全。不過，這個案子成功的話，他將有二百萬萬美元的傭金。他希望用這筆錢，由她做主在中國買婚房。

花五朵的心亂了，這情意已不能用金錢來衡量，更不能與兩百萬美金換算。混血最後說，給她兩天時間考慮，決定嫁給他就將她的銀行帳號發給他，一周後他會將兩百萬美金直接打給她，如果拒絕就別再與他聯繫，就讓他一個人傷心去吧。說完，混血就下了線。花五朵心裡突然就被一種道不明的東西扯了一下，又扯了一下，頻次在增加，還間或伴有痛感，痛感在體內蔓延，在阻礙她的思考。

在她下決心發出她的銀行帳號後，心裡那個不可名狀的痛感便轉成了期待。很久沒有這樣的感覺了，好像與臺灣丈夫確定關係後，在國內等待他來幫自己辦出去時，有過這樣的感覺。花五朵靜靜地好好享受了一會兒這樣的感覺，才突然想起薛岩受傷的事，她讀完「4是而非」裡的消息，知道尹辰和王曉陽已經到達九華山，她立刻在群裡問薛岩的傷情，抱歉地說自己才看到，沒趕上和尹辰王曉陽一起過去。然後說，也真是不巧，大姨媽突然來了，量很大，幾乎不能動，一動就稀裡嘩啦。本來是靈機一動撒個謊，卻突然感覺身下一熱，大姨媽還真就來了。哇太神奇了，太美妙了，我的大姨媽沒走，我的混血呀，我不會虧待你的！

看來那麼多中藥沒白喝，她興奮地跳起來，身下呼啦一下就染紅了床單，一旁的薩摩耶也興奮起來，立刻撲上去要品嘗那熱乎乎的血腥，若在平時花五朵一定會大叫起來，一定會痛打這狗東西，這會兒她卻哈哈大笑著：「吃吧，吃吧，這可是老娘血染的風采呀！」

看不到花五朵的興奮，尹辰卻在擔心她，一個勁兒地催她趕緊去醫院。

尹辰@花五朵：「別是大出血呀，趕緊要止血，弄不好要清宮，比生孩子還要疼幾倍，而且這個年齡血流多了傷了身體難恢復，不可掉以輕心啊！」心裡還想著要不要將畢旭來找的事情告訴她。

王曉陽@尹辰：「你生過孩子嗎，咋知道清宮比生孩子疼？」

尹辰@王曉陽：「沒吃過豬肉還沒見過豬跑呀，我一個同事就這情況，血止不住最後刮宮，疼得恨不得自殺。」心說，還是暫緩告訴花五朵畢旭的事吧，免得刺激她。

王曉陽@花五朵：「別聽尹辰咋呼，你就是進入更年期月經開始紊亂了，沒什麼大不了的。」

尹辰@花五朵@王曉陽：「不管是不是絕經前的紊亂，血流不止還是不可小視。」

薛岩也說話了，她@花五朵：「你照顧好自己吧，我沒事的。」

王曉陽的話花五朵不愛聽，什麼進入更年期開始紊亂，你是盼我老呀。可她們對她的擔心，又讓她心生內疚，還是應該去看看薛岩的，但是這會兒再趕過去又有些畏難，不管怎麼說這大姨媽還在，出行總是不便。

她們還在群裡勸著：「別來了，在家好好休息，過兩天我們陪薛岩一起回來再聚。」花五朵也就安下心來，繼續想她的混血。

待尹辰和王曉陽陪著薛岩回來的時候，混血也從島上回來了。薛岩多待了兩天，混血提前了兩天，正好撞上。這一撞車又讓花五朵為難起來，本想趕緊去看薛岩，但混血這裡又有急事，說她媽媽突然生病住院，她知道了兒子的喜事後，想立刻見到 Rose，所以要她趕緊將護照資訊發給他，他要給她訂機票。混血就與她商量著，是不是他們就在加拿大把婚禮辦了，花五朵說不行，她還希望有自己家人的祝福，所以婚禮還是在中國辦好。而且她心裡也很想讓她的閨蜜們見證她的新生活。

這麼商量來商量去的，對薛岩那邊就只好連續劇又加了一集，說大姨媽還賴著沒走。其實這次的例假只來了兩天就沒了，特別乾淨利索，不像以往拖泥帶水的還要漸行漸遠一下。花五朵不知道這是好事還是壞事，是吃了藥後子宮內膜不再隨意的脫落，還真的是忽少忽多的更年期紊亂？剛起的興奮勁兒又被不明的疑惑打回去不少。

不管怎樣藥還是再吃一陣吧，都說中藥沒副作用且療效慢，那就吃著吧，反正薩摩耶已經習慣這個味道了，晚上又攆不走地要上她的床了。她就突然想到不知道混血喜不喜歡狗，她撫摸著薩摩耶說：「你以後要自己睡了，兩個月後我幫你找個老婆吧，咱們一起披婚紗。哦不對，你是男的，應該給你穿燕尾服，哈哈……」她喜不自禁地與薩摩耶滾在一起。

第二天，她還真在淘寶上給薩摩耶搜到了燕尾服，她量了薩摩耶的尺寸，立刻訂了一件。特別選了領結是橘紅色的那款，因為她想像中，混血還是繫大紅色的領結好看，她不想牠與他是一個顏色。

畢旭來了

從九華山回來的第二天，畢旭又來了。

尹辰奇怪他怎麼掐得這麼準？原來他天天打電話到臺裡，是小李告訴他尹導回來了。他說是從電視節目上看到了尹辰的名字，又在百度上搜到了她的照片，確定這就是當年花五朵的要好同學後，才來找她的。

看來還是為找花五朵，倒是不忘舊情，現在這樣的男人是稀罕物。尹辰就釋放出善意，帶他去電視臺附近的咖啡館坐坐，那裡聊天也方便。

「你怎麼樣，這些年好嗎？在哪兒高就呢？」要的咖啡、點心上來後，尹辰關心地問。

「我一直在那個廠子，沒動過窩。」

尹辰心裡的好感又多了一層，這麼有定力的男人，當年倒沒看出來。雖然接觸不多，但他畢竟是最好的朋友的初戀情人，他們總是打過幾個照面。那時的印象是人挺英俊，就是有點招搖。也難怪，那年月多少當官的靠邊站，還能讓兒子招搖的也沒幾個，值得得瑟。

「我記得那是家國營大廠，看來你們效益還不錯。」

「後來改制了，我是大股東之一。」畢旭說著遞上一張名片。

「東方電子集團董事長，哇塞畢董事長！我真是失敬呢！」想起那天讓人家一個大董事長追著屁股跑。

「花五朵走後，我覺得什麼希望都沒了，只有埋頭幹活兒了，就一步步到了這個位置。」畢旭臉上有憂傷、無奈和堅毅的混合表情。

沒想到花五朵的出走還這麼勵志。當年花五朵要是跟他在一起，也許還沒有今天的畢旭，花五朵也不會是今天的花五朵。孰好孰壞？尹辰沒有接話，不知道該讚揚他的步步高升，還是安慰他的無奈之擇。

「你和花五朵是好朋友，我聽說她回來了。」畢旭開始逼近他此行的主題。

「她回來好些年了，一直沒有聯繫你嗎？或許是她不知道……」

「你知道她有個兒子嗎？」

「知道，在美國跟她爺爺奶奶過呢。」

「那，那兒子應該是我的。」

「什麼？」尹辰剛端起咖啡又放下了，「不、不可能吧，我看過那孩子的照片……」

「兒子都像媽媽……我們原來一直有聯繫的，從我問她孩子是不是我的，她就不再理我了，再寫信就都給退回來了。」畢旭狼狽又沮喪地低下頭。

尹辰腦子裡則亂得像倒進一盆漿糊，她不知道她的髮小後來又發生了什麼故事，所以對這突然冒出的劇情有點丈二和尚摸不著頭腦。

「你們不是分手了她才嫁出去的嗎？」她還在理前後順序。

「她出國的前兩天我們還在一起……都是她爸逼著她出去的，五朵對我還是有感情的，所以一直瞞著她爸與我交往。她嫁出去我不怨她，我那時候只是個小工人，沒法跟人家比。」如此的低眉、隱忍，讓尹辰很難將他與名片上的董事長重疊起來。無論從哪個角度，他都是一個帥氣、魅力十足的成功男性，怎麼就被花五朵降格成這樣？

「你後來結婚了嗎？」

「結了，本來……」他明白尹辰的意思，「本來也就算了，後來碰到她爸爸，他說花五朵有兒子了，我一算出生日期覺得那應該是我的兒子，和她臺灣丈夫不會那麼快。」

「什麼叫快？你說她出國前還跟你在一起，可她出國前也已經和她丈夫在一起了呀！怎麼能證明孩子是你的呢？」

「這……可是，為什麼我一寫信問她這事，她就不再理我了呢？她完全可以跟我說清楚呀！」雖然還有懷疑，但問號的力度已經銳減。

「你也真是的，這麼多年就為這事糾結？」

畢旭有點不好意思：「你知道，我們家幾代單傳……」

「我不知道。」尹辰心想，跟你有那麼熟嗎？

「喔，你是不知道……」氣氛就有點僵滯。

「你找我就為問這事嗎？」

「我，我是想……她現在好嗎？」

「她現在單著呢，不過，你已經……」她想說，你已經有家室了。這麼一想，心裡就為花五朵惋惜，就是現在他倆站在一起，也顯著那麼般配。人生若能重來……

薛岩不想動手術

花五朵決定去看薛岩了，正好是個雙休日，尹辰和王曉陽也說要去，三個人就約好一起去薛岩家。好久不聚了，四個人特別興奮，儘管薛岩還躺在病床上。傷筋動骨一百天，這是多少年傳下來的老話，一想到薛岩還要在床上躺那麼多天大家又都很沮喪，少一個人連一桌牌都湊不起來。

薛岩說，有可以迅速好起來的辦法，就是微創手術，醫生說術後一個星期就能站起來。要在過去，她一定是躺不住的，一定是什麼方法能讓她迅速站起來就用什麼方法，但是現在不一樣了，她不再那麼視工作為生命了，她更注重自己這個生命的本源了。她上網搜了一下，這手術還是有一定風險的，她不想冒這風險。她說人的身體就像一個密封艙，有自成一體的壓力調節，一旦開艙就漏了元氣，之後再怎麼補也找不回來了，所以不到萬不得已都不要輕易開艙，中醫說的不要傷元氣就是這個道理。反正這麼靜養著也能好，何必去冒那個風險呢？

「我也想通了，這地球離了誰都轉，我出去這麼多天公司運轉良好，我算是知道自己的存在值了，別太高估了自己。所以呀，乾脆好好休息，我雖然摔傷了，但一點也不後悔，這趟出遊，值！」她歪著頭用吸管就著水杯喝了口水繼續說，「這回出去也讓我想明白很多事，特別是遇到一位世界五百強企業的 CEO，也是我們的同齡人，沒到退休年齡，可是人家不幹了，他說他的餘生就想為自己活著，怎麼開心怎麼舒服怎麼活，這才是活著的意義。前半生的所有努力，也就是為了現在能這麼隨心所欲地的活著，何不給這樣的活法多留點時間？他說如果一個上五十歲的男人還在為事業打拼，只能說明一點，這個人的能力有限，無論怎麼打拼都是徒勞的。」

三個女人對視了一下，認真琢磨著這句話。

「雖然我不如人家有能耐，但這句話對我觸動很大，所以呀，我也考慮著該往後退了，退下來過自己想要的生活。對了，我還聯想到你們，如果一個上五十歲的男人追你，以他還在打拼的事業來取悅你，你就得考慮考慮了，說明他還沒有能力享受生活，而我們這個年紀就應該是享受生活的時候了。」

沒想到薛岩話鋒一轉竟說到她們身上，這倒讓王曉陽和花五朵有了訴說自己近期情事的接口。尹辰沒有這個欲望，因為她穿舊鞋走老路的事情沒什麼值得炫耀，她不僅不想說，還怕她們問起。只是關於畢旭，她還沒想好要不要跟花五朵說。

王曉陽早就憋不住了，要不是薛岩摔傷她也不會忍到現在。她有意清了下嗓子，意思是讓花五朵別搶了她發言的機會。「我要向你們報告一個特大新聞，是你們無論如何都想不到的。」她看著大家的反應，並不急著往下說。尹辰習慣她的大驚小怪，對她賣出的關子並不表示好奇。薛岩看了看尹辰，也穩住了自己，只有花五朵有點著急，但看了尹辰與薛岩的態度，也忍住了。

王曉陽有點掃興地再次強化她的懸念：「我說出來你們一定會嚇一跳。」

「那就快說吧！」花五朵終於忍不住了。

尹辰和薛岩對視了一眼依然不動聲色。王曉陽有點急了，她大叫一聲：「鐘昊有老婆！」

這真是驚著她們了，三人的神情總算達到了王曉陽想要達到的效果。她繼續刺激她們的驚詫：「他老婆來找我了，一個比他小二十歲的丫頭片子，她給我看了他們的結婚證。」

如果不是有傷，薛岩一定會從床上跳起來，但她還是有要跳起來的下意識，所以只聽她大叫一聲：「哎喲！」殃及了傷口。

王曉陽趕緊去扶她躺好。「哎呀，我不說了。」

「別，你說完，不然我更難受。」

尹辰對王曉陽說：「你慢慢說吧，別叫。」

「我哪裡叫了，不就是說話聲音大了點，我不一直是這樣說話嘛！」她突然心裡就有委屈，說話的聲音更大了。

「怎麼回事，他怎麼可以這樣？我要找他！」薛岩說著又要欠起身，被尹辰摁住了。

王曉陽沉吟了一會兒，放緩了語速也降低了音調，將事情的前前後後說了一遍。她說完了看著她們，三個女人卻為猝不及防的驚詫而沉默了，或許是一時不知該說什麼好。王曉陽突然又說：「鐘昊說，薛岩是他的初戀。」

第一顆炸彈的硝煙還沒散去，第二顆又緊追而至，大家被震暈了，匍匐著不敢發聲，只將原本投射在王曉陽身上的目光，瞬間轉到了薛岩身上。

因為傷的是筋骨，無礙內臟，除了不能動，薛岩的氣色上本無病態，但這會兒的臉色卻真是個病人了。

尹辰有點擔心地看著薛岩，薛岩還是有想起身的意思，尹辰就給她墊了個枕頭，讓她稍稍欠起點身子。薛岩看了王曉陽幾秒鐘才語速平緩地說：「我沒告訴你是想讓你自己去感覺去接觸，不想給你有任何先入為主的東西。但沒想到他……既然這樣了，你就別理他了。不過我還是要找他算帳，他怎麼可以這樣？他怎麼會變成這樣！」說著說著就來了火氣，就想到當年他明明有了未婚妻還來招惹她，這回又……竟讓她在同一條陰溝裡翻兩次船！還讓她羞愧於閨蜜。

這一動氣又牽動了傷處，薛岩倒吸著涼氣。

「哎呀你別氣了，事情已經過去了。我都不氣了，只是告訴你們實情而已。」王曉陽突然語氣一轉，似乎是真的不生氣了。至少是沒有生薛岩的氣，要不也不會在第一時間奔去九華山。

「我不會原諒他。」薛岩還是忿忿地難以平伏。

「他還一直在求我原諒。」王曉陽說。

「你們還有聯繫？」

「現在都是他聯繫我。」

「別理他，刪了他。」半天沒說話的尹辰和花五朵異口同聲地說。

「那倒不必，我沒那麼小心眼兒，不做情人也可做朋友呀。」

「這種人還能做朋友？」尹辰不能理解。

「這就是我的寬容啊，不管和誰分手都不會成敵人，包括我的前夫，是他出軌對不起我，但我們現在還是像朋友一樣客客氣氣的。」

不管理解不理解，認同不認同，大家都一時無語。

混血匯出兩百萬美元

就在王曉陽接連扔出兩枚炸彈，將大家炸得腦仁四裂之時，花五朵手機上突然接到了混血發來的一顆溫柔之彈，說他已將兩百萬美元匯出，同時發來了匯票的截圖，花五朵不日就可收到這筆鉅款。

如此反差的境遇，讓花五朵幸福得不能自已。但她此時卻不敢露「福」，露出來無異於在別人的廢墟上炫耀自己的高樓。但王曉陽卻突然轉移了話題，指著她和尹辰說：「你倆也彙報一下吧，最近都在幹什麼，有敵情沒？」

尹辰立刻舉起雙手：「平安無事。」

「我，我也沒事……」花五朵不敢說。

「有就說嘛，我不信你會沒點戰事。」王曉陽見過她的文森，雖沒向尹辰和薛岩透露過，但對花五朵的不甘寂寞多少有點領教。

花五朵眼神萌萌地掃視著每一個人，眼裡是欲蓋彌彰的顯性流露。同時還有潛臺詞：你們要我說嗎？是你們讓我說的，我說出來別怪我喲！那詭譎的表情就是等你掀蓋頭，大家都看著她，心想大幕都拉開了，你就別扭捏了。她就像下了很大決心似地說了。

「我認識了一個混血，是中澳混血。他是加拿大一家金融投資公司的高級經理人。他對我一見鍾情，而且，而且已經向我求婚了。」她想控制一下自己的興奮和說話的節奏，但是沒做到。

「這麼快，在哪認識的？」王曉陽已經忘了自己的事。

「我正要跟你們說呢！」她情不自禁地一手拉著尹辰一手拉著王曉陽。「趕緊去網上找，什麼世紀佳緣、珍愛網、我主良緣啦都可以。」

「你是網上找的？不靠譜吧！」王曉陽直搖頭，她看了一眼尹辰，發現她也是一臉懷疑。

「你們別那麼保守好不好，現在是資訊時代，還靠朋友介紹對象是不是太小腳老太了，而且也未必靠譜。」她是脫口而出的，突然覺得失口，沒敢看薛岩，頓了一下繼續說，「我知道你們人脈都挺廣的，但你人脈再廣能廣過網絡嗎？所以不都一單就是多少年嗎？我是後悔沒早點走這一步，在澡盆裡舀水和在大海裡暢遊那就不是一個等量級的。你們上網去看看，哇好男人多得是，你去慢慢淘吧。」

王曉陽笑起來：「上淘寶呀，包郵不？」

「包退換，不行就換一個。你還可以把幾個男人都放進購物車裡，慢慢挑選，合適就多看兩眼，不合適立刻刪除。」

「還真像網購。」尹辰揶揄道。

「婚姻說白了也是購物，按質論價，要不怎會有寧在寶馬車裡哭不在自行車上笑的說法呢？所謂的門當戶對不也是一種明碼標價嗎？你說的介紹婚姻的穩固不就是價碼合適的婚姻交易嘛！」

「那愛情呢？」薛岩問。

「這話你最不該問，你和王一平沒有愛情嗎？有對等的價碼才有對等的愛情，這樣的愛情才可以持久。我覺得我的理論是對尹辰婚姻理論的補充。」

尹辰聳了一下肩，不以為然。心想，現在的花五朵畢旭還敢要嗎？

「別扯遠了，說說你的中澳混血。」王曉陽拍拍花五朵，拽回話題。

「現在通過網上找對象結婚的成功案例太多了，我也是一個成功的實踐者向我推薦的。」

「好了，說混血。」王曉陽又拍了她一下。

「你們看，這是他剛剛給我匯出的錢。」說著將手機遞給她們看。

「哇兩百萬刀，就是一千多萬人民幣呀？」三個看手機的人都抬起頭來，吃驚和疑惑並存。

「這是他最近一個投資案的傭金。還有兩個多月他就要來中國工作了，他說要帶著他所有的錢來中國和我一起生活。」

三張嘴巴大張著，一時找不到合適的詞語對花五朵的新故事做出反應。

「我今天可不是來曬幸福的，是來告訴你們兩個單身的優秀女人，別在什麼博文和鐘昊身上瞎耽誤功夫了，睜大你們的眼睛去網絡上撒網吧，很快就會找到你們心儀的男人的，我才上去幾天呀，就遇見我的混血了。」

薛岩有點遲疑地：「你那麼肯定……還沒見過面，他長什麼樣？」

「我有他的照片。」花五朵似乎就在等薛岩這句話，立刻將手機裡存儲的混血照片翻給她們看。「你們看，他隨時隨地的給我發照片，讓我瞭解他的全部。他還讓他的兒子和我聊天，他兒子已經叫我 mom（媽媽）了。」

「除了照片，你們視頻過嗎？」薛岩又問。

「他公司有規定不可以用智慧手機。」

「那他兒子呢，和你視頻了嗎？」

「沒有，他兒子在寄宿學校，我沒想過要和他視頻。」

「你最好和他視頻一下。」

「你是懷疑嗎？人家兩百萬都寄來了。」花五朵有點不悅。

尹辰突然決定說說畢旭：「你還記得畢旭嗎？他來找我了。」

「畢旭，找你？」這話確實太突然，不僅花五朵愣在那裡，薛岩和王曉陽也愣住了。今天是什麼日子，怎麼一個個的爆炸新聞？

尹辰繼續說：「其實是為找你，他對你還是念念不忘呢。」她將畢旭的名片拿出來遞給花五朵。「人家現在是一個大集團的大 boss 喲！」

「畢旭？名字好熟。」王曉陽說。

「花五朵的初戀，她跟我們說過的。」

「哦想起來了，那個高幹子弟，很帥，現在還帥嗎？」

「要我看，比過去更帥。」尹辰注意看花五朵的反應。

花五朵拿過畢旭的名片，在手裡像玩撲克似地翻轉了幾下，扔回給尹辰，然後做了個漂亮的轉身：「過去的就讓他過去吧，我可是一匹好馬，好馬只會往前走，我騎著馬兒過草原……」因為跑調她從來不唱歌，但這句唱得倒挺準。

尹辰還想說什麼，王曉陽使了個眼色，示意她別掃了花五朵的興，轉而對花五朵說：「對，好馬不吃回頭草，現在混血都給你寄錢了，你就等著鉅款來了當富婆吧！」

薛岩也想說點什麼，卻欲言又止。

王曉陽繼續跟花五朵起哄：「哎呀呀，我要找個最好的飯店，不對，最貴的飯店好好宰你一頓！」

「那是必須的。」花五朵開心的和王曉陽摟抱在一起。

看得見江景的房子

花五朵繼續著與混血的熱戀，她早上眼睛一睜，就會看到混血發來的情書：

「小甜心，在嗎?我每天早上醒來，走進我腦海的第一個人就是你，我也奇怪，但這是事實。你俘獲了我的心，我無時無刻不在思念你。你是我見過的最美麗善良的女人，我要走進你的生活，和你永遠的在一起。雖然我們認識時間不長，但我卻感覺認識了你一生。我的思維裡有百分之九十的空間都被你占有了，真希望我能快點見到你。」

每天都有這樣熱辣辣的情書等著你醒來，開啟你一天的生活，花五朵走路都像走在琴鍵上，隨便怎麼蹦躂都是動聽的旋律。現在每天除了定時與混血網聊，就是到處去看房，她心裡盤算著，等兩百萬美元一到，就先把房子買了，雖然混血後來說這是給她的定情禮，買房的錢等他來中國時帶來，但花五朵已經等不及了，一是房價天天在漲，二是她看中的並不是他的錢，只要兩人感情好，錢放在誰的口袋裡都一樣。再說，如果她將房子提前買好，還能給他一個驚喜呢！

千挑萬選的，終於在城市的西邊定下了一套能看見江景的房子，準備付首付時正好接到一個郵件，說她有筆大額匯款在途中，需要她的確認，她趕緊按照郵件的要求一步步做了確認。售樓小姐問她餘款是做按揭還是付全款，她毫不猶豫地選擇了付全款。

售樓小姐長得很漂亮，身材也好，走在大街上一定是回頭率極高的。但資深美女花五朵輕飄地說出付全款時，還是驚著了小美女，這可是總價一千萬的房子呀，這老女人竟然眼睛都不眨。小美女揣摩著花五朵的身份，不是大款的老婆就是大款的媽。看這年齡不像有已經發跡的兒子，那就一定是大款的老婆。如果是原配，這女人一定挺有手腕，不然老公不會留她到現在，關鍵是還讓她掌握著經濟大權。

雖然她是個風韻猶存的女人，年輕時或許是個校花、廠花什麼的，但臉上的年齡再怎麼模糊，那怕你像明星一樣花大錢去整容，身體的肌能是模糊不了的。你的卵巢還在分泌激素嗎？你的宮頸還能收縮自如嗎？你還能在需要的時候立即濕潤嗎？所以很多男人在找小三的時候，並不是嫌老婆不漂亮了，有的小三還不如老婆漂亮呢，而是做那事時不再有激情了。生活中沒有激情的男人，工作和事業上一定沒有激情。也正因為此，有許多男人有了小三卻並不想和原配離婚，就像電腦內存不夠要外接一個硬碟一樣，他們需要一個外接的激情。小美女最後下定論，這老美女的老公一定是有外接硬碟的。

小美女沒把花五朵想成小三或者她本人就是大款，因為她覺得當小三花五朵已經超齡了，而她自己是大款的可能性幾乎為零。小美女一直做高檔樓盤銷售，見過的有錢人多了去了，有錢的女大款也見過。女人花自己的錢和花男人的錢的感覺是不一樣的。花男人的錢，是一種希望天下別的女人都知道的幸福感；花自己的錢，是向天下的男人宣告，沒有你們我活得更好的霸氣感。小美女從花五朵的言談舉止上判定，她花的不是自己的錢。

花五朵不知道小美女對她的判定，不然會覺得冤枉死了，人家至少現在花的是自己的錢。那兩百萬刀還在天上飛呢！

花五朵自己幸福還不夠，還不時的在「4是而非」裡曬幸福。王曉陽不為所動，因為鐘昊的離婚已進入倒計時，儘管由於她的「出賣」，鐘昊因過錯方在財產分割時損失了一多半，但他離婚的心已是王八吃秤砣。他向王曉陽及時地彙報離婚的進度，包括他將一套房一輛車及三分之二的存款都給了小他二十歲前妻的離婚成本。

王曉陽就有點內疚，覺得是自己讓這個男人損失慘重。而這個男人除了隱瞞他這不幸的婚姻，除了這不幸婚姻造成的困擾，除了這困擾造成對她的若即若離，其他的……她還說不出有什麼不好。特別是現在，他像完全換了個人，對王曉陽主動問寒問暖，每天去哪裡做什麼都及時向她彙報，儼然把她當成了家人。王曉陽開始是愛答不理，就像當初他對她一樣，慢慢的就跟他討論起家事來。比如他要將兩套房中的一套給前妻，給哪套呢？他徵求王曉陽的意見，王曉陽就認真地就兩套房的地段、大小、房型做比較，最終幫他做了選擇。

前面說過，尹辰是個容易受別人影響的人，花五朵的網上戀愛她雖然將信將疑，但經不住她不斷的鼓動，心裡就泛起了小小的漣漪。不妨試一試？就在花五朵的指導下上了一個婚戀網。果然如花五朵所說，剛剛註冊、登記、繳費完畢，就收到了數封來信。她認真地看信，認真地回信，把自己的姿態放得很低，以示真誠。

因為是生手，很多地方不會操作，就不停地打擾花五朵。好不容易弄明白了，自己竟厭煩起來，因為要面對那麼多的人，說的都是初次交談要說的同樣的話，比如介紹自己和聽對方介紹他自己，十幾個回合下來她就沒了耐心，最主要的是激不起任何情緒，這實在與她心中的愛情相去甚遠。就算是有個把條件還相當的，稍微多聊幾句就沒了感覺，如此三番就覺得很無聊，浪費了時間還稀釋了內心對至尊愛情的神聖膜拜。

能被花五朵鼓動上婚戀網，還有一個重要原因是她看不到與博文的前景。他像是讀透了毛澤東的《論持久戰》，你進我退，你退我擾。尹辰想把他倆的關係弄明白，他卻似有意要模糊這份關係。有時尹辰覺得他倆就像在演京劇《三岔口》，黑燈瞎火裡推太極，誰都不明說，卻誰都沒閑著，既費心又費力。她就萌生退意，還是各自分飛吧。但博文總是在你欲退之時來了消息，「一起吃個飯吧」或是「有個詩文雅集，一起去吧」。尹辰便立刻就範，根本就沒有拒絕的「私」字一閃念。

去之前總有期待，相聚時又總有不適。比如他問，你那幾個閨蜜怎麼樣呀，我看你還是遠離她們的好，這一個個的不會給你什麼好的影響。尹辰問他為什麼這麼說？他說，一個搞軟件的，跟你沒有對話的接口；一個暢銷小說作家，對你的工作不會有深度上的啟發；一個摟著不同男人跳舞的，更會影響你的世界觀。尹辰說，薛岩做事的條理性，王曉陽遇事的灑脫性，花五朵處事的自主性都是我所缺少的，我為什麼不可以取他人之長補自己之短？

話不投機，不歡而散。

分手時就想，就此與他老死不相往來。幾天之後這決心就稀釋了，到他再來約時已了無蹤影。將這關係再往前走一步吧，又覺舊疾未癒。這麼糾結著跟離婚前一樣，那時候尹辰糾結於他們還算不算夫妻，現在糾結於他們這算什麼關係？心裡如此的不能釋然，每次與博文見面就不能坦然，遠近輕重的拿捏就很難掌握。

在與博文的關係上，幾個閨蜜的意見是不統一的。薛岩主張先有主題再作文章，否則目的不明如何行文？王曉陽主張邊寫邊想主題，她小說的主題往往就是在寫作的過程中逐漸明晰的；花五朵主張腳踩西瓜皮滑哪算哪，要什麼主題呀，有個男人總比沒有好。她還有一個現實的考量，她說單身女人難免會有單身女人解決不了的問題，萬一有個什麼需要幫忙的事，比如換個燈泡、搬個重物什麼的，叫前夫總比叫別人強，還不用還人情。

王曉陽問尹辰：「如果你有事叫博文，他會來嗎？」

「會……吧」

薛岩說：「如果你連這點都不敢肯定，那就不必和他交往了。」

「我想他會的，上回我出差，他還特別叮囑說，如果我爸媽有什麼事可以找他。」

有這態度，閨蜜們也就不再說什麼了，一切看尹辰自己了。不過尹辰心裡想著，有事也不會叫他，不是賭氣是不想有求於他，畢竟不是一家人了，她做不到無償使用還心安理得。

薛岩與鐘昊

花五朵一場舞跳下來已是大汗淋漓，有點技不如前的感覺。難怪說要功不離手曲不離口，才幾天不跳腿腳就有點不跟趟了。前面是為了大姨媽，後面是為了混血，跳舞的時間減少很多，感覺最近都有點胖了。雖然混血後來改變主意，說她不必趕去加拿大，他母親已病情好轉，馬上就要出院了。但剩下的兩個月也就一晃，他們很快就要見面，那條最顯身材的裙子竟然拉不上拉鍊了，她決定恢復既往的跳舞時間，要在最短的時間內，將體重減下來。

從舞池出來，花五朵看到QQ上有混血的留言，說他的匯款被銀行攔截了，因為是向境外匯鉅款，為保資金安全，必須繳納百分之一的保險金，匯款才能出境，否則將全部退回。混血說，如果他選擇繼續匯款，銀行就會給收款人發一封郵件，收款人按郵件提供的帳號付出保險金，錢款就能出境了。而收取的保險金會在花五朵收到全部錢款後返回，如果選擇停止匯款，匯出的錢就會退回去。混血說，早知就不急著匯錢了，不如等他回來的時候一併帶過來，現在倒給她添麻煩了。花五朵算了一下，兩百萬美元的百分之一是二萬美元，約合人民幣十三萬多，想了想銀行卡上還有五十萬左右的可流動資金，就立刻回了混血：繼續匯款。

不選擇繼續也不行呀，新買的房子要付全款，沒有這兩百萬美金還真不行。

果然，花五朵剛到家就收到了讓她付保險金的郵件，她趕緊登上自己的網銀，輸入郵件提供的帳號，輸入金額，在敲最後的付款確認鍵時，她有片刻的猶豫，但很快就釋然了，是自己選擇的繼續匯款，混血並沒要求她這麼做。再說，他付出那麼多真情怎會看中這點小錢，啊，呸，我怎麼能這樣懷疑人家，真真是褻瀆了我們的感情。手指一摁，二萬美元付了出去。幾秒鐘後，一封新郵件跳出來，是加拿大銀行收到她保險金的回函。她舒了口氣，更加為自己剛才的懷疑自責。

雖然王曉陽沒有埋怨薛岩將隱婚的鐘昊介紹給她，但薛岩心裡卻過不去這個坎。她給鐘昊打電話：

「我摔傷了，你不來看看我？」

如果不是這個理由，鐘昊真可以賴著不見她，他不想見她，他無顏見她。他也知道，薛岩是故意以這個讓他無法拒絕的理由召見他。

鐘昊驕傲了一輩子，他所經歷的官場、商場，就幾乎沒幾個讓他看得上眼的人。他的自負成就了他已經成就的一切，他的自負也把自己裝進一個看不見的牢籠，像一個玻璃罩，外表很亮堂，質地卻是易碎的。

就說他的情感生活吧，還不止王曉陽知道的這些，事業上的成功不僅沒能成全他情感上的圓滿，還成了蒙蔽他人及他自己的迷障。從青年才俊到中流砥柱，一路走來被他的光環迷惑的人不少，尤其是女人。他對女人的要求是階段性的，這似乎與他的人生進程相伴，最初看中薛岩，是覺得她骨子裡有與他一致的不管山那邊有什麼，翻過去看了再說的勇氣。不得已娶了遠房表妹之後，有一度放棄「山那邊」只顧熱炕頭的頹廢。

憑良心說，表妹長得還是挺不錯的，五官身材都是能引起男人性幻想的那種，要不他也不會輕易的將自己的初次注入這個體內。但表妹是對什麼事情都沒有要求的女人，她不要求別人也不要求自己，除了愛絮絮叨叨說些連她自己都覺得可說可不說的話，她幾乎就是一個麻木不仁的人。就是在被窩裡，她也是為人妻不得已的交付水電費，至於水電錶轉與不轉，轉的快慢她都不在意。有一次她還好奇地問鐘昊，你跟我「那個」時是什麼感覺，是不是男人就喜歡「那個」？

沒有互動的刺激，被窩裡的溫度迅速衰減，鐘昊便將使不完的雄性荷爾蒙反芻在自己身上，走出被窩也走出了家門。出去後就很少回家，只反過來向老婆定期付出生活費，這是一個男人的義務，與她在被窩向他交差的態度基本一致。

一個成功男人的面前總少不了女人，鐘昊身邊幾乎沒斷過女人。成功後的男人以為可以掌控人生便也掌控了女人，所以一次次的她來她往都是那麼自如和隨心。前面說他對女人的要求是階段性的，事業有成後的鐘昊需要有能欣賞他成就的女人，那個丟在家鄉的表妹顯然欣賞不了，或許根本人家就不稀罕。暗自裡有過讓薛岩知曉他如今已是發光體的一閃念，不為讓她欣賞，是為自己心裡的某一種快感。

欣賞他的女人多了，家裡那個不懂欣賞他的女人就實在沒有保留的意義了，但礙於打斷骨頭連著筋的親戚關係，他就讓她那麼閒置著。直到那個有心計有預謀的八〇後女秘書的上場，他才不得已強行將已形同虛設的第一次婚姻關閉。這也是他第一次感到被女人玩弄。

經歷的女人不少，但動真情的不多，此生唯一動了真情卻沒有收成的，就是薛岩。所以說真情是最不靠譜的錢幣，一旦誰先掏出誰就輸了，你就得一輩子付出，買她的笑臉買她的歡心。他對薛岩是動了真情的，那是他的初戀，估計這世界上還沒有誰能在初戀的時候就虛情假意的。在真心想得到的人面前他是不會鼻孔朝天的，雖然他也想表現得驕傲一些，但薛岩總能洞悉或不屑於他張開的羽毛。尤其是在他露出馬腳之後，他就再也沒有翻身的可能。在薛岩面前他的驕傲和自負都自動疊疊收起來了，這就叫一物降一物。

薛岩直截了當地問他：「為什麼？是我過去沒認清你，還是你現在變得如此不齒於人類？」

「咱能不用這樣的語氣說話嗎？」鐘昊說這話，既有將自己放在過錯位置的祈求，也有為薛岩的著急。在他看來薛岩身上唯一的缺點，或者說唯一讓他難以接受的不足，就是說話直戳心窩，而且哪疼往哪戳。原本是個上得廳堂下得廚房的女人，為何不能再去掉這點毛病而更完美些？

從認識她到現在，他總是這麼對她充滿完美的希望。所以每當感覺她要說重話時，他都在心裡暗暗祈禱，別說出來、千萬別說出來，她說出上半句，他恨不得用手捂住她嘴裡還沒吐出的下半句。年輕剛開始交好的時候，他說就喜歡她說話不拐彎，後來卻希望她說話能在心裡、嘴裡打個彎，再重的話多個彎就鈍了些鋒芒，聽者就少了些血淋淋的刺痛，而不致臉上掛了傷而翻臉。

「你要我怎麼說話？你不僅欺騙了我，還讓我欺騙了別人，平生第一次給人介紹對象就砸了牌子！」

「我沒有要欺騙你，告訴你我離婚是因為你知道她，沒告訴你後來的……我，也沒想到你會給我介紹對象……」

「你的意思是我給你找了第三者？」

「不不不，不是這個意思。你是好意，我也不敢拂你的好意。」

「那還是我的問題，我自作多情我多管閒事……」

「不不不，是我不好，我應該告訴你全部的。只是……我也沒真想談戀愛，沒想到……和她聊的還不錯，見了面感覺就就更好……」

「沒想到她還挺合你的意，沒想到她還對你挺上心，沒想到她比你交往過的所有女人都有層次，所以你就想瞞天過海吃著碗裡的還占著鍋裡的。」

「你又來了，總是把別人往壞處想。」

「你還需要別人把你往壞處想嗎？我是拿你當好人才給你攬了這檔自以為是的好事，結果你卻把我變成了壞人。這是我這輩子幹的最不靠譜最不上路子最丟人的事。」

「其實，其實我心裡是糾結的……」

「你糾結什麼？你糾結你還跟她……」薛岩咽下去的半句話是：你糾結還他媽跟人家上床。

鐘昊完全明白她咽回去的是什麼話，因為他看到薛岩的臉紅了一下，但他似乎並不接受她帶怒氣的指責，他說：「我們都是成年人，我沒強迫她做任何她不願意做的事情。」

「我覺得你有點無恥哎，她要知道你是有婦之夫還會和你做你認為她願意做的事？」這話說得又急又氣又拗口，薛岩有點倒不過氣來，她臉色發白，用手一指房門，「你走吧，我們從此陌路。」

鐘昊怔住了，他站起身，向門外走，走到門口撂下一句話：「你好好養病。」

估計他們倆誰都沒想到，他們正真的決裂竟是在他們分手二十多年後的今天。

花五朵醒了

尹辰又接了一個硬骨頭，要做一個類似中國民間手工藝大全的專題片，計畫做十集，主旨是弘揚中國傳統文化。自從連續得了幾個大獎之後，她倒沒了自主做片的機會，那些光榮而艱巨的政治任務便接二連三地落在她頭上。別人還羨慕她，既不用燒腦找選題，又不用接受收視率的嚴苛考量，更重要的是，還有上面強大的資金支持。說白了就是不用自己找飯吃，還有人餵飯給你吃，你還有什麼不滿足的？

也不是尹辰矯情，有上面的任務她也高興，作為頻道總監她有經濟指標的壓力，一個政治任務可抵她幾個甚至數個自選動作的進項，可這些上頭壓下來的任務都指名要她擔綱，她便不得喘息。她願意做事，卻不願意累著自己做事。特別是不願意戴著腳鐐跳舞，做別人給她的命題作文。

比如這所謂的弘揚傳統文化，她這代人就是扛著砸爛傳統文化的大錘從娘胎裡出來的，現在卻說要弘揚，他們連原來是什麼樣都不曾見過，又何談弘揚？再說，傳統文化就都該弘揚嗎？那裡面就沒有糟粕？若都是好東西又為什麼會被歷史淘汰？還有就是現在一提中國文化似乎就是傳統文化，仿佛現當代中國就沒了文化，就成了文化的斷層。難道現在的中國人都活在文化的真空裡？再說了，將漚了幾千年的稻穀拿來餵現代人的肚子，那腸胃能適應嗎？

這些胡思亂想尹辰也只能漚在肚子裡，她不能不識抬舉，不能端起碗來吃肉，放下碗還罵娘。所以她要反覆的思考，她得自己想明白，才能讓觀眾看明白。

這麼苦思冥想中，手機上不停有資訊進來，是婚戀網上又有人在給她發信。她就有點煩躁，一封都不想看，乾脆刪了吧。點開APP，一封英文信跳出來，她有點好奇，用半生不熟的英文讀了個大概，又用翻譯軟體讀懂些細節，怎麼這麼眼熟？好像在哪裡看過。一個臺灣人，三年前喪妻，有一個九歲的兒子寄養在保姆家，目前在澳洲一家投資公司任高級職員，還有三個月就要派往中國大陸工作……她突然意識到什麼，趕緊打開百度，搜索關鍵字：「網絡徵婚」，立刻跳出上百個有關「網絡徵婚騙局」的條目。所編的故事都大同小異，最終目的就是騙錢。她立馬拿起手機撥打花五朵，鈴聲一直響到停止她也沒接。她緊張起來，又趕緊打給薛岩，心裡想著她剛剛可以下床行走，別又給嚇躺下，但她這會兒一定要讓這驚嚇有一個分擔處，她一人承受不了。

薛岩接電話了，聽明白尹辰的陳述，她冷靜地說：「我起初就有懷疑，王曉陽讓我們別掃她的興。」

「誰會想到……她這會兒在幹嘛呢，也不接我電話。」

「一定是在跳舞吧。你也別急，也許沒到那地步，她手緊得很不會輕易掏錢的。」

「但願吧。」

薛岩思忖了一下：「這樣吧，你來接我，我們一起去找她。」

尹辰給花五朵打電話時她果然在跳舞，當尹辰給薛岩打電話的時候她正在用手機轉帳，兩百萬美元的匯款又遇到點問題，還要交一份保險金，前面是出境保險，現在是入境保險。這次的保證金是百分之二，依然聲稱款到後全部退還。混血一迭聲的抱歉，說腸子都悔青了，他真不願給他心愛的女人添這麼多麻煩。花五朵嘴上說，With your love, everything is going to be fine.（有你的愛，什麼都不麻煩），心裡卻在想，已付了首付的房子還有兩個星期就要付全款，不能讓這兩百萬美元再在路上耽擱了。等這一切都忙完，她才想起給尹辰回個電話。

尹辰急急地問：「你在哪裡？我和薛岩過來找你。」

「什麼事？我剛跳完舞準備回家洗澡，要不你們到我家來吧。」

兩個比皇帝還急的太監就急急忙忙地將車開到花五朵家，又急急忙忙地上了電梯，急急忙忙地使勁摁門鈴。

花五朵裹著浴巾來開門：「著火啦，要不要去我的浴室滅滅火。」

「著火先燒死你。」尹辰推開花五朵，進門就四處張望：「你電腦在哪裡？」
「幹什麼？」
「快開電腦！」
「怎麼啦，要看什麼？我裡面可有豔照喲！」
「我對女流氓不感興趣。」尹辰發現了茶几上的筆記本，忙不及地掀開，是屏保狀，中澳混血由暗到亮的充滿整個螢幕。尹辰嚇了一跳，她回頭看了一眼薛岩，薛岩沒說話但眼睛裡的擔憂增加了。
尹辰一邊點擊那個大大的e，一邊忍不住問：「你們還沒有金錢往來吧？」
「什麼意思？」
「對了，他給你寄的美元了收到了嗎？」她點開百度，輸入關鍵字：徵婚騙局。
「你什麼意思呀？」花五朵聲音裡還帶著浴室的濕氣，軟綿綿的，吐字不清不楚地拖著尾巴。
「他沒讓你掏錢吧？」薛岩插話，她覺得尹辰總說不到點子上。
「讓我掏錢？是他在給我匯錢好不好？」花五朵語音裡的濕氣速乾，咬字也清晰了，但心裡卻有點發毛。
「哎呀這電腦太慢了，用了八百年了吧還不扔，這龜速你也能忍受？」
「它又沒壞，我用著還行呀。」花五朵在臉上拍打著爽膚水，她很不喜歡尹辰說話直通通的，帶點盛氣凌人的優越感。
尹辰一邊點開自己的手機，想著或許手機上網可以快一點，一邊繼續數落著：「你要等它用壞？我的媽呀，你知道你這電腦已經壞到什麼程度了嗎？筆記本的壽命也就三四年，它早該進墳墓了。哎呀，你家的無線網也這麼慢。」
「你才進墳墓呢。」花五朵沒好氣地一下扯去頭上的乾髮帽，亂蓬蓬的頭髮像發怒的獅子。

尹辰卻著急的兩手直拍桌子：「哎喲終於出來了，你來看。」她迅速將筆記本推到花五朵面前，然後退到她身後，和薛岩一起關注著她的反應。

花五朵盯著電腦看了很久，始終不回頭。她倆也不敢開口，她們看不到花五朵的臉，不知道是做了好事還是壞事。但心裡都在想，這會兒要是王曉陽在就好了，她一定會迫不及待地掰過她的臉來，揭開謎底。倆人竟不約而同地給王曉陽發了個微信：我們在花五朵家，你速來。

花五朵還是沒有動靜，房間裡比夜還靜，靜得聽得見彼此的呼氣和心跳。

不用搭脈，此時花五朵也能數清自己的脈跳，每分鐘一百二十下以上，數到第N個一百二十下時，她回過身來，她看見尹辰和薛岩都在碧波裡蕩漾著，突然堤壩崩塌，自己被淹了。尹辰和薛岩緊張地站起來撲向她，把個淚人擁進她們懷裡。

花五朵嚎啕了好一會兒，比她父親去世時還要驚天動地。把尹辰和薛岩弄得有點不知所措，也失去了幫她父親料理後事時的沉著。

好不容易，花五朵停止了哭泣，但她心中仍有問號和不甘。

「他真的會是騙子？可他的信寫得那麼好，是我所有交往的男人中最懂我心的，我不相信他會騙我，我不相信……」

「因為是騙子才那麼完美，現實中怎麼會有完美的男人？」尹辰還在給花五朵遞紙巾。

「先別討論什麼完不完美，告訴我們你有損失嗎？」薛岩擋了一下尹辰，「別讓她擦眼淚了，眼睛會腫的，就讓眼淚流吧都流出來好。」

「保險金，保險金……我匯了兩次……」花五朵抓狂地跺著腳，頭髮上的餘水蹦跳到尹辰和薛岩的臉上。

尹辰催促著：「快去銀行吧，也許你剛匯出的錢還能追回來，現在銀行為保障用戶的資金安全是有延時匯款服務的。」

花五朵電話打到銀行，銀行說款已匯出，並說對方是一個私人帳戶。

花五朵又一次嚎啕，並伴隨著一聲聲「狗雜種」的叫罵。

尹辰暗忖，既然是騙局，那騙子的血統還未必是雜的，這會兒罵什麼都晚了。

王曉陽趕到時，花五朵的嗓子已經啞了。她們陪著花五朵去報了警，接警的員警脫口一句：「又來一個，這半年已接到四起了。」花五朵完全癱軟下來。

回到家後，她瘋了一樣打開電腦，她登陸QQ，她給雜種發信息，雜種沒回，又發，還是不回。她惱怒地拍打電腦，她叫著：「這該死的破電腦，我要廢了你！」

三個女人又忙不迭地安慰她，不就損失幾十萬嘛，算買個教訓，站起來又是一條好漢。花五朵站不起來，她訂的那套能看得見江景的房子總價九百八十萬，首付了兩百九十四萬，餘款約定本月底付清，逾期不僅房子沒了還要按總價的百分之二十付違約金，即一百九十六萬元。後悔呀，當初售樓小姐提醒她可以將餘款的付款日期往後延一個月，但她不願因延付而損失0.1的折扣，特別是不願看見售樓小姐眼裡有對她支付能力的懷疑。

花五朵病倒了，嘴上起了一圈的水泡，她茶飯不思，昏昏沉沉睡了兩天，恍惚著混血突然來到她身邊，帶來了他所有的錢。他們結婚了，他們一起去新房，一起看江景，突然一陣大風吹來，他們的結婚證被吹走，她伸手去追卻失足墜下了樓……她嚇醒了，弄明白自己還躺在床上，她掙扎著爬起來給混血發了條信息，希望會有奇跡出現，卻發現已被對方拉黑。她又栽倒在床上。

門鈴響了，來人是他

恍惚中，聽見門鈴響，花五朵懷疑地屏氣再聽，真是門鈴響。她跌跌撞撞，飄飄忽忽地去打開門，門一開，竟跌進來人的懷裡。

來人一把抱起她，把她抱進客廳的沙發，看她穿著睡衣，覺得不合適，又將她抱進臥室，放在床上，花五朵卻環抱著來人不肯放手。來人在她額頭上親吻了一下，緩緩地解開了她的手。

她這才看清來人：「你？怎麼來了……」說話有氣無力，卻把女性的柔美全部傾注在不多的氣力裡。

「是尹辰讓我來看你的。」

「她，她跟你說什麼啦？」花五朵警惕地坐起來。

「她說你病了，要我來照顧你。」

「她在哪？」

「她去外地拍片了。」

「那，你不用上班嗎？你不是董事長嘛！」

「你都知道了。」畢旭心裡一喜，看來尹辰已經跟她說了不同往昔的自己。「一直想來看你，但尹辰不肯告訴我你的聯繫方式，直到昨天晚上，她說要出差一個星期，才告訴我你的地址。你怎麼了，肺炎嚴重嗎？去醫院了沒？」

「肺、肺炎？」突然明白過來，心想尹辰還算夠意思，「好多了，還有點咳嗽而已。」說著假意咳了幾下。

「我還是帶你去醫院檢查一下吧。」

「不用，真的不用，去過醫院了，也打針也吃藥了，已經是晚期了。」

「晚期？」

「尾聲，已經是尾聲了。」花五朵嘴角露出一絲笑意，儘管是不好意思還帶點苦澀的笑，但畢竟是笑，這笑已在她臉上消失多日了。

畢旭也放下心來，他一直想見花五朵，一直想像著與花五朵見面的情形，卻怎麼也沒想到會是在她的病榻前。

「你能起來嗎？我們一起去吃點東西好嗎？你怎麼瘦成這樣。」他臉上寫滿憐惜。他喜歡出國前的她，兩腮有點肉，有紅暈，不像現在這麼骨感。他更喜歡她在大飯店工作時，油水充足的模樣。

「我又瘦了嗎？」她摸摸自己的臉，竟有點高興，這是遭遇混血後唯一獲得的一點正面信息。難怪說失戀可以減肥，可是前面的老魯和文森都沒讓我減重呀，媽的，幹嘛要想起這些爛人。

「你比出國前瘦多了，看來還是祖國養人呀！」

「哪裡，我去美國後一下胖了二十斤，後來靠吃減肥藥才減下來的。」

「你剛去美國就懷孕了，胖是正常……」突然就觸到了他們之間的敏感話題，他像被魚刺卡了喉，不說話也不敢看她，但卻很想知道她的反應。儘管之前，尹辰已在他的問號上打了幾個叉叉，卻還是有點不死心。

「沒錯，我一出國就懷孕了，可生完孩子後就更胖了。你還想知道什麼？」她突然起身下了床，目光直射他，強烈的光柱把他心裡的彎鉤一個個強行拉直了，他有點狼狽地退出她的臥室。

雖然幾天茶飯未進，但心裡的怒火似乎無需茶飯滋養，且直通通沒有阻隔地竄了出來，她追出臥室，指著門：「你出去，出去！」

畢旭什麼也沒再說，灰頭土臉地走了，原本想得瑟一下的董事長身份瞬間就掛幕了，不過心裡的懷疑卻更甚，要不她怎麼會那麼敏感？

畢旭出去了，她卻跌坐在地板上，憤憤地：「尹辰你什麼意思呀，幹嘛讓這個王八蛋來氣我……」

出了花五朵家，畢旭就給尹辰打電話，告訴她剛才與花五朵的不快。正忙著採訪的尹辰捂著手機跑到一個沒人的地方，把畢旭臭罵一通：「我讓你去照顧她，你卻懷著鬼胎去，你還是男人嗎？我真後悔告訴你她的地址，你以後再別來找我了！」

一下惹火了兩個女人，畢旭心裡也竄起火苗，他衝等著他的司機說：「滾，誰讓你在這兒等我的，快滾！」

畢旭是贊助商

花五朵好不容易才緩過來，王曉陽卻失聯了。

花五朵在她幾個姐姐的輪番照顧下，已能吃能喝了。尹辰去看她，以為她一定會因畢旭去看她而怪罪她，沒想到她隻字未提。尹辰回頭一想，或許是不想讓她知道，她與畢旭之間有關兒子的爭議吧，那她就裝作不知道吧。

王曉陽先是在「4是而非」裡失聯，幾天沒有她的聲音，這是很反常的。開始大家還沒注意，尹辰在外地採訪，花五朵在療傷，薛岩忙起來也不看群。等感覺到異常時，已經聯繫不上她了。給她打電話顯示關機，打電話到作協，說她體驗生活去了，去哪兒不知道，去多久也不知道。

尹辰心裡亂糟糟的靜不下來，她想早上去臺裡佈置一下工作，再去趟作協，或許接電話的人不清楚每個作家的去向。剛走進自己的辦公室，就被通知趕緊去會議室，說民間手工藝片的贊助單位要來聽聽導演思路。她心裡明白，這是省委宣傳部找來的贊助商，但要聽思路，這不是扯嗎？宣傳部主導的片子，哪需要你來把控思路？就因為你有錢嗎？對不起，在這件事情上，還真不是誰有錢誰就是大爺。

她有些煩躁也有點心虛，因為她自己還沒整明白思路呢！昨晚給博文發了個資訊，想聽聽他的想法，他立刻回了話，說考慮一下約她面談。這態度尹辰很滿意，作為朋友真是沒話可說。她就想，如果當初他們沒有成為夫妻，會不會是最好的朋友？

從前幾次不太愉快的約聚後，他們就沒怎麼聯繫，把快要走成情人的關係一下又拉遠了。也許是拉開了一些距離，倒釐清了一些東西。兩人都放鬆了，不再將對方當作是前夫和前妻，就是一個談得來的朋友，彼此改變了定位便模糊了所有的不適。早些年國內流行看影碟，都說國產的影碟機糾錯功能強，再差的盜版碟都照吃不誤，而那價格高的進口機卻太挑食，逢盜版碟就吐，結果在盜版碟猖獗的國情裡，那進口的影碟機幾乎要餓死。

其實細想起來，國產機器哪是什麼糾錯能力強，明明是忽略錯誤的能力強，是五穀雜糧照單全收，是睜隻眼閉隻眼，是眼睛裡能揉沙子。如果做人，這真是夠寬容的。我不挑剔你是質次的盜版，你不計較我是價廉的國產機，那關係就好處多了。

她就這麼思緒雜亂地走進了會議室，一進門就看見臺長在熱情地招呼客人，定睛一看，那客人竟是畢旭！

臺長見尹辰進來，連忙招呼道：「來來來，我們給你們介紹一下，這位是東方電子集團的董事長畢旭先生，你的《民間手工藝》全靠畢董事長的支持呀！」

尹辰一聽就不高興，怎麼是我的《民間手工藝》呀，這是我要玩的嗎？是你們逼我玩的好不好！

「我認識尹導，我們是中學同學。」畢旭大方地伸出手。

哪裡是同學，最多算校友，尹辰在心裡較著真。

「你們是同學？怎麼沒聽小辰說過呀，哎呀呀，這真是太好了，都是一家人，這合作就沒問題啦！」臺長又驚訝又興奮，兩隻手激動地直搓。

叫起「小辰」來了，真當是一家人呢！尹辰心裡更覺得彆扭。

臺長還在發揮：「小辰平日太低調，認識您這麼大的企業家也不說，早知道……以後我們……哦，你們要多合作呀！」

「放心，只要是貴臺的事，尤其是尹辰導演的事情，我都會全力支援。」畢旭討好地看著尹辰。

「聽聽聽聽，小辰你要好好謝謝你這位老同學。」

尹辰不說話，她拿起水瓶給畢旭的杯子裡續了點水，其實杯子裡滿滿的並不需要加水，她只是不想加入他們賁張的熱烈和興奮。

倒完水，尹辰坐下來，拿出筆記本對他們說：「兩位領導是想聽一下我的導演思路嗎？」

臺長說：「對對對，你跟畢董事長彙報一下吧。」

畢旭手直搖：「不不不，我是外行，尹導的水準我十二萬分的放心。」

尹辰想，還算你識相，還好沒有因為有幾個臭錢，就以為自己什麼都懂，什麼都可以擺佈，什麼都可以玩於股掌。如果是那樣，我立馬就在心裡把你踩在腳底下。

臺長還在客氣：「您是大企業的老闆，一定是有眼界有思想的，您的想法也許會給我們些啟發呢！」

「不行不行，隔行如隔山，不懂就是不懂，不能瞎指揮。」畢旭直向臺長拱手。

一直冷著臉的尹辰，此時給了畢旭一個友好、善意的微笑。

中午，臺長宴請畢旭，尹辰無可推辭的要作陪。聊到電子行業，畢旭從微電子說到核電子，讓尹辰驚異他這個高中學歷且靠父親的安排進廠的工人，是如何掌握這些浩繁的行業知識的。當然，這也解釋了他為什麼能從一個普通工人，走到今天的位置。

畢旭讀到她眼裡的疑問，他笑笑說：「我開始是自學，後來是半工半讀的電大，再後來又讀了在職研究生。開始是覺得自己應該學點什麼，男人嘛，不能總讓人瞧不起。」意味深長地看了尹辰一眼，「後來竟迷上了，就鑽進去了。」

被他這麼一個意味深長，尹辰就想到了花五朵，就覺得她不該離開他，他還真是個值得依靠的男人，至少比她前面，不對，是後來的任何一任男人都靠譜。想到這裡，她脫口問道：「畢董事長夫人是做什麼的？也是同行嗎？」

「是的，原來是同事，後來是部下。當然，在家裡她永遠是領導。」畢旭笑了，他心裡明白她問話的意思，也知道這是幫花五朵問的。

失聯的王曉陽

大約兩個星期後，王曉陽有了消息，她跟鐘昊去了內蒙。她說不是有意要玩失蹤，實在是不得已。鐘昊和小他二十歲的老婆離婚了，但她突然又反悔了，她得知鐘昊的公司馬上要上市了，鐘昊手上的股份將是億萬資產，她要復婚或者分得他的股份，鐘昊堅決不允，她就堵在他門口要求再給一千萬。鐘昊不能回家，就到了王曉陽家。

王曉陽沒有拒絕，因為眼前的鐘昊實在是她喜歡的樣子，是犯了錯誤後洗心革面的樣子，是竭盡一切溫柔體貼的樣子。王曉陽說，這麼躲著也不是事，跟她商量商量再給她幾百萬吧。鐘昊說他手頭沒這麼多錢，王曉陽說她有一些，可以先墊出來。

鐘昊就在心裡下決心，一輩子不要辜負這個女人。但他覺得還是不能再給前妻錢，就提議說，乾脆我們去旅遊吧，過了這陣再說。走之前，他將自己所住的房子交給了房屋仲介，就沒打算回來再住。他與王曉陽一合計，就去了遼闊的草原。為不讓前妻知道他們的行蹤，他們誰都沒說，關了手機就走了。

王曉陽說她還要在內蒙待一陣子，她換了個手機號，有事用新號碼聯繫。她還特別對薛岩說，她和鐘昊都很感謝她這個紅娘，說回來後一定給她買雙好鞋子。

花五朵對混血是死心了，但因混血買下的房子卻沒了後續該付的資金。大幾百萬呢，不是個小數目，幾個閨蜜是湊不起來的。情急之下，尹辰又想到畢旭，這回她學乖了，只有意在畢旭面前透露花五朵急需一筆錢，別的不說，讓他自己去領會。對花五朵，她就說畢旭是她眼下正在做的一個片子的贊助商，誇了他的財大氣粗。

果然，畢旭就救了花五朵的燃眉之急，他們也就冰釋前嫌，重新往來了。至於細節，花五朵沒說，尹辰也就沒問。

兩個月後，王曉陽和鐘昊從內蒙回來了，要約閨蜜一聚，還說要帶鐘昊來與大家見面，這是情理之中卻又是意料之外的事情。倆人都一同出遊了，那關係一定是符合見閨蜜的條件了，也就僅次於見雙方父母了，符合情理。說意料之外，是之前閨蜜們想見見這位一直活在王曉陽嘴裡的鐘昊——薛岩除外，王曉陽都說他不樂意，這會兒樂意了，意味著什麼？他倆的關係不止是柳暗花明，還有了決定性的進展！

尹辰說，她的新片完成，宣傳部很滿意，就讓她做東為王曉陽和鐘昊接風洗塵吧。花五朵反對，她還是強調AA制。尹辰說把畢旭也請來，感謝他對她片子的大力支持。王曉陽說乾脆都帶家屬吧，把王一平也請來，還有博文。

尹辰說：「博文不是家屬。」

花五朵說：「畢旭也不是家屬……啊哦，鐘昊已經是你的家屬啦！」

王曉陽說：「不一定非得是法律意義上的家屬呀，心裡認定才是最重要的呢！」

花五朵說：「哇塞，你們是在浪漫的草原私定終身了嗎？」

「定什麼終身呀，管用嗎？咱們哪段婚姻不是衝著終身去的，結果呢？享受當下吧，當下我覺得他是最好的就行了。」

「祝賀你的當下！」

「你也不錯呀，不是已經跟畢旭雙進雙出了嗎？」王曉陽說。

尹辰有點吃驚：「你怎麼知道，不才回來嘛！」

「就不能有別的方式知道嗎？都什麼年代了。」王曉陽跟花五朵擠了擠眼睛，表示了她們私下的交流。

尹辰不語了，她不知道自己是不是做了壞事。

半天沒搭話的薛岩說：「別定屬性吧，家屬、朋友都可以，他們願意來都叫上，免得鐘昊一個人面對我們幾個女人也不自在。」其實是希望多幾個人在場可以沖淡她對鐘昊的不滿，她願再見鐘昊也完全是衝王曉陽的面子。

王曉陽撲上去擁抱薛岩，薛岩沒有躲開，她已經習慣並接受了這樣的親昵表達。

「哈哈舊情新歡都來了，一個全家福呀！」花五朵歡呼起來。

「哎呀，我特想見見花姐姐的高富帥老情人……」王曉陽聲音發膩，像是在聲道上摸了層油，所有的字符都是油乎乎地拖著出來的，還帶著肥肥的尾音。

「真受不了，你能好好說話嗎？」薛岩抹了抹著胳膊上站起的寒毛。

花五朵說：「他太忙，我試試看吧……」要說前面那句「他太忙……」還帶點矯情，後一句「我試試看……」才是實情。與畢旭恢復交往後，她一直是沒有把握的「試試看」。雖然他救她於危難，幫她付清了房款，對她還是像過去那樣有求必應，但她還是覺得他不能像過去那樣對她言聽計從了。

參加老婆或女友的閨蜜聚會總是男人們比較忌諱的事情，有點像見女方的娘家人，有被審視和評判的不快。如果還有別的男人在，還會被拿來比較，她們會以你的一舉一動評判你，評出你哪哪不如自己的男人，回家後又覺得自己的男人哪哪都不如人家。

所以，四個沒見過面的男人接到邀請後的第一反應是拒絕。當然，王一平是婉拒。能不能強拒，那要看當下這個男人是不是在乎你這個女人。

最後的結果是，四個男人都應了約。

「4是而非」擴大會

尹辰第一個到達聚會地，她把菜點好，儼然東道主的姿態。第二個到達的是薛岩和王一平，比約定時間提前五分鐘，這是薛岩的一貫作風派，認真、嚴謹。王一平按老婆指令提前離開辦公室，開車先去接上她，再一同過來。

花五朵準時到達，她是從舞場直接趕過來的。

王曉陽遲到了三分鐘，這也是她的常態，總是要遲到那麼幾分鐘，不是出門晚，是不認路，總要多繞幾個彎才能趕到。除了王一平，另幾位男士都遲到了，他們都是各自駕車從不同的地方趕來。

畢旭到了，停好車，剛準備進飯店，就聽見兩個男人的爭吵。是博文和鐘昊，當然，這會兒他還不認識他們。

博文瞄準一個停車位，向前開一點，準備倒車入位。他小心翼翼壓著速度，突然身後就竄進一輛奔馳，占了他的車位。博文下車，指責道：「你怎麼可以這樣，怎麼可以搶我的位置。」

鐘昊也下了車，看了看博文的馬自達，很不屑地：「誰證明這是你的位置？」

博文惱怒地：「這明明就是我的位置，我比你先到。」

「先到你怎麼沒先停？」

「我，我慢了一點……你有點素質好不好？」

「這跟素質有關嗎？這跟能力有關好不好？」鐘昊很鄙視這樣的書呆子，同是讀過書的，有人就讀死了，有人就讀活了。

「你、你、你……」博文氣得有點哆嗦。

畢旭走過來勸慰道：「這位老兄別生氣，還沒吃飯呢別都氣飽了。來來來，這裡有個空位，我幫你停過去吧。」他看出博文的駕駛技術。

鐘昊冷笑一聲，趁機溜進了飯店。

幫博文停好車，倆人一同走進飯店，沒想到竟是同一個包間。他們同時發現了鐘昊，尹辰也看到了他們。博文怒目瞪了一眼尹辰，轉身拂袖而去。

尹辰不明就裡地站起來，鐘昊與畢旭的目光相遇，都有些尷尬。從尹辰的神態上，畢旭看出了她與被搶了車位又拂袖而走的那個男人的人物關係。他給尹辰使個眼神，尹辰走出來，他告訴了她剛才發生的一幕。她想追出去，剛走幾步又退回來，她知道自尊心受到傷害的老夫子是不會回頭的。

她回到包間坐下，看了一眼鐘昊，心裡全是王曉陽嘴裡曾經的他。再看王曉陽，她正與花五朵調笑著，開心得不行，完全不知道剛才發生了什麼，估計之後鐘昊也不會跟她說，就是說了，也一定是他的版本。

尹辰招呼服務員：「可以走菜了。」

王曉陽說：「博文還沒到呢！」

尹辰含混著：「他，他突然有事來不了了，不管他，我們開始吧。」

薛岩疑惑地看看尹辰，尹辰躲著她的目光：「來，大家先認識一下吧，要不由閨蜜們先介紹一下身邊的男士？」

「這還用介紹嗎？除了一平大哥和我的鐘昊，不就是畢大董事長嘛！」

鐘昊有點不自在，好在這會兒大家的目光都聚焦在畢旭身上。

畢旭謙遜地欠一欠身子：「別叫董事長，我和尹辰、花五朵都是同學。」

王曉陽說：「你和花五朵可不止是同學喲！」

花五朵頷首笑嗔：「多嘴。」

畢旭擺擺手笑道：「年輕時我們不懂愛情，過去的事就讓她隨風去吧。」

「愛情就是龍捲風，沒準又捲土重來呢！」前半句王曉陽是唱著說的，因為那是一句歌詞。

尹辰起身打斷她，舉起酒杯：「來，我們先為草原歸來的王曉陽、鐘昊，乾一杯！」大家起身應和。

王曉陽說：「我們給大家帶了禮物呢，一會兒別忘了拿喲！」

花五朵說：「別是羊肉吧，我可不吃羊肉。」

王曉陽說：「你不吃就給你的畢旭哥吧，吃了更有勁。」

花五朵笑罵：「女流氓！」

尹辰不搭理她們，又舉杯：「這第二杯酒我敬畢旭老校友，感謝你對我們電視臺對我的支持。」

王曉陽說：「畢董事長，哦不讓叫董事長，我就叫你畢大哥唄，哪天也支持支持我們作協支持支持我這小妹呀！」

鐘昊覺得王曉陽今天有點興奮過度，他揶揄道：「別在飯桌上討飯好不好，大作家。」

「這怎麼叫討飯呢，這是支持文化事業好不好。」王曉陽瞥了鐘昊一眼，覺得他今天表現還不錯，一直面有微笑，沒露他冷臉包公相。

王曉陽接著說：「我們在草原騎馬，他非要與我騎一匹馬，我以為他是要與我親熱，原來他是不敢一個人騎……哈哈哈。」

鐘昊白了她一眼：「你喝多了。」此後不再多語，他知道越接話她話越多，他怕惹火燒身。

尹辰敬完了她該敬的酒後，也基本保持沉默，心裡在糾結著博文的拂袖而去。她能想得到他會說什麼：你交的都是什麼朋友？如此不堪，無品至極！或者說：我早就叫你別與她們為伍，那會降低你自己的格調！

尹辰起身去洗手間，薛岩跟了出來。

「到底怎麼回事？」

尹辰蔫蔫地地說了博文與鐘昊的停車位之爭。

薛岩憤憤地：「臭德行，我真是越來越不認識他了。」

尹辰說：「別跟王曉陽說啊，她幸福著呢！」

薛岩心情複雜地看著尹辰，尹辰同樣複雜地看著她。

薛岩說：「看清一個人真不容易，我有點遺憾。」

尹辰長長地歎口氣：「唉……」鼻子竟有點發酸。

等她倆回到包間，畢旭已搶著買了單。尹辰就有點臉上掛不住，說好她請客的。畢旭擺擺手，讓她別為這小事與他爭。結果那天晚上感覺最有面子的是花五朵。

兩個女人都哭了

博文從飯店憤怒離開後就再沒與尹辰聯繫，尹辰給他發過一條微信：別為小事生氣，那人我也不喜歡。他沒回。

不回就不回吧，今天的籌備會他總該來吧。從最初的《重讀歷史》，到後來其它節目的合作，博文已經成為電視臺的御用專家，即使他與尹辰離婚後，這樣的合作也在繼續。而且不止是尹辰掌管的文藝頻道，其他頻道的節目也邀請他加入。最近籌備上馬的《詩詞大賽》，將由文藝頻道與城市頻道合力推出，這是臺裡重點打造的節目，邀請博文擔綱現場點評。已經開了兩次籌備會，今天的會議將落實首期錄製時間。

博文開會從來不遲到，還總是提前幾分鐘到場，靜靜地坐在那裡，把會上他要說的話在腦子裡再梳理一遍。他說話的時候總是條理清晰語言流暢，有口彩卻沒有口頭禪，也沒有嗯啊啊呀的語言碎片和毛邊，聽他講活真是一種享受。

離開會還有三分鐘了，博文還沒出現。尹辰看了一下手錶，心裡有點發毛。她拿起手機準備給他發微信，問問他到哪兒了。卻收到了他的微信：對不起，今天會議恕不能前往，單位近來事多，自感身體也有不適需調理，恐難勝任詩詞點評一職，請儘快另請高手，致歉。

這是什麼話，臨陣撂挑子？尹辰頓覺有火苗從頭頂竄出，這是氣我嗎？就為那天的車位被搶？你還不如鐘昊呢，氣量如此之小！尹辰一個電話打過去，是帶著火苗的：「你什麼意思，那車位是我搶的嗎？你至於這麼小題大做嗎？你還是個男人嗎？」

博文一句話沒說，掛了電話。再打過去，不接了。

尹辰氣急敗壞地在原地打轉，小李路過被逮個正著，她衝著他：「你怎麼回事，怎麼沒事先知道博文不來了！」

「什麼，博老師不來了？姐，你別嚇我。」小李比尹辰還急，這次邀請博文是他極力主張的。與博文成為夫妻後，他再出鏡的節目尹辰都持反對或保留意見，避嫌是常情。但別人說她不能把博文據為私有，要借著他的熱勁保障收視率，她只好妥協。與博文離婚後，她也不能表達意見，別人會說她是公報私怨。所以，在用不用博文的問題上，她已經被剝奪了發表意見的權力。

小李頭上開始冒汗：「他是生病了嗎？在哪？我開車去接他。」

尹辰把博文的微信給他看。

小李更急了：「這是啥意思，是今天不來，還是以後都不來了？」

「你不懂中文呀，他這是撂挑子了，以後都不會來了。」

「為什麼？他為什麼撂挑子，你們怎麼了？」

「誰跟他們不們的，我跟他早就沒有們了好嗎？」

「你們不還是朋友嘛……一直挺好的……」

「好什麼好，你快想辦法解決眼前的難題吧！」

「我，我怎麼解決呀……」小李這會兒的形象是抓耳撓腮心急火燎的正解。

尹辰立刻打開手機通訊錄，點了幾個人發給他，她說：「給這幾個人打電話，就說是我邀請的。」

小李轉憂為喜地：「姐有備胎呀！」

「少貧，趕緊去聯繫。記著，幹我們這行的手上一定要有專家儲備，各類專家都要有，學著點。」

「知道了姐，回頭把你的儲備都給我。」說著跑了。

尹辰白了一眼小李的背影，轉身走回自己的辦公室，剛才因著急上火鼓足的氣一下洩了，一坐下就伏在辦公桌上，她哭了，不知道是為了什麼。

電話響了，她拿起電話，是王曉陽打來的，電話裡她竟然也在哭。

尹辰不哭了，她一邊拿紙巾擦眼睛一邊問：「什麼情況，鐘昊又怎麼你了？」
王曉陽只用哭聲回答。
「快說話呀我的小祖宗，我等著開會呢！」
「那，那你先開會，我一會兒去找你。」
「你還是快說吧，我怎麼安心開會呀！」
「我……還是見面再說吧，你安心開會，沒什麼大事。」
「那好吧，我這會大約兩小時。」她拿出小鏡子整理了一下面容，走進會議室時心裡依舊不安，是為博文的臨時變卦。
散會時王曉陽已在等她。
「你這不是故事就是事故的，跟你當閨蜜真得有個好心臟。」尹辰剛給她倒杯水，她那裡又開始抹眼淚了。
「哎呀怎麼又哭上了，到底怎麼回事？」
「我和領導大吵了一架……他要槍斃我的作品……」
「什麼作品？」
「就是我剛完成的《房車》，他說主題灰暗，有抹黑社會、誹謗政府之嫌。本來幾個看過的同事都說可以衝『五個一』工程獎的，現在連省裡的獎都不讓報，還說報了也白報，還浪費一個名額。」
「就為這事跟領導吵架呀，真犯不著。不讓得獎就不得唄，咱們讓讀者說話，讓市場說話。他也沒攔著你不讓出版，你的書不是已經付印了嘛，上架的時候我找幾個人品讀一下，做檔節目推介一下。」
「真的可以嗎？」
「有什麼不可以，我覺得《房車》是你迄今為止最好的作品，戳中社會的痛點，是你創作的一大飛躍，相信讀者的眼光，讀者的認可才是最高的獎賞。」

王曉陽破涕為笑，她擦了擦眼淚突然表情又暗淡下來：「可是鐘昊說我不該跟領導硬頂，他說我太幼稚，將來會吃虧的。我說我一個作家靠作品吃飯，領導也奈何不了我。他說，那你就一意孤行吧，啪，掛了電話。他，他竟然掛我電話！」

尹辰恍然大悟：「原來你的傷心點在這兒呀，我說呢，你一直是靠粉絲吃飯的什麼時候在乎起得獎來了。」

「得獎也挺重要的，關係到職稱，作協裡的作家們可在意了。我也想我的名片上有個一級作家的頭銜呀！」說著笑起來。

「職稱再高，提起來誰都不知道有什麼用？作家還是要靠作品立身。你一本書的版稅，抵得上那些靠職稱、工資吃飯的作家三五年的進項，在乎那虛名有意思嗎？」

「你不知道，在協會裡他們都瞧不起我。」

「他們那是羡慕嫉妒恨。」

「我不是在乎那些獎，是有點氣不過，無論報什麼獎都從來沒有我的份兒，評不上咱不怪，我氣的是連上報的資格都不給我，我要申報他們都覺得奇怪，網絡作家在作協裡就是他媽小娘養的。」

「你當初就不該進什麼作協，在體制外都自在呀，偏要圖個好聽——專業作家，後悔了吧？」

「哎呀你就別取笑我了，能成為專業作家是我的夢想嘛，有多少在外飄著的網絡寫手羡慕我呢，我也是千里挑一萬里挑一的網絡大咖好不好，能進作協還是挺光榮的。」

「那就別埋怨了，又吃粑粑又蘸糖，哪能好事都讓你占著。」

「我是不是有點患得患失？」王曉陽嘻皮笑臉地看著尹辰。

「哪裡是有點，很嚴重！」尹辰沒好氣地在她腦門上敲了一下。

她重新獲得他的懷抱

花五朵睜開眼睛已經是上午九點了，她滿足地伸了個懶腰，奇怪自己最近睡眠怎麼這麼好。都說女人就是要睡眠好，所謂的美容覺。

她起床後給畢旭發了個微信，問他今天怎麼安排，什麼時候見面？她現在一切以畢旭的時間來安排自己的時間，即使是約好的舞伴，只要畢旭有約就毫不猶豫的辭掉。從畢旭幫她付清了房款後，畢旭時常會約個時間與她見面，要麼一起吃個飯，要麼一起喝個茶。

花五朵想約他家裡坐坐，他說不麻煩了，外面吃方便。花五朵說去他家裡看看，他說家裡亂不適合待客。花五朵說想看看他的夫人和孩子，他說女兒在國外，夫人黃臉婆怕見人。花五朵明知他是在跟自己打太極，但又很難改變目前黑白不明的交往方式。說不明又不太準確，一出手就幾百萬的幫她，說明對她的舊情還在，不願將他倆的關係再進一步，是家中已有髮妻。其實花五朵也沒想過要取而代之，至少現在沒有。她只是覺得欠他的，過去欠的是情，現在欠的是錢。而現在她能還的就是情，只要他需要，她什麼時候都可以毫不保留的給他。而他似乎不怎麼領情，那他需要什麼呢？

不管怎麼說，上蒼對她還是憐愛的，在她最倒楣的時刻，他從時間隧道裡穿越過來，不計前嫌救她於水火。他還那麼帥，還那麼挺拔，更重要的是他身上積攢了當下所有男人的優勢——有錢、有型、有地位。如果父親還在，看到今天的畢旭，他會怎麼想，會後悔嗎？

花五朵帶畢旭去看了一回她的母親和姐姐們，她們都把後悔寫在了臉上，花母甚至為女兒當年的離去向他道歉。她說：「以後常來，就把這兒當自己家。」

這麼露骨，把花五朵都弄得無地自容。畢旭只是呵呵地笑，那笑聲裡不露絲毫允與否。不過他發現，花五朵母親因年紀大了而致的行走不穩，倒掩去了跟隨多年的跛足。

他還特意走到花大捷的遺像前，雙手合十行了注目禮，還表示遺憾的說，花伯伯走得太早了。一切都那麼溫潤得體，令花五朵全家像接待領袖般地對他有了崇拜感。

花母問：「你有孩子嗎？跟五朵的孩子差不多大吧？」

畢旭回答：「我有一個女兒在加拿大留學，比你的外孫應該小兩歲。」

「哦哦也在國外，她常回來嗎？」

「寒暑假都回來。」

「真好，我那外孫子我只見過照片，還是很小的時候，現在長什麼樣都不知道了……」說著抹起了眼淚。

「媽，好好的說這個幹嘛。」花五朵心裡一酸截住母親的話頭。

「他那爺爺奶奶真是霸道……」

「媽你別說了。」

「他爺爺奶奶怎麼了？」畢旭問。

「兒子去世了，孫子就是他們的命，所以就怕我把孩子帶走。」花五朵解釋。

「你是孩子的母親，有權力要回他的。」畢旭說。

「當初是不忍心，後來孩子大了跟我也不親，再後來他們搬家了也沒告訴我。」

「真要找就一定能找回來，美國是個法治國家，需要的話我幫你去找。」畢旭語氣有點急，聲音也大起來，與之前的溫潤有點不一樣。

花母有點緊張地看著他，畢旭意識到自己的失態，他緩和了口氣繼續說：「你就這一個兒子，將來老了怎麼辦？」

這句話讓花五朵聽出幾層意思，一是說花五朵就要老了，而且不會再有兒子了；二是說他不可能陪她到老，她只有靠兒子養老。兒子，他那麼強調兒子，難道他心裡還在惦記著我的兒子？她心裡就有一股舊恨升騰，要不是你當年一封信，我丈夫也不會知道真相，他也不會葬身車輪下，我也不會離開兒子，現在你還在癡想這兒子是你的，真是想得美！她感覺心裡的恨就要浮到臉上來了，趕緊起身拿起畢旭面前的水杯去廚房續水。

待回到客廳，她說：「兒子我遲早是要找回來的，他長得那麼像我，想不認我這個媽都不行。」

花母立刻喜笑顏開：「哎呀太好了呀，你終於要去找兒子了。小旭呀，都是你的功勞，我是一直勸她呀，她總說不急，我說再不找回來，那孩子就會長得越來越像他們家人了，那多難看呀！都說跟誰在一起時間長了就會像誰的。」

「他們家人很難看嗎？」畢旭追問。

「媽，你別醜化人家，他爸爸不難看，況且兒子也不像他。」說這話時，她注意地觀察畢旭的表情。

畢旭眉頭驚喜的一跳，沒能逃出花五朵的眼睛。

之後，畢旭與花五朵見面的次數更頻繁了，偶爾也會去她家坐坐，但花五朵不滿足於此。

她問畢旭：「你這麼帥，你老婆一定很漂亮吧？」

畢旭說：「再漂亮也一把年紀了。」

這話花五朵聽著很不受用，她說：「你是說我也老了？你們這些成功的男人面前一定不缺年輕姑娘吧。」

「我是說我老婆，她比你小，但看起來比你大多啦。」

在畢旭眼裡，家裡的老婆與花五朵是沒有可比性的。她文化程度不高，原來是車間同事，雖然也搆得上廠花的級別，但一輩子在廠圈裡熏著，與日新月異的廠外世界總像是隔座山。隨著畢旭地位身份的改變，他們也住進了高樓，也開上了小車，但她的朋友圈還是廠裡的姐妹。也因為此，廠裡的員工對她都有極高的評價，說她沒有以夫為榮仗勢欺人，還總是那麼平易近人，熱情友善。

花五朵說：「我不僅看起來比同齡人年輕，身體狀況也好。我的閨蜜們都有白頭髮了，我一根也沒有，而且……而且她們都絕經了，我還每月準時報到，真是挺煩人的……」她低下頭，表示有點害羞。

畢旭倒真是臉紅了，儘管皮膚有點黑，但還是顯出來了。他想到家裡的妻子，也於一年前絕經了，心裡真的有點氣餒當年從他手上溜掉的這妖精。久未啟動的荷爾蒙此時在體內有運轉的趨勢，他起身去了趟衛生間，或許一泡尿可以釋放掉不該奮起的衝動。

他從衛生間出來，房間的燈光變得昏暗朦朧，一首曼妙的舞曲舒緩而柔情。花五朵已經換了一件露出深V的舞裙，裙裾雖然很長，但裙側有一叉口，舞動起來可以露出白皙的大腿。剛剛平靜下來的畢旭又感覺燥熱了。

「你還沒看過我跳舞吧。」花五朵說著就將一隻手搭在畢旭肩上，圍著他舞動起來。

她一會兒舞在他的前面，一會兒舞在他的後面，一會兒又轉到他的側面，他眼暈加頭暈。突然，她的一條腿搭上他的肩，裙擺瞬間滑落，他看見了她玫瑰色的底褲，他身體打晃站不住，她的身體重心卻壓將過來，兩人一起倒在地毯上，他的手機從褲子口袋裡滑了出來，上面正巧來了條微信：你回來吃飯嗎？

花五朵手快撿起手機：「你老婆，還是別的女人？」

「我把一生的最愛給了你，她把一生的最愛給了我，我沒有別的女人。」

「那你現在還愛我？」

「要我說實話嗎？」

「當然。」

「沒有愛，只有瞬間的慾。」

花五朵從他身上滑下來，她哭了。因為她又重新愛上了他，或者說從來就沒把他從心裡抹去。她的每一次婚姻，每一次委身於男人都不是因為愛，只有這初戀是讓她嘗到愛滋味的，所以與酒店副經理在一起時，她沒與畢旭斷，與臺灣丈夫在一起時，她也沒與他斷，也所以才會有他對兒子的遐想，才有他的一封信對她婚姻的毀滅。但是，他已經不愛她了。她傷心，也不甘心。

「你怎麼了？別哭……」他手足無措。

她哭得更凶了：「還說要幫我去找兒子，你都不愛我了，找回兒子有什麼用？」

「你是說兒子是我的？」

這會兒她真希望兒子是他的，她不回答，只是哭。

畢旭將她摟進懷裡，她像個小貓一樣緊緊地依偎著，她不想離開這個懷抱，她要牢牢抓住這個懷抱。

《房車》售罄

尹辰兌現對王曉陽的承諾，在閱讀檔裡做了期節目，題目是「讓《房車》停下來」，引發了網上關於都市房奴生活狀態的大討論。《房車》不幾天就售罄了，出版社立刻開機再次印刷。

有三家影視公司來找王曉陽，一家要買電影版權，兩家爭奪電視劇版權。電影版權賣了，電視劇版權卻費了番周章。因為不能簡單看哪家價碼出得高就賣給哪家，為未來的長線著想，她一家都不想得罪。在尹辰的參謀下，她最終選擇了名氣略遜的一家，理由是本書已火，不愁電視劇不火，由哪家拍已不重要。同時，王曉陽請落選的那家製片人和導演大吃一頓還送了厚禮，並在本市好好的遊玩了一番，最重要的是向他們透露了她下一部的寫作計畫，並承諾電視劇版權非他家莫屬。如此，皆大歡喜。

王曉陽要請閨蜜大吃一頓，以示慶祝。

尹辰一手接著王曉陽的電話，一手翻著手邊的《房車》，她說：「吃飯的事先放放，你再拿幾本書來，好幾個同事跟我要呢！」

小李敲敲門，尹辰用眼神示意他進來。

見小李似乎有急事要說，她對王曉陽說：「我有事了，回頭再聊。」掛了電話。

小李急急地：「姐你看梅花臺了嗎？」

「沒有，怎麼了？」梅花臺是另一家省級衛視。

「博文上了他們的《詩詞秀》，是現場評委。」

尹辰騰地一下站起來，又立馬坐下，在電腦上搜《詩詞秀》節目，果然，每對選手博弈後，博文當場評點和打分。

尹辰閉上眼睛，她不想此刻複雜的心理反應從眼睛裡流出來。

「姐，我一早去找了博文，他說梅花臺早在去年就找他了，他一直是拒絕的，原因不用說，這也是他做人的原則。但是，他那次不能來參加咱們的會確實是因為他病了，你給他打電話時他正在掛水，他還拿了那天的病歷給我看了。但你那天好像……態度不太好，你罵他了？」

「強詞奪理，這就是他背叛我們的理由嗎？」

「梅花臺後來是通過博文的一個恩師請他的，當年就是這位恩師的推薦，他才進了檔案館。」

「我知道他的老師，不過……這也……」

「剛才我遇見臺長鐵青著臉，還問你在不在。姐，你小心著點……」

尹辰在辦公室待了一天，心裡多少有點忐忑臺長來問責。雖然她有理由回答，博文又不是我的什麼人，我怎麼能奈何他？人家又沒賣給我們臺，去哪個臺是人家的自由，有本事你出高價把人家搶回來呀！

臨下班的時候，博文發來微信：晚上有安排嗎？一起吃個飯吧。

尹辰遲疑了一會兒回信：「好吧。」她要看看他到底怎麼解釋。

到晚上見面時，尹辰什麼都不想說了，也不想聽他有什麼解釋。木已成舟，不論什麼樣的解釋都改變不了既成的事實，博文不可能回來做原來的節目，她和他也回不到原來的位置。電視臺不是她家的，她無意代表誰來興師問罪，博文也不是她的什麼人，她也沒資格要求他做什麼該怎麼做。

這頓飯吃得異常平和，他們都不提不愉快的事，彷彿什麼都沒有發生，還都小心翼翼回避著其實已發生了的不愉快。他們把話題扯得很遠，他們躲著紅綠燈，寧願多跑點路。他們聊一本書，聊一部電影、聊一個畫展，他們聊國事，聊天下事，就是不聊身邊事。但繞著繞著還是會不小心走進禁區，他剛說了句電視臺，就馬上想到跳槽梅花臺之事，立刻剎車掉頭。她剛說到王曉陽的《房車》，就想到鐘昊搶車位的嘴臉，也立刻打方向燈轉彎。他們的談話就時斷時續，主題也不斷地轉換，以致他們分手後都弄不清那天聊了些什麼。

那一晚，尹辰又失眠了。

無名指的尺寸

王曉陽好不容易把四個閨蜜湊齊了一起吃飯，現在大家都忙，除閨蜜外還有別的約聚，尤其是花五朵，她甚至削減了跳舞時間，去搶占畢旭的業餘時間。

王曉陽今天請大家吃飯，除了慶祝她《房車》的連連喜事，還有一件重要的事情要宣佈，那就是她與鐘昊的喜事也將近。

「他向你求婚啦？」花五朵叫起來。

「已經準備買戒指了。」王曉陽把左手一伸，翹了個蘭花指，又貼近嘴唇吻了一下那即將帶上戒指的無名指。

尹辰笑道：「德性，快把那指頭洗乾淨。」

「你別說，鐘昊還真仔細，他問我手指的尺寸，我還真回答不上來。你們知道你們無名指的尺寸嗎？我第一次結婚的時候，列車長就沒問過我指頭的粗細。」

「那年頭都興戴 999 黃金的，指頭粗點細點沒關係，黃金軟，大了小了捏捏就行了。現在是鑽戒，軟了鑽石就掉了。」薛岩說。

王曉陽眉角一挑，思忖了一下：「也是啊，我第一枚戒指就是赤金的。」

花五朵說：「過去的什麼都不好，要不怎麼會過去呢！現在的什麼都好，要麼怎麼叫把握當下呢！」

「有哲理，跟著大董事長就是不一樣哈，水準見漲呀！」王曉陽笑道。

花五朵飛給她一個得意的眼神。

「你跟畢旭是算過去還是現在呢？」尹辰問。

「我們是從過去到現在，是穿越時空。」花五朵晃著腦袋甩了一下她的瀏海兒。

薛岩認真地問花五朵：「你跟畢旭現在什麼關係？不會影響人家家庭吧。」

「她巴不得影響人家家庭呢！」王曉陽搶話。
「我沒有啊，是他現在總黏著我。」花五朵辯解，但她有點心虛地看了眼尹辰。
尹辰不假思索地：「是不是還為你那兒子？」
薛岩和王曉陽都發出疑問：「你兒子怎麼啦？」
「嗨，他總懷疑我那兒子是他的，因為我剛出國不久就懷孕了。」花五朵很不情願地乜了尹辰一眼。
「那到底是不是他的呢？」薛岩和王曉陽問。
「不是的，我早跟他說了。」尹辰替花五朵回答。
「我，我現在也搞不清楚到底是不是他的……」花五朵囁嚕起來。
尹辰張了張嘴，嚥了後面的話。她曾專門問過花五朵關於兒子的事，她非常肯定地說兒子是臺灣丈夫的。
「怎麼回事？」薛岩問。
「早沒聽你說過呀！」王曉陽說。
薛岩和王曉陽疑惑地看看尹辰，又回頭看著花五朵。
「他讓我去要回兒子。」
「什麼意思？他老婆能接受嗎？」
「我也不知道他什麼意思，要回兒子怎麼辦，他跟老婆離婚？」花五朵轉動著手裡一個牙籤盒，似漫不經心。
「你怎麼想，想跟他在一起嗎？」薛岩問。
「我也沒想好……」但她神情裡分明是拿定了主意的。
或許是薛岩的洞察力太強，也或許是尹辰的掩飾力太弱，事後薛岩問她，是不是知道花五朵什麼事而沒說。她沉吟了一會兒說：「每個人有每個人的活法，我們就別操心了。」

薛岩說：「我們可是閨蜜。」
「操心多了，閨蜜就做不成了。」
薛岩想了想不再追問。
第二天一早，王曉陽被一場毫無徵兆的雷雨驚醒，想到下午有一場簽售活動，就擔心來的讀者一定會減少。但她還是趕緊起來洗漱後，就直奔了美容院。好久沒去做美容了，一張年卡買了大半年了，才做了不到十次，也太對不起自己了。做完美容，又去了美髮館。這裡倒是常來，漸顯的白頭發會提醒她每月都要來染一次色。知道常染髮對身體不好，但白髮顯示的年歲更不好，尤其是女人，尤其是正在談戀愛準備再度婚嫁的女人。
頭上罩著烘發器，王曉陽給鐘旲發微信：「下午的活動你來嗎？」
鐘旲回答：「當然。」
她滿意地一晃腦袋，耳朵被烘發器燙了一下。她咧了下嘴，又在「4是而非」裡提醒：別忘了我下午的簽售會喲。接著還發了個簽售地址的定位。
幾乎是在同時，尹辰卻接到個不好的消息，她沒敢在群裡透露，先私信王曉陽。
「曉陽，你在哪裡？接到消息沒？」
王曉陽去沖洗頭髮了，沒看見。
尹辰又發：「打你電話也不接，你在幹嘛呢？」
王曉陽還是沒有回答。
沖洗完頭髮，王曉陽在電吹風的轟鳴聲中，看鏡子裡自己的頭髮在理髮師的手下變成髮型，手機響她沒聽見。一個小時後，王曉陽滿意地從理髮店出來，駕車到了作協。這一個小時，新華書店將已經佈置好的簽售場地撤了，將廣告牌和導引讀者排隊的圍欄也收進了庫房；這一個小時，鐘旲命他的秘書買來了鮮花，準備下午去現場捧場；這一個小時，花五朵辭了舞伴，約好了畢旭下午接她一起去新華書店；

這一個小時，薛岩將下午的一個會議提前至上午開完了。

停好車，王曉陽走進作協大樓，她對自己今天的形象很滿意，她用帶著溫度的微笑，迎接每一個碰到的同事。但同事們回敬她的表情就有點耐人尋味，有人張著嘴，想說什麼卻沒說。有人滿臉堆笑，卻笑裡有他意。有人過來擁抱了她一下，手臂的力度卻不像是道賀。還碰見一位作協領導，有點慌亂地對她笑了一下就瞬間收斂了，是秒笑，好像笑要計時收費似的。

終於有一個人沒笑，一把將她拉到一邊，告訴她那個不好的消息。王曉陽的微笑立刻凝固了，像高速上剎車，她身子前後趔趄了一下，顯出險些要翻車的樣子。這時她的手機響了，是尹辰打來的。

「你在哪裡？別動，我過來。」尹辰語速很快。

「我，我在……我他媽的要找作協主席！」

同事勸道：「別在氣頭上幹傻事，禁書通知已經下發，就不是一個人做出的決定，更不是作協能做的決定，你找誰也沒用。先回去冷靜冷靜，他們還沒找你，你就別往槍口上撞。反正你該拿的版稅、版權費都拿了，找個地方好好玩玩去。」

電話沒掛，尹辰聽到了王曉陽同事的話，她說：「你同事說得對，找個地方我陪你去散散心。當然，如果鐘昊陪你，我就不當電燈泡。等著，我馬上去你那兒。」

王曉陽沒等尹辰來，直接去了鐘昊公司。她太氣憤太想罵人，太委屈太想哭了，閨蜜的安慰是不夠的，她要找個可以撒嬌可以投入的懷抱，把這盆兜頭潑下的冷水，在那個懷抱裡擠乾、捂暖。

她衝進鐘昊辦公室時，他吃了一驚。

「是怕我不去嗎？不會的，我花都買了。」鐘昊扭頭指了指一旁放著的鮮花。

王曉陽看了一眼鮮花，眼淚就刷刷地下來了。本來坐在辦公桌後面的鐘昊立即起身，轉到她跟前，還沒來得及問緣由，就被撲進懷裡的淚人撞得向後退了兩步。

「你是哭夠了再說話，還是現在就告訴我發生了什麼事？」

她止住哭聲，將臉從他身上移開。

看到被她糟蹋的西裝前襟，鐘昊向牙根裡吸了口涼氣：「為了參加你下午的簽售，特別穿了這套定制的西裝。」

王曉陽趕緊抓起桌上的抽紙替他胡亂地擦拭，鐘昊甩開她的手，有點惱怒地：「你幹什麼呀！」

王曉陽看著他，目光呈拋物線般由近及遠由高及低，心中的悲傷也轉為哀傷。

鐘昊根本沒注意到她情緒的變化，他叫秘書進來，然後將西裝脫下來交給他：「趕緊找家洗衣店處理一下，要最好的洗衣店啊，不然這衣服就糟蹋了。」

秘書出去了，鐘昊回過頭來：「好了，說吧，到底出了什麼事？」

「沒什麼，你忙吧。」王曉陽拿起她的包向外走去。

鐘昊在她身後叫道：「你這是……怎麼了，那下午還要我去嗎？」

「不用，」她回過頭來，「你的西裝已被我糟蹋了。」

「那，那我不穿西裝去，只是……這麼重要的場合……」

「別去了，那場合只適合穿西裝。」說這話時，她已走出鐘昊的辦公室，她不知道鐘昊有沒有聽見。

聽見了怎麼樣，沒聽見又怎麼樣？他去又怎樣，不去又怎樣？一套西裝又怎麼了，定制的又怎麼了？她後悔跑到這兒來，後悔將臉貼在那刺撓皮膚的羊毛西裝上，後悔讓他看到自己的眼淚。這一後悔，就想起了尹辰，她要給尹辰打電話，這才發現手機丟車上了。趕緊跑到停車場，開了車門，發現手機快給打爆了。除了尹辰的，還有薛岩、花五朵的，估計尹辰找不到她急得通知了她們。

網絡暴力

一夜之間，《房車》在全國的新華書店全部下架。買了電影版權和電視版權的兩家公司吃了個悶虧，他們不能向王曉陽要回版權費，也不能去向發佈禁書指令的有關部門申請補償。追熱點追出這麼個結局，真是始料未及。倒是那家想買而沒買到電視版權的影視公司暗暗慶幸，有時輸一步棋還真不是什麼壞事。

至於王曉陽承諾的下一部作品，他們也不會上趕著要了，因為那還是一部現實題材的作品，弄不好又會踩地雷。但他們看重王曉陽的市場號召力，他們建議她把下一個故事放到清朝或者明朝，或者不管哪個朝代，那怕放到被人寫爛了卻永遠也不會過時的後宮女人的宮鬥裡，憑她的名氣也一定會有不俗的上座率。

王曉陽屏蔽了他們的餿主意，關了自己的微博，還特意換了手機號，她一夜之間消失在公眾視野。網絡上立刻出現王曉陽被抓和自殺的消息，自殺的原因有多種版本，最吸引眼球的是王曉陽為某作協領導的小三，被領導妻子發現了，逼其自殺。再接著就開始人肉那個領導，還包括他的髮妻。

一時間各種傳言甚囂塵上。為逼退那些謠言，正在召開的作代會上，作協破例讓王曉陽參加，還在電視新聞裡出現她的鏡頭。本來還安排了一個採訪，讓王曉陽說說作家該如何把握文學創作的正確導向，但她拒絕了。她覺得這等於是當眾做檢討，說她《房車》的導向是不正確的。她寧願不要這樣的新聞曝光率。領導退了一步，只讓她在鏡頭裡多出現了幾次。

果然，被抓和自殺的謠言沒有了，也不再人肉某個領導了，卻立刻又出現「美女作家當小三，破壞央企老總婚姻」的帖子。某領導沒事了，王曉陽卻沒能丟掉「小三」的帽子，這消息攪起的風浪甚至高過之前的級別。開始還有不少頂她的帖子，隨著風浪的升級，頂她的聲音漸漸被淹沒了，網絡就呈現出一邊倒的唾沫星子。有顏色的話題總是讓人想入非非，總是能咂摸出一點味道來。不管自己是不是有德之人，卻都居高臨下地用道德綁架你，審判別人似乎可以給自己帶來快感，可以忘卻自己曾經或者正在經歷的苦難。

接下來的這輪網絡狂歡，就像沒了剎車的SUV，王曉陽的初戀情人、列車長前夫、現任央企老總情人全搜出來了，她作品中的人物也都一一找到了原型。網民們為她的作品添枝加葉，故事越來越生動、生猛，有的還配了圖，有的乾脆用當紅明星來扮演他們新創作出的男女劇中人……全民雀躍，全民都在興奮地創作。

王曉陽把自己關在家裡，她在電腦前看著這場狂歡，她的心是麻木的，是痛過和恨過之後的麻木。她跟拿她津津樂道的人都無冤無仇，他們卻是無緣無故地先愛她後恨她。先將她拋到天上，再將她踩在腳下，一切都在轉瞬間，一切都不以某一人某一群體的意志為轉移，舵手是誰，從哪下的水，全然不知，也沒人想知道。只為有那麼一個假想敵，可以隨意、任意、肆意地對其施暴。因為她是個名人，更因為她是一個名女人，那施暴的快感就更濃烈。芸芸眾生平頭百姓，不能成為名人，意淫一下名人，是何等快事？當名人就該付出這樣的代價，這是上帝之手在操縱著世間的平衡，不然呢？

作代會第二天，領導婉轉地讓王曉陽休會，他很體恤地說，「你避一避風頭吧。」其實領導是怕新聞鏡頭再一次掃到她。

不得不提及一下，這次風波唯一受益的是書商。開始是《房車》下架，這下架後的書就走入了地下，賣出的價格比定價翻了幾倍。隨著網絡輿論的走向，王曉陽的所有作品一下都成了熱銷貨，聰明的書商迅速將王曉陽既往的作品結集成套，不僅輕了庫存，還賣了個好價錢。

薛岩約了花五朵來看王曉陽，半天敲不開門。還是在門外大叫「我是薛岩，快開門！」「我是花五朵，我們知道你在裡面。」後，她才小心翼翼地開了個門縫，確認只有她倆，才開門讓她們進來。

「幹嘛呢？躲記者嗎？」花五朵問。

「你真是美國人，這時候哪會有記者，你以為哪家報紙敢報導我這被禁書的作家？」
「哪你這是幹嘛呢，又是關微博又是換手機的。」薛岩說。
「我要躲避塵世，我要去當尼姑。」王曉陽表情陰晦。
「紅塵裡遇難才想起菩薩，人家不會要你。」薛岩說著走進廚房，查看她這幾天是怎麼生活的。
「我是誠心的，我對紅塵已絕望。」
「這哪叫誠心？佛家可不是你絕望了紅塵後的退路，那是一心向佛的信仰。」
「絕什麼紅塵呀，你的鐘昊不要啦？」花五朵插話。
「他？哼。」王曉陽從鼻孔裡發出那個「哼」。
薛岩與花五朵對視了一眼，然後拿起水壺接水，燒水。她發現水瓶是空的。
「所謂患難之中見真情，你遇難了，他怎麼表現的？」花五朵也順手幫著整理到處散落的書報、雜誌。
「你們別忙了，尹辰呢，你們沒約她一起？」王曉陽岔開話題，此時不想提鐘昊。從那天離開他辦公室後，他們就沒再聯繫過。準確地說，鐘昊就沒聯繫過她。或許他那天因為沒了西裝就沒去現場，或許他不看報紙不聽廣播不上網，一直就不知道發生了什麼，所以沒必要為她擔心，更無需對她表示關心。她心裡有怨有期盼，更多是空落落的沒有落點。
「真是天上一分鐘世上一千年呀，你把自己關在家裡幾天，外面發生了什麼你知道嗎？」薛岩拍了拍神思飄忽的王曉陽。
王曉陽愣了一下，去冰箱裡拿出兩聽飲料分別遞給她倆，有氣無力地說：「天塌了？地陷了？」在她看來，也就這兩件事可以跟她眼下的災難相比。
「尹辰因為幫你做了那期討論《房車》的節目，被停職了。」花五朵說。

的橋。

「什麼！？」王曉陽跳起來，萬沒想到她這場地震的震級這麼大，不僅塌了自己的樓，還斷了別人的橋。

「憑什麼？我找他們領導去！」說著就去衣櫃裡翻衣服，幾天沒出門，她一件睡裙從早上到晚上，從床上到地上。

「你找他們領導，管用嗎？」花五朵有點疑惑地問。

「用腳趾頭想想都不管用。」薛岩說，卻並不阻止王曉陽繼續在衣櫃裡找衣服。

但王曉陽這會兒的大腦既不在眼睛上，也不在手上，指揮不了眼睛找衣服，也指揮不了手去選衣服，所以拿一件放一件，放一件又拿一件，毫無目的。花五朵急了，幫著選了一套裙裝，塞到她手裡。她看了看，又放下了。薛岩走過來拿了套休閒裝，不容拒絕地遞給她：「穿這套，隨意一些。別那麼緊張，我們去看尹辰，一塊放鬆放鬆。」

薛岩開車，載著王曉陽與花五朵去看尹辰。一路上，王曉陽不說話，心裡全是對尹辰的愧疚。

薛岩說：「你是作家，一般的心靈雞湯也餵不了你，我也不會說什麼隔靴搔癢的話。我的經驗是，壞事來了你乾脆把它想到最壞，看看這最壞的結果你能不能承受，不能，你就抹脖子一了百了。不到這步，就好好活著，不定哪天就東山再起了。」

花五朵說：「薛岩說的對，你最壞的結果是什麼，被開除？」

薛岩說：「那有什麼可怕的，你作家的手藝別人是搶不走的，到哪兒都是作家，到什麼年歲也是作家，本來就靠寫作吃飯，咱就繼續寫作、吃飯。」

「老娘才不會被他們開除呢，要開除那也是我開除他們。」王曉陽說著在儀錶盤上找空調開關，她最近老是感覺熱，別人都穿毛衣了，她卻是薄外套裡面一件短袖T恤，隨時外套一脫露出兩胳膊。

「好！還是這麼熱血沸騰。」薛岩重重地摁了下喇叭，以示鼓勵，「這才是我們的王曉陽！」

王曉陽嘴一咧，剛要露出出事以來的第一個笑容，就被一個緊急剎車給嚇回去了。坐在後座的花五朵臉撞在前座靠背上，她大叫了一聲「哎呀！」黏貼的假睫毛掉了一隻。

剛才那聲鳴笛招來了警察。

「您好女士，請出示您的駕照。」一個年輕的交通警，行了個禮，一口標準的普通話。

「警察先生，我好像沒有違反交通法規呀！」像被傳染似地，薛岩也操起了她並不標準的普通話。

「您違鳴了。」說著指了指路邊的一個交通警示牌，上面一個小號，一道斜杠。

薛岩一臉蒙圈，待看清了那標誌才知道「違鳴」是什麼意思。她下車看了看四周，沒發現這裡有禁止鳴笛的需要，沒有學校、沒有醫院、沒有政府機關、沒有……但她不能辯解，她知道，在警察眼裡辯解都是狡辯。她將駕照遞給警察，警察看看駕照再凝視她一會兒，似在核對照片上的女人和眼前的女人是不是一個人。薛岩被他看得心裡起膩子，這孩子太帥了，她若有女兒就該嫁給這樣的，雖然他就是個警察，還是個整天站馬路吃尾氣的警察。突然，兒子帶回的警察女兒的形象在她眼前晃悠了一下，她心裡笑罵，我怎麼也是個外貌控呀！

警察很帥，但面無表情，他什麼也不說，開了張罰單遞給薛岩，便不再理會她們這輛車，眼睛立刻尋向滿街的車流。薛岩下意識地看了一眼那警察的耳朵，挺大的，這會兒就像雷達一樣搜索著哪還有「違鳴」。

薛岩上了車，心裡有氣：「『違鳴』，你們聽得懂嗎？也太惜字如金了吧，旁邊要是沒有這標誌牌，不跟說天書一樣嗎？」

王曉陽說：「理解人家吧，一個大小夥子站在大馬路上，一天要提醒多少人說多少話呀，說全了得說『女士，此處禁止鳴笛，你摁喇叭了。』這得多少字呀！」

花五朵說：「就是，瞧人家還那麼帥，心疼心疼人家吧。」

薛岩罵道：「別犯花癡了，我這要罰款還要扣分呢！」
王曉陽說：「罰款錢我出，不過扣分就不好意思了，我今年已被扣九分了，差三分就得大循環了。」
花五朵說：「幸虧我沒買車，國內這車真不敢開。」
薛岩對王曉陽說：「誰要你的臭錢，我要分，我願意高價買分！」
花五朵說：「還是坐公車好，省得麻煩。」
「得了，我看你就是捨不得買車，你們美國回來的人就是小氣，放個屁都要回過頭做個深呼氣！」王曉陽不知怎麼就越說心裡越不痛快，但剛說完卻又後悔了，她回頭看一眼，發現花五朵的臉色都變了。她立刻嘻嘻哈哈地乾笑起來，明顯是為笑而笑。
薛岩被王曉陽的話逗樂了，她看不到後座的花五朵：「美國人民生活在水深火熱之中，人家掙錢不容易，資本家克扣得很呢，稍不留意就被解雇了，我們這兒，只要不犯大錯……不過曉陽，你這錯好像是大了點……」
王曉陽叫起來：「我錯哪兒了！？你也認為我錯了？」
薛岩說：「當然錯了，而且是大錯。你的錯不是我們小百姓認為的錯，是大人物認為的錯，所以才是大錯。不過，我們小百姓認為你們這作家協會本身就是個大錯，所謂的專業作家，就是拿著工資再賺稿費，我們實在想不通。而你呢，還端著人家的碗，卻不聽人家的話，就是錯上加錯。」
「這是兩回事。」王曉陽說。
「我看就一回事，你別得了便宜還賣乖。」花五朵從後座加進來，算是對她前面那句話的報復。
「哈哈……」王曉陽雙手抱拳，在頭頂做了個回敬，表示一對綠林好漢的休戰言和。

尹辰要辭職

薛岩她們到電視臺時，迎面撞上小李，他像遇見救星似地拽著她們說話：「幾位姐姐快去救救尹導吧！」

三人嚇了一跳，齊問：「怎麼了？」

「她要辭職，辭職信都寫好了，我勸不住，這會兒正去找臺長呢！」小李腦門上沁出汗珠，看得出真是急得不行。

薛岩立刻在手機上發了條微信，然後對王曉陽和花五朵說：「走，我們去車庫找她的車。」

王曉陽和花五朵都疑惑地看著她，小李也急了：「你們快去攔住她呀，或者打電話，快打電話……」

薛岩不理會他，逕自往車庫走，王曉陽和花五朵左右不是躊躇不定。

薛岩叫了一聲：「走呀，你們跟我來！」

王曉陽和花五朵小跑著跟過來，但心裡仍是疑惑不減。王曉陽回頭看小李，薛岩卻說：「小李放心吧，你們尹導不會辭職的，你就等好消息吧。」

小李跟了幾步，又退了幾步，最後轉身走了。他的背影寫滿了懷疑和沮喪。

三個女人在車庫裡剛剛找到尹辰的車，她就飛奔著來了。看到薛岩，她驚得站住了。

「薛岩，你，你怎麼，你沒事了啦？」

同時被驚著的還有王曉陽和花五朵，她倆不明白尹辰怎麼就來了，也不明白薛岩怎麼把尹辰嚇著了。

薛岩一把拉過尹辰：「你的辭職信呢？」

「在，在這裡……」她慌亂地從外衣口袋裡拿出一個信封，顯然還沒緩過神來。

薛岩拿過那個信封，看也不看，連著外殼將裡面的信撕成幾瓣。尹辰想搶沒搶著，乾脆任由她撕。她心裡突然就明白了什麼，剛才因緊張而全身繃緊的肌肉都鬆弛下來。

薛岩向王曉陽和花五朵使了個眼色，倆人架著尹辰來到薛岩的車前，薛岩一開門，她倆將尹辰推進車裡。

尹辰叫道：「你們這是幹什麼，綁架呀！」

上了車，王曉陽和花五朵要薛岩解謎，她怎麼就預見到尹辰要去車庫，尹辰見到她為什麼又很吃驚？

尹辰將自己的手機遞給她倆看，上面有條薛岩發給她的微信：「我出車禍，速來第一醫院！」

王曉陽和花五朵的嘴巴都張成個O字，這個謊言的含金量了不得，首先它是善意的，為的是不讓尹辰衝動地做出辭職的決定。其次，它考驗了尹辰與薛岩之間的友情，你的辭職與她的車禍，孰輕孰重？再其次，顯示了薛岩的急智與處亂不驚。這幾層意思是王曉陽和花五朵分別在肚子裡悟出來的，她們繼續張著O型的嘴，對薛岩肅然起敬。

開著車的薛岩看不見她倆的表情，她眼觀前方，右手在尹辰的手上輕輕拍了兩下。她無意測試尹辰的友情，她深知她重情重義，因此才敢用此招剎住她去臺長辦公室的腳步。尹辰能感受到她手上那兩下輕拍傳遞過來的溫暖友情，她鼻子一酸，眼淚瞬間湧出。薛岩將駕駛臺上的紙巾遞給她。後座的王曉陽發現了，用雙臂環繞著尹辰的雙肩：「對不起，都是因為我。」

「沒有，不是的……」

「你幫我，卻替我受過，都怪我……」

「好了，這會兒都別說了，影響我開車。」薛岩將車子掉了個頭，上了繞城公路，「還是去我家吧，王一平早上買了螃蟹，我們先去幹掉那些張牙舞爪的傢伙，把心裡的惡氣都出一出。」

這要在平時，王曉陽定會興奮地叫起來，螃蟹是她的最愛。每年蟹黃時，她從上市吃到下市，大姨媽來了也不含糊。你說螃蟹是大涼的，吃了會痛經或大出血，她說她的子宮就是火窯，什麼大涼小涼的都給火燎了。但是這會兒，那饞蟲似乎也被火燎了，一點動靜都沒有了。她繼續摟著尹辰的雙肩：「如果能讓尹辰無過，我寧願從此不再吃螃蟹！」

撲哧一聲，薛岩和花五朵都笑了。

「誰在意你吃不吃螃蟹？」

「你吃不吃螃蟹與尹辰何干？」

「懲罰我自己呀，這是對我最大的懲罰了！要不尹辰你說怎麼懲罰，什麼都可以，我絕不還價。哪怕收回所有的《房車》，來換回尹辰的無辜，我也樂意。」

「好了，幫你是我自願的，讓我受處分又不是你幹的。」尹辰拍拍王曉陽扶在她肩膀上的手，「我是寒心，做了那麼多讓領導有面兒的事，出點岔就立刻拉我示眾，他們就都洗白了。當初也是他們審片後播出的，播出後的收視率他們也是點讚的，這會兒就全是我的責任了。更可氣的是把博文放我們臺鴿子的責任也算在我頭上，說我因為私事影響了公事……」尹辰越說越氣，有點倒不過氣來。

「這叫什麼話？還想干涉你的婚姻自由！」王曉陽忿忿然。

「哎哎哎，說好了別影響我開車的，這會兒都別說了。等吃完螃蟹降降火，咱們再議行不？」薛岩提高了嗓門抗議道。

大家都不再說話，薛岩卻用車載電話通知王一平立馬蒸螃蟹。

已是深秋，寒風已經能夠透過衣物往骨頭裡鑽，這便是公蟹膏最厚的時候，會吃的王一平買了一色的公蟹。見四個女人進門，便嘻嘻哈哈地說，就知道薛岩會叫閨蜜們來享用，所以都買了公蟹，女人吃公的最好啦。但今天沒有說笑的氣氛，他的玩笑就給涼在半道上了。一般來說，玩笑話出口，有人笑有人接茬，才構成一個玩笑鏈，才稱得上是個玩笑。沒人笑也沒人接茬的玩笑，是個半拉子工程，它玩不起來，也笑不起來，王一平甚是尷尬。

薛岩拍拍老公，算是給他這個沒人笑的笑話一個安慰。王一平瞄了那幾個女人一眼，知趣地一扭頭進了廚房，不一會兒就端出一大盆螃蟹來。

除了王一平，大家都吃得無滋無味。中途王者回來了，薛岩讓王一平將剩下的螃蟹都端兒子房間去，讓他陪兒子一起吃，就將餐廳連著客廳的大屋子留給她們幾個說話。

薛岩特意坐在尹辰對面，因為她下面要說的話都是針對她的。她說：

「你曾經說過，有領導說你不懂政治，你當時還很不以為然，今天我要說，你那位領導說得一點也不錯。你就是不懂政治。什麼叫政治？政治就是在是非面前，立場最重要，在立場面前，利害最重要。而你卻只講是非，其他一概不顧。不錯，你在電視臺大小也是個領導，但你只能是業務領導，永遠成不了決策層的大領導，不是我咒你啊，因為政治就是個骯髒的東西，你太乾淨又不願同流合污，所以搞不了。

領導是什麼？領導就是關鍵時刻能站穩腳跟，先保全自己，才能保全他想保全的人。都坐過飛機吧，那安全須知怎麼說的？緊急情況下，要先戴好自己的氧氣罩，再去幫助別人。目前看來，你們領導是幫你戴氧氣罩的，只讓你停職反省，並沒有撤你的職呀。等風頭一過，上面的領導氣消了，忘了這碼事了，你還是你的頻道總監。

這時候最要沉住氣了，可不能要什麼骨氣、志氣，最不能要的就是你那文人氣，頭腦一熱自己先辭了職，傷了領導的面子不說，把自己為之奮鬥多年的心血都毀之一旦，才真叫親者痛仇者快呢！」

這番話把三個女人都說傻了，她們消化了一會兒，連同肚裡的蟹肉蟹膏。

兩個人類體系

花五朵去找畢旭，她已經一個星期沒見到他了。她擔心他會不會受尹辰之事的牽連，因為他是她節目的贊助商。

見畢旭還真不容易，一句「沒有預約」就將她擋在層層關卡之外。想當年，是畢旭見她不容易，上班時間不可以接待工作以外的客人，下班後還要防著不讓父親知道。更重要的是還要錯開與那個副總的約會時間。

都說時間是把殺豬刀，在花五朵看來，時間還是個戲劇家，他把每個人的故事都編得懸念叢生，誰會想到今天的畢旭會坐在這麼大的一個集團董事長的位置上，而花五朵見他還要通過大門崗的保安，二門崗的接待，三門崗的秘書通報呢？算計了一輩子的父親，如果能算計到今天，她花五朵也用不著漂洋過海再出口轉內銷地兜那麼大一圈子，上趕著來找他了。花開最美的季節給了別人，如今花期已過，他還稀罕嗎？他可是如日中天啊！

來回踱步等秘書回話的花五朵，腳下一歪差點摔倒。地毯太厚，細細的鞋跟踩下去，像踩在海綿上，找不到存在感。她惱怒地踢了一下腳下的地毯。

「女士，您有什麼不妥嗎？」出來給回話的秘書很有禮貌。

「沒、沒什麼。」花五朵攏了攏遮了半邊臉的頭髮，掩飾窘態。

「很抱歉，我們董事長在接待重要的客人，他請您留下姓名和電話，回頭聯繫您。」

「你沒告訴他我是誰嗎？」

「對不起，找我們董事長的人很多，沒有預約很難安排接見。」

「接見？」我這是要見國家元首嗎？老娘不見了！她轉身就走，至門口又折回來，丟給秘書一句話，

「你告訴他，我兒子要回來了。」

果然，畢旭當晚就來找她了。雖然懷疑這是花五朵在誆他，但還是來了。花五朵下午去找他，他是誆了她一下的，根本沒有什麼重要的客人，連不重要的客人都沒有。但他不能給她在公司見到他的機會，一旦開了這頭，往後就很容易失控。他現在是可進可退的，想見就去見她，不想見就隱身。她不能去他家，也不允許她去公司找，這是事先就約法三章的，雖沒明說，但他不止一次的暗示過她。

首先，他老婆知道他與花五朵的過去，所以不能讓她知道花五朵回來了，免得她誤會。第二，他在公司是眾目睽睽的人物，競爭對手也在追光燈似地緊盯著他，以期找到擊敗他的抓手。所以，她不能出現在他的公司。

他心裡明白花五朵去公司找他，是因為他隱身了一個星期，沒接她電話，也沒回她微信。說是存心的吧也不完全是。這周發生了兩件重要的事情，一個是下面一個子公司的總經理被紀委叫去「喝茶」了，雖然與他沒什麼關係，但兒子有事，老子總有脫不了的責任。還有就是一個談了幾個月的項目在簽約之際，被個不起眼的同行撬走了。除了這兩件事，他也確實不太想見她，因為他想確認兒子的事一直沒有進展，他不想被吊著，不如反過來乾脆吊她一吊。

但見到花五朵的第一眼，他就覺得有點對不住她，因為她眼裡滿滿的是對他的關切，甚至是擔心。其實她的擔心是自擾的，尹辰被停職與畢旭沒半毛錢關係，他贊助的是電視臺不是尹辰。而且贊助的節目也是省裡的「命題作文」。尹辰被停職，還有別的導演，電視臺又不就尹辰一個人會做片子。但花五朵還是有點擔心，她提醒畢旭，別再去電視臺找尹辰，他畢竟是國有企業的老總，還是要懂點政治。她不僅消化了薛岩的話，還靈活運用了。

畢旭很詫異她的言辭，一時無法將這張雖經風霜但仍風韻撩人的臉，和她嘴裡吐出的話重合在一起。花五朵卻很興奮，還帶些得意，終於將他鎮住了。從美國回來後，她在他面前一直沒找回話語權，彷彿她去了趟外星球，地球上的任何事於她都是兩個人類體系，他只要一句話就將她擋在了他所屬的體系之外：「國內的事你不懂。」

「我回來也不少年了，國內的事情還是看得清楚的。這事要是放我身上，我才不會去辭職呢！太幼稚了。」

「誰辭職了？」

「尹辰呀，就為那本破書，曉陽要被開除，尹辰被停職檢查。你瞧這兩個倒楣蛋，唉，也許是她們這些年太順風太順水了吧，連上帝都覺得該平衡一下了……」

「尹辰辭了嗎？」畢旭打斷她。

「幸虧我們去得及時，把她攔住了。」

畢旭立刻拿出手機在上面翻找著。

「你幹什麼？」

「找他們臺長的電話。」

花五朵一把奪下他的電話：「剛才還說你不懂政治呢，你這是幹嘛呀？你是想告訴他們臺長你和尹辰關係不一般嗎？」

「臺長知道我和尹辰是老朋友。」

「你們什麼時候成老朋友……」花五朵斜眼瞟了一下畢旭，「好吧，就算你們是老朋友，這時候站隊就更重要了，千萬別讓人誤會，你贊助電視節目是因為尹辰。」

「不瞞你說，自從知道尹辰在電視臺後，我的贊助就是衝著她的。」

「看來你倆的關係還真是不一般啊！」花五朵聲音的分貝提高，空氣中立刻帶了點酸味。

「你和尹辰的關係應該更不一般。」畢旭定定地看著她，突然感覺很陌生。

「別這麼看我，我和她是髮小，和你是初戀，關係都不一般。對我來說，情人永遠比閨蜜重要。我就是重色輕友！」她迎著他的目光，既是挑釁也是表白。

還是畢旭敗下陣來，他躲開她的目光，心裡倒有些感動。畢竟是自己愛過的女人，而且一直是心裡的掛牽，如今人家為了愛自己而不惜輕待髮小，你還要苛責她什麼呢？他相信花五朵當年也是愛他的，若不是她父親的阻撓，也許不會離開他。這麼一想，就想到了此來的目的——兒子，那兒子一定是自己的。

「兒子什麼時候回來？」

「兒子，啊，我已經在聯繫了，很快就會有消息。」

「你？」

「如果沒有兒子，你是不是就不會來？你對我好，就是想找回兒子？」

「兩回事……」畢旭感覺有些理虧。

「我想問你個問題，你要認真回答我。」

「什麼問題？」

「如果我找回兒子，是不是也可以找回你？」

「這是……兩回事。」

「在我這兒就是一回事！」花五朵說得斬釘截鐵，似乎兒子已經就是畢旭的了。無論如何，這是個試金石，可以暫且一用，而且一下就點在畢旭的死穴上。

畢旭不說話。

「為什麼不回答？」

畢旭沉默的越久，花五朵心裡的痛感就越強，而說出兒子真相的可能就越小。因為她還不想失去他，眼下唯一能拴住他的韁繩，就是他假想的兒子。

畢旭沉默了很久，臨走時，他說：「讓我好好想想。」

想，就是沒有回絕。

花五朵也好好想了想，就想到了一步險棋。

花五朵找兒子

再次踏上美利堅的國土，恍若隔世。出了舊金山機場，花五朵找了個咖啡館坐下，她要了杯咖啡，慢慢地加奶，慢慢地加糖，慢慢地攪動。與倒時差相比，她要倒的是兩個國度、兩種社會制度、兩種生活方式、兩種人文環境的差別。

她在喝咖啡，更在打量四周，目光與陌生人相遇，都是友好的回報，她心裡有些暖，給此行的信心加了點勁。待幾日以後，遇到溫暖的目光多了，她也就麻木了。待一周後，她一邊遭遇著溫暖的目光，一邊經歷著找回兒子的波折時，她感到那溫暖的目光裡更多的是禮貌、客氣和距離。她突然覺得國內陌生人之間懷疑、冷漠的目光，是那麼的真實。

舊金山的風還是那麼大，還是不適宜有瀏海的髮型，花五朵忘了這個茬。初來美國時，國內正時興腦門前豎著高高的瀏海兒，花五朵把這流行帶到了舊金山。電吹風熱吹了半天，噴上層層髮膠，一出門就像碎了混凝土的預製板，只剩一根根扭曲的鋼筋支棱著，既站不成型，也服帖不進周遭的頭髮裡，如地震後廢墟一般的狼狽和悽惶。

她雙手胡亂梳理著頭髮，心想趕緊去買頂帽子吧。

來美國前，花五朵與她過去的律師取得了聯繫，請他尋找兒子的下落。律師對她的突然聯繫表示了驚喜，也為幫助她實現願望表現出極大的熱情，只是在收費時卻沒有因為是舊交而有絲毫含糊。花五朵咬咬牙滿足了他，捨不得孩子套不得狼。律師得了允諾也不含糊，很快就摸清了她兒子的住處。並瞭解到，兒子的爺爺已去世了，奶奶還健在。

來不及倒時差，花五朵很快見了律師。律師給了她一個大大的擁抱，是久別親人般的擁抱。然後細細打量了她一番，說她比十幾年前離開時更有韻味了。

花五朵爽快地付了律師費，律師也爽快地拿出了她兒子的住所地址。她提出要見兒子，律師頭搖成撥浪鼓：「no、no、no，您的兒子他已不是孩子，見不見你我左右不了。」

「您幫我約一下，下面的事您就不用管了。」

「我約不了。」律師繼續搖頭。

「why？你不出面，他知道我是誰呀，估計他奶奶是不希望他知道有我這個母親存在的。」

「我非常理解您，但我約不了他，這得通過他的律師。」

「那就找他的律師吧。」

「您這是新增的服務。」

「什麼意思……要另收費？」

「收費是一種承諾。」

花五朵氣得鼻腔冒煙，奶奶的，這老美一點舊情都不講，就知道錢。

「當然，如果約不上您兒子，我會將費用退給您。」

花五朵思忖了一下：「好吧，就按你的意思辦。」好在，美國人的契約精神她還是信賴的。

臨別時，律師再次擁抱了她，說她越來越迷人了，相信他兒子見到這樣漂亮的母親一定會高興的，並說他由衷地希望她母子團聚。

事情仍不如她想像的那麼簡單，光向兒子的律師證明她是他母親，就費了老鼻子勁，好不容易過了這個坎兒，兒子卻不願意見她。在律師幫助下，花五朵又曲線救國找到兒子奶奶居住的老年公寓。

沒想到，奶奶對這個失聯多年的兒媳卻不是拒絕的態度，相反倒有些驚喜。奶奶說，過去一直不在孫子面前提她，是怕失去他，但他懂事後總問自己的媽媽在哪裡，老人一直避諱，卻成了祖孫之間的一個疙瘩。爺爺去世前囑咐奶奶，希望能找到曾經的兒媳，讓他們母子團圓。

花五朵拿出自己母親的照片對兒子奶奶說：「奶奶，您看，這是我媽媽。她已九十歲了，卻一直沒見過自己的外孫，我父親已經……我真的不想再給她留下遺憾。」

奶奶說：「對不起，是我和他爺爺不好……」

花五朵說：「過去的事咱就不提了，趁著奶奶您還硬朗，不如我們一起回去看看？大陸現在變化可大了，您有多少年沒回去了？」

「回大陸？行嗎？」

「當然行了，由您孫子陪著有什麼不行的。」

在奶奶的脅迫下，花五朵終於讓兒子回了趟中國。

終於見到她傳說中的兒子

兒子回來了，堅持住賓館，不願住花五朵的家。

花五朵就每天往返於家和賓館之間。

畢旭得到消息後就天天往返於公司和花五朵家，他急不可待地要見兒子。花五朵說兒子回來的首要目的是見外婆，讓他等著，她現在是兒子的秘書，見他要預約。

在見了外婆以後，兒子對花五朵這個母親才給了一點笑臉，之前就幾乎無視她的存在。像所有從小就失去母愛的孩子一樣，當母親這個詞彙已經淡泊，母愛已不是重要或唯一的依賴，那個讓你叫媽媽的人卻突然出現在你面前時，你是叫不出「媽媽」這個稱呼的。因為你在無數個夜晚，無數個需要她關愛的時候在心裡叫了千次萬次，無望是生淚的，無望也是生恨的。但是因為由爺爺奶奶帶大，對老人卻有天然的親近感，在見到外婆的第一眼時，他的心就開始融化了。甚至在外公的遺像前，凝視了良久。

奶奶說：「別怨恨你媽媽。」

兒子第一次給了花五朵一個微笑。花五朵激動得眼淚噴湧，兒子將紙巾盒遞給她。

花五朵說：「我想安排你見見我的朋友。」心裡想，主要是見見畢旭。從第一眼見到兒子，她就覺得自己的這步險棋上了保險。兒子完全遺傳了她的模樣，除了皮膚有點黑，像爸爸。畢旭也黑呀，只要不做 DNA，誰能說他不是畢旭的兒子呢？至於做 DNA，她是可以防範的。第一不會讓他們有單獨接觸的機會。兒子回來就十多天，度過去，他畢旭就沒機會了。第二，跟畢旭約法三章，不許認兒子。奶奶還在呢，怎麼能讓老人傷心？

「我和奶奶是來旅遊的，請您不要隨便安排我的時間。」兒子的冷淡，讓以為已經縮短的距離又陡然拉開了。

「不隨便安排，看您什麼時候方便。」花五朵隨著他將「你」改成了「您」，卻是極不情願的。

「那您等我通知吧。」兒子的口氣如此官方。

花五朵也只得讓畢旭等通知。

兒子帶著奶奶去杭州玩了，花五朵想陪著去的，兒子說他只訂了他和奶奶的票。花五朵沒敢堅持，怕惹毛了後面更不好辦。

算好了他們從杭州回來了，花五朵早早地去了酒店。卻沒見著祖孫倆。通了電話才知他們又飛深圳了，說是去看看中國發展最快的地方。她說，怎麼不說一聲就去了。兒子說：「為什麼要告訴您？」

「為什麼」，還「您」。她恨死了這個「您」，看似比「你」多了個「心」，卻是戳心窩的「心」的。此時的花五朵才第一次體會到，兒子不在自己身邊長大，他再是你身上掉下的肉，那也是斷了筋絡的肉，沒了情感互通的介面。什麼血濃於水？分離的歲月早把鮮紅的血色沖淡得沒了蹤影，比水好不到哪去。

她也第一次後悔沒堅持要兒子的監護權，也後悔沒早些去找兒子。眼看著自己已進中年（這也是她第一次在心裡承認這個「中年」），身邊沒有男人，沒有兒子，未來的孤寡如突降的黑夜，將她緊緊裹挾。她在黑暗中摸尋，混沌一片，遠遠的似有一個亮點，撲過去，含混著好像是畢旭的臉。心裡卻清楚起來，畢旭呀，我不能沒有你，我一定要讓你見見兒子。

終於，在兒子臨走的前三天，花五朵讓畢旭見到了他。

因為奶奶的勸導，兒子才答應見她的朋友。也因為是見花五朵的一眾朋友，畢旭才有機會見到自己心中的兒子。

從知道兒子回來後，畢旭就沒睡過一個好覺。他興奮得睡不好，也煩心得睡不好。要見兒子了，他興奮。但要想認兒子，就要放棄妻子，他煩心。兒子回來後的這十幾天裡，他天天去見花五朵，但在要兒子還是要妻子這件事情上，他沒鬆口，她也不鬆口。千辛萬苦的把兒子帶回來，花五朵怎會輕易鬆口？他耐心地等待著，只要見著了，總會有辦法。只要兒子知道他是他父親，不愁他不認自己，這次不行，以後再謀求機會。

為了這次見面，畢旭特別設宴在花五朵當年供職的那家五星級大飯店。二十多年過去了，她仍然是本市最好的一家大飯店。花五朵回來後就沒再進去過，不是怕見著什麼人，這裡已沒有她能見著的什麼人了，這麼多年過去了，不僅沒了熟面孔，連飯店的大樓都面目一新了。原來的樓重新裝修，除了外立面，裡面已經是脫胎換骨。廣場上多了裙樓，裙樓又連接著一幢新樓，層數與老樓相當，如雙子座，如姊妹花。花五朵感情複雜的走進大飯店。

畢旭見著兒子的第一眼是個側面，他沒找到他與自己的關係。等見著正面了，就活脫是花五朵年輕時的男版。皮膚倒是有些像自己的，有點巧克力色，但似乎文弱了點，到底不像自己爬樹上房混世魔王般生活狀態裡長大的孩子，缺點陽剛氣。但他是喜歡他這文弱的，那氣質有點像尹辰家長大的孩子。這麼想著的時候心裡就為尹辰惋惜，那麼優雅的氣質，為什麼不生個孩子呢？

待大家都坐定了，花五朵開始給兒子一一介紹她的朋友。尹辰阿姨、薛岩阿姨、王曉陽阿姨，畢旭叔叔和王一平叔叔。邀請王一平，是為了不讓畢旭成為唯一被邀請的男朋友，而顯得那麼突兀。花五朵的四個姐姐和姐夫不用介紹了，帶兒子去看外婆時都見過了。坐席是花五朵安排的，兒子坐首席，奶奶和外婆一左一右，花五朵則坐在奶奶即前婆婆身邊，不時照應著她。從美國的老年公寓開始，她就很堅定地叫她「媽」了，這會兒已經順溜的讓親媽都些吃醋了。其實她每叫一聲「媽」，都在提醒那個到現在為止還沒叫她一聲「媽」的兒子。

王曉陽是最後一個到場的，一進門就驚呼起來：「這是你兒子嗎？太帥了！可惜我也是兒子，不然一定讓他與你交朋友。」還情不自禁地在他與畢旭臉上找共同點。

花五朵趕緊將她拉到自己身邊坐下，順手在她腰上擰了一把：「遲到了還亂說話。」

「哎喲，我亂說什麼啦！」王曉陽叫著，身子也忸怩起來。

「是女兒就跟人交朋友，你什麼思想意識？也難怪你的小說要被禁。」尹辰揶揄道。這裡需要交代一下，《房車》事件後來的處理結果是，小說修改後可再出版。王曉陽還在作協當作家，未做任何處理。

尹辰也如薛岩所料官復原職，繼續做她的頻道總監。因是如此無關痛癢的結局，此刻調侃起來也就往事如煙般無關痛癢了。

「美女作家，你那沒刪減版還有嗎？我很想拜讀呢！」畢旭說。

「有啊，不過已奇貨可居，我可要賣高價喲！」

「錢算什麼，人家國企大 boss，愁的就是有錢沒地兒花。」王一平打趣道。

「什麼是國企？」花五朵兒子問了一句。

花五朵立馬跟兒子解釋：「就是說這企業是國家的，畢旭叔叔是一家國有企業的大 boss。」她突然覺得，自王曉陽進來後，大家的視覺中心就轉移了，今天的主角應該是她的兒子呀，大家也應該像她一樣，將目光聚焦在她兒子身上呀！

花五朵像看明星一樣的看著自己的兒子，滿臉粉絲的模樣。她開始向大家披露兒子小時候的故事，說他的哭鬧，說他的歡笑，說他的頑皮，差點說到他那泡闖禍的尿。她成功地將話題轉移到今天的主角身上，接著又倒敘著說到生他的艱難，兩天一夜呀，疼得死去活來。再倒敘到懷他的不易，那反應大得呀，苦膽都吐出來了。

兒子終於站起來給她敬酒：「感謝您給了我生命！」

花五朵也站起來：「感謝你來到我的肚子裡。」

王曉陽笑起來：「應該感謝他父親讓他進到你肚子裡。」

畢旭下意識地站起來，花五朵瞪了他一眼，他剛要坐下。薛岩拉著王一平站起來：「來，我們一起敬一下兩位老人家，因為她們才有了我們這一代，也才有了第三代。祝奶奶、外婆健康長壽，福如東海！」

大家一起站起來敬酒。明白薛岩用意的，都在心裡給她敬酒。

席間，花五朵牢牢地掌控著話題，一刻也不離開她與兒子。花五朵媽媽一直不說話，不是不想說，是插不進嘴。好不容易在女兒說到她床頭一直放著兒子小時候的照片時，她插了一句：「我和他外公一直就見過照片，他外公要是活著該多高興呀……」

奶奶就有些內疚地看了他外婆一眼。

畢旭的目光一直在兒子身上，努力從他的舉止、表情、說話的聲調中找尋自己的影子，卻總是有點似是而非，又像又不像。花五朵說兒子小時候特別喜歡拆東西，所有的玩具都給他大卸八塊。畢旭心裡一動，這太像我了，儘管我那時候沒什麼玩具，但僅有的沒一個不被拆得七零八落，為這挨了父親多少板子。

尹辰發現，花五朵說這些的時候絕不看畢旭，而畢旭總是想把從她嘴裡獲得的與兒子的共同點，用眼神傳遞給她。但她就不給他一個確認的機會。接下來，一個共同點，又有一個共同點，畢旭已經有點難以抑制，不時要將自己的臀部抬離座椅，頭向前伸著，希望花五朵能夠看他一眼。花五朵還是不看他。

太殘忍了，尹辰為畢旭屈得慌。也為自己知道真相而不能說而憋得慌。尹辰坐的位置是能看到花五朵完整面部表情的，她知道她是故意不看畢旭。這不看比看的效果大多了，看似這些話不是有意要說給畢旭聽的，其實句句都敲在他心上，你心中還有疑慮嗎？還要去做 DNA 嗎？這是不是你的兒子，你自己想吧。

尹辰不忍再看了，她閉上眼睛，靜靜地聽著，這時候，只要聽，也能聽出各自的表情。

花五朵還在滔滔不絕，她離開兒子時，他才三歲，這三年裡發生了那麼多的故事嗎？她的記性也真好，二十多年前的某一天，兒子穿的什麼衣服，什麼顏色，甚至他吃飯的小碗、勺子是什麼樣的都說得有模有樣。尹辰沒做過母親，實在無法體會。這母愛也太神奇了！

「那年特別冷，又連綿陰雨，我帶他出去玩，他把小棉鞋踢掉了，我就把他的小腳裹進我懷裡，一直捂著回來，到家後我胃疼了好幾天。」

「舊金山不是四季如春嗎，還要穿棉鞋？」王曉陽問。

花五朵愣了一下，說：「那年有點反常。」轉頭對著奶奶，「媽您還記得嗎？好像是寶寶兩歲那年……」

奶奶說：「不，不記得了。」

花五朵的大姐接了話：「我記得，那棉鞋還是我爸讓寄的呢！」

有新的角色上場，尹辰睜開眼，卻與薛岩的目光碰上了，她倆會意地一笑。

那年月，往美國寄封信都要心疼半天郵票錢，寄棉鞋？花大捷那會計腦袋，是斷不會幹出這種傻到懸崖裡的事的。

「那鞋是我親手做的呢！」花二朵也上場了，作為二姨，也不能坐失說話的機會。

老大老二都表功了，老三老四就坐不住了。花五朵趕緊示意三姐四姐住嘴，她覺得這話題有點偏離她的航向，三姐四姐再插嘴就要出軌了。

兒子起身要去洗手間，花五朵立即站起來說：「我陪你去。」

兒子詫異地看著她，她立覺不妥，有點羞赧地坐下了。

畢旭起身說：「正好，我也去。」

花五朵微笑著看向畢旭，這是今晚她第一次正眼看他，有他陪著，兒子不至迷路回不來。

兒子與畢旭出去了，花五朵突然意識到什麼，她有點坐不住，手心開始出汗，她用餐巾不停地擦拭著。她站起又坐下，她對王一平說：「你去看看，他們怎麼還不回來？」

王一平笑著說：「兩個大男人，你還擔心他們掉茅坑不成？」

薛岩打了丈夫一下：「飯桌上呢，怎麼說話呀！」

王一平忙不迭地雙手作揖：「對不起對不起，造次了造次了。」

王曉陽起身走到花五朵身邊給她斟酒，在她耳邊低聲說：「才多一會兒呀，你就讓他們父子多待一會兒嘛！」

花五朵騰地站起來：「我，我也去一下。」

她剛出門就碰見了兒子，她問兒子：「Where is your Uncle?」（你叔叔呢？）

「He hasn't back yet?」（他沒回來嗎？）

「Whether he said anything to you?」（他跟你說什麼沒有？）

「No, he didn't.」（沒有。）

花五朵的心臟回到原位，她拉著兒子回到包間。她替兒子拉開座椅，讓他平穩地坐下，才放心地回到自己的位置上。過了一會兒，畢旭才回到座位上。花五朵看看他，沒發現有什麼異樣，便繼續著之前被打斷的話題。

晚宴臨結束時，兒子終於叫了花五朵一聲「mom」。看不出他是真的被感動了，還是被說煩了。因為沒有肢體語言，也沒有特別的面部表情，單是一個「mom」，無法觀其內心。也因為不是叫中文的「媽媽」這個開口音，而是英文的「mom」這個閉口音，就更難顯現他的內心情感了。大家都給這聲「mom」給叫懵了，沒反應過來。

但是花五朵聽明白了，因此她再次綻放了，她大聲地說：「他叫我媽媽了，他叫我媽媽了，你們聽到了嗎？」她順帶將兒子的情緒也大大地翻譯了一下，於是大家都明白了。也都為她高興，沒白說這一晚上，終於如願以償。

大家準備著與她一起激動，準備承接她的涕淚橫流，但是，她沒有。不是沒有淚，是大家以為的淚與她此刻流出的淚的質地不一樣。不是悲喜交加、喜從悲來、失而復得的淚，而是T臺上，成功展示和發佈後的驚喜淚光。她全身散發著異彩和光芒，她摟著兒子的胳膊，將臉的側面貼上去，面對眾人，像面對著聚光燈，面對著鏡頭，她把自己變成與兒子一樣的明星，讓眾粉絲膜拜著。

花五朵兒子走了

宴會後的第三天，花五朵兒子和他奶奶回美國了。臨走前，兒子提出讓她一起回去。如果她希望兒子繼續叫她媽媽的話。

這是花五朵始料不及的。與兒子一起回美國不是她找回他的目的，他只是一個魚餌，眼看魚已上鉤，還沒來得及收網，卻要她和魚餌一起離開，豈不前功盡棄？

她跟兒子說：「媽媽回來好多年了，不是說走就能走的，總有些事情要處理一下，再說你外婆年紀也大了，也需要我在身邊盡孝。你放心，等媽媽把這邊的事情安排好，一定去美國找你，從此再不分開。」

兒子帶著媽媽的承諾走了。

花五朵在等畢旭來找她，她知道他一定會來找她。那天飯桌上他的表現，她用餘光盡收眼底，她深信，這步棋走對了。

但是畢旭沒來，等了一個星期，他還是沒來。花五朵心裡就有點發毛，是什麼地方有漏洞嗎？不會的，那天晚上別說畢旭，就連薛岩、王曉陽都認定兒子就是她和畢旭的。除非尹辰，不會是……？這一想，就一身冷汗。為什麼沒早想到這一點？畢旭後來與尹辰走得那麼近，而且對尹辰還那麼有好感……自己一直以來對尹辰也太過信任，太相信閨蜜的情分了……她突然捶胸頓足萬分懊惱，這世上有什麼情感是值得信任的？全他媽扯蛋！

心裡窩火，卻不能主動聯繫畢旭。這時候，誰主動，誰心虛。但也不能如此被動地將自己悶在鼓裡，她要知道真相，她要想好對策。

她約「4是而非」吃飯。

「又吃飯？這兩天沒空呢！」王曉陽回話。

「哎喲，我在外地出差呢，下禮拜回來行嗎？」薛岩說。

「行啊，是兒子回來後的餘溫未了吧，又想著請我們？」尹辰很爽快，她和大家一樣，都不知道那天五星級飯店的晚宴是畢旭買的單。

和尹辰單聚也好，免得當著薛岩和王曉陽的面，還得旁敲側擊，還未必能套出實情。

花五朵與尹辰約在她家附近的一個茶社見面。只有尹辰，花五朵就單刀直入了，她說：「最近見著畢旭了嗎？」

「哎呀我是真不敢見他！」

「為什麼不敢見？」花五朵想，當真有什麼隱情？

「因為我知道你兒子不是他的呀！」

沒想到尹辰這麼直截了當地說到關鍵處，花五朵倒一時語塞了。

「可他那麼認定你兒子就是他的。你知道，我是說不了假話的，我怕他問我……」

「那你們沒見過？」

「前兩天臺長說要去給他們公司拍個宣傳片，讓我先去採訪，拿個思路，我都推著不想去。」

「那你去沒？」花五朵緊張起來。

「去了。」

「見著他了？」花五朵心都要跳出來了。

「當然見著了。」一看見她緊張，尹辰明白了她今天請吃的用意。她心裡暗笑，決定讓她再緊張一些。其實她根本沒去，她是真的怕見到他說出實情。

「為他公司做片子，能不見老闆嘛！」

「那，你跟他說了？」

「說了。」
「你都說什麼了，怎麼說的？」
「該說的我都說了。」
「哎呀，你……你怎麼能，我真看錯你了！」
尹辰聳聳肩：「啊哦，你看錯我什麼呢？」心裡說，也許不該這麼逗她，但已經晚了。
「我從根兒上就看錯了你，你從來都不希望我比你強，比你過得好，你處處要壓我一頭，在學校的時候就是這樣。是的，你學習比我好，家境比我好，可你沒我漂亮，男人都在追我，所以你不服氣，你不願意看到我過好日子，我兒子找到了，畢旭還在愛著我，你心裡就難受，你就要破壞……」
「啪」，一杯涼水潑在花五朵的臉上。
「好好清醒清醒吧，你燒得厲害！」尹辰丟下茶杯，轉身離去。
「你！」花五朵要追出去，給茶社服務員叫住了，擔心她逃了茶費。
衝出茶社後，尹辰立刻拿出手機，撥通了畢旭的電話，剛聽到畢旭的一個「喂」，她又掛了。
畢旭再打過來，尹辰說：「剛才撥錯了。」
錯了，誰錯了？是錯了事還是錯了人？幾十年的朋友，瞬間分崩離析。儘管世事更迭境遇變化會改變某些行為準則，但歷經歲月的友情是不該為這些變化而變化的，至少尹辰是這樣認為也是這麼做的。在尹辰這裡，友情甚至會模糊是非，會幫人不幫理，更會在友誼的框架下求同存異。但，這好像也是錯了，錯得讓人心裡生恨更生痛。
她要發洩這恨和痛，薛岩在出差，王曉陽忙得飯都不來吃。她找不到出口，只有拿汽油撒氣，她開著車漫無目標的一路狂奔，從市中心開到城市南端的盡頭，再往前，就出了城，上了高架，上了高速。
下高速時已是四處農田，再往前走了十來分鐘，又有了建築，這地方好像來過，右側滑過一個社區，似曾相識，大門挺壯觀，有點像巴黎的凱旋門。她停下車，往回倒了一點，看清了樓盤的名字，這不是博文的那個新居嗎？陪他看房時來過的。她乾脆掉頭，開進去。

門衛禮貌地打開門閘，還向尹辰行了個禮。

這樓盤太大了，高高低低百餘幢樓，數十個區塊。一進去就找不著北了，博文新居的區位、門牌號都不記得，也沒法向門衛打聽。她放緩車速，邊走邊看，路過一溜的別墅群，再路過一幢幢低密度類別墅群，又路過便利店、小吃店、洗衣店密佈的社區服務街區，再往裡幾乎是此樓盤的盡頭了，遠處已有高鐵穿梭而過的聲音。

她在一排小高層公寓樓前停住車，突然找回點記憶，對，博文的房子就在這小高層裡！但這長得一模一樣的小高層也有十來幢，無法辨識。這讓她想到曾經看過的一部前蘇聯電影，男主人公在長得一模一樣的城市和一模一樣的街區樓宇中，錯進了家門。她這會兒就是那一頭霧水的男主角，她希望自己以後永遠也不要住進這穿著統一服裝毫無個性特徵的樓房裡。她下了車，思考著下一步該怎麼辦。這會兒她已經像在迷宮裡玩遊戲，完全忘了她為何跑到這兒來。

一輛車從她身邊開過，她突然想到可以先找到博文的車，以此來確定他的位置。這一想，她便興奮起來，立刻上車，在樓群裡穿梭，越來越覺趣味盎然。可是，如果他不在家呢？好在她剛繞了一半的樓群就發現了博文的車，竟有點意猶未盡。

站在這幢樓前，她的記憶完全恢復了。她上了電梯，到了博文的門前。可是，上這兒來幹嘛呢？這才想起是受了花五朵的冤枉，一氣之下跑來的。可他對花五朵從無好感，跟他說不更是找不痛快嗎？那就不說吧。那麼，還進去嗎？萬一他家裡有別人，更萬一是別的女人呢？尹辰在博文的門前猶豫了，突然門開了，博文出門倒垃圾，他一驚，垃圾袋落地，垃圾撒了一地。

意外獲知真相

面對突然出現在門前的尹辰，博文一時緩不過神來，他傻愣愣地看著她，就像當年她突然出現在他辦公室門前一樣。

尹辰覺得自己實在冒失，此刻一定是最不該來的時候，自尊兀地掉進塵埃裡，全身都被無地自容籠罩著，就像那撒落一地的垃圾一樣，不堪入目。她轉身要走，被博文拉住了。

「來了，幹嘛不進來？」

尹辰遲疑地看看他，又看看散落地上的垃圾，裡面有啤酒罐、雞蛋殼、速食麵盒、優酪乳盒。記不清誰說過，從垃圾裡可以看到生活的變化。尹辰看到了他生活的變化，他以前只買瓶裝啤酒、只買袋裝速食麵、只買牛奶，他不明白，為什麼鮮奶弄酸了不新鮮了反倒賣得貴。

「進來，先別管那垃圾。」博文拉她進來，關上門。

「一定是遇到不開心的事了，能想著上我這兒來，我很歡迎啊。」

尹辰不說話，她的腦細胞還在那些垃圾裡轉悠。

「坐吧，喝什麼，還是咖啡？」

「隨便，咖啡吧。」尹辰迅速打量著屋裡的陳設，一個單身男人生活的痕跡明顯，她似乎安心了一些。卻又奇怪自己為什麼會因此安心。

咖啡端到了尹辰面前，是她喜歡的牌子。

「你也喝這牌子的？」

「我無所謂什麼牌子的，因為看你一直買這牌子的，我也就買了。」

「不喝茶了？」

「茶也喝，咖啡也喝。多了個癮而已。你呢，還是不喝茶？」

「咖啡也喝，茶也喝，也是多了個癮。」

兩個人都笑了，熟悉的東西又回來了，初見的尷尬消弭了。

博文又拿來幾個小點心，放在尹辰面前。

「你是不吃零食的。」尹辰說。

「這也是被你帶出來的毛病。」

「這是毛病嗎？」

「對女人不是，對男人算是。你不覺得喜歡吃零食的男人嘴都比較碎嗎？」

「你現在嘴碎了？」

「有點兒，到處胡說八道。」語氣裡有自鳴得意的成分，也有不堪其擾的騎虎難下。

「後悔了？」

「不後悔，我這些年的生活改變比改革開放的步子還大呢，現在擁有的一切都是我過去不敢想像的。」他身體前傾，看著尹辰，滿眼裡都是感激，但他不說。說了就生分。

「不過，」他向後靠向椅背，「我又覺得這不是我想要的，或者不全是我想要的。我想要什麼呢，我也想不明白。可是，以前我是很明白的，一直都很明白，現在突然，不，好像是慢慢的就不明白了。」

「或許是你現在想要的太多了，過去沒那麼多想法。」

博文思忖了一下，說：「也許你說的有道理。」

「過去生活簡單，想法也簡單。早晨起來想著早餐，早餐完了想著上班，下班回來想著晚餐，吃了晚餐想著被窩，一天就過去了。現在眼睛一睜先刷微信，開車路上關心油價是不是又漲了，走進辦公室想著今天哪個樓盤在搖號，回到家裡琢磨是不是該讓孩子出國留學。這些都是新生活帶來的想法。」

「這好像不是一回事，我被你繞進去了。好了，不說這個了。你，找我有什麼事嗎？」

「沒什麼事，路過這裡順便考驗一下我的認路能力。」

「呵！」博文笑了一下，那意思是「你自己信嗎？」

尹辰知道他不信，卻也不解釋。

看尹辰不想說，他就岔開話題，「花五朵兒子是不是回來了？」

「你怎麼知道？」尹辰一驚，看向他。

「我前些天碰上了。」

「哪裡？」

「大飯店。對了，你跟我說過，花五朵在那工作過。」

「沒聽她說碰見你呀！」

「她沒看見我，我也沒跟她打招呼。看他身邊的小夥子很像她，我猜是她兒子。」

「你哪天見到她的？」

「嗯，一周前吧，我想想，就是上週五的晚上。」

「這麼巧，上週五的晚上她在大飯店設宴請我們，我們也是在那見著了她的兒子，長得很帥，哎，你那天也在大飯店？」

「大飯店建店三十周年，想搞個展覽，請我去幫著出出主意。」

「你現在成通才了，什麼事都請你拿主意。」

「這就是咱們的文化，這人一出名，就啥都會了。」博文自嘲地擠了擠眼睛，「中國有名人文化和領導文化，當領導的也一樣，只要成了領導，就什麼都會，不管你是建大橋還是建樓房，也不管你是造火車還是造船舶，他都能說上幾句意見。他們現在拿我當名人，讓我說幾句，對外宣傳時就可以說是某某名人的策劃參與。」

看他說的那麼自如，尹辰已很難將眼前的他，與穿著中山裝帶著護袖的他重疊在一起。

「你都給他們出什麼主意了？」

「既然是三十年店慶，大飯店又是改革開放第一年建成開業的，時代感和機遇感是主基調，這是大概念，但從哪個角度切入還沒想好。對了，你是搞傳媒的，這方面比我有經驗，來幫我想想。」說著起身，將尹辰引進他的書房。終於有了獨立的書房，這也算是他現在所擁有的一切中的一個重要部分。

尹辰在門口站住了，準確的說是被震住了。

書房有二十來平米，是這套房中最大的一間。裡面還通著一個衛生間，看來他是將主臥室當做書房使了。這習慣沒改，他一直覺得臥室大了是個浪費，能讓人橫下來就足矣。人已成年，只會縮不會再長，而書的積累卻是無窮盡的，你限定了它的生長，也就限定了自己的知識儲量。過去住房小，他和他的書都沒有獨立的空間，與尹辰結婚後住的是尹辰的房子，他的「水雲齋」牌匾一直委屈地斜倚在書櫃的一角，始終未能獨立掛牌，現在終於是自己的書齋自己做主了，那塊橫匾揚眉吐氣地懸掛在書房最顯眼的地方。

走進書房，尹辰發現他書房裡的書櫃不是通常家庭沿牆擺放的方式，而是像圖書館那樣的書櫃矩陣，共有五六排。書房的主人可以穿行其間，找尋他要查閱的書籍。但即便是這樣矩陣式的書櫃，也基本沒有什麼空餘的書位了，看來這書房還需再擴容，博文還得趁著現在的熱度，多接一些哪怕與本專業不著邊的邀約，才能養得起他不斷增加的書櫃和書房面積。

「你來看看，這裡有一些紀念冊，是大飯店十年、二十年時出的。」靠窗放著的一個書桌上堆著一些畫冊，博文翻給尹辰看。

尹辰隨手翻了翻，都是通常紀念冊的套路：歷史沿革，現有影響和未來目標。有一個固定內容，就是大飯店歷屆總經理相冊，尹辰一張張看過來，有幾位她還採訪過。
「這個人？」尹辰目光停在一張照片上。
「這是第三任總經理，你認識？」看她停止翻動，博文伸過頭來。
尹辰搖搖頭，說：「不認識，但覺得眼熟。」
「也許你採訪過他。」
尹辰還是搖頭：「不是，好像最近見過……」
「不會吧，他十幾年前就回香港了。他是大飯店最後一任香港派駐的總經理，之後的總經理都是大陸原生的。」
尹辰突然目光一閃，心裡卻是一驚：「我覺得他像一個人，花五朵的兒子……」
博文立馬拿起畫冊仔細端詳：「還真是，雖然我只看了他一眼。」
尹辰又拿回畫冊，看照片下的任期時間段。好像與花五朵對不上，在他的任期裡，花五朵已經出國了。
她問博文：「這人當總經理之前在哪裡，也在酒店嗎？」
「這我不知道。到底怎麼回事？你把我弄糊塗了。」
尹辰囁嚕道：「我，我現在也不清楚，隨便一問吧。」心裡突然就有點畏懼那個「清楚」。
博文知道她一定不是隨便一問，他拿起手機，撥電話：「梁部長您好，我是博文。打聽一下，第三任總經理任職前是在哪裡……建店之初就在……是元老，先是副總，後來接任總經理，哦知道了，謝謝！」
「你給誰打電話？」
「酒店宣傳部長。」

尹辰還在看那人的照片，喃喃地：「畢旭以為花五朵兒子是他的。」

「那是胡扯。哎，等會兒，怎麼又有畢旭什麼事？」

「這，這也太狗血、太電視劇了吧……」

「到底怎麼回事，我還是不明白。」

「還是不明白的好，我都後悔明白那麼多。」尹辰站起身，拿起她的包，「我走了，這事就到此為止了。」

「怎麼說走就走？」

「就是順道看看你的新居，書真多，有空來逛你的圖書館。」

「隨時歡迎。」博文追出來，尹辰已經進了電梯。

回城的路上，尹辰一直在倒帶，她要用記憶的鏈條理順那個電視劇的邏輯。她記得畢旭來找過她，那也是唯一的一次畢旭單獨找她。雖然她和花五朵是好朋友，雖然他是花五朵的戀人，但她和他之間卻從來沒有交集，況且她對他那副依仗父親權勢，招搖霸世的做派很不喜歡。

畢旭找她是因為他有幾天都找不到花五朵，酒店沒有，家裡也沒有。她父親花大捷還懷疑是他把女兒弄哪去了。尹辰後來問花五朵去哪兒了，她說和一個副總出差了。她當時就有一絲的疑惑，她這個層級的員工怎麼會和副總經理一起出差呢？但她沒多問，她知道是這位副總提拔了花五朵，也許他就是非常器重花五朵吧。

現在想想，也許……嗨，想她幹什麼呢？她和她已經翻篇了，幾十年的閨蜜情呀，竟是那麼易碎。

鐘昊要投資王曉陽

已經淡了聯繫的鐘昊突然給王曉陽打電話，說要介紹個朋友給她認識。那口氣似乎他們之間什麼也沒發生過，彷彿他們昨天剛見過面，或者一分鐘前才分的手，這種隨意刪除記憶的行為，與博文有一拼，不知道這是不是男性大腦構造的特殊性。在女性看來，這種看似不計過往的大氣，恰是一種輕視你的霸氣。遇到這樣的事，女人們需要一個擺渡，需要一個轉接插口，……難道你忘了你的行徑，忘了我還在生你的氣嗎？博文每有這樣的表現，尹辰會以冷淡或怠慢表示前氣沒消。這也是提醒他，該道歉或有個道歉的姿態。博文不會有道歉的語言，但他有道歉的態度和語氣。他會給你個擁抱，或者直接用他的唇封住你還要埋怨他的嘴。

鐘昊也不道歉，連道歉的一絲絲表情都沒有。但似乎王曉陽的大腦裡有男性的成份，你刪除的記憶她也不會主動重播，最多會在與閨蜜們提及時以這樣的開場說：「他居然還來找我，他怎麼好意思？算了，我不跟他計較。」

薛岩就會怒其不爭哀其不幸的說：「男人都是叫你們給慣壞的。如果是我，先把前面的事情掰扯清楚，否則一切免談。」

花五朵則會忽閃著漂亮的眼睛很詫異地說：「你們幹嘛要與男人辯是非？男人與女人之間有是非嗎？」

王曉陽應約來到烏龍河畔一家專事傳統美食的飯店。其實就是本地街邊、攤點買的小吃，比如油炸臭豆腐、鴨血粉絲湯、鴨油酥燒餅、雞汁回滷干、五香茶葉蛋等等，但飯店會經營，將這些小吃重新包裝整合，配以精緻的碗碟，再加上有鼻子有眼的說道和傳說，一款款高大上的特色小吃套餐就端上來了，特別吸引外地和境外的遊客。不是有句話說，越是民族的就越是世界的嘛，這小吃就有那麼點國際範兒了。

王曉陽一進飯店就看到滿牆的名人相片，都是普通百姓叫得上名字的名人，當然以影視明星居多，別的名人的辨識度低，百姓知道的也不多。名人們都是在此吃了小吃後留了影，不少是和飯店老闆的合影。只有一個相框裡鑲的是一幅字，寫的是：小吃好吃。這是一幅名人字，是一個有官銜的名人。官銜還不小。

鐘昊給王曉陽介紹的是一位香港人，請在這樣的地方吃飯，是有用心的。

「吳先生是香港華菲影視公司的老闆，他非常喜歡你的《房車》，想買你的電影版權，並請你親自擔當編劇。」鐘昊微抬下巴，眯眼看著王曉陽。

鐘昊事先一點沒透此約的目的，王曉陽很意外，她看看他，又看看那香港人。

吳老闆立刻將自己的名片遞到王曉陽面前。

「華菲公司可是香港五大電影公司之一，實力雄厚，讓你的名字響徹海內外是指日可待的。」鐘昊的下巴抬得更高了，那下巴的含意是：你那小小的簽名售書算什麼呀！

「可是，我的電影版權已經賣了呀！而且，原書也被禁了，新版還沒出來……怕是不行。」王曉陽沒覺得這是件好事，但鐘昊的用心讓她心裡很暖，她看鐘昊的眼神也在升溫。

「你那是國內版權，香港雖然回歸，但目前還是內外有別。況且那禁書的事最近不是不提了嗎？我看有的地方又在銷售呢！」

「不會吧，我怎麼不知道？」

「我的大作家，關心點窗外事好不好。我聽說，就是某位領導不喜歡你的《房車》，而偏偏他的一個對立面喜歡，他就一氣之下封了你的書。但這位領導最近因為經濟問題出事了，消息靈通的書商就把庫存的書拿出來賣了。」

「還有這事兒，那國內的電影也可拍了？」

「拍電影投資大有風險，國內的電影公司沒有準確的消息估計還不敢動手，這對我們非常有利。」

「我們？」王曉陽不解。

鐘昊笑而不語。

「是這樣，鐘先生將與我共同投資這部電影。」香港人終於得到說話的機會，但鳥語飛飛，阻礙花香的傳遞，王曉陽還是沒像鐘昊預料的那樣興奮起來。或許還是覺得太意外了，她的思路還沒調整到那個興奮的頻率上。

那位香港人開始喋喋不休地介紹他公司過往拍攝的電影，王曉陽有的看過有的聽說過，有的也許看過或也許聽說過，只是這鳥語聽著太費勁了，似看非看、似聽非聽的一團糟。

最後還是鐘昊幫她理清了思路，他說：「趕緊放下你手中的一切，把《房車》改成電影。」

放下手中的一切？她正在構思新作，準備將尹辰說的中國式婚姻價值觀作為新作的主旨，將她自己和身邊的幾個女人作為人物原型，創作一部描寫中國知識女性婚戀百態圖，準備以三部曲呈現，書名都擬好了，第一部叫《因為》，第二部叫《所以》，第三部叫《然後》。眼下正在創作初期的激情澎湃中，哪能說停就停呢！不過涉足影視倒是她一直的願望，前面兩家公司爭她的電影版權，但沒有讓她當編劇的意思，她也沒敢主動提。身邊多少作家「觸電」後，體無完膚後悔不迭，王曉陽就算沒吃過豬肉還是聽過豬叫喚的，她心裡有點發怵。

「我沒寫過電影呀，怕弄不了呢。」她依然不自信，但語氣裡摻進點嗲味兒，就有點欲擒故縱的意思了。

「這有什麼難的，故事現成的，改成畫面不就得了。同樣的產品，不過是改個包裝。」鐘昊很不以為然。

吳老闆對鐘昊的說法顯然不能接受，他幾乎是有點不禮貌地按住他一個手臂，截斷他的話。

吳老闆說：「王女士，同樣的故事因為載體不同，表現手法也不同，因此小說改成電影是要用電影的語言的。」

「這，我……」

鐘昊趕緊堵住她的退路：「我們投資不僅是看中你的小說，更重要的是看中你這個人，你是個有潛力的作家。」他在「你」字上加中了語氣，並轉對香港人，「吳老闆，您說是不是呀？」

「啊，是是是，我們投資的是您。」

「投資我？我又不是股票。」

「你就是股票，一隻潛力股，把你的股價炒上去，往後就是我們的幸福生活啦。」說著鐘昊大笑起來。

這是與他交往以來，王曉陽第一次見他如此開懷肆意的笑。

吳老闆說：「王女士請放心，你的小說提供了很好的電影敘事基礎，改起來並不難，我還可以派個助手協助您。」

「好吧，那我就試試。」王曉陽甜甜地笑了，心裡像種了片甘蔗園，沒想到鐘昊再次出現，給了她諾大一個驚喜。這男人看似冷漠，其實他心裡是有她的，這才是甜源。

一個提副局的機會

環保局長請尹辰吃飯，想做個全省環保大巡禮的宣傳片，陪同的還有分管宣傳的副局長及宣傳處長、辦公室主任等一干人。

現在上到中央下到地方，各級政府都重視環保，環保工作的存在感徒增，壓力也倍增。局長們不敢懈怠，除了努力工作，還要賺吆喝。因為環保工作多為長效治理，一時半會兒難見政績，有的卻是怎麼幹也看不到光亮，比如城市排汙系統的改造，深埋在地下，局外人是看不到的，自己再不吆喝，誰知道？也不是全然不知，百姓們在你開膛破肚，把道路弄得雨天一身泥晴天滿城灰的時候，那罵聲抱怨聲不亞於那飛揚的塵土。就算不求功勞，也得讓老百姓知道他們的苦勞吧，拍個片子為自己正正名是很有必要的。

觥籌交錯中，局長說完了對片子的要求，然後就吩咐副局、宣傳部長、辦公室主任分別給尹辰敬酒，預祝宣傳片拍攝成功。接下來就是各種名目的敬酒喝酒加閒聊，喝高了無意中就聊到了最近局裡的人事調整，說有個副局到點了，要提拔一個處長填空。尹辰就激靈了一下，想到了薛岩的老公王一平。

「我認識你們的王處長。」尹辰脫口而出。

「哪個王處？我們局裡三個王姓處長呢。」

「王一平，我與他夫人是大學同學，也是閨中密友。」

「哦一平處長，哎呀不知道，不然今天應該叫他一起來的。」局長笑呵呵地道。

「王處喝酒不行。」辦公室主任說。

局長斜了主任一眼：「你就知道喝酒。一平是個厚道人。」

副局長附和說：「是是，一平是老實人。」

尹辰不想沿著此話題說下去，因為她有了進一步的想法，此刻不便說。散席時，尹辰瞅了個機會單獨與局長耳語了幾句。

「據我所知，一平在處長位置上待了有十多年了，您覺得他還有機會動一動嗎？」

局長雖然喝了不少酒，但官場的多年浸潤，在要害問題上還是能把住嘴的，他說：「一平很穩重，群眾基礎也不錯，工作上再有點主動性和熱情就更好了。」

「局長大人，你要給他平臺呀，有多大平臺使多大勁嘛！」

「嗯，有點道理。我會在候選人中考慮他的，不過可不是聽您尹總的意見喲！」

「那當然，我怎敢干預局長的內政呀。」尹辰滿心歡喜，她迫不及待地要把這好消息告訴薛岩。

薛岩夫婦得到這消息後都怔住了，一時回不過神來，不是覺得好消息來得太突然，而是早就淡了對這好消息的企盼。中國是個官場社會，誰要說他不想當官，一定是當不上官的牙疼話，是吃不到葡萄說葡萄酸。王一平大學畢業就進了機關，從學校直通官場，一步步穩步上行，但走到處長，就像踩到了休止符，同期的後期的處長都提上去了，就他釘死處座不動。放眼全域，他已是處長中年齡最大且任職年限最長的一個。他心有不甘啊，卻也不願在此用力，一是有那麼點清高，不喜溜鬚拍馬，二是家中已有個忙得昏天黑地的老婆，也不想再多個不顧家的。就退一步海闊天空，把相「婦」教子當己任，保有了一個高度和諧的家庭生活。

薛岩也替丈夫不甘過，至少是面子上有點抹不過去，官職雖不是人之價值的全部體現，但至少是部分。薛岩是臺面上走的人，丈夫的官位也是她身價的標籤。早些年還是挺有面兒的，「年輕有為」，是眾人對她夫君的讚許，後來王一平的職位已經不能為她添彩加分，她也就沒了妻以夫貴的念頭。但她從不埋怨丈夫的「不進步」，也是退後一步海闊天空，有一個忠實的家庭後盾，她比別的進入中年的女人都感覺踏實，工作起來更順心順手。

尹辰的消息像在久已沉寂的湖面驀然丟進一塊石頭，這漣漪就蕩開了，卻是亂糟糟的，沒有紋路。反應在薛岩的心裡就是沒有思路，她捋不清現有的生活一旦被打破後會是怎樣的紋理。王一平思緒更亂，但心裡突然像有個小蟲子在爬，癢癢的。

尹辰鼓動著：「讓王一平好好表現一下，主動點，工作上最好有點創新的點子。」

尹辰為自己做了件好事而心滿意足，回家後好好的睡了一覺，這是她與花五朵不歡而散後唯一感到欣慰的事。

薛岩夫妻則一夜未眠。

早晨起來，王一平的表情有點不自然，像是夜裡做了壞事。平日對他洞察秋毫的薛岩卻視而不見，夫妻倆早飯時總要討論一下晚餐吃什麼的交流也沒有了。誰都不說話，也儘量避免與對方的目光相遇，其實心裡都非常想知道對方昨天夜裡想了什麼，最終得出的結果又是什麼。

薛岩和王一平各自駕著車走了，連道別的話也沒說。

進了機關大樓，王一平也儘量不與別人的目光接觸，一進辦公室就把自己關在裡面，萬不得已不出門。水瓶裡是昨天的剩水，他也不去茶水間打水，茶也不泡了，就這麼喝了一上午的隔夜水。午間吃飯時，他等到差不多要過了飯點，才走進食堂，吃了點賣剩的菜，總算沒見著什麼人。回辦公室前去了趟廁所，竟來不及躲避的遇見了局長，就是向尹辰允諾要把王一平放進副局長候選人裡的那位一把手局長。

有一瞬間，他竟有做賊被擒的感覺。

「怎麼啦，一平處長？」

「哦，我來上個廁所……」

局長笑笑，再沒說什麼，出去了。

完了，他一定是看出什麼異樣，才問「怎麼啦」。進廁所還能怎麼呀，這不明知故問話裡有話嘛！

他直罵自己愚蠢，怎麼像做了虧心事，也太沉不住氣，承不住事了。

他拉開拉鍊，竟尿不出來，這膀胱也不經事，一緊張把門給關上了。他揉揉小腹，折騰了好一會兒，才釋放了不安的液體。整整衣襟，回到自己的辦公室，熬到下午三點，辦公室突然通知開會，要求各處處長參加。沒辦法，非得見人。想想有什麼呀，不就是尹辰昨晚帶來的那個消息嗎？別人並不知道，倒是自己在這兒此地無銀三百兩的鬧著心虛，算怎麼回事。他喝了口水，還是涼的，起身去打了瓶開水回來，泡上茶，帶上筆記本和簽字筆去了會議室。

副局長主持會議，局長傳達環保總局文件，要求各地迅速組織廣泛而深入的環保知識普及宣傳，要求形式多樣、深入淺出、喜聞樂見，同時鼓勵手法創新。傳達完文件，局長就文件內容又提了幾點要求，一二三四說了近一個小時，與以往不同的是，今天局長講話的過程中，幾次將目光看向王一平，似乎都有點意味深長。特別是說到創新手段時，目光還在他臉上停留了幾秒鐘。王一平知道自己的弱項就是所謂的創造性發揮，他從來就不願在此動腦筋，你佈置作業我認真完成，答案一定準確，但創造性思維早在初入校門時就被扼殺了。對循規蹈矩的王一平來說，老師的話就是聖旨，他從來都是老師眼中的好學生。走上社會後，所有越雷池的事情也都與他無關。

但是尹辰已經帶話了，局長已經意味深長了，怎麼著你也該創造性一下，要給領導將副局烏紗帽給你戴上的理由不是？接下來的幾天，王一平就給這創造性摧殘了，回到家也沒心思做飯，一連幾天的速凍水餃，把薛岩吃得直反胃。但她不埋怨，只要他願意她就不反對，畢竟對丈夫來說，這是最後一次機會，這年齡再不提拔就只能坐等退休了。

和盤托出

畢旭半個多月沒消息了，從與尹辰鬧翻後，花五朵只與他通上過一次電話，從電話裡沒聽出他的任何異樣，他甚至還問到兒子回去後與她有聯繫沒有，這說明尹辰並沒有出賣她。她懊悔了，卻不知怎麼挽回尹辰。其實還是沒顧得上，畢竟挽回畢旭才是最重要的。可是再後來，畢旭就聯繫不上了，手機關機，辦公室電話不接。花五朵不敢造次再闖他的辦公室，乾等著又心下不安，這就又想到了尹辰，他們有工作上的合作，或許知道他的動向。但尹辰已被她誤會死了，還怎麼修復關係？她給尹辰打電話不接，發微信不回。後來才知道，尹辰已將她的電話屏蔽了。不得已，她打電話給薛岩和王曉陽。

「以後能不能少約我們到你家來，停車太困難啦！」王曉陽一進門就抱怨。

「這寸土寸金的地方，你應該有所預見，我就是打車來的。」薛岩道。

「什麼事，這麼著急？」王曉陽問。

「就是，尹辰怎麼沒來？」薛岩問。

「我，我只叫了你倆……」花五朵支吾道。

「怎麼回事？」

「她怎麼啦？」

「她沒事，是我有事請你們幫忙。」花五朵忙著端水果、倒茶，一副討好的模樣。

薛岩和王曉陽目光一碰，更奇怪了。

「我誤會尹辰了，請你們幫忙和解。」

「你怎麼誤會她了？」王曉陽好奇。

「是誤會解釋一下不就得了，尹辰也不是小雞肚腸的人。」薛岩說。

「我，我……嗨，我乾脆都告訴你們吧。」

花五朵將兒子的來龍去脈像竹筒倒豆子和盤托出，說得王曉陽一驚一咋的，還不時打斷花五朵追問一些細節。

花五朵說完了，薛岩問：「你說的這些尹辰都知道？」

「她知道我兒子不是畢旭的，但不知道他是那個副總的。」

「你以為她告訴了畢旭？」王曉陽問。

「是的，我誤會她了，說了一些難聽的話。」

「別看你和尹辰是兒時的朋友，你還真不瞭解她。」薛岩道。

「是的，我錯了，我想跟她道歉，但她不給我機會，把我的電話都屏蔽了。」

「這好辦，我來跟她說，伸手不打笑臉人，我有經驗。」王曉陽說著先笑了。

薛岩也笑了：「就你會欺負尹辰，欺負完了道個歉再耍個嗲，有時候我都替她抱不平。」

「我的道歉是真誠的呀！再說我們是什麼關係，比親姐妹還親呢，她怎麼會計較我這個妹妹呢？」

王曉陽咯咯笑著，是那種壞壞的笑。

四個女人再見面之前，王曉陽跑到電視臺去找尹辰。主要是告訴她，《房車》改電影的事，她需要找個電視劇的編劇請教一下劇本的寫作。電影電視劇都是視覺藝術，應該是相通的。

尹辰說：「這沒問題，我幫你找一個資深編劇。不過我以為電影和電視劇還是有區別的，電視劇是講個精彩的故事，而電影是精彩的講一個故事，因此電視劇故事更重要，電影結構更重要。」

王曉陽眼神一挑：「喲，不愧是大導演，說得頭頭是道。」

尹辰一笑：「我也是耳濡目染，在這圈裡泡的。」

王曉陽說：「我今天來還有一個使命。」頓了一下，看尹辰的反應，「花五朵要向你道歉。」

尹辰立刻閉口不搭話，她看著桌上的電腦，把王曉陽涼在一邊。

「你不接受？」王曉陽知道尹辰這回是真生氣了，她就換個說法，「你知道花五朵的兒子是跟誰生的嗎？」

尹辰還是不搭話，一副與我何干的模樣。

「你以為是她臺灣丈夫的？否。」

尹辰心裡說，這還用你說？我早就知道。

「你以為是畢旭的嗎？也不是。」

這更不用你說，我也知道。尹辰繼續在心裡說。

「你萬萬想不到啊，萬萬想不到……」她有意停下來，賣個關子，看尹辰不吃這關子，憋不住了，「是她工作過的那個大飯店的一個副總哎，花五朵和他生的兒子！」王曉陽說出最後答案時提高了嗓門，以強調結果的爆炸性。

尹辰還是無動於衷。

「哎，你不吃驚嗎？」

尹辰心裡是驚了一下的，驚得是與她的猜測完全吻合。她說話了：「她告訴你們的？」

「是的，她全部交代了。」

尹辰心裡對花五朵的怨恨略有削減，總算兜底說了真話，還有救。

「原諒她吧，多少年的朋友了，我看她是真的後悔了，求我和薛岩讓你接受她的道歉呢！唉，她也是不容易，長得太漂亮了，卻也毀在這漂亮上。女人呀……」

「她是毀在把男人看得太大！她這個女人呀！」尹辰說「她這個女人」的時候，似乎已將自己排除在女人之外了。

「原來以為長得漂亮，在男人市場是可以賣個好價錢的，結果呢……」

「你也是這想法？難怪女人不幸。」

「好了，我的導師姐姐，你就別分析了，所有的存在都是合理的，花五朵的路也是她一步步走過來的，誰都奈何不了。作為朋友，我們只能大而化之了。明天我讓她好好給你磕頭謝罪。」

花五朵雖然沒有磕頭，但道歉還是顯出真誠的。她把出國前尹辰送她的一條圍巾都帶來了，她說她一直保留著這條圍巾，就是記著與尹辰的友情。這是一條羊毛圍巾，咖啡和暗紅色格子相間，這麼多年了，毛不倒色不衰，戴著也不過時。王曉陽一見就喜歡，她說：「這圍巾真漂亮，要不送給我吧。」

「這是我和尹辰的友誼，怎麼能送給你呢？」

「那尹辰也送條象徵友情的圍巾給我吧。」王曉陽說著自己先笑起來，然後接著說，「看來還是過去的東西品質好，從形式到內容都可以象徵友誼，現在的東西就不行了，友誼還在東西卻壞了，還象徵個屁。」

尹辰心裡卻說，東西還在友誼未必不凋零，其實東西就是個東西，它什麼都象徵不了，人自己都把控不了的還指望啥東西？

薛岩說：「東西是舊的好，友誼也是舊有的好，我們還是要珍惜呀！」

「新的也不懶呀，我和尹辰的友誼沒有你們的長，但卻是牢不可破的，對不？」王曉陽摟著尹辰，還在她臉頰上親了一口。

「咦，你中午吃大蔥了……」尹辰推開她，「熏死啦！」

薛岩笑了：「她就會來這套，尹辰還就吃這套。」

「我是被她逼的，不吃行嗎？」三個人你一言我一語的嬉笑著，花五朵卻不再吱聲。

王曉陽發現了，問她：「你怎麼啦，還悶悶不樂的，尹辰已經原諒你了！」

花五朵戚戚然：「好久沒有畢旭的消息了……」

王曉陽說：「是不是知道兒子不是他的啦，所以……」

「不會的，可是……兩個多星期了，電話不接，微信不回。」

「我試試。」王曉陽給畢旭撥電話。

「尹辰，你有他的消息嗎？你們不是有合作嗎？」花五朵問。

尹辰還沒回答，王曉陽說：「他關機了。」

「最近還真沒聯繫，合作上的具體事情都是我的助理和他們辦公室直接聯繫，沒有特殊情況我也不會過問。是不是他最近忙或者出國啦？」尹辰道。

薛岩問花五朵：「你如果聯繫上他……」意思是你準備怎麼說？

「我，還沒想好……」

尹辰和王曉陽對看了一眼，不說話，一陣靜默。突然尹辰的手機響了，是助理小李的電話。

「喂小李，畢旭……怎麼啦？懷疑是謠言你還亂說，弄清楚了再告訴我。」尹辰邊聽電話邊走開，顯然是不想讓電話外的人聽見。但她們都聽到了畢旭的名字。

尹辰回來後，她們都瞪著眼睛等她說話。

「看著我幹什麼？」她故作鎮靜。

花五朵問：「畢旭怎麼啦？」聲音因緊張而有些發顫。

「沒什麼，你們緊張什麼呀！」

「我聽你的聲音緊張耶！」王曉陽說。

「我緊張什麼……」尹辰的手機又響了，還是小李的電話。她立刻起身走出一段距離才接聽。

小李在電話裡說：「準確消息，畢旭因經濟問題被雙規了！」

掛了電話，尹辰在原地站了一會兒，她躊躇著不知該怎樣告訴她們這個壞消息，特別是花五朵。

她突然覺得自己就是個壞消息發佈中心，王曉陽的壞消息是她最先知道的，這畢旭的壞消息又是她最先知道，她這媒體人成了專向好朋友發佈負面消息的新聞官了，真夠悲催的。可是，怎麼辦呢，壞事躲不過，還是得說。

她陰沉著臉回到她們身邊，聲音壓得很低的說：「畢旭出事了。」但她們都聽得很清楚，沒漏掉一個字。

「什麼事？」王曉陽急問。

「經濟問題，被紀委雙規了。」

「什麼叫雙規？」花五朵嘴唇哆嗦。

「就是在規定時間規定地點交代自己的問題。」薛岩解釋道。

「然後呢……」花五朵已經站不住。

「那就要看問題的性質了，違紀就紀律處分，違法就移交司法。」尹辰補充道。

花五朵跌坐在椅子上，眼淚奪眶而出。她是真的傷心了，連她自己都沒預料竟會如此傷心。畢旭不僅是這輩子唯一讓她傷心的男人，也是這輩子唯一最後想抓住的男人。她哭得很無望，也哭得很絕望。弄得幾個女人也都心如貓爪，透著絲絲的痛。

似醉非醉間

離開花五朵的眼淚，尹辰心裡沉甸甸的，像墜了個葫蘆，晃晃悠悠東倒西歪。也像極了花五朵走過的路，兜兜轉轉，想回到原點，原點已經不是個點了。一個女人長了一副好面孔，原本就奠定了十之八九的幸福人生路，如何走成現在的模樣，尹辰不願深想，卻是唏嘘哀歎不已。這哀歎也不止為花五朵，自己呢，王曉陽呢，我們都是什麼樣的女人，又該走成什麼樣的路？

有點風還有點雨，愈加的陰冷，尹辰裹緊風衣，戴上帽子，踟躕街頭。

過了晚上的飯點，路上行人不多，沿街飯店裡已食客寥寥，有客的餐桌上也都是進入尾聲的殘羹剩菜。走近一溜暖色的光帶，尹辰的影子從身前轉到了身側，她巡視光源的方向，看見一個熟悉的背影，抬頭看門臉，竟然是電視臺附近的上海灘。怎麼走到這兒來了，他怎麼也會在這裡？

尹辰走進去，走到他面前。他嚇了一跳，差點沒認出來。

「你？尹辰。」

尹辰脖子一仰退掉風衣帽子：「你怎麼在這兒？」

「你怎麼也……又加班？」

尹辰沒回答，卻看著他。

「哦，好久不來了，有……有點懷念，喜……喜歡這家的味道……」

尹辰坐下，看了看他點的菜，特色的一個沒點，她記得他不喜歡上海菜的甜。看他喝著啤酒，問他：「沒開車？」

「沒有。」

「服務員，把菜單拿來，再加兩瓶啤酒。」

博文詫異地看著她：「你喝酒，有愁事？」

「怎麼你喝酒就是為開心，我喝酒就一定是愁事呢？」

「因為，因為你平時不喝酒啊。」

「我就不能改變一下自己嗎？」

「好啊，服務員再加個杯子！」

酒杯拿來了，博文高興地起身給尹辰倒酒，以示鄭重。

尹辰一飲而盡，把博文嚇著了，他趕緊去奪她的酒杯。尹辰抗拒著，又自己斟上，又是一飲而盡。這回博文堅決奪下了她的酒杯。尹辰不再堅持，她拿起筷子夾了點菜，還沒進口眼淚就下來了。博文趕緊坐到她身邊，又是遞紙巾又是遞水杯。

尹辰推開他說：「你坐回去，我沒事，是酒嗆的，是花五朵……她……」

「她又怎麼啦？」重音放在「又」字上，在他的印象中，花五朵就是個故事不斷的人。而且，他對她的故事總是嗤之以鼻。

尹辰自顧自地說著：「我當然知道有她自身的原因，但也不能全怪她呀，當初她與畢旭的愛是真誠的也是純潔的，他父親反對，希望她能外嫁，立刻改變生活面貌，這是當年最讓人羨慕的一步登天的方式。這也沒錯啊，誰不希望自己的女兒衣食無憂生活幸福呢？卻又冒出個什麼副總經理，男上司與女下屬，唉，一個懵懂少女怎經得住一個情場老手的誘惑呢？正經的嫁人吧，肚裡又有了個禍種，因為這禍種，丈夫車禍而亡。回過頭來，畢旭又誤以為這是自己的種而斷了前程……這都是……這都是誰在編的故事呀，太他媽悲催了。」

「是花五朵自己編的故事，典型的自作自受。」

「別那麼冷酷好不好。」

「不是冷酷……」

「你也別道德綁架，換位思考，如果是你會怎麼做？在她的位置上，她的時間點上，替她想想。我覺得存在都是合理的。」

「好吧，就用你的換位法和哲學觀，那麼她走到今天是不是也是合理的呢？」

「這……反正我覺得她的人生不該是這樣的，要知道她可是我們當年的校花呀，讓多少女同學羨慕嫉妒恨呀，怎麼會這樣……」尹辰搖了搖頭，突然感覺有點暈。

「你也別悲天憫人了，人家現在好好的，依然是衣食無憂，而她以為的愛早就不屬於她，現在沒了更好，不然還要背負一個拆散別人家庭的罵名。該同情的倒是畢旭，一個知名的企業家毀在兒女情長上，讓人扼腕。」

「你知道畢旭的事了？」

「他也算我省排名頭幾位的企業家，有點動靜誰不知道。網上已經出來好多個版本了，其中有一個版本說他挪用公款給情婦買房，不知這情婦指的是不是花五朵。」

尹辰突然洩了氣似地將胳膊往桌上一癱，又一個疑問被做實了，難怪花五朵很快解決了中澳混血留下的後遺症。記不得她們中誰問過一次關於她房子的後續資金問題，她打了個岔就晃過去了，但那晃明顯是不願如實回答的意思，所以她們都沒再問。現在她真是同情畢旭了，那麼大的企業都做得好，怎麼總在同一個女人身上翻船呢？

尹辰拿起酒瓶給自己滿上一杯，又一飲而盡。

「畢旭，這是為你乾的，為你的癡情，為你對花五朵的癡情，現在這樣的男人難找。」

「幸虧難找，不然都進去了。」博文揶揄道。

「女人不都是花五朵那樣的。」尹辰已經有點口齒不清。

「是的，好男人還要遇上好女人。」博文又去奪她的酒杯。

「這世上就是好女人找不到好男人……」

「好吧，好女人咱們不喝了，再喝我們都成壞人了。」博文叫來服務員，付了賬。攙扶著尹辰走出飯店。

外面雨大了，兩人都沒帶傘。博文來不及思考，先攔下一輛計程車，與尹辰一起上了車。

尹辰大著舌頭問：「我們去哪兒？」

「我們去哪兒呢？」博文也問，心裡沒了主意。

「想好了沒，往哪開呢？」司機在催促。

「要不找個地方休息一下？雨挺大的。」博文徵求她的意見。

「好，休，休息一下……」

計程車將他們送到一家酒店門口，走了。

博文開了房，領著尹辰坐電梯，進了房間。

要說之前尹辰是半醉半醒，這會兒卻是醒了多半，是被這間闊氣的超大房間驚醒的，也是被那張寬頭超過長頭的大床刺激醒的。為什麼會到這兒來？腦子裡迅速還原之前的一切，花五朵、眼淚、上海灘、博文、喝酒……對了，喝酒。我喝多了，醉了，現在想起來了，醒了，醒了嗎？再看一眼那撩人的乳白色床單和曖昧的床頭燈光，尹辰不敢讓自己完全醒來，醒了就會害羞就會有罪惡感。我們已經不是夫妻，怎可共睡一床？我們本來是夫妻，眼下也沒再和別人成夫妻，偶爾小聚又如何？

似醉非醉地，兩人上了床。

畢竟是曾經的夫妻，一切都熟門熟路，沒有過場，直接進入主題。或許是太熟門熟路了，就沒了過程的神秘和快感，為了儘快達到目的，目的就變得非常現實和乾澀，這乾澀傳導到她的兩腿間，久未潤滑的肌體顯出強烈的抗拒，一陣撕裂的痛感如處女膜被頂穿了一般讓她痙攣。

博文也不輕鬆，久未升起的旗杆，雖有飄揚的意識，卻衰減了飄揚的鬥志。在阻力面前沒了韌勁，一個來回就敗陣收兵，再舉不起。被性的饑渴掩蓋的羞赧感再度躍起，兩人的身體迅速分開，不說話，用靜默緩解尷尬。過了一會兒，也許是好一會兒，尹辰聽見了他微微的鼾聲。她躡手躡腳地起床，穿好衣服，做賊一樣的逃出了酒店。

被跳樑小丑

連日的晴好天氣讓天空出現了久違的湛藍，微信朋友圈裡大家比著曬藍天。有這大佈景的忖托，環保局的環保知識普及宣傳活動就如豆漿就油條一般，絕配。為環保局做的宣傳片當然要加進這次宣傳活動。應該說，該拍的都拍了，就差加進這最後一幕了。

原本這樣的片子，作為頻道總監的尹辰是不需要去現場的，但她突然就想去看看，一是難得的好天氣可以透透氣，二是看看各處的宣傳做得怎樣，特別是要看看王一平主抓的片區做得咋樣，她還暗示執行編導多關照他那個片區。

一個片區一個片區的拍下來，確實有各顯神通的樣子，終於到了王一平主抓的片區，果然是出手不凡，完全跳出其他片區實物與展板的傳統呈現模式，將電腦、聲畫技術運用進來，讓觀眾體驗、參與、融入，現場氣氛十分熱烈，有的項目竟然有觀眾排隊等候。這一定是薛岩出馬了，她那裡大把的碼農，做這點事還不小菜一碟？尹辰興奮地直接走進現場指揮拍攝，一看有電視臺拍攝，觀眾的熱情更高了，圍觀的也越來越多。

尹辰為王一平高興和篤定著。

一收工，她立刻給薛岩打電話。

「你要準備請客了。」

「什麼意思？」

「王一平的副局帽子是十拿九穩了。」

「你哪來的消息？」

「我的判斷。」

「別那麼自以為是好不好我的大導演。」

「我今天去看了他們的宣傳陣地，就王一平那個片區做得最好，這是很加分的，特別在這個關鍵時刻。我聽說，處長們都拿出了看家本領，都盯著那個位置呢。」

「你什麼時候變得這麼八卦了，連別的處長的事你也知道？」

「哈哈，那不是因為這事裡有你老公嘛！」尹辰覺得薛岩也太淡定了，難道她不為自己的丈夫高興？

「好了，我這會兒有事，晚上，晚上來我家再說吧。」薛岩掛了電話。

呵，還要晚上去她家說，那還是高興的，只是不願喜形於色，要端著，旁邊一定有人，畢竟是老總嘛。

再給環保局長打個電話吧，她要告訴他哪個站點做的最好。一想不好，目的太明顯，還是用片子說話吧。那就約著王曉陽和花五朵一起去薛岩家，從畢旭出事後她們再沒聚過呢，再一想，王一平的事終究沒成定局，消息不便擴散，還是一人前往吧。

她興致勃勃的去了薛岩家，沒想到回來的時候竟沮喪得又想喝酒。何時有了這毛病，該死的毛病，突然想到與博文的酒後失儀，她把這定義為失儀，才覺得自己沒那麼醜陋。

原來尹辰以為做得最好的那個宣傳站點是王一平分管的，結果不是，而且他哪一片也沒有分管，在戰鬥打響前他就退出了戰場。

起初王一平是很用心的，他讓處裡每人拿一個方案，回家後自己再仔細琢磨，連續一周的晚餐都是速凍餃子，薛岩不說，兒子王者抗議了。

「爸，你這是幹什麼呀，不就一個破局長嘛，當上了能怎麼樣？」

「胡說八道，誰說要當局長了？」

「你就別瞞了，那天尹辰阿姨來說的話我都聽見了。」

王一平與薛岩對看了一眼，都有點心虛。

「那我也不是為了當局長，這是正常工作。」

「爸你正常嗎？從尹辰阿姨來咱家後，你就不正常了，我們的晚餐就更不正常了，天天餃子還是速凍的。我們家以前的餃子都是你自己做的，你說過超市的速凍餃子不是人吃的，現在我們全家都不是人了！」兒子越說越激動。

「王者，你瞎說什麼呢，怎麼跟你爸說話呢？」薛岩怒斥兒子，卻不涉及具體內容。這些天來她自己就像坐在蹺蹺板上，一會兒高一會兒低，主意不定在她身上是少見的。但有一點她是肯定的，絕不以自己的意志強加於丈夫，因此她表現出的是沒態度，不支持不反對，不抱怨不讚賞。

「爸，你就是當上副局長能比現在多拿多少錢？」

「不是錢的事兒，你滿腦子都是些什麼？」

「不是錢的事就更不值得了。現在還有什麼事不是用錢來衡量價值的？」

「胡話！」薛岩聽不下去了。

王一平看了妻子一眼，似有點愧疚：「最近是有點特殊情況，環保總局下的通知，任務又很急……」

王者又頂一句：「環保總局又不是第一次下通知，也沒見你這麼忙過呀！」

兒子的不依不饒把王一平心裡窩著的火一下點燃了：「我就忙一回怎麼啦？我為這家忙了幾十年了，就不能為自己忙一回嗎？你自己沒有手嗎？就該等著我做飯嗎？」

平日不發火的人一旦發起火來，力度是嚇人的。王一平的聲音是吼出來的，分貝大到玄關處的一串風鈴也跟著胡亂幫腔。

薛岩伸手打了兒子一巴掌，一為降老公的火氣，一為打醒一下自己。剛才的父子對話，突然讓她意識到自己長久以來對丈夫的忽略，對他為家庭付出和貢獻的忽略。王一平第一次做飯時她覺得嫁了個會做飯的丈夫很好，王一平後來飯菜做得越來越可口，她感覺自己很幸福，再後來王一平包攬了每日的早餐和晚餐（午餐大家都在單位對付），她覺得那就是他們家庭生活的一部分，跟每天要洗臉刷牙一樣已經沒什麼感覺了。

這一周的速凍餃子倒是將王一平的重要性再次提顯出來，這重要性最初是顯現在她腸胃的不舒服上，她皺皺眉頭挺過去了，兒子開初的抗議讓她有出點胃裡餃子氣的瞬時快意。但，王一平爆發了，把一個男人應有的炸藥釋放了，一個家庭的安全氣囊也炸開了，薛岩看到這個氣囊裡是王一平環狀維護這個家庭的胳膊，是王一平讓她肆意安睡的胸膛，她的愧疚感突突地沸騰起來。丈夫，他是男人，她要幫助這個屬於自己的男人實現夢想。

薛岩厲聲道：「王者，去給你爸爸道歉，否則別吃晚飯。」說完，自己走進廚房去做晚飯。

王一平跟進來：「還是我來吧。」

薛岩迎著他的臉說了句：「對不起。」然後堅決將他推出廚房。

王一平走進書房，將不知所措的兒子丟在客廳。

前面說他心裡窩火，其實不是兒子惹的，兒子只是在不恰當的時候充當了點火人。

從知道自己被放入副局候選名單後，無論什麼場合，只要遇見局長，只要他的目光撞上他的目光，局長都是意味深長。這目光是局長和他之間的秘密，是天知地知你知我知，是他和局長之間的私通？他感覺腸胃蠕動了一下，有些不適。

此次環保宣傳工作由局長親自抓，各位處長進出局長辦公室的次數就多起來，彙報宣傳方案，名正言順。王一平一次沒去彙報過，他覺得方案還沒成熟，不想像其他處長那樣一次次聽局長的意見一次次修改。還有，他不想總是接受局長意味深長的目光，那目光在他心裡已經形成一種壓力，讓他喘不過氣來。

也不知怎麼了，近日裡機關的同事，特別是其他處室的處長們看他的目光也變得意味深長起來，說話也好像話裡有話。

「王處，這回就看你的啦。」

「我們都是墊背的，忙也是瞎忙。」

「等得雲開日出啊，排排坐吃果果也該輪到你王處了。」

每聽這些話，他就很難受。裝傻不行，人家會說你虛偽。說客氣話也不行，那就做實了人家的猜測。他又開始躲了，不到萬不得已，儘量不離開自己的辦公室。處裡討論方案，就讓幾個處員到他辦公室裡來。晚上，他把大家的方案拿回家再仔細修改。

薛岩最近回家都早於他，把晚飯做好等他回來。他心裡滿是安慰，心想，人家要說什麼就說吧，等熬過這一陣，當上副局，家裡就請個鐘點工，這樣他和薛岩都能安心工作。

吃了晚飯，薛岩幫著一起看那些宣傳方案。

薛岩說：「要不要弄點新技術？搞點能動起來的東西，都什麼年代了，老一套的東西吸引不了人的。讓你處裡的年輕人出出點子，技術上我來保障，我那兒有的是人才。」

王一平眼睛一亮：「這個想法好，我馬上就給小劉打電話，他是處裡最年輕的，腦子也活。」

王一平處裡的人都興奮起來，自信他們的方案一定是脫穎而出、鶴立雞群、打敗全域無敵手的。王一平也自信滿滿，他已經不再躲避別人的目光，管他是不是意味深長，是不是話裡有話。他帶著處裡幾個同事忙著去分管片區實地考察，準備實施他們的方案。因為他們的方案已經得到局長的高度讚賞，不用修改，立即執行。他在外面忙，局裡有關他的話題也沒閑著，且是越說越邪乎，甚至還有舉報信到紀檢處。

閒話說，王一平對工作從來都是坐一天和尚撞一天鐘，還常常早退。出去辦事後不管時間早晚，從不再回局裡。有人就看見他上班時間在逛超市。舉報信說，當然是匿名舉報，說他跟電視臺某女記者關係密切，還跟某美女作家關係不一般，還跟一個女美籍華人關係不正常。總之，他交往的女人很多很雜，也很神秘，經常看到他們在同一輛車裡或同一個飯桌上，這幾個女人還都經常出入他的家。

紀檢處通知王一平停下手裡的工作，回局裡接受訊問。

起初，王一平聽聞從局裡飄來的這些髒水只輕蔑地一笑，這不就跟電視裡正在熱播的一部清宮戲一樣嘛，太子總是會被各種流言和暗箭侵擾。你們使勁潑髒吧，不就是嫉妒我的方案嗎？不就是嫉妒我要上位嗎？只要皇帝認我是王儲，你們再蹦躂也是跳樑小丑。

紀檢處要詢問，這性質就變了，就不能一笑了之了，必須認真對待了。

像突然變了天一樣，局裡的空氣都不是原來的空氣了。局長的臉也不是原來的臉了，特別那雙總是發出意味深長眼神的眼睛，現在的臺詞是：你竟然是這樣的人，真讓我失望。你剛想解釋，他又是另一個眼神：真是恨鐵不成鋼啊！局長的眼睛像好的演員一樣會說話。

王一平總結了局長全部眼神的意義就是：這就不能怪我了，我想扶你，但你是扶不上牆的阿斗啊！

紀檢處長問到女記者，女作家，女美籍華人，王一平乾脆理直氣壯地說：「我都認識，都是我的朋友，我跟她們關係都密切！」

「匿名信你們也信？」

他奪門而出紀檢處辦公室，他覺得這辦公室裡有陰溝裡的味道。他回到自己的辦公室，覺得這裡也有陰溝裡的味道。他走出辦公大樓，感覺大樓裡，大院裡到處都是陰溝的腐臭味。在這大樓裡待了幾十年，是怎麼待下來的？

出了大院後，碰上那位即將退位的副局長。副局長攔住他，問了一句話：「你是怎麼得罪局長大人的？」

就像當年美國佬突然被炸了雙子座，被炸傻了一樣，一時弄不清敵在何方，誰是兇手。王一平也傻站在馬路上，想了好一會兒，才把這邏輯關係捋清楚。

局長，真是他媽演技高超的演員。我王一平才是跳樑小丑！

尹辰後來知道，局長早就安排了自己的人，是她給他出了個難題，他只好導演了一齣解題的戲。

這才是真正的導演，跟他比尹辰算什麼呀？她腸子都悔青了，很長時間都不敢見王一平。都是自己的自以為是、自作聰明害了他。回過頭來想想也真是幼稚，一個省局的局長，怎會聽你的一句話就提拔一個幹部，拱手放棄一個安插自己人的機會？尹辰啊，這回該承認自己的不成熟不懂政治了吧！

大牆內外

陰鬱的天氣，帶著不低的溫度，空氣是黏稠的，稍一動就出汗。花五朵回國多年，已改掉了一早起床洗澡的習慣，但是今天起來後不一會兒，全身就黏滋滋的，她也沒怎麼動呀，就是將提前買好到東西放進一個大背包裡。她要去看畢旭。

畢旭的案子終於塵埃落定，被判了十年徒刑，罪名是受賄和挪用公款。花五朵賣了那套上千萬的房子幫著退贓，減了二年刑。

一切都收拾停當後，她洗了個澡，換了身一直想送給鐘點工的衣服。其實衣服不賴，是adidas的，就是舊了點，但是今天出遠門正合適。啊，出遠門，查了下地圖，真是夠遠的。原來想約她們幾個有車的，但沒好意思張口，自己作的孽還是自己去面對吧，何必再搭上別人陪綁。

能去探監也是很不容易的，她不是直系親屬不是監護人，雖然現在已經放開到朋友也可以探監，但還沒放開到外籍友人可以探監。但她太想見畢旭了，從那次兒子回來的酒宴後，她就沒再見過他，她有好多話要對他說，有好多事要告訴他。實在沒辦法，她就去找法院，因為法院判了畢旭。她是外籍身份，法院倒沒把她擋在大門外，但告訴她找錯地方了，應該去找司法廳。她到了司法廳，又被告知要找監獄管理局。她去了監獄管理局，陳述自己的特殊情況，比如她和畢旭的初戀，她主動幫助退贓等等。這真是個特殊情況，監獄局的領導商議了幾天才給了她答覆，同意她去探監，但必須在他們指定的日子裡。

這個日子得來不易，她事先做了功課，瞭解探監可以帶什麼東西，一路要換幾次交通工具。這回倒不是捨不得打車，一個女人叫車去監獄，那一路上司機該在心裡編多少故事啊？每通過後視鏡看她一眼，就多一重想像多一個細節，她不能忍受被後視鏡B超的尷尬與難堪。

從地鐵出來換了去郊區的公交，車上人不多，她坐在窗口的位置。外面還是陰沉沉的，能見度很低，遠處的景都是模糊的，她將眼光轉向車內，右前方有一個熟悉的身影。是他？是他嗎？衣著不像。橘紅色體恤加淺藍色牛仔褲，雖然色彩還是很妖嬈，但沒了亮閃閃的金屬掛件。髮型也不像，雙鬢不再留白，頭頂也沒用髮膠豎起個雞尾巴。現在覺得那是個很難看的雞尾巴，當時怎麼會覺得時尚呢？

他向花五朵的方向側了一下臉，果然是他，文森。他這是從良了？花五朵突然想起，這是他回家的路，這條路她來過，也是坐的這路公交。那是因為要回家才這番脫去風塵？花五朵看不到他的正面，如果看到他的眼睛，是能夠判斷出他是金盆洗手還是仍操舊業的。當年蔣雯麗的出道，就是憑著一個眼神，把《霸王別姬》的妓女演活的。這是這個職業的眼神，不分男女。

他一直沒有回頭，她也不想他回頭。她站起身，小心翼翼晃晃悠悠的移到車的尾部，她不想讓他看到自己。過了一站又一站，他還在那兒，怎麼還不下車呢？這才想起，她上次來也是這麼坐了一站又一站，遠到無盡頭。今天車上怎麼人這麼少呢？無遮無擋，離著那麼遠還是看得清他的後背，他的頭髮。他的頭髮一直是黑色的，沒有染過。因為他們家老人有說法，什麼都可以變，唯獨毛髮的顏色不能變，否則將來去天堂祖宗不認。他什麼門都可以破，唯獨去天堂的門卻緊把著，尚存的一點敬畏之心就留在這門口了。

花五朵一邊暗暗地看著他，又時刻小心他發現自己。不知又過了幾站，他站起來了，終於要下車了。花五朵緊張地看著他，盼著車快停，他快滾下車。突然，他回頭了，那麼遠，他竟然看到了她！先是一驚，然後那眼神就像錐子像鋸子一樣，伴著鑽孔和拉鋸的聲音直逼過來了，而且越來越近，因為他的腳也過來了，腳上面的身子也過來了。如果這會兒車門打開，花五朵會先他跳下去的。

「你怎麼……」他說話了，但聲音猶疑，是對她此行目的的猶疑，也是對她眼下身份的猶疑。

她不說話，將眼睛看向窗外。

車上雖然人不多，還是將僅有的目光都聚集到這對男女身上了。文森從車前衝到車後，就是一個追光燈的運行軌跡，觀眾的目光追隨而至，坐在車前面的甚至轉過身來捕捉光的定位。這車坐得太乏味了，窗外雨霧濛濛沒有景色，車內任何一點小動靜，都會給眼睛亮一下的機會。從車前跑到車尾，還是一男一女，還是男的說話，女的不理他，這是看大戲的節奏啊！

「你去哪兒？」看她沒有下車的意思，知道她此行與己無關。觀眾的耳朵、寒毛都立起來了，他們在等花五朵的臺詞。可是，她還是不理他。

文森上下打量著花五朵：「你出什麼事了嗎？」

有兩個觀眾站起了身子，有兩個觀眾在向後移動座位。

車到站了，文森還站在花五朵身邊。

「到站了，你不下車嗎？你不下我下啦！」花五朵回過頭來，瞪了他一眼。

司機喊：「下不下？不下走了！」

在車門要關上的一剎那，文森跳了下去。

車起步。向後移動的觀眾差點摔倒，站起身的觀眾一屁股跌坐在椅子上。豎著耳朵和寒毛的觀眾像洩了氣的皮球，一下都矮了一截。沒勁，戲還沒開場就結束了。不過主要演員還留著一個，就仍有不死心的觀眾不時回頭看花五朵一眼，弄得新上車的乘客也好奇的去看她。

「Shit! 你人走了還陰魂不散騷氣不散！」她在心裡罵道。還好下一站上來幾個拎著大大小小編織袋的農婦，她們一上來就用她們的大嗓門把車廂填滿了，任憑什麼目光也無法穿透她們的分貝。花五朵的心裡倒是安靜下來。

到了監獄，辦了手續，花五朵被帶進一個大房間。一個被鐵柵欄分隔成兩塊的房間，花五朵進來的這邊已經有人在等待，柵欄的另一邊還空著。花五朵在指定的位置坐下，靜靜地等待。她不看周圍的人，別人也不看她，這似乎是這個環境下，每個人的心下約定：不想記住別人的臉，別人也別記住我的臉。

被探視的人一個個被帶進來了，她看到了畢旭，她站起來用目光迎接他。看到她，他愣了片刻才走到自己的位置上。

他瘦了黑了老了，個子也矮了一截。她眼圈紅了。

她看著他，他側著臉，偶爾看她一眼又側過去。他們都不說話。好一會兒，花五朵拿起話筒，也示意畢旭拿話筒，他猶豫了一下拿起話筒。

「我給你帶了點錢和你喜歡吃的，你還需要什麼我下次給你帶來。」花五朵說話聲音很柔，柔到像雲一樣飄進話筒飄進畢旭的耳朵。其實她自己也不知道還有沒有下一次，但她心裡的願望是真實的。

「不用，我這裡不用錢，也不缺吃的。」畢旭說話甕聲甕氣，仿佛聲音不是直接從喉管從聲帶發出，而是在胸腔裡繞了個彎很不情願的，帶著胃腸裡的酸濕氣體呼出來的。

「對不起，是我害了你……」花五朵眼圈又紅了。

「不怨你，你以後也不要來了。」畢旭不看她的眼淚。

「畢旭，我要告訴你，我兒子他……」

「你不用說了，我知道。」畢旭打斷她。

「你知道了？誰告訴你的？尹辰？」

「你知道你和尹辰的不一樣在哪兒嗎？」

花五朵立刻收回了眼淚，盯盯地看著畢旭。

「她遇事替朋友著想，你遇事就懷疑朋友。」

「我……」

「好了，你回去吧！」畢旭突然覺得這個女人很傻，也總拿別人當傻子。那天酒宴上她的刻意表演就讓他懷疑，後來他陪她兒子去衛生間，兒子如廁後在鏡子前用小梳子梳理頭髮。他離開後，畢旭撿起了他落下的幾根頭髮。DNA結果出來後，他沒去找她，也從此不想再去找她。

「可是你，我想等你出來……如果你，你愛人不等你的話……」花五朵熱誠地看著他。

畢旭這回認真地看著花五朵，說：「放心，我老婆是那種即使我死了也不會離我而去的人。」說完又覺得何必呢，他不想抱怨她什麼，一個大男人，走什麼路都是自己選的，沒有誰掰著你的腿要你往哪兒走。他沉吟了一下，口氣溫和地說，「你也回到你兒子身邊去吧，你還有幾十年要活，好好珍惜身邊人，珍惜你的親人和朋友。」說著站起身，對獄警說：「送我回去吧。」

「畢旭……」花五朵衝著他的背影，聲音有些發顫。

畢旭不再回頭，隨著獄警走了出去。

走出監獄大門，花五朵落寞到了極點，她回頭看了一眼高高的圍牆，感覺那牆就要倒下來，就要壓向她，她逃也似地跑出了那片令她恐懼的地方。

王曉陽的電影

王曉陽第一次觸電，劇本寫得是人死牛瘟。真正體會到編劇這活不是人幹的。她放棄了所有的社交，連閨蜜們的召見也推辭不去，因為鐘昊總在催問她的進度。她每日蓬頭垢面，不出門也不換衣服，二十四小時裹著睡袍，醒著睡著都在想她的劇本。

劇本改了八遍，終於通過了，她發誓從此再不幹這營生。她再見閨蜜時，她們覺得她是從牢裡剛放出來，雖然憔悴，但皮膚卻白了不少。

「去，你們才坐牢呢！」話出口，一看花五朵臉色不對，她伸了伸舌頭，「我請你們吃大餐，飯店隨便點，我買單！」

「你的電影投拍了？」薛岩問。

「開機十多天了。」

「請客請晚了啊，開機的時候就該請。」尹辰說。

「在北京開的機，我也去參加開機儀式了，還看了幾天拍戲。」

「你這戲投資多少？」尹辰問。

「說是八千萬，實際多少我不清楚，也許後面還會追加。」

「八千萬？」花五朵張大了嘴吧。

「鐘昊出資百分之五十一，是大股東。」王曉陽說這話時，認真看了一下每個人的表情，她想從她們臉上找補一點之前鐘昊在她們眼裡留下的不好印象。但是，除了花五朵對八千萬的驚訝，尹辰和薛岩都不以為然。她們覺得她與鐘昊的交往總是山巒溝壑的難測深淺，實在不知道哪一腳可以踩踏實，因此悲喜難料，不過早的跟著起哄是最明智的。

王曉陽有點掃興，她眉頭一皺，接著眼睛一瞪，突然提高聲音：「哎呀各位姐姐，你們還是我的閨蜜嗎？你們不能祝福我一下嗎？等我的電影上映，我就要嫁給他啦！」

這回是她們三個瞪大了眼睛：「哦？」

「他向你求婚了？」

「他投資我的電影不就是向我求婚嗎？」

「這……」她們還是不置可否。

「非要他說出來嗎？他要不說我說，我向他求婚。」

「想好啦？」

「想好了。」

「決定啦？」

「決定了。」

「那我們祝福你。」

「哎呀還是我討來的祝福，真沒勁。」王曉陽很不滿意。

「現在是預祝呀，等你們真的結婚了再好好祝福你。」薛岩道。

「什麼真的假的呀，看來你們還是對他有成見。」

「我們只是擔心，之前你們出了那麼多狀況……」尹辰道。

「人總是在變化的嘛，再說過去我們感情沒到那份兒上，相互還不是很瞭解……哎呀不說了，你們又潑我冷水。」王曉陽嘴一撇，有點不開心。

半天沒說話的花五朵走到她身邊，伸手抱住她：「我真誠真心的祝福你，你比我們都年輕，希望你過得比我們好。」王曉陽推開花五朵時，發現她眼眶濕潤。

「你怎麼啦？」王曉陽問。

「沒什麼，就是為你高興。」一花五朵掉轉頭，不想讓她們看到她滑落的眼淚。

或許是她們太麻木，或許是她們的注意力這會兒都在王曉陽身上，她們沒感覺到花五朵是在向她們告別，從那天以後，她們都沒再見過她。

當然，王曉陽的那頓讓她們隨便點飯店的客也沒請成。因為鐘昊又突然消失了，他的私人通訊全斷，打電話到劇組租住的酒店，酒店說劇組已經撤走了。給香港老闆打電話，電話那頭就像火山爆發一樣，鳥語變成了蛙鳴，本來就難懂的「廣普」話更讓王曉陽不得要領。王曉陽急如貓爪，她讓香港老闆發微信，想讓他用文字在微信裡說明白。但是香港老闆根本不理她，人家在火上烤著，哪有心思和耐心跟你這兒打字？過了兩天，還是香港老闆的部下給王曉陽打來電話，他用王曉陽聽得懂的普通話說了事情的原委。

原本按預算，電影《房車》投資八千萬，鐘昊堅持要占股百分之五十一成最大股東。但他手上沒有那麼多現金流，遂找了幾個小公司分別出讓部分股權，按股值1.1的價格出讓，這樣除了電影將來的票房收入，他還可以賺得利差。但他心急吃豆腐，對那幾家公司的財務狀況未及深入調查，就白紙黑字的簽了合同，結果在劇組不斷需要資金支出時卻拿不出錢來。你占大股的拿不出錢來，精明的香港老闆也不願提前支付該他出的那部分。屋漏偏遭連天雨，鐘昊公司裡另一個投資項目出現了版權爭議，合夥投資方該投的資金也遲遲不到位，算好的資金對接踏空了。他急著去銀行貸款，但他之前有負賬，貸不了。他就去找高利貸，看你要得急，不僅利息高得嚇人，還只給貸十天半個月的，長期的不貸，資金鏈徹底斷裂。香港老闆乘人之危，讓他出讓股權，但他不甘心，劇組不得已停工。

香港老闆的部下對王曉陽說，他們準備起訴鐘昊。王曉陽問，鐘昊在哪裡？對方說因為找不到他，才給她打電話的。

「現在還缺多少資金？」

「二千萬左右。」

「你跟老闆說，我有八百五十萬，先讓劇組恢復工作吧，鐘昊我去找，餘下的錢我們再想辦法。」

掛了電話，王曉陽好半天回不過神來，她不敢相信這是真的，她不能接受這是真的。尹辰和薛岩為什麼不肯提前祝福我，難道她們預知了今天的結果？還真讓尹辰說著了，又出狀況，而且是天大的狀況，是我們命裡相剋嗎？可無論是中式屬相還是西式星座都是最OK的呀！一個屬兔一個屬狗，相書上說，青兔黃狗古來有，合婚相配到長久，家門古慶福壽多，萬貫家財足北斗。長久在哪裡？北斗又在哪裡？還有就是那該死的星座，說白羊和獅子排最佳般配星座之首，同屬火相星座，初見便有火花，再見密如磁鐵，且熱度終日不減。都他媽扯淡！回想與鐘昊的交往是一波三折，忽高忽低，忽遠忽近，磁鐵在哪裡？熱度又在哪裡？這會兒分明感到的是冷似鐵呀！

想這些有什麼用？眼下最重要的事情，一個是找鐘昊，一個是找錢。

她先去銀行，把定期的活期的錢都提出來，匯到了香港老闆提供的帳戶上。然後回到家，拿了些換洗的衣服，開車上路。她做好了找一天二天，一月二月的準備。一路上，她仔細分析鐘昊可能去的地方，一個地方一個地方的找過去……

太陽落山

王一平晉升失敗後，消沉了幾日就恢復了常態。本來就是個插曲，短暫地擾亂了一下心境，過去就過去了，王一平還是王一平。不久，他就退居二線了。

但是薛岩沒過去，她站在丈夫的角度，替他沒法過去。名牌大學畢業，大半生獻給了機關公務員的會議、視察、公文、總結，能夠體現自我價值的痕跡一點沒留下，他活著的意義是什麼呢？從丈夫活著的意義又想到自己活著的意義，我的自我價值在哪兒？我的痕跡在哪兒？她想得腦仁疼。

突然發現兒子又出門了，王一平說跟朋友去毛里求斯了。從放鬆對兒子的管理後，兒子出門就經常不跟她打招呼了，只跟他爸說一聲就走了。兒子回國後一直沒有個穩定工作，有穩定的地方他也不去，說是要做自由職業。沒看他做成什麼職業賺到什麼錢，卻是不再跟家裡要錢了，不過自由是賺到了，一動就去周遊世界，這都玩到毛里求斯了，想必已是大餐吃膩了，去搜羅犄角旮旯的小吃了。這孩子！

兒子身上沒有負重感，沒有壓力，似乎也沒有人生目標。又說到目標了，我的目標是什麼？成功？成就？成功了成就了，又怎麼樣？兒子錢掙的不多，但他過得很開心，我們呢？

薛岩終於想開了，向董事會提出讓位後生，退居二線。

因為她的堅持，董事會批准了她的申請。她一下覺得身輕如燕，想要立刻飛出去，與同退二線的王一平比翼雙飛，跟兒子一樣，去周遊世界！

薛岩從來都是想到做到，她跟王一平上了郵輪，是那種一遊就是三個月的郵輪，真的是去周遊世界了。

臨走前她約四密聚一下，才發現花五朵已不辭而別，王曉陽卻不知去向。

花五朵回美國了，她找兒子去了。她痛徹心肺地悟得，這世界上只有生她的男人和她生的男人才是最可靠的。生她的男人沒有了，她就去找她生的男人了。

船票已經訂好，來不及探尋王曉陽的去蹤，薛岩叮囑尹辰好好找找她，還說船上無網絡信號，每到一個登陸的地方她會聯絡她們。「等著我，給你們帶各個國家的禮物來！」

薛岩走後的第三天，尹辰突然接到王曉陽的電話，電話裡卻是一個陌生的聲音。

「是尹辰嗎？」

「我是，王曉陽呢，她手機怎麼在你手裡？」

「抱歉地通知您，您的朋友王曉陽駕車翻進山溝，在送往醫院途中不治身亡。」

「什麼？」尹辰突然覺得，剛才還當空照著的讓她感到熾熱的太陽不見了，一股涼氣從頭竄到腳，她明白，那是身邊的小太陽沒了，她連個招呼都不打，就沒了。她全身哆嗦著倒了下去……

當她醒來的時候，三毛的一句話始終縈繞在耳邊：「飛蛾撲火時，一定是極快樂幸福的。」她不知道王曉陽是不是快樂幸福的飛撲而去的，但她希望是，也如此，她心裡的悲傷才能減輕一些。

王曉陽的墓碑是一本書的造型，是尹辰設計的，這是她此生做的第一個也是唯一的一個設計作品，用在了王曉陽身上——這樣的設計她也不想再做第二個。太傷心了，她哭到嗓子發乾，哭到失語。不是第一次經歷親友去世，甚至最疼她的奶奶去世，也沒傷心如此。別的親友離世總是因為年齡大了，離上帝之門已經不遠，即使因病稍稍提前了些時日，也總是有因有果。而王曉陽，是如日中天的王曉陽，是無論如何不該提前下山的，你還有那麼多的未了情，親情——在外留學的兒子還沒獨立，友情——我，我們，你的閨中蜜友還沒被你的陽光烤夠。愛情——不管鐘昊值不值得你愛，他畢竟還沒下落，而你就是尋他而去，你的走，是那麼的不可原諒！

王曉陽下葬後，尹辰獨自一人再次來到墓地。她買了一大捧太陽花，將王曉陽圍在金黃色的花瓣裡。墓碑是黑色的大理石，上面用金色刻了王曉陽的名字和生卒年月，還刻上了她代表作的名字，這也是尹辰的用心。她在網上發佈了王曉陽墓地的地址，她知道她有很多粉絲，他們或許會來看她，她知道王曉陽喜歡熱鬧。

在整理王曉陽遺物的時候，尹辰發現了她那部未完成的長篇小說，是以幾個閨蜜為原型寫的。她將王曉陽所有的東西交給她從美國趕回來的兒子後，唯一留下了這部未完成的書稿。她迫不及待地讀完了已經寫就的書稿，她想知道王曉陽是怎麼寫她尹辰的，書裡有不小的篇幅寫了她，又像又不像，至少她沒有王曉陽寫的那麼心口如一，她還是有自己的小九九的，只是習慣收著，澀於表達。她也沒有王曉陽寫的那麼溫和，她心裡也常有小拳頭，就是打不出去。

她想學高鶚去續寫王曉陽的紅樓夢，又覺得自己無法窮盡她的想法。還是讓她的讀者去發揮想像吧！她將這部未完成的書稿發到了網上，希望出現許許多多個高鶚，讓王曉陽在那個世界裡繼續享受粉絲的追捧。

今天的天氣是晴朗的，太陽照在身上是溫暖的，墓園裡幾乎沒有人，十分安靜。尹辰打開筆記本電腦，點開一個粉絲的續寫，讀給王曉陽聽……

「小陽，如果你覺得合你的意，就讓風吹一片樹葉落下來，如果不合意就讓風吹亂我的頭髮吧。」一陣清風吹來，一片樹葉落在墓碑上，尹辰驚喜地站起身，看著那片落葉，也是金黃色的，很美，只是有一個角有點殘缺，但一點也不影響整體。尹辰撿起那片樹葉，放在筆記本電腦上，合上電腦。

「小陽，只要有新的後續出來，我就來念給你聽，我希望能撿到更多漂亮的葉子。」尹辰向墓碑深深地鞠躬，然後起身離去。

遠遠的有一個孤獨的身影，似曾相識，他低頭俯視著一塊墓碑。

他的身影是悲切的，他面前一定躺著他的至親，或許是他的另一半，不然不會一個人來弔唁。

走到墓區門口，突然有人叫她小名，「辰辰，是辰辰嗎？」

尹辰回頭一看，正是剛才那個悲切的身影。

「你是？」

「不認識我了？我，我真是老、老了……」他為他的容貌老到讓尹辰認不出而悲哀和慚愧。

「哦，是你。」尹辰認出來了，是那位借給她《青春之歌》的鄰居大哥。

他果真是為妻子掃墓來的。因為悲傷，將未來的年紀提前呈現在他的容貌和身體上，尹辰覺得他沒有印象中那麼高大那麼挺拔了。

在悲情的路上重逢，相互慰籍便順理成章。後來，他們甚至一同來看望他們各自要悼念的人，他還認真傾聽著尹辰為王曉陽讀後續。

再後來，聽說他向她示愛了，但尹辰說她已經不會愛了……

國家圖書館出版品預行編目資料

4是而非/曹露著--初版--臺北市：博客思出版事業網：2020.6
ISBN：978-957-9267-56-4（平裝）

857.7　　　　109002653

現代文學63

4是而非

作　　者：曹露
編　　輯：陳嫵竹
美　　編：陳嫵竹
封面設計：塗宇樵
出 版 者：博客思出版事業網
發　　行：博客思出版事業網
地　　址：臺北市中正區重慶南路1段121號8樓之14
電　　話：(02)2331-1675或(02)2331-1691
傳　　真：(02)2382-6225
E—MAIL：books5w@gmail.com或books5w@yahoo.com.tw
網絡書店：http://bookstv.com.tw/
https://www.pcstore.com.tw/yesbooks/
https://shopee.tw/books5w
博客來網絡書店、博客思網絡書店
三民書局、金石堂書店
總 經 銷：聯合發行股份有限公司
電　　話：(02) 2917-8022　傳真：(02) 2915-7212
劃撥戶名：蘭臺出版社　帳號：18995335
香港代理：香港聯合零售有限公司
電　　話：(852)2150-2100　傳真：(852)2356-0735
出版日期：2020年6月初版
定　　價：新臺幣340元整（平裝）
ISBN：978-957-9267-56-4